山东省作家协会 2017 年重点扶持作品

天簌

愚石 著

山东文艺出版社

图书在版编目（CIP）数据

天虫/愚石著. —济南：山东文艺出版社，2018.8
ISBN 978-7-5329-5701-9

Ⅰ.①天… Ⅱ.①愚… Ⅲ.①长篇小说—中国—当代
Ⅳ.①I247.5

中国版本图书馆 CIP 数据核字（2018）第 130117 号

天　虫

愚石　著

主管单位	山东出版传媒股份有限公司
出版发行	山东文艺出版社
社　　址	山东省济南市英雄山路 189 号
邮　　编	250002
网　　址	www.sdwypress.com
读者服务	0531-82098776（总编室）
	0531-82098775（市场营销部）
电子邮箱	sdwy@sdpress.com.cn
印　　刷	济南靓彩印务有限公司
开　　本	710 毫米×1000 毫米　1/16
印　　张	27　插页/2
字　　数	320 千
版　　次	2018 年 8 月第 1 版
印　　次	2018 年 11 月第 2 次印刷
书　　号	ISBN 978-7-5329-5701-9
定　　价	46.00 元

版权专有，侵权必究。如有图书质量问题，请与出版社联系调换。

你知道蟋蟀有几只眼吗?它在用哪只眼看你?

——题记

目录

第一章　养罐 ………… 1
第二章　水槽 ………… 91
第三章　戥秤 ………… 157
第四章　蛉房 ………… 223
第五章　提笼 ………… 289
第六章　芡草 ………… 355
第七章　网罩 ………… 419

第一章

养罐

天 虫

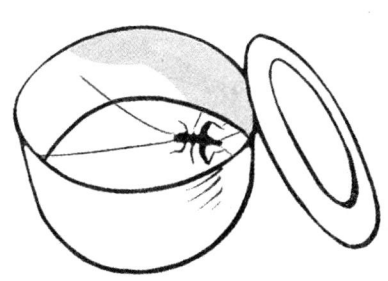

1

"起闸——"

"各自领正!"

裁判员白峰戛玉锵金、一长一短的命令,富有节奏变化,充满磁性和诱惑,像鼓槌强力擂起的声音。

"爷爷,爷爷,爷爷,你看,比赛开始啦。"离电视不到一米远的稚童跳起来,"开始喽,开始喽。"

老者的花镜架在鼻尖上,保持一种前倾的姿势,努力地贴向电视屏幕,屁股下的旧马扎和上面拖着的一根绳,紧张地随着屁股往前挪。"死结,死结。"

"爷爷,你说什么?什么死结?"五六岁的男娃问。

老者摇摇头,长叹一声:"人和人是死结,虫和虫也是死结。人是陶十一和油爷,虫是青翅和黄牙。不死不低头。"

"小芡草,细又长,指点江山打豺狼。小芡草,细又长,翅膀飞飞唱宁阳。"男娃的手里拿一根芡草,向着电视机上的蛐蛐猛戳。

"宝贝儿,孙子哎,你拿草的姿势不对。来,爷爷教你。这电视小了点,爷爷看不清。"老花镜一会儿近一会儿远地在鼻梁上踱来踱去，努力寻找眼睛的瞄准线。

比赛室外礼堂里的电视屏幕大，效果好，可老者嫌噪。他宁愿自己在家看直播，顺便教孙子辨识蛐蛐。

礼堂现场的一群人是铁杆虫迷，人数众多。人多也便嘴杂，制造了各种不同音高、素养、口音、粗细、性别，或夸赞或诅咒、或惊叹或不屑的声音，把宁阳县两千多平方米的人民会堂，弄得令人焦躁不安，心烦意乱。主席台下，屏幕两侧，座位后背，就连走道里四处游走、穿了长短不同马甲的人手中，都挤满了各种各样的广告，红的黄的青的紫的黑的白的，恰与现场的观众形成高度的默契，杂乱无序。

电视放送出解说音（年轻美丽的女解说，声音清丽而优雅，与背景音乐中的虫鸣和秋色，像是同一物类）："尊敬的各位来自五湖四海的朋友，来自海内外的蟋蟀爱好者朋友，欢迎大家到安静、美丽、祥和的宁阳小城，现场观看中华蟋蟀友谊大赛暨天下第一虫的总决赛。今年的比赛非常特殊，具有划时代的意义。虫界的朋友称之为世纪大战，一点也不过分。一方面，两位蟋蟀老玩儿家都已经九十多岁，近一个世纪的生命长度，丈量了无数的命运悲喜。另一方面，这两位老先生八十年前就激情相约，要举办一场面向全县人民的比赛。这次，他们不但要面向全县，还要通过电视直播，把比赛的盛况传遍全世界的每个角落。这是宁阳的光荣，是宁阳蟋蟀的光荣，更是每一位蟋蟀爱好者的世纪盛典。希望大家珍惜这次机会，维持好现场秩序，观赏这场举世瞩目的比赛。"

因为现场的人实在太多，又没人知道他们的姓名，不妨这样记录他们的言行：

迷虫一，"青翅王"，天津人（在用"虫迷"还是"迷虫"的问题上，作为局外人，本人曾经做过三天三夜的思考，并征求蟋蟀玩儿家的意见，反复掂量之后，郑重其事地做出了如此选择。往届大赛一二三等奖的获奖选手，统一着装，穿着广告赞助商为他们购置的运动衫,被安排在会堂的前面几排座位上,既是荣耀,也是待遇。按照组委会的统一要求,他们胸前规规矩矩地戴着一个胸牌,上面标注着玩虫人来自何方,各自获奖蟋蟀的品种,"青翅王"便是获奖的蟋蟀之一。说实话,在获奖者胸前挂上这样一个牌子,确实有点出人意料,总让人想入非非):"嗨,这虫儿,算得上是重青了,真个是一等一地好。看看那须,简直就是孙悟空头上的雉鸡翎。看那眉毛,粗成一条重线。虫谱上讲,'重青一线,将军带剑,牙钳如练,三秋争先'。嗨,再看看斗线,清楚得像嵌上去的,深、细,倍儿直,又不失沉稳。看那牙,不用打口,摆那儿了,阎王殿前立着的两片铡刀。再看那两条腿,啧啧,壮得像牛。准赢。也就是油爷,根本不管它生口熟口,拿来就敢上。不服不行,艺高人胆大,姜是老的辣。"

迷虫二,"黄牙青",北京人:"我看还是陶十一的黄牙更好。看那皮色,谁见过这等纯正的黄?这应该叫正黄。像咱清朝地道的八旗,只配皇城根儿。通体透明,海天一色。再配上紫红的牙,这不就是经书上讲的'红配黄、王上王'吗?这虫儿有一特点,打口不开,开口就上,准叫敌人见阎王。说实话,这等王级的虫,人活一辈子,也不见得能遇上几只。我赌陶十一的黄牙,准赢。"

迷虫二把胸脯拍得咚咚响。

迷虫一和迷虫二挨着坐,互相争辩。两人的声音很大,透过场外记者的话筒,传进了电视画面之中。

旁边有人嚷嚷着要给两人做见证,让他们自定筹码。

两个警察威严地走过来,挺在迷虫一和迷虫二面前,骄傲得有些过分,两迷虫不再作声。

在这次友谊大赛之前,油爷专门向组委会提出要求,所有比赛不允许任何人设赌。油爷只想和陶十一了结一场世纪恩怨。

为此,组委会责令县公安局,在现场安排了几十名警察,严禁任何人设赌参赌。

但据小道消息，澳门早已经在万里之外的赌场，通过电视直播，开始了各种各样的赌事和竞猜。不少企业老板已经在开赛之前，赶到澳门押赌。不能到现场参赌的人，通过网络和各种地下渠道押注。现场不赌不要紧，信息社会了，哪儿不是现场？

从地域习惯上讲，宁阳本地人极少赌。但虫界的好赌者遍布全球，可以千计、万计，就像蜂拥而上的全民体育彩票，每一个彩票站里都挤满了神情复杂的人。

关于油爷和陶十一，简直就是虫界的传奇。两人都是泰斗级的人物。他们的恩怨，说大就大，说小就小。油爷说事关他一生的名声，比天还大。陶十一说只不过几只破罐子，没什么大不了。陶十一说破罐子的时候，后牙齿的摩擦声是隐藏在后面的，然后又被慢慢地挤出来。游移的目光常常让陶十一露馅，羡慕、失望、渴望等等情绪，陶十一的眼里都有。他自己无法控制，明眼人看得出来，也能听得出来。油爷找陶十一找了八十年，说要算总账、算清账。陶十一非躲非藏地逃避了八十年，没人知道为啥。终有好事者借着县里的比赛，将两个人拉到一起，坐在同一块斗栅的两端，不让人开眼才怪，爆了眼球也未可知。

今天的比赛，只是七场比赛的开局。七局四胜制的安排，吊足了所有人的胃口。谁会在哪一回合发力，谁又会在哪一回合落败，充满悬念，也充满诱惑。

电视直播解说音（那声音不属于年轻美丽的女主播，只是主人不敢露面，声音老而沧桑，像失了血色的皮肤，更像一只老掉牙的公鸭。这样的电视播音对渴望美艳性感、诱人悦耳的社会潮流来说，显得有点不伦不类。据说是县里专门聘请的可以与油爷齐名的玩儿家。没人考证）："各位朋友，在正式比赛之前，我先向大家介绍一些宁阳虫家的经验，和全天下的虫友们交流。我先说一下相虫之道，大体可以分为两大宗派，重形，重色。在这两个大宗之下，又细分出诸多门派，其实万变不离其宗。辨虫相虫，重点看九个部位：须、头、牙、丝、项、翅、肉、足、尾。须是蟋蟀最前端、最柔弱的地方。主要作用是侦察、探测、反馈信息，同时反映蟋蟀的发育状况。判定优劣的标准是，越粗越黑越亮越好。蟋蟀头的形态非常关键，反映出虫的夹口、力量和斗品。好的头形标准是深、高、冲。牙齿是蟋蟀最直接的格斗武器，对形和色的要求更高，好虫的牙齿必须具备长、尖、弯、细齿多而深几个特点。斗丝乃虫之命根，其基本形态自古以来的要求便是：细、直、隐、沉。项从形、色上讲，更加偏重于色泽。形上的主要要求是深、长、宽、阔。对色泽的要求则是沉着、均匀、干老、不娇艳。古谱说：青虫配蓝项，如同驴头配马嘴，便说明了色泽的重要性。蟋蟀的翅膀，是虫身上色泽反映面积最大的地方，这往往也是很多朋友看蟋蟀色泽的目光集中点。神，内于骨，必由外现。翅膀的色泽、形态，必然能决定虫的内在精华、气质。相人以气象，相虫看神骨，便是如此道理。"

彩山酒业组织的方队进入会堂，在挨着墙的侧边座位整齐划一地坐下后，接着便是震耳的口号："彩山酒，厚道酒！""喝彩山特曲，为宁阳喝彩。"如此大的声音仍然无法阻止老公鸭在观众看来简直就是废话的解说："肉身的色泽和形态，好坏分辨相对简单，其色泽往往反映虫的原色，故有'色从肉起'之说。蟋蟀的六足，对形态和色泽要求都是同等重要，重点要看其粗细度、干湿度。六足的力量至关重要，从一定程度上决定着蟋蟀摔抱、蹬踢的能力。其处于身体的位置、比例，不论是前六架、后六架，都要求间距开阔，前抱有明显前置感，中抱与后大腿的连接处相对靠近，形成力量聚集区。蟋蟀尾巴的长短、粗细、色泽、形态，相对比较直观，细糯、夹角、平垂都是最基本的要求，使其保持平衡力，防御后面来敌。老夫一生爱虫养虫相虫，以上所言，皆是自我总结。回头来看，虫小乾坤大，虫小变化多。老夫所历之虫，看准者十之五六。虫之千变，如人之千面，更像是女大十八变。女大十八变，越变越好看，虫之十八变，越变越难辨。相虫之道，由简至繁，再由繁至简，全在经验积累。天下事，道可道，道非道。有道即无道，无道才是有道。"

迷虫三，"紫衣侠"，济南人："什么道不道的？蹩脚的口活。这话，也就上海滩的小瘪三能讲。你能听出他嘴里还剩下几颗牙吗？我告诉你，一颗不剩。这个事我敢跟你打赌。给你说，我瞅准了油爷这虫儿。踞如泰山压顶，行则落地砸坑，声如洪钟，振翅如起舞风铃。我还听养工说，昨天晚上，养工拿出二三十只三尾与之交配。没想到，它死活不贴蛉。倒是那些三尾，见到它都神情怪怪的，要么匆匆逃离，要么吓瘫在地。这样的范儿，除了虫王，从来不曾见过。"

迷虫四，"红头怪"，济南人："说实话，单纯这样从电视直播的画面上看，油爷的虫整体不错。但毕竟是生口。生口难料啊。陶十一的虫，已经十七路上锋。与它比赛的十七只虫，都是一口断牙。不见蛐蛐走，只闻牙断声，简直就是快如闪电。别看它只有七厘，力量大得吓人，竟能硬生生地把一只八厘半的青翅举过头项，扔到斗栅之外。这样的力道，不是一般虫能有。油爷的虫和它比，看不出太多优势。陶十一为了得到手里的这只虫，据说扔出去三万，还外搭了一个名人罐。陶十一是一辈子的生意人，以他的精明和眼力，绝对不做赔本的买卖。依我看，还是陶十一的虫，赢面更大。哎，对了，你知道陶十一旁边站着的是谁吗？有人说是他孙子，有人说是他儿子。按年龄看应该是他孙子，偏偏有人说是他儿子。到底是儿子还是孙子，没人知道。真相有时很重要，有时还不如一泡尿。"

此时，电视屏幕上拉近的是在斗场奖品区摆放着的两只蟋蟀罐。这正是两人产生矛盾纠葛的几大器具之一。渐次放大的镜头，让界内没有见过老罐旧槽的人，瞪大眼睛，然后便是一片嗷嗷乱叫。

蟋蟀罐南方为盆，北方为罐。

很显然，这是两只价值连城的老罐。一个是明宣德皇帝玩过的龙罐，黄色罐体上的龙，像要飞出一般。另一个是慈禧老佛爷用过的凤罐，开屏的孔雀发出求偶的鸣唱，声音从远古传来，泣说着无限的秋韵流波。

虫玩一秋，盆罐一世。宣德皇帝玩虫一生，玩罐一世。其在位十年，全国自上而下玩虫斗艺，烧盆制罐逐渐成为时尚。尤其是宣德皇帝亲自设计勾画蟋蟀罐，引领宫廷内外斗蟋成风，让宣德年间成为蟋蟀梦幻般的兴盛朝代。正因如此，在宣德帝驾崩之后，他的母亲愤而下令，要将全天下所有的蟋蟀器具砸个粉碎。由此，现存的明宣德年间的蟋蟀罐便成为皇族禁令下的逃生物件，其稀缺性让蟋蟀爱好者疯狂追逐。一代一代越来越少，普天之下传世真品，不过三五件。至于慈禧用过的凤罐，坊间盛传，系其男宠史某所献。史某为讨其欢心，亲自赴景德镇督造，在其大寿之日当作生日礼物奉上。慈禧为史某生下男婴，由醇亲王代养，后来成为光绪帝。史某却因此招致杀身之祸。慈禧终日捧罐思人，靠蟋蟀的鸣叫之声排解愁绪。虽然这些不为正史，但谁又能说野史不是史呢？

至于两只从历史中穿越而来的蟋蟀罐，曾经都是陶十一的藏品。它们是如何进入陶十一的私囊，外人不得而知。有人猜测是他财大气粗的家族，通过正当渠道购买的，也有人说是陶十一诈赌而得。后来，因为输掉比赛，陶十一的宣德罐成为油爷的最爱，在宁阳当时尽人皆知。至于输掉罐子后，陶十一几次生出杀机，要将油爷灭掉，至于在油爷的爷爷张义峨大丧之际，陶十一带了人跑到葛石店，做起趁火打劫的勾当，就无人知晓了。

迷虫五，"黑风煞"，西安人："人虫合一。我看油爷这虫，有大气度大气象，能赢。北方人玩虫讲气度，符合北方人的性格。与南方人玩虫讲气质、气韵不一样。北方虫的宏阔与宽厚，明显要占有优势，在战斗中是要抢上风的。油爷的虫，虽然是生口，但初生牛犊不怕虎。它表现出非同一般的沉稳大度，具有开拓洪荒的境界和视野。"

迷虫六，"白翅"，苏州人："哟，侬还文绉绉的。不懂就别在那儿瞎白话。虫就是虫，能有啥嘎气度？要是按侬的说法，铁嘴铜牙的纪晓岚是北方人吧？当然有气度对吧？风流才子唐伯虎呢？名满江南。侬说他俩搁一块，谁能赢？各领风骚，各有所长。还有，侬看油爷和陶十一手中的虫，根本没有南虫北虫之分，都是地道的宁阳虫。怎么会分出南北的气度和气质？宁阳虫既产王者，也出将军。宁阳蟋蟀战天下，天下莫不宁阳虫。十虫七宁阳，前三不出县。这都是业内的共识，侬咋忘了？老兄，我看侬是研究蟋蟀走了偏道，快走火入魔了。如果真要说陶十一以南方的方式调养蟋蟀，倒还罢了。至于侬说的人虫合一，伐用侬说，玩虫的三岁小孩都知道。"

因为是即时直播，信号不稳定。有人大骂电视台的设备老化，比油爷还老，那条传输线乱糟糟的，比陶爷脸上的皱纹还乱。于是有人嚷嚷，恨不得做裁判，近距离挑逗这场世纪之战，让两只虫、两个人，一斗到死。

但现场的裁判不敢这么做。比赛有比赛的规则，死不是比赛最重要的。此刻，虽然他一次次让打草人领正，但领正的目的不是让虫死亡，而是像男人一样战斗。当然，战斗的结局，必然是死亡。

三十几平方米的斗场，用透明玻璃围成，居于会堂的舞台正中。斗场之内，上下前后左右，六台摄像机同时运作。斗场之外，十几台流动摄像机，像玉米地里勾着头潜伏的蟋蟀，说不定突然在哪个地方冒出来。

油爷和陶十一，如此近，又如此远。八十年的距离，只在咫尺。

两只挑动芡草的手。手背上密密麻麻的老年斑，随时有可能掉落，开辟另一个战场。

虫声嘹亮，能刺破所有人的耳膜。

两只离弦的箭瞬间飞出（专业用语应该叫冲夹）。

两对铁钳似的牙，绞在一起。

2

如果以传统小说叙述的标准，一开始就称"油爷"为"油爷"，绝对是一个败笔。"油爷"从三岁起就开始读《三字经》《百家姓》《千字文》，六岁开始读《大学》《中庸》，后博览群书。在他稍稍懂事并天天沉溺于玩油子开始，"油爷"这个名号才被家里的佣人和佃户，毕恭毕敬地喊出来的。那个时候，他以稚嫩而气愤的口气呵斥："你们叫我什么？"然后，下人们的舌尖很恭敬地在先居于稍稍闭合的两唇之间，然后再慢慢伸展轻轻向上颚贴近并体现出深情的意味，最后是两个嘴角内敛无比地向外一撇，"油爷"两个字便十分清晰而伟大地在空气中升腾。第一次被称为"油爷"的油爷，沉默了大约只有半眨眼的工夫，便笑了。他觉得这个称呼很好听，很受用。如果这个世界有谁像一只油子一样正直，那他就比神还伟大，油爷对下人们说。那个时候，油爷还不玩蟋蟀，只玩油子。一只好玩的油子让油爷知道了正直的含义，这让人不可理解。而到后来他深入接触蟋蟀之后，才知道蟋蟀五德竟比油子高出了不知多少档次。

其实，油爷有一个更好的本名。寓意深远，符合辈分，且与他生于午时的金命相匹配。是他的爷爷掐了时辰翻了相书苦思冥想三天之后取的。油爷姓张，名书禄。及至他订了亲事之后，又被爷爷取字玄德。以长子长孙的地位和荣誉，油爷担得起这个名字。至于后来还有人称他为娘娘腔、死虫子、绣花枕头、老古董、老怪物、疤瘌手等等，那都是生活中随时可能用脚踩到的烂菜叶子，连裤角都脏不到，算不得数。但油爷一生都觉得，自己担不起本名，它太沉稳，也更古重，像张家大院的族谱和历史。

但油爷就是油爷，有压倒一切的分量。没有人怀疑，油爷这个名字能在宁阳这片美丽而宽厚的土地上，整整流传一个世纪，并将继续以妇孺皆知的方式，久久流传下去，成为历史，写进县志，甚至比他的祖先张登云更能光耀张家的门庭。更何况，油爷还是宁阳最后的五品官。如果更精确一点，应该叫从五品同知。

油爷能做五品官，是命中注定的。当然，如果真的有命中注定，或许他还会做更大的官。但命是一回事，运是另一回事。最后的结果，还要看俗话所说的造化。在他出生前三天，泰山极顶的神算子吴天眼举了算命布幡，不顾张家下人的阻挡，大摇大摆地闯进张家大院。没等任何人让座，吴天眼便像功臣似的肆无忌惮地坐在张家大老爷张义峨天天坐来坐去的龙头椅上。吴天眼在椅子上挪动几下，似乎想闹点动静。无奈从明代开始就已经沉稳似山的红木椅子纹丝不动，就连上面雕着的若隐若现的龙须，似乎也表露出不屑的神情。

"哟，是神算子先生，稀客。来人，上茶。"张家大老爷张义峨的名声远播方圆百里，威望更像泰山上的颂德碑，也配得上张家大院的名声。对吴天眼的突然到访，他并没有因其唐突，并且有失礼节地坐在整个张家只有他才能坐的龙头椅上而稍有怠慢，同样以待客之道应酬。他躬下身去的作揖礼，恰到好处地与身份相符，也让吴天眼瞬间慌乱，屈着两腿跳了下来。

"张大老爷客气，贫道失礼，请多担待。茶暂且免了。贫道从百里之外，泰山脚下徒步而来，鞋底磨穿，三日未食。不如先让下人们弄点酒菜,如何?"吴天眼说完,甩甩道袍长袖,又坐回椅子。

张老先生摆了摆手:"吩咐厨上,最好的菜,摆上十个大碗。地窖里最好的酒,提二斤过来。"

会客室毕竟不是吃饭的地方。张义峨本想让吴天眼到宾客室就餐,不料吴天眼似乎看出了张老先生的心思,将布幡斜插进椅子的扶手:"张大老爷,说实话,贫道在您这张家大院,在这敬信堂,绝对不是白吃白喝。我在这儿吃三天,住三天。三天之后立马走人。但贫道留给您的,那可是三辈子都吃喝不完的天机大略。我吴天眼从不夸海口,从不吃没有名堂的饭。张大老爷,这一点您应该是清楚的。"

张义峨坐进下首的椅子,哈哈大笑。花白的胡子抖起茶香,向吴天眼的鼻孔飘去。

"张大老爷这茶,算不上名贵,却是地道的老茶香。这茶树,最起码已有千年,并且在高山云雾之间。这天地之精华,日月之光辉,都飘在这淡淡的香气里。嗯——好茶。如果贫道没有猜错的话,张大老爷这茶,应该是凤凰山顶的绝品老道树上摘下来,并且由江南茶工精心烹制的。"吴天眼一会儿闭上眼品咂着茶的香醇,一会儿又递过头来,与张义峨交谈。

"噢,神算子先生如此精通茶道,鄙人佩服。"

"南方茶与北方茶,制作工艺不同,口感品质不同,自然茶香也不同。南方的茶,像十里秦淮,与风月相关,便多了些娇媚。北方的茶,与山岗清露相关,更多了些沉稳。至于这老茶树的香,就像贫道这张布幡,破是破了点,一个洞就像是一只眼,看透人间风雨。荣辱不惊,更像张大老爷的为人处事。"吴天眼似乎忘记了自己的渴和饿,嘴角泛起的白沫。

"神算子谬赞,让老朽消受不起。"

"张大老爷这话,反倒是自谦过度了。这张家大院,从明万历年间至我巍巍大清,已过三百多年。皇帝更替换不了张家风脉,反倒是院里这越长越像得道成精的龙头柏,枝青叶茂的。这张家大院啊,就没有什么消受不起的。嘿嘿,天遂人愿,千古流传。"

张义峨让下人摆上两套酒具,上等的景德瓷。但他并没有喝,只是摆了摆样子。看着吴天眼狼吞虎咽,将酒肉搅拌在一块,硬硬地吞下去,张义峨便觉得这道家的所有清规戒律,都被吴天眼一并吞了下去。张义峨端起茶盏,自顾喝起了茶。厚厚的茶叶在透着清澈的纯白色的盖碗的底部,徘徊犹疑,一脸疑惑,就像张义峨弄不清吴天眼的来意一样。

吴天眼的一番话,倒是让张义峨忆起祖上的荣光来。

张义峨想起了祖上张登云。明万历九年,张登云中进士后,首任凤阳知府。当时凤阳皇族亲王众多,因苛捐杂税徭役繁重,社会危机四伏,民不聊生。在此等复杂局势之下,张登云赴任后,选择以民生为己任,最大限度地安抚民心。恰在此时,担任右都御史兼工部左侍郎的潘季驯提出治理黄河河道。因治黄河已经占用了朱姓皇族的大量土地,对新的治黄工程,众多皇亲坚决反对。凤阳皇亲朱潘禹几次上书,诬陷潘季驯欺皇灭祖。张登云不理诬陷之词,不怕与皇族结怨,只顾及治黄大事,勘测河图上奏皇帝,为潘季驯仗义执言,黄河治理工程顺利进行。万历二十年,倭寇侵扰中国沿海,辽东半岛、胶东半岛的防守成为保卫北京的重要一环。神宗选中文武双全的张登云任辽海道台,并委以东征经略副使的重任。张登云刚刚到任,丰田秀吉就派出两万倭寇,突袭辽东半岛的西宁城,形势万分危机。关键时刻,张登云临危不惧,在西宁城门下单骑立马,将长柄大刀横在腰前,怒责倭寇首领。倭寇不知城内虚实,以为明军早有准备,便仓皇而逃。

想至此,张义峨摇头。他觉得张家后人没有出息,自张登云之后,再无国之栋梁。

"铃阁重瞻颇牧才,湟门阃令肃风雷,片言气压三军锐,单骑风尘万房摧。张大老爷是不是想起了这首诗?"吴天眼将饭菜美酒享用完毕，一边用破旧的布幡抹着嘴角的油光，一边将溜溜圆的眼睛中射出的目光抛到张义峨的脸上。"即有犬羊惊且起，更无孤兔渡河来。长裾玦佩封侯印，黄光郎勋名照台。"

"呵呵，道长真不愧是天眼。刚才老朽确实想到了祖上。"

"松江通判周绍业的这首诗，是专门赞颂西宁侯的。入得了《明史》的人，在宁阳还有被称为'两尚书'的吴崇礼。兼做兵部尚书、刑部尚书，历朝历代少之又少。这便是本道的私心。明时张家与吴家同朝为官，是为前缘。张大老爷姓张，贫道姓吴，宜为后应。所以，贫道想助张大老爷一臂之力。"

"此话怎讲？"

破旧的布幡撩过吴天眼的眉毛，一白一黑对比分明（其实那白布也算不上白了），"我吴天眼大限将至，活不了几天了。贫道这一生，阅人无数，看阳宅算阴事，推五行演八卦，不泄天机，没有私心，依道而行，顺势而为。这次，为报三十年前的恩，贫道决定破一破天机。"

"三十年前的恩？"

"张大老爷可能忘记了。雪落无语深千尺，情泽褴褛泪两行。黄金不及白芍重，瑟瑟布幡命惶惶。你给一个乞丐挖恶疮的事，可还记得？"

张义峨点头。

下人们悄无声息地收拾碗筷，一不小心，突然一根筷子从托盘上滑落，啪啦——

"张大老爷，请看。"

筷子滚落在八仙桌底下正中的位置。

张义峨侧过身子看，一脸猜疑："什么意思？"

吴天眼从椅子扶手间抽出布幡，随身而起的还有道袍上的尘土味以及他身上长年不洗澡的怪味："这是上天在提醒我，勿妄言，泄天机。张大老爷，你找个下人陪着贫道去你家的日涉园转转，明天再去张家林地看看。三天后，立夏日午时，贫道再来。"

"且慢。"张义峨一个长揖，留住吴天眼，"虽然神算子未曾说明，但老朽已猜出几分。道长可否小坐片刻，掐算一下这朝廷里的事，也让老朽有个明白。"

吴天眼看穿了张义峨的心思："贫道知道张大老爷的担心。日本和俄国在东北挑起战事，朝廷宣布中立。局面看似太平，实则是朝之将危。但有句古话，六亲不和有孝慈，国家昏乱有忠臣。更何况，这张家大院，祥瑞之气冲天，何惧之有？"

"这朝廷——"

"朝廷纵有千般好，百姓难求一碗粥。张大老爷，想想张家的事，想想长子长孙？"吴天眼的眼斜着往上看，头几乎抵在了张义峨的下巴。

"这个吴天眼，个子太矮了。正所谓五短身材大脑壳，真是一点也不假。"张义峨心里想。

"如此，也好。道长费心了。"张义峨让出客厅的正中位置。他从布幡的一个破洞中，看到吴天眼脸上的皱纹，像一幅阴阳八卦图。

占地二百多亩的日涉园如同铺在葛石店地界上的一张油墨山水。庄园由辞官归家的张登云开始兴建，留下小西湖、瑞芝楼、望山亭、景周轩、明秀台、水云阁、榭竹篁等诸多胜景。明天启七年的某一个冬日，安徽灵璧县训导、江山人柴复贞，冒雪途经宁阳，专门造访日涉园，感受到日涉园隐重山之中，居云水之侧，园宏楼峙，曲径通幽，鹤鸣鹿逐，堪称世外桃源、人间仙境，慨然作《过张大参名园见赠》诗："不辞远道雪纷纷，驻马名园侍隐君。曲径往来唯鹤鹿，终朝吐纳只烟云。炉边太乙传金诀，架上天丁护秘文。愧我老为尘俗士，岂堪入座挹清芬。"对这些历史留记，吴天眼是清楚的，他羡慕张登云的少而颖悟，笃学明健。张登云的诗文、韵律规合汉唐，音色古雅，而对建筑学和园林学的精通，又让他留下的日涉园，兼具了南北园林的优点。他精心布局，让春夏秋冬依沿四季时序的循环，绽放出夺目的美，然后又在某一个恰当的地方，呈现景致的出人意料。他在春日的鲜花盛开中，突然栽植了秋日的果树，又在夏日的翠竹摇动中间，堆砌了成片成云的雪花石。景色的季节错位，让人流连，也让自觉垂暮的吴天眼，更多了些感慨和哀伤。那些楼榭亭台，在时间的削刻下失去了颜色，但它们的骨气还在。那些假山陋石，厚厚的青苔绿了又枯，枯了又绿，总让人摸不着它的头绪。那些从假山的罅隙中流出的水，非清非浊，似乎分了阴阳，各自循着不同的方向流去。吴天眼突然弄不清楚眼前的一切，是真实还是虚幻，而自己来到这偌大的张家大院，又想寻求什么？真的是要为张家圆一个千秋大业的龙腾梦？

吴天眼想起了前几日的梦。一条龙在西南方向盘旋。它在找一个落脚的水塘。然后是道陵真人的拂尘指向他："你要精心寻一处龙潭。"

梦醒，吴天眼却感觉是一种真实，真实得如同泰山顶上的每一块岩石。他又从心底怀疑，怀疑在这样的世境之下，还会有真龙天子的出现？此后的三天三夜，他一次次推算，而每一次的答案都是肯定的，从时间到地点都精准无误，让他不能有丝毫的怀疑。

吴天眼想最后一次试一下。他从肩膀上斜背着的口袋里，摸出一枚印有"宣统通宝"字样的制钱。吴天眼指了指天，然后点了点地，将制钱扔进小西湖。制钱着了魔法，如同在平镜上一般，急速地旋转，然后稳稳地漂在水面之上。吴天眼的布幡掉在地上，制钱也迅速沉入湖中。

制钱与水的摩擦声，像远处的雷声。

荷花的香在不知何处刮来的风里挤过来，陪着吴天眼浑浊的泪流进嘴里。淡淡的苦苦，像一生的苦修。在时光中摇曳的荷花，究竟含了多少禅意，多少世事悲凉，吴天眼把眼眯成一条缝，想。

荷花繁盛之后，就是秋天了。

吴天眼开始掐算立秋的时辰。

3

周敦朴被聘为张家的私塾先生,兼做敬信堂张义峨的师爷,是从油爷三岁时开始的。

周敦朴祖祖辈辈的宁阳石集人,出身贫寒。因为不是周家大院嫡传,所以进不了周家的私塾,便悄悄地躲在私塾外面,听周家的子弟,拖着骄傲而悠闲的腔调,诵读经书。一日私塾先生赵泰山发现周敦朴,让他背上一段。周敦朴把他偷学到的所有文章,一字不差地背了出来。赵泰山喜不自胜,收其为徒。周敦朴成为周家大院之外赵泰山先生的唯一弟子。

周敦朴在宁阳,虽然不是英雄,却相当传奇。比如他七岁就成了秀才,十五在乡试中拿了第一,成了解元;比如他在二十六岁时参加会试,成为会元。原想再去参加殿试,却因为父亲去世,周敦朴在家守孝三年。这也成为他人生的最大遗憾。乡人们猜测,如果周敦朴能够参加殿试,山东潍县的王寿彭就绝对不会有机会拿状元。而周敦朴与王寿彭,同年出生,同年成了解元,同年参加会试,周敦朴第一,王寿彭第二。不同的是,殿试像波涛汹涌的大海上最后的灯塔,机会只留给了王寿彭。清廷似乎与周敦朴开了一个大大的玩笑,他所应得的贡生等等待遇,都被忘记于他的三年守孝期。最后一次的殿试,也成为周敦朴一生最后的绝望,再无春风至,再无夏花开。周敦朴一直在认真探寻和关注着王寿彭的生命轨迹，比如他被派往日本，比如创办山东大学等等。有人戏言，这些本该是你的。但周敦朴微微一笑，如同轻轻掸掉帽子上的尘土。虚妄之思不想，虚妄之话不说，虚妄之事不做，周敦朴这样告诫自己。

琴棋书画无所不能的周敦朴，先是被聘为知县的师爷。无奈他生性耿直，看不惯县令的卑劣庸猥，拂袖而去，去周家大院做了先生。周家人寄望他能一下子培养出几个知府县令，勉强之事太多，他又黯然离开。如今再被张家大院高聘，他竟有了隔世之感。周敦朴已经不再悲叹自己的时运，而是感觉到一种无法预知的洪流，正在旋转成一个又一个的险滩。革命、变法、维新，似乎在一夜之间，都不再是什么新鲜的词汇。那些墙头草一样的党派和形态各异的这会那会，像风一样灌进他的耳朵里，让他不得不思考这朝廷到底怎么了。进而会想，如果自己是王寿彭，又会身在何处，如此等等。更让周敦朴不能理解的是，围绕在自己身边的人和事，也不再循规蹈矩。比如正在眼皮子底下吟诵着《孝经》的张书禄，竟然被下人们称作油爷。只有六岁的小小年纪，那些胡蹦乱跳的虫子，竟成了他心头最大的梦想，终日与之相伴、对语。

"书禄，告诉老师，这辈子想考取什么样的功名啊？"

油爷忽闪着睫毛，看着周敦朴的眼睛："像老师一样。"

周敦朴摇头。眼前这位聪明绝世的张书禄，生不逢时。他出生那年，有太多的人和事，注定这个世界的不太平。如果说日俄战争与穷僻的宁阳没有太大关联的话，清政府废除科举制度，却让无数像他一样的孩子，在为国效忠的道路上迷茫无知，无路可走。在接受张义峨聘约的时候，周敦朴已经清楚地告诉张义峨，科举之路已经作古。开明的张义峨只一句话，天下在，人就在，学问在，仁义礼智信就得在。周敦朴信了这句话，因为他一生都信了学问，然后才信了自己。如此，当张义峨一次次称他为会元的时候，他心里是安慰和享受的。会元，不只是称谓，还是学问的代称，也是一个朝代的印记。会元，会随着时间的流逝越来越少，会越来越老，这个称谓下是一个满腹经纶的学究，浑身散发着古老的智慧和光芒。

"那就，也写一本经书？"

这话让周敦朴惊异，瞪大了眼问："什么经书？"

"就像——就像《诗经》一样的。"油爷把已经溜到嘴边的《促织经》咽到肚子里。

周敦朴看到了他的犹豫，也知道油爷的心里在想些什么："好吧。人这一生，一定要立志做成一件事。"

"那，老师做成了什么事呢？"油爷的声音充满孩子的顽皮，睫毛上下翻腾。

周敦朴突然语塞。周敦朴被问住了。

"读书。"

周敦朴的声音突然很弱，他不知道这两个字算是回答，还是对油爷的命令。

"身体发肤，受之父母，不敢毁伤，孝之始也——"

油爷吟诵的腔调似乎多了些得意和狡猾。

蛇打七寸。周敦朴感觉自己被击中了要害。他坚信张书禄的话并不是故意，却刺疼了他，像一根烧红的针。并且，他还在针的上面，加上了长长的艾条。

"先生，老爷有请。"张义峨的书童小三子来到诗书堂，走近周敦朴，低声说。

刚刚拨弄的《春江花月夜》停在第三个音"宫"上。

看到小三子过来，油爷就明白，肯定是爷爷要找先生了。吟诵的声音也愈发响亮："立身行道，扬名于后世，以显父母，孝之终也。"

敬信堂的私塾取名为诗书堂。诗书堂共有六个孩子。除油爷外，还有他的两个堂弟张书祥、张书祯，周敦朴的儿子周知常，荣怀仁的两个女儿荣希音、荣希言。荣怀仁曾经是张义峨的书童，跟了他十几年。后娶了曲阜孔家的孔兰芝为妻，一年后暴病身亡，留下了一对双胞胎女儿。孔兰芝找到张义峨，跪下后便哭哭啼啼，一句话不说。张义峨知道她的心思，便安排她住在敬信堂的工绣坊，教女孩子做女红。孔兰芝的两个女儿，则跟着张家的几个孩子，到私塾学诗书。对这样的安排，孔兰芝起初并不同意。她觉得男女授受不亲，私塾是男孩子们学习的地方，女孩子识字不识字并不重要，只要能做得了针线，等年纪大一点，找个好人家嫁出去，就行了。可因为张义峨一直把荣怀仁当儿子看，见荣家遇如此大难，便不听孔兰芝的辩解，执意让周敦朴把两个女孩子一起教了。

六个孩子中，周知常比油爷大四岁，油爷比书祥大三天，比书祯大一岁，比希音、希言大两岁。因为性别不同，希音、希言被安排在左边，几个男孩子在右边，中间象征性地拉了一根红绳。书祯调皮，个子矮，故意在绳子下面穿过来穿过去。系上绳子不几天，就不知被他弄到了哪里。油爷便给书祯取了绰号假女人，书祯反驳："你才是女人，娘娘腔，女人相。"这也是油爷娘娘腔的最早出处。课余时间，希音、希言姊妹俩玩翻手绳。男孩子则围着油爷的蛐蛐，用各种方法挑逗，让它不停地叫，就连毛笔也成了书祯的茭草。油爷故意把书祯撑到一边："你是女人，授受不亲。去，找她们玩去。"书祯便撸起袖子，要和油爷干仗。

因为年龄不同，几个孩子所学的内容也各不相同。周知常已经开始读经史子集，油爷读完《大学》《中庸》之后，开始读《礼记》，书祥、书祯在读《论语》，希音、希言在读《诗经》。如此的私塾，便出现了不同腔调、不同内容的诵读。

周知常是不喜欢诵读的，他只默默地看，端庄而虔诚地去写。在父亲的戒尺之下，他是挨打最多的人。他会因为记错一句话挨打，会因为写错一个字挨打，还会因为油爷这一帮孩子出了差错陪着挨打。油爷看到了周知常眼中的忧郁，只是他从不表达，似乎把所有的怨恨和苦痛，都随着无助的目光，望向了远方，交给了那些没有人烟的地方。油爷知道周知常的母亲早早去世，可能因此变得沉默寡言。

"想你娘吗？"油爷问周知常。

周知常把头深深地低下去，鼻子一上一下不停地吸气，并不答话。

"我娘从不管我。"油爷说，"她只和那些姑姑婶婶们喝茶，打麻将。"

"到诵读时间了，好好用功。"周知常的眼睛盯着书本，并不见他翻动书页。然后听见书祥这样诵读："君子谋道不谋食。耕也，馁在其中矣；学也，禄在其中矣。君子忧道不忧贫。"而这话，似乎让周知常打了一个寒战。书祯这样读："不知命，无以为君子也；不知礼，无以立也；不知言，无以知人也。"

诵读之时，油爷手中的书是分了两层的。上面的一层是《礼记》，下面的一层是《促织经》。周知常提醒他："师傅一会儿就回。"油爷便把《礼记》摆得更加端正："道德仁义非礼不成教训正俗非礼不备分争辩讼非礼不决君臣上下父子兄弟非礼不定宦学事师非礼不亲班朝治军莅官行法非礼威严不行——哎哟，憋死我了。"油爷长出了一口气，"师兄，我告诉你，还是这个有趣。你听：'夫一物之微，而能察乎阴阳动静之宜，备手战斗攻取之义，是能超于物者也甚矣！促织之可取也远矣！盖自唐帝以来，以迄于今，于凡王孙公子，至于庶人、富足、豪杰，无不雅爱珍重之也。'师兄，这也是经书。你说，师傅为何不让咱读？有人说玩物丧志，琴棋书画不都是玩的吗，怎么就不丧志？"

"你小小年纪，竟如此能辩。我以后是不是不叫你师弟，也要叫你油爷？"周知常笑着说。

"我喜欢这称呼。不过，我可不敢让师兄叫。刚才师兄说我能辩，我也不接受。《诗经》上就有写蟋蟀的诗句：五月斯螽动股，六月莎鸡振羽，七月在野，八月在宇，九月在户，十月蟋蟀入我床下。师兄,你说《诗经》算不算玩物丧志?世上美的事物,谁不喜欢。果真是玩物丧志的话,咱就该到孔林里叩问一下老圣人,他为何收这篇?"

"你可是刚读完《礼记》的,怎么如此语出不尊?"

"师兄吓唬我。我再给你来一段精彩的。你听一下看蟋蟀怎样被超度下凡,如何?"油爷把条凳挪开,把《促织经》从《礼记》下面抽出来,清了清嗓子,"一夜青娥降晓霜,东篱菊蕊似金妆。昨宵稳贴庄周梦,不听虫吟到耳旁。大众万物有生皆有死,鸟雀昆虫亦如此。今朝促织已身亡,火内焚尸无些子。平生健斗势齐休,彻夜豪吟还且住。将来撒在五湖中,听取山僧分付汝:冤与孽,皆消灭。咦!一轮明月浸波中,万里碧天光皎洁。济公念毕,把灰向湖中一丢,一阵清风过处,现出一个青衣童子,合掌当胸,曰:感谢我师点化,弟子已得超升。言讫,风息不见。"

"好好好。"书祯、书祥、希音、希言同声叫好。细脆的巴掌声,与童声无异。立秋后的第一声虫鸣,油爷想,希音在拨琴。

"师弟,你知道我最想告诉你什么?"周知常笑着,说。

"什么?"油爷一头雾水。

"我是当师兄的,必须告诉你,非礼勿言。"

"我这叫非礼?我问你们,啥叫礼?师傅说,长幼尊卑叫礼。玩蛐蛐不失礼啊。要是这个世界上的所有人,都像蛐蛐一样,站在不同的地方,对着半空中的月亮歌唱,会怎么样?那才叫天下大同。"说完这话,油爷笑笑,脸上露出红晕,飘着,泛起花,如同真的刚刚对着月亮唱完情歌。在他幼小的心里,他真的希望看到每个人都对着月亮唱歌的浪漫场面。

周敦朴不知何时进了诗书堂,几个孩子吓得连忙将屁股滑在长凳上。

"书禄,刚才你背的啥?再背一遍给师傅听听。"

"我在教师妹背《诗经》。"油爷站起身,双手低垂,上眼皮几乎挤进眼里。

"那就背一段吧。"

"死生契阔,与子成说。执子之手,与子偕老。于嗟阔兮,不我活兮。于嗟洵兮,不我信兮。"

"这是教谁背的?"

"希音。"

"我不喜欢。"希音哭着说,"他没教我。他坏。"

"又是谁扯断了这条红绳?"周敦朴问。

4

油爷在偷看《促织经》的时候,他的爷爷张义峨和师傅周敦朴,正在商量一件与他有关的事。

张义峨的儿子、油爷的父亲张儒东,也正在葛石店的大街上,急匆匆地往回走。他有一个重大消息,需要尽快告诉父亲。

张儒东一大早就在几个店里转。先是丝绸店,再是茶叶店,然后去了典当行,最后才去了万兴钱庄。丝绸店里的生意依然和往年一样,不温不火,赚不了大钱,权且当个营生。茶叶店相对好些。尤其是随着天气越来越热,北方人总是要饮茶的。典当行的生意冷清在明处,实则益处多多。高大的柜台前,被压低了看扁了的脸,和典出的价格一样,没有讨价还价的余地。无论家境如何,能够再兑回去的,少之又少。儿子书禄前几日从店里取走了一只青花的蛐蛐罐,典当主人说是宫里的东西。从罐型到款识,应是宫里的公公把玩的东西。物以稀为贵，稀罕不假，并不见得有多大的价值。但儿子喜欢，张儒东便由他拿去玩了。张儒东推测，这物件，应是从周家大院流出。周家祖上出过宦官，枕套里装满了银票，一只蛐蛐罐，根本算不上什么值钱的玩意儿。若是要说到钱庄呢，张儒东心里的喜是压不住的。开了钱庄之后，他才知道什么叫钱如流水。一进一出，白花花的银子像仓库里的粮食，看着就让人眼晕。钱庄是儿子出生那年开的，张家大院敬信堂的好日子，突然就在儿子出生的瞬间来临。这让张儒东有点承受不了。即使随后又有将就局钱庄、龙元钱庄开业，争去了一些买卖，但万兴钱庄仍然是附近几个州县最大的钱庄。

走在一里多长的东西大街上，张儒东感觉自己是飞起来的，身旁经过的门楼牌坊，似乎都隐进了历史的隧道里。张儒东知道，自己应该感谢祖上张登云。西宁侯的高官显位，让后世的张家人享受着无尽的荫佑恩泽。从那时张家大院的几十亩地，到如今张家八个支系形成的"八大院"，已经在葛石店建有各式楼房1899间，设有各类堂号五十多个。"吃粮有粮店，买咸有盐商；听戏有高台，借钱去钱庄；打仗建民团，护院有长枪；东西街太长，十年到中央。"周边的百姓这样形容葛石店，虽然有些夸张，但并不过分。仅将整个葛石店圈围起来的围墙，就有十几里长。"经得起炮打，跑得开马车。"张儒东想起在重修围子墙时自己说过的话，和带头捐献的三千白银，心里仍然充塞着骄傲和自豪。带了个好头，落下个名声，捐的却不是最多的。张儒东觉得，这账划得来。

只是，听说西洋人有了火车，也不知是啥玩意。是不是也能和马车一样，在城墙上跑？张儒东心里想，再过上几年，等书禄再大些，就送他去西洋留学，咱也趁机坐坐那些洋玩意儿。

周敦朴比张儒东提前了半个时辰，到了张义峨的书房。

周敦朴进门时，张义峨正在写一幅字，像是一副对联，上联已写完，对着下联的白纸看过来看过去，似乎想不出工整的对句。

"老爷，我来了。"周敦朴双手叩在一起，揖过。

"噢，周会元，稍等片刻。人老了，脑子确实不好使。再怎么费劲儿，都想不出一句好联。"

周敦朴看到张义峨毛笔尖干了，知道他所言非虚，已经想了好长时间。

"老爷这块砚好啊，简直是绝品。"

"会元好眼力。正宗的龟山砚。朋友拿一亩地换的。"

"这砚好。不但石材上等，做工精细鲜活。龙骨强壮有力，龙尾蓄势待发。祥云漫卷，金瑞满堂。确实好！"周敦朴没有丝毫的奉承之意。

与砚台相比，周敦朴更喜欢桌上的摆件——龙龟。张义峨几次说，这件龙龟极有讲究，料子是上等的和田，龟身温润如脂，龟壳为黄褐色，每一个暗色的斑点都像藏着故事。并不复杂的颜色，即使敛着，也是醉人的。雕工细致，造型奇特，再无第二次的重复。对这一把件的来历，张义峨从来不说。周敦朴心里明白，把件是张义峨的定情之物，不是现在的孔夫人，而是他自己私定终生的女人送的。至于那位才貌双全的女子是谁，在整个葛石店，无人知晓。

龙有龙运，龟有龟程，周敦朴想。他扫了一眼张义峨墨迹干透的上联，"日涉园中树"，说："老爷这上联妙啊。"

"说来听听？"

"日涉园是老爷的后花园，以涉代射，隐了锋芒，还一样光照四方。妙！"

"是西宁侯高啊。你想想，日涉两字，既包含了他对浩荡皇恩的感激，又将太阳之光引入园中，并且避开略显浅薄直白的'射'字。妙哉！只是苦了我，半天觅不到下对。"

"老爷的下对早已经有了，与西宁侯堪称绝配。"

"噢？说来听听。"

"我刚刚从哪里来？"

张义峨哈哈大笑，提笔一挥而就："诗福堂下人。"

周敦朴教书的诗书堂很快换下牌匾，成了诗福堂。

宁阳的地域方言中，平卷舌不分，S音常常发出F音。这便有了书福不分、水飞同音。

张义峨放下毛笔，端详了一阵眼前的大篆："我请周会元过来，本不是让周会元吟诗作对的，凑巧竟觅得绝对。我是想让周会元给我出个主意。"

"老爷请讲。"

两个人在椅子上坐定，张义峨让书童端上茶，开了口："县城里的钱家店，托人来提亲。先生在县衙执事多年，对钱家店可有切身体会？"

"不知老爷想知道哪方面的事体？"

张义峨沉吟片刻："钱家店请托县里的教谕孔令宣，来为钱家店最小的丫头提亲，要将她许配给书禄。这倒提的媒事，本身就不合规矩，他们还要把城东刚到手的两千亩好地当作嫁妆，并且还特意拿出地契让我看。"

"谁给两千亩地？好事啊，刚好咱能凑成两万亩。"张儒东的脚刚一进门，就听到父亲的这句话，就像他是用最早进门的脚趾头听到的。

张义峨瞪了儿子一眼。

张儒东嘿嘿一笑，坐到一边，两只手来回搓着："我想——"

张义峨并未理会："会元请讲。"

"据我所知，钱家店发迹，只不过二十几年工夫。钱家八虎，像是突然就在县城里冒了出来。兄弟八个一个比一个凶狠勇猛，所有的营生都有他们的手伸进去。钱家店从最初的车马店，到后来有了染房、酒坊、磨坊、洗衣坊，再到后来接手了官盐，大大小小已经有几十家店面。光绪三十年之后，四年间宁阳换了七任县令，钱家八虎几乎接管了宁阳城。有几个想拿他们的把柄做点文章的倒霉县令，竟被他们做了假局。他们到兖州府告黑状，把那些不识时务的县令，赶出了宁阳城。这钱家，如今可称得上手心是云，手背是雨。偏偏要与张家结亲，意欲何求呢？"

"这也是我迟迟不敢决断的缘由。况且，教谕告诉我，那丫头比书禄整整大了一旬。还明着告诉我，这钱三花来就是要做童养媳。这更是不合常理。我绝对不能把张家的长子长孙，放到这样的境况。"张义峨一边摇头，一边说，"可我最担心的，正是钱家八虎的恶名。"

书童小三子倒茶，声音似乎格外响。茶香随着水流的声响飘起，混合起墨汁的味道，竟有些不伦不类了。

"这事，我看就有劳会元，到县衙跑一趟，跟孔教谕见个面，把我的意思明确告诉他，直接推掉这门婚事。"张义峨最后说。

"老爷，我看这事，不如从长计议。"

"推了吧，敬信堂不差那两千亩地。有会元在，书禄日后必定有更大的出息。"张义峨似乎刚刚看到儿子张儒东，扭过头，"你来又是啥事？"

"十万火急的事，刚才你没让我说。新赴任的县令阎边，后天一大早就要从葛石店经过。他让人捎信，要看看敬信堂。晚上要临幸食宿葛石店。"张儒东的两只手放在双腿之间，不停地搓着。

"看你那火烧房顶的毛糙劲儿，那双手得罪你了？他还临幸，用错词句了吧？这事我知道了，你去准备吧。"张义峨使劲地瞪了儿子一眼。唉，以前没有给他请个先生，绝对是个错误。张义峨以为自己能把他调教好，没想到他越来越不成样子，坐没坐相，站没站相，也不知随了祖上的哪一位？张义峨心里想。

"老爷，我也要去看看孩子们了。"周敦朴作揖之后，突然间又回过身，"老爷，你能不能告诉我，书禄出生那天，到底发生了什么事？"

张义峨的脸上瞬间有一片云彩飘过。他把茶盏慢慢推远，茶盏与桌子的摩擦声有些刺耳:"这事,以后再告诉你吧。这孩子,喜欢蛐蛐,就像他比别人粗了一半的肚脐眼,都是与生俱来的。唉,合着那副挂在老榆树上的胎盘,不知被谁偷走,带走了他这辈子所有的上进心。"

5

油爷对虫子的喜爱,超过任何事物。

当然,绝对不能和对希音的喜欢相提并论。

趁师傅背过身去的当口,油爷把从母亲身上摘下来的香囊,悄悄塞进希音的口袋。悄悄地,不让希音发觉。悬在口袋外面摇来摆去的绿色提绳,有些得意地看着油爷,像油爷渴望看见的希音的眼,眨来眨去有些调皮。

楝花的香,从香囊里不紧不慢地飘溢出来,让油爷的唱诵眯起眼睛,陶醉得像真的得到了一份爱情。

母亲突然在窗子外出现。该不会是来找香囊的吧?油爷紧张,课本掉在地上,《礼记》两个字似乎在地上打了个滚。

待母亲和先生小声说了几句离开,油爷才放下心来。楝花的香便又不紧不慢地弥散开来。

"谁塞给我的香囊?"希音突然问。

几个孩子互相看着,像在雾里找不到来去的路。油爷上句不接下句:"一定是——你娘——给你缝的。巧女人好——针线,俏女子妙打扮,谁不喜欢呢?嘿嘿。"

油爷想起，希音曾经有一次绯红了脸："小少爷，你是大家大户，将来一定要找门当户对的人家，娶一个上等的千金小姐。"自己眼前的希音，比任何一位千金小姐都不差分毫，油爷想。

油爷在看希音的时候，希音的目光正落在周知常的身上，周知常在看书。周敦朴把几个人的目光统统揽进眼睑之中，然后便是两片嘴唇的长吟："君子发乎情，止乎礼。今天留给学生们的作业，便是《谦谦君子说》。"

当然，关于香囊的这桩假悬案，只是学堂里的小插曲。小插曲只配当作嗑瓜子时随口说说的闲话。油爷也并没有当作多么浪漫的爱情象征。比如此刻，他更爱蛐蛐。立秋是多么重大的一个节日啊，比七炒八炸的过年要好多了。

油爷确信，自己手里的《促织经》，要么是爷爷的，要么就是师傅的。如果从书上零星的评点看，应该是师傅的笔迹，清秀得像初秋的晨风，时时透着浪漫的气息。可先生从不承认他读过贾似道，更不会承认曾经对这部经书进行过评点。但他又是从爷爷的书房里发现后拿出来的，所以这事，又似乎不能怀疑到师傅头上。

油爷想起曾经用《礼记》盖住《促织经》，上面一本下面一本，字读起来也像是上面一句下面一句。这些不搭界的字突然从书本里跳出来，像一群无组织无纪律的蛐蛐，打得你死我活。

不管怎么说，《促织经》这本书，就在自己手上。没有谁找他要过，也没有人向他提起过。油爷暗暗高兴的同时，又心存狐疑。

"觅"得的书，油爷为自己的精妙用词，激动不已。

散了学堂后，油爷拉了周知常的袖子一把："师兄，我给你说点事。"

周敦朴的戒尺横在课桌上，油爷拿在手里。

"师兄，你看看这段赋。多好！"

"这玩意儿啊，我不看。"周知常把油爷递到他手里的《促织经》扔到油爷身上。

油爷把戒尺往桌上一拍:"看,读出来!"

周知常脸上红一阵白一阵,眼珠上慢慢布满寄人篱下的血丝。

周知常的声音突然嘹亮起来:"太虚君幽居味道,莫知物移岁改。优游多暇,漫观绿苔生阁,芳尘凝榭,悄焉久怀,不怡终夜……睹月华之夕辉,听促织之秋引。于是弦桐练响,音容选和。徘徊房露之曲,惆怅阳阿之奏。林声虚籁,沧池灭波。郁结纡轸,情其何托。愬感虫鸣,啸而长歌。歌曰:时将际兮英声揭,消永夜兮共明月。临风羡兮将焉歇,霜枫落兮音尘阒。歌音未终,余景就毕。满堂变容,回遑如失。又称歌曰:月既没兮露将晞,时方晏兮无与归。良期可以还,微露沾人衣。太虚君谓空玄子曰:善!乃命执事,献平原千金之寿,修楚襄百只之璧,敬佩玉音,服之无斁。"

油爷接过周知常的声音,背过身,然后又把戒尺在桌上敲了敲,嘭嘭嘭——"师兄,听到了吗?敬佩玉音,服之无斁。玉音就是希音,希音是我喜欢的,你不能喜欢。"

周知常愣住,好长时间,似乎猛然间想起什么,一个深揖,转身而去。

从那天以后,周知常再也没有来过诗福堂。油爷曾经向师傅打听,师傅笑而未答。他问书祥、书祯,他们也并不知情。再问希音、希言,她们更是说不出一个字。油爷怀疑是自己惹了祸,几次问爷爷是否知道知常师兄去哪儿了,爷爷回答说去京城考功名了。直到后来,母亲带着他去石集村的周家大院,在周家私塾见到了周知常。他成了赵泰山的学生,同时也兼作贴身的书童。母亲带去了银两和衣服,包袱沉甸甸的。见面后,周知常依然是深深作揖,一脸的恭敬与谦卑。这次他没有叫师弟,而是叫了声"小少爷",这让油爷心里很不舒服。油爷看见周知常瘦了,腰身依然挺拔,像一只笔管。

"师兄,那部书——"油爷觉得应该道个歉,还个礼,或者什么。他的嘴动了又动,似乎不知道自己想说什么,"我也会写一部那样的书。"

周知常又是一个深揖。

临走的时候,周知常跟在母亲的马车后面,送了老远。马跑得气喘吁吁,他也追得上气不接下气。油爷掀开布帘看着他,看着他的呼吸来来回回,似乎透着委屈,又似乎没有。油爷的泪终于憋不住,落在马车上,然后又流到地上,砸在厚厚的尘土里,像散落的雨。

油爷坐回马车。他已经看不见周知常的影子。油爷猛然发现了马车后面的那个包袱,母亲送给周知常的衣服和银两,完好无损地待在那儿。

"母亲,师兄他——他把包袱还回来了。"

"母亲知道。"母亲把油爷抱在怀里,"多有骨气的孩子!可惜啊,老天爷总是刻薄命苦的人。小小年纪就没了娘。知常命苦。"

"希音希言也命苦。"油爷说。

母亲的泪滴在油爷脸上:"娘要是死了,你也命苦。"

"娘怎么会死?娘不会死的。"

"算命的人说你命硬,才给你找了奶娘,认了观音庵里的石头做了干娘。以前逢年过节,都是母亲替你给石头娘烧香,以后你就要自己去了。"

"石头做我的娘,是不是天下的石头都是我的娘?"油爷问。

不知道是母亲没有听到儿子的问话,还是她根本就不想回答。油爷没有得到答案。

"对了,娘忘了告诉你,有人给你说媒了。你就要当新郎官了。"母亲的声音里听不出任何的高兴。

"什么?什么狗屁新郎官!我才不当。我要当大官。"

"你要当多大的官?皇帝你做不做?"

"做,怎么不做?"

"当了皇帝做什么?"

油爷想了好久，终究没有想起要做什么："那我还是不做皇帝吧，我还不如玩我的蛐蛐。"

"玩蛐蛐不如娶媳妇。我问你，希音你要不要？"

"要！当然要。"油爷猛地从座位上站起来，"娘说真的吗？我要让她当大老婆。"

"你心还不小，还大老婆。你想娶几个老婆啊？小孩子家家的，哪来这么多坏主意？"

油爷一屁股坐下去："那我就不娶媳妇了，到死也不娶。"

"这话，你该说给你爷爷听听。"

油爷没有胆量给爷爷说这事。此刻，他仍然想着师兄周知常。他想着自己只有几岁时的快乐过往，想着师兄从来没有出现过的笑容，想着他如何小心谨慎地面对自己的父亲周敦朴和他高举着的戒尺。他像一个怀揣着刺猬的小羊，胸脯微微含着，如他深躬下身子的作揖礼。而那双几近露出脚趾的布鞋，显出麻花般黑白交错的纹路，让他低垂着的目光迅速暗淡下去，像燃尽的蜡烛，末了还是缭绕不去的淡淡的烟，写满憋屈。想至此处，油爷再一次问自己，是不是可以让师兄喜欢希音？他内心的回答依然坚定有力，不可能。

油爷喜欢希音，似乎是公开的秘密。前不久，母亲曾经向孔兰芝要了鞋样，做了一双绣着青荷、坠着花穗、金色苏州缎面做成的绣花鞋，二寸多不到三寸的样子，亲自让希音试过，再用大红的方绸缎包了，让孔兰芝过来取了。孔兰芝回话说，鞋子大小正好，只是舍不得穿。关于此话的真假，并没有人需要验证。

"你们老张家的男人，都是情种。你这还没离开褯子，还要奶娘搂着，就开始想女娃娃了。"母亲这话，像是玩笑，像是抱怨，又像是诉说。她想起公公张义峨，年轻时三房妻妾，还要到县城烟花柳巷，时不时地捎一双绣花鞋回来。只是现在年纪大了，儿孙满堂，才收了心。自己的男人张儒东，欺负她老成家没人，穷得要命，自己身子骨还像麦秸草似的林黛玉，夜不归家便成了他经常做的事。更让人看不进眼的事还有很多，比如对孔兰芝这样一个苦命的弱女子，他还经常言语挑逗。长工王大嘴的媳妇柳氏，是儿子的奶娘，他还趁孩子吃奶的时候，偷偷瞄上几眼，摸上一把。至于下人现在议论他和柳氏已经如何如何，她张成氏听见也只能当作听不见。唉，女人都是这样的命，听那些嚼舌头的话，还不如去花园里听听那些鸟叫。再不济，还不如听听儿子的蛐蛐叫。

"娘，你们成家曾经是一个诸侯国的国王，成姓还是皇姓呢。"油爷不知怎么突然想起这个话题。

"那又怎样？"

"那我就是皇亲国戚啊。"油爷的嘴角拉到了腮帮的中间，稍一停顿，他又说，"你在娘家的名字也好听，成蝶，多美，和希音差不多。"

母亲张成氏的心思根本没有在油爷这儿。她知道自己成不了蝶，只能做一只虫蛹死去。她慢慢往前推演，自己的男人和王柳氏在何时有了交集，才让王大嘴满脸的仇恨。那仇恨是写在他身体的每一个汗毛孔里的，连他衣角的每一次掀起和落下，都是仇恨在那儿大声呼叫。成氏一次次清晰地听到仇恨的诅咒，真切得像对着她的耳朵在喊。

那么，儿子出生那天，王大嘴撞翻了吴天眼的星盘，便是有些故意了。八十大板，太轻了，应该拉出去活埋。

那天，午时的阳光真好。瞬间，整个世界变成了黑暗，狂风大作。

"你们老张家，会出事的，会出大事。"张成氏拉着儿子的手，说。

然后便是泪水滂沱。

6

新任知县饶介祺是江西南昌人。

除了名字和籍贯，敬信堂主人张义峨对新县令一无所知。

吃过午饭，张义峨便带领张家大院八大支的头领，恭恭敬敬地站在葛石店的东门以外，恭候新任知县阅边归来。张义峨知道，所谓的阅边，对县令来讲，就是要看看自己管辖的范围有多大。更多的为官者，是把阅边当作走动关系的最好机会。这也是惯例。新官上任后，总要到各个乡绅大户家走走，拜拜码头。俗话说得好，强龙难压地头蛇。况且，张家大院并不是地头蛇，而是地地道道的名门望族。无论哪任县令来，都必须对张家另眼相看。

但这次的饶县令，似乎与其他县令不同。据张儒东讲，新县令已经到任三个多月，没听说到哪家哪户走动过，倒是与钱家店，过从甚密。

对饶知县的来龙去脉，张义峨托人四处打听，并没有得到多少准确信息。四年七任县令，比后来的有钱人更换不值钱的情人速度都快，这也难怪。

没人知道并不打紧，县令就是县令。当阅边归来的新任知县饶介祺，借着夕阳的光辉走下轿子的时候，看到的仍然是一大片黑压压的人头。

"都起来吧。"饶县令打着兰花指的手势，拖着慢得像牛一样的长腔，喊。

男人女人腔，张义峨心里一颤。如果不是确信眼前站着的就是男儿身，张义峨会把这声音的主人当作宫里的公公。在远远地看到一顶四抬轿子轻飘飘地荡过来的时候，张义峨只是猜测到了南方人瘦小的身材。他绝对没有想到，故作姿态的县令，就连声音也是这样的曲折如蛇。像周家大院被阉过的公公。周公公尚有一副俊俏的容颜，只可惜年龄折磨了皮肤。张义峨知道自己这样揣度县令是不对的，但他的第一印象确是如此。

"你是张义峨？"声音依然是女人腔，尤其是不懂规矩地直呼其名，这让张家老爷更加反感。

"正是在下。"张义峨又作了一个长揖。如此大的年龄差距，像是老子在给儿子作揖。

"本官听说过张家祖上的功劳，也知道你是本县最大的善人。县上的功德事做过不少，百姓的事据说也是有求必应。并且本官还听说，善人借给百姓的钱粮有三个原则，不打条，不收息，不催要。这甚合吾意。本官要的就是这样的民风，这样的教化。本官原打算过几日，挑个良辰吉日，专程来讨杯酒吃。这倒好，被善人抢了先，非要在本官阅边的时候破费。那好吧，恭敬不如从命，本官今晚就住在葛石店了。本官倒要看看，花不过宁阳城，富不过葛石店，到底是真是假。"

富不过葛石店是真，至于花不过宁阳城是真是假，难道你县令大人上任这些日没有体会？张义峨心里嘀咕。他向前迈了一小步，试探着问："大人，要不要在下陪你去张家祠堂看看？"

"随你的啦。"

张义峨浑身起鸡皮疙瘩。县令两片嘴唇有些故意地往两边硬扯，然后发出的"啦"音，像大便干燥的人使出吃奶的劲儿挤出的嘴型。

张家祠堂在葛石店的南部。一行人跟在县太爷的轿子后面，听着耀武扬威的铜锣的声音,表情严肃得像出殡。

"肃静——"

"回避——"

小得可怜的轿子一点不懂得庄重,跳来跳去像觅食的麻雀。摆来摆去的轿帘子,则像脏婆娘的手绢,不合时宜地窜出轿子。

张家祠堂五间房,正堂三间房加东西配殿,正门外有镂着砖花的影壁,门前两只线条明朗的石狮子,现出明代的清晰特征。祠堂里的两棵柏树,已经有三百多年的历史,枝条像年老的龙须,沉淀着岁月的铁色。

"这祠堂上的门匾,是先祖西宁侯所书。"待县令从轿子里出来,张义峨走上前去,介绍道。

饶县令在大门口来回走了两圈,低头不知在看什么:"祠堂就不进去的啦,再看看别处吧。"

"要不要去看看紫金重诰坊?"

"随便的啦。"

张义峨仔细观察着县令,仍然是两片嘴唇有些故意地往两边硬扯发出的"啦"音,仍然像大便干燥的人使出吃奶的劲儿挤出的嘴型。

一行人穿行于南北大街。饶县令掀开小小的轿子布帘往外看。老鼠一样的眼神正好被张义峨捉到。南北大街将葛石店分为东西两个大的部分。东部为普通人家的居住区,草房破瓦,很是扎眼。西部便是张家的八大院,几十个堂号一个挤着一个,西余堂、忠恕堂、敬宇堂、乐善堂、务本堂、退思堂、行恕堂、宜正堂、守安堂、信德堂……堂主人们有着不同的秉性,有着不同的营生,过着不同的奢华生活。这些堂号的门楼牌额,一个个鲜活明亮,像出出进进的女眷们飘逸在身上的丝绸。牌匾上的光,和着胸前腰间金银玉佩的叮当声,温润流彩。

轿子停在紫金重诰坊下。饶县令这次几乎是跳下来的。

张义峨问饶县令："要不要拜一拜？"

"你们村有几块牌坊？"

"总共有三块。大人面前的这块是紫金重诰坊，建于明万历二年。宁阳知县徐汝冀上书朝廷，请求旌表凤阳知府张登云之母宁氏、马氏及妻子胡氏的节孝之德。另外还有两块，江汉化行坊，建于明泰昌元年，同由宁阳知县徐汝冀上表，为纪念西宁侯张登云建于大东门里。鸾褒双锡、松操同清节孝坊，建于道光二十一年，由知县武新铭奏请朝廷，旌表张懋锦之妻曹氏、张懋铎之妻孔氏偕事翁姑、抚育嗣子张元顺及敝人的节孝德行。"

"噢，历代的县令大人为你们张家大院，留下过不少恩泽啊。"饶县令侧过头，眼珠转运得很快，说。

"大人们英明。"

"这些牌坊都不要看的啦。本官只想领略一下你敬信堂的风采。外人都说堪比宫廷。我一心想看看，到底是如何壮观的啦。"

张义峨心里一颤，突然明白了县令的阴阳怪气是有来头的。张义峨仍然显出无动于衷的样子："岂敢！谬赞！"但他心里对眼前这个县令，有了更多的厌恶和不满。不进祠堂，不拜先人，如果还能勉强理解的话，走马观花地胡乱看上几眼圣旨牌坊而不诚心叩拜，就有失纲纪。在圣旨碑前应该是文官下轿，武官下马，人见人拜的。这位饶县令对节孝之礼的漠视，绝对是乱了纲常，有失体统，不符合一个县令的身份。如果因此而对他参上一本，他绝对会被罢官的。

张义峨还做过打算，要让新任县令到日涉园一游。不曾想竟让这乳臭未干的东西，坏掉了所有兴致。丰盛的晚餐不同于以往的味道，几乎让张义峨怀疑，这些平日里只知道贪嘴的厨子们，是不是在用心做菜。饶县令倒是胃口大开，凡敬酒必喝，嘴里的油流到袖子上。有失斯文，成何体统！张义峨心里想。

"张善人，我听说你的字写得不错。这样吧，本官作诗一首，你写出来，让大家欣赏。如何？"饶县令的舌头在酒的作用下已经有些不打弯，作诗的劲头倒似乎跟着酒劲儿飘了上来。

"好啊。"张义峨应付道，"只怕鄙人的字配不上县令大人的文采。"

"善人勿再多言，权且如此。那，那你听好啊。"县令离开酒席，自顾端着一个酒杯，一边踉跄，一边是半唱半吟，"日涉园中三杯酒，我与善人不了情。葛石店里有美色，竹篁声声弄轻影。夜半像是钟声远，梦里踯躅越空城。谁说杜康无聊事，终有绝伦诗书行。"

吟完这首诗，张义峨突然对眼前的这位县令开始刮目相看了。

"张善人，我知道你看不起本官。可本官七岁考中秀才，十岁中了举人，三十六岁才外放知府，然后又被贬到这小小的宁阳县城。为啥？以前是官场险恶，咱斗不过那些人。现在，咱不怕了，咱有了靠山。当朝的摄政王知道是谁吧？呵呵，善人虽是大善，对摄政王一定还是不了解的。宣统帝的摄政王是载沣，庆亲王奕劻是他的远房叔叔。本官在宁阳待不了多少日子，就要上赴京城，高就到大理寺混口饭吃。到那个时候，善人，你还能看不起我？"饶县令自斟自饮，慢慢醉了。

"岂敢岂敢，鄙人从来没有看不起大人。"张义峨试探着问，"大人是不是就去安寝？"

"慌啥？"

"我听说你的私塾先生周敦朴，弹得一手好琴，堪比天籁之声。他在哪儿？让他出来弹一曲。"饶县令的眼几乎睁不开了。

已至亥时，张儒东悄悄走过来，拉了拉父亲的衣角："是不是让族人们先走？"

张义峨点点头，退思堂的张义峰刚要出门，就被饶县令叫住："哎哎哎，谁让你们走的？陪着本官喝个尽兴。"

"他是不是还有什么想说的话？"张义峨问儿子，"我看他是黄鼠狼给鸡拜年。"

此时,周敦朴已经端坐在古筝前,一曲《阳关三叠》伴着月光,轻盈灵动地洒在地上。周敦朴的假声伴唱,没有丝毫做作,倒像是倾城才女,吐出满腹深情:"渭城朝雨浥轻尘,客舍青青柳色新。劝君更尽一杯酒,西出阳关无故人……千巡有尽,寸衷难泯,无穷伤感。楚天湘水隔远滨,期早托鸿鳞。尺素申,尺素申,尺素频申,如相亲,如相亲。噫,从今一别,两地相思入梦频,闻雁来宾。"

张儒东从县城带回来的几位歌女,扭着细碎莲花,把长长的水袖,时不时地撩在饶知县牙齿暴露的脸上。

"大胆张义峨,你竟敢给本官端上这种东西!一直有人举报,说你私藏大烟。你还有什么话说。"

刚刚还眯着眼听着《阳关三叠》,手指在歌女的膝盖上一会儿敲一会儿画的饶县令,突然把酒杯摔在地上。他手里紧紧抓住水烟袋,刚才的酒醉之态全无踪影。

小三子吓得跪倒在张义峨跟前:"老爷,是县太爷自己跟小的要。他说要抽一口解解乏。"

"大胆刁民,竟敢诬陷本官。来人,把张义峨和那个刁民,一起投进水牢。"

《阳关三叠》早就停住。

舞女们也一个个愣在那儿。

所有的族人目瞪口呆,小声议论:"这是怎么了?"

门外一下子冲进来二十多个衙役。

铁链子缠上张义峨的双手,然后又绕过脖子。张义峨被强拖出客厅,后面跟着哭哭啼啼的小三子。

"大人,你不能就这样走。"张儒东拦在饶县令跟前,"你要给张家大院一个说法。"

张家的护院长工武神眼站在张儒东身后,他刚想上前,就被张儒东挡住。

"怎么？你还要造反不成？"

张家几大家的当家人，眼睁睁地看着张义峨在深夜被押进县城。

对客厅里发生的事情，油爷并不知情。油爷只知道县太爷到他家了。起初，油爷还觉得十分的光荣，一个劲儿地向希音炫耀。油爷一个劲儿地向爷爷央求，要拜一拜那位县令，最起码也要隔着帘子看看他长什么模样。张义峨怕孙子失了分寸，在县太爷面前丢脸，便哄孙子说，县令以后每个月都会来，以后来多了，见见县太爷是很自然的事。

在那个晚上，油爷睡梦中听到了乱糟糟的声音，也闻到了奶娘身上的体香。

7

县太爷饶介祺阔边那天，油爷的母亲张成氏差了工绣坊里的孔兰芝，来到县城的钱家店。

孔兰芝死去的丈夫荣怀仁与钱家店的老七是表亲。借了这点亲戚关系，张成氏想探听清楚，这位钱家最小的丫头，到底是怎么一回事。

从孔兰芝一进门，表嫂就已经把她此行的目的猜得八九不离十。

钱家店要把闺女嫁给张家大院的事，早已经在县城传得沸沸扬扬。钱家八兄弟几次商量,有人同意,有人不同意。只有钱三花的父亲钱老六,无论别人怎么说,铁了心要把钱三花嫁给张家。张书禄不行就张书祥,张书祥不行就张书祯。兄弟八个为这事,差点撕破脸皮。怎么偏偏要去给人家做童养媳?穷人家的孩子卖身葬父的有,做童养媳的有,进青楼做婊子的也有,那都是穷日子逼的,没办法。可咱钱家店,在宁阳县城是呼风唤雨的响当当的家族,到哪儿都可以拍着胸脯说,半个宁阳城都是咱钱家的。哪个不怕死的敢说不服?况且,人嫁了就嫁了,还要陪上两千亩良田的嫁妆,这不明摆着就是折大本的买卖吗?

孔教谕上次从葛石店回来,说张家大老爷拒绝了钱家的提亲,可把八兄弟气得不轻。老八"嗖"的一声,把匕首插在桌子上,刀柄上面的红绸子撩起的风都带着杀气。

"他八大院算个屁?咱八兄弟也不是吃素的。"

钱老六的脸铁青。他的眉毛一个劲儿地抖。钱家人都知道,老六只有生了大气或者在想主意的时候,眉毛才会抖。

"先放放。"钱老六最后说。

七表嫂知道事情的原委。所以当她看到孔兰芝的时候,就觉得这门亲事又敞了一个口,掀开了一层门帘。

表亲是不远不近的那种,寒暄也是有节制的,更何况是女人家。按照常理,女人是不能抛头露面的。但死了丈夫,没人在意了,又受主家差使,孔兰芝是不得已而为之。但这次来,孔兰芝看到了与前几年完全不一样的钱家店。县衙周围的地片,几乎都成了钱家店的,个个都取了非常好听的名字。满眼的牌匾,处处透着富贵的气息:金元柜、金镖局、金面点、金磨坊、金油厂、金染坊;天尊玉制盐、宫府玉露茶、金镂玉衣坊、锦衣玉食宴、书画玉韵阁、本草玉针铺、上水玉石店、阴阳玉神盘。

"这钱家店几年没来,换了风水。那些个店面,真是无所不包。名字也起得好,不是金就是玉,真正的金玉满堂啦。"孔兰芝像是说笑,又确是说着实话。

"钱家八兄弟这几年辛苦,风里来雨里去的,没早没晚,费了大力气,才有了这般家业。男人嘛,除了生意就该是置业。别说这八兄弟,就连他们的所有孩子,都在各个油坊磨坊里辛苦着。家大业大,倘不是处处算计,说垮就垮的事常有。那戏里不是唱了吗,白茫茫一片真干净。到那个时候,老天爷都救不了你。"

"嫂子连这戏文都知道。那可是红楼里的,女人们看不得。"孔兰芝开着玩笑。

"女人看不得,那妹子咋听说的呢?"

"呵呵,还不是你那早去的表弟,回去就瞎唠叨。那个高兴劲儿啊,说张家老爷今天看了这样的书,明天看了那样的书,听着就让人脸红。"

"这大家大户的人家,看啥都乱不了章法。反倒像是我们这种穷人乍富的,活着活着,就不知道怎么过才算好。"

"这不是挺好的吗?"

"好是好,总觉得还是少了点啥东西。你看那东厢房里,老书新书的买了一大堆,全家老少没人愿意看。别说看,笔墨纸砚都摆好,连进去沾一沾文气的人都没有。只有那个老更夫,隔三岔五地进去捉几只虫子拉倒。还有那些不知道哪个朝代的竹片片子,摞了一大堆。你说要那东西,啥用?"

"男人自有男人的考虑。说不定,将来钱家出个读书人,这些书还不够读呢。"

"拉倒吧。咱自己心里清楚,成天价生意里来生意里去的,出不了读书人。脑子用在算盘珠子上了。所以三花这才——"表嫂突然停下口舌,不再说话。

"三花怎么了?"

"没怎么。嗯……三花这才相中了张家的读书人嘛。叫什么来着？对，张书禄。这名字真好听。"表嫂说半句留半句，眼睛似在躲着孔兰芝，"对了，张家老爷对妹子周全不周全？"

"周全着呢。两个闺女跟着几个少爷读私塾。回去就背'身体发肤，受之父母，不敢毁伤，孝之始也'。让妹妹我这心里啊，五味杂陈的。原想着等她们大一点，找个好人家嫁了就可以。偏偏张家老爷，非得让她们读书。也好，长点见识，大了懂得孝敬。"

孔兰芝和表嫂都是小脚，挪着挪着就到了钱家店里的油坊。

钱三花就在那儿干活。

表嫂刚想叫三花出来，被孔兰芝拦住了。

孔兰芝看到一个身材阔大的女孩子，像男人一样提着豆包，往上一扔，半蹲下去的腿，猛地一起，粗布褂子一抖，裤腿也自后向前一挤，像被风吹着，豆包便像听话的孩子，躺下去。

钱三花擦汗，扭头看见了婶子，便"呱呱呱"地跑过来。

"婶子来了。还带着客人？哟，这客人，长得怎么俊。让俺摸摸。"钱三花还真的伸出手，想摸孔兰芝的脸，被七婶伸出胳膊挡住。

孔兰芝看到了钱三花的脚，宽阔而坚硬的脚底板子，像鸭子的脚掌。孔兰芝皱了皱眉。

"你这孩子，没大没小的。怎么刚见面就想摸表婶子？再亲也得先打个招呼吧。"

"表婶子好。"钱三花一低头，带着青春气息的汗珠子落在地上，冒着热气。

"你看俺这闺女，要身板有身板，要力气有力气，要个头有个头，该大的地方大，该小的地方小，又会说话。这样的好闺女哪儿找去？你说是吧？"表嫂可着劲儿地夸奖钱三花。

"嘿嘿，俺婶儿真会夸人。守着外人，让俺多不好意思。"

说实话，孔兰芝对钱三花并没有多少喜欢。当然，也谈不上有多少反感。她身上有太多的不合规矩。没裹小脚，没穿女红，头上没饰品，身上无绣衣，有点男不男女不女的味道。不过，这些恰恰是自己一辈子向往的。她想着自己能像诗中写的那样，"天然去雕饰"，不用化脸上的妆，更别化妇道的妆。但这可能吗？男人找媳妇，要祖宗八代地寻根问源，要测生辰，要算八字。可即使如此，自己的男人不也是抛下她们孤儿寡母，独自西游？只希望女人活得能像女人。如果不像女人，会痛苦一辈子的。

表嫂并没有觉察到孔兰芝的心理变化和她脸上现出的悲苦。

"三花，你表婶是——葛石店的。"

钱三花的脸瞬间变得愤怒。她的牙紧紧地闭合。钱三花猛地转过身子，跑向油坊深处，甩开的大腿像一个真正的男人。

"表嫂，三花这是怎么了？"

"妹妹，我明人不做暗事，你也不能胳膊肘子往外拐。有咱这亲戚关系，我觉得你也会向张家老爷美言几句的。说实话，三花有一个喜欢的男人，是西街吴家的。年龄相当，可是家里太穷，连盖房子的地皮都没有。他除了会读书之外，什么都不会干。就刚才那间书房，让他收拾了大半年，也没收拾出个什么豆豆来。六哥把他赶出家门，像撵狗一样赶出去，还下了死命令，坚决不能让三花再和他有任何来往。可这两个孩子，偏偏像中了邪，吃了秤砣铁了心。你没看见吗？三花旁边全是一群壮汉，如果姓吴的那小伙子来，他们会把他打个半死。六哥把三花嫁到张家，让我琢磨，最大的心思就是要甩开那小子。"

孔兰芝突然心生怜悯。对钱三花，也对那个吴姓小子。

世上的姻缘，像一场场的迷局，没有谁能解开。只有死神，才能把一切爱恨情仇，定格于某一个时间和空间。

"妹子，我把一切都告诉你了。有句老话，宁拆一座庙，不毁一桩婚。妹妹是心地善良的人，心气也高，表嫂知道。这事儿如果成了，表嫂花钱请人，给你立个八丈高的贞节牌坊。"

孔兰芝不知道自己是如何回的张家大院。在钱三花身上,她发现了两个自己。当她向夫人说钱三花多好的时候,如同在说曾经幻想过生活美景的自己,率直而简单。另一个自己,并不能安守心里的苦,还幻想着能有一个更好的男人来疼来爱。丈夫去世后,大伯哥故意来提醒她,应该多去贞节牌坊拜拜。孔兰芝知道大伯哥的用意。但她又清楚,自己的内心并不是一个纯洁守一的人。前几日,老爷有意无意地说着师爷的好。孔兰芝觉得那是故意说给她听的。但老爷就是老爷,他不会明着领她走这条道。他会让她自己选择。在很多个夜里,孔兰芝反复回味着师爷的点点滴滴,一句话,一件衣服,一句对孩子的训斥。孔兰芝觉得师爷是一个值得托付的人。每每这个时候,她都会滋生出深深的罪恶感。她觉得自己对不起死去的丈夫,更无法在孩子面前做人。她开始痛恨自己,自己与自己搏斗,扇自己的脸,扭自己的大腿,用剪子划破自己的乳房。孔兰芝害怕自己妥协。她不知道能这样坚持多久,最后谁会战胜谁。孔兰芝想起丈夫临死前,强撑着身子坐起来,写了一行字,让她挂在墙上——"用无望守住希望"。孔兰芝问他什么意思,他只是摇头。现在她似乎明白那么一点点了。

从夫人那儿出来,孔兰芝去了教堂。她跪在神甫前面,泪水落满合在一起的手掌心:"神甫,我有罪。"

"上帝会宽恕你所有的罪行。"

"可我,不会。"

"上帝会。"

"上帝也会讲良心吗?"

8

被带进县衙的张义峨,当夜便被投进了牢房。张义峨从来没见过此等场面。形态各异的囚犯把脸集中在张义峨周围,龇着牙。张义峨闻到了刺鼻的臭,也看到了噩梦中才有的青面獠牙。

新任县令饶介祺,第二天一大早,又到鹤山阅边。他喃喃自语:"这鹤山嘛,曾经是春城古国,又在我的地盘上。嗯,那么,我,饶介祺,就该是国王了。"说完便伸出舌头,四处看了看。这话如果被别人听到,报告朝廷,他饶介祺就是死罪。

饶介祺这一东一西地跑,让人摸不着头脑。而他更让人捉摸不透的是,他总喜欢跑到偏僻的小村子,问些收成的事,问些地租的事,俨然就是一位青天大老爷。

饶介祺在轿子里哼着江南小调的时候,张儒东和张家大院其他七位当家人,正在商议如何搭救张义峨。毕竟是族长,又快六十岁的人了,还不知道衙役们手轻手重。张儒东在客厅里一圈圈地走,大大的青砖上几乎被他踩出了脚印。

"师爷呢?师爷在哪呢?"

师爷周敦朴并没有闲着。他连夜赶进县城,给捕头、牢头和衙役们送上些塞牙的碎银子。然后又去找教谕孔令宣。孔令宣的仆人回话说,教谕已经睡了,有事以后再说。周敦朴又给仆人些银子:"麻烦再去通告一声,就说周敦朴求见。"

一会儿工夫,仆人再次回来,说教谕已经睡熟,无法叫醒。

周敦朴更加坚信这是一个阴谋,是新任县令和钱家店合谋为之。而教谕深谙其道,并且参与其中。

当八大院的其余七位当家人坐在一起时,周敦朴并没有把自己的想法完全说出来。

"这个江南佬,南蛮子,竟敢欺负到咱张家头上了。大家伙儿有没有这个胆量,用最简单的办法,拉出二三十个家丁,把县衙一锅端了。那几个贪生怕死的衙役,我谅他们也起不了几根刺。"张儒东把茶碗往面前的桌子上一放。茶水冲出,就像冲锋的战士。

"使不得使不得,这是造反,要杀头的。"忠顺堂张义岢哆嗦着。

"我先杀了那个狗官。神不知鬼不觉的,还用得着造反?"张儒东仍然气得脸上发青。

"大小不济,他也是一个朝廷命官,杀了他那就要株连九族啊。这更使不得。"仍然是张义岢。

"这使不得那也使不得,你们说,什么能使得?你们还是不是张登云的后人?"

张儒东的声音明显高了些。其他人一声不吭,眼睛像被风吹散了架,不知看往何处。

葛石店的八大家,自从张登云之后,七枝八蔓地分出去,血缘已经到了十几代。名为兄弟,其实只是兄弟的名号,相同的只是姓氏和血统罢了。在如此十万火急的情况下,非得要拉上亲情或者远近说事,在周敦朴看来,已经不合时宜。敬信堂虽是八大家之首,顶着长子长孙的名号。可这又能怎么样呢?名号能当饭吃?能号令其他七大家吗?并不见得。

"有钱能使鬼推磨。我看昨晚县令的做派,就是一个十足的财迷。送点银子,保证能打发了。"上善堂的张义嶙说。

"银子?站着说话不嫌腰疼。保证?谁能保证?张义峨是我爹,不是你爹。你们不急我急。"

张儒东的话刚一落地,退思堂的张义峰开了口:"儒东,你这话就不对了。我们能叫张义峨爹?他敢答应吗?你敬信堂不是财大气粗、目中无人吗?怎么这个时候想起其他七大家了?我们不欠你敬信堂一文一厘,这事我们谁都不管。大家走!"

张儒东刚想阻拦,被周敦朴拉住。

张儒东抓起一个茶碗,猛地摔到墙上。墙上是茶水的花,地下是白瓷的花。"一群落井下石的狗货。破鼓乱人捶,墙倒众人推,真应了那句古话。都是些什么玩意儿!有吃有喝的时候一哄而上,摊上事就谁都不管了。"

"少东家不用急。我看这事,说复杂复杂,说简单也简单。"

"先生此话怎讲?"

"这事要串起来看,绝不单单是吸水烟一件事。宁阳的大户哪家不在吸水烟?不只是敬信堂一家。这烟土多少年了?朝廷早已经放手不管了,他饶县令有啥能耐管这个?况且,水烟不是大烟,犯不了多大的事。从饶县令的口气和他的那些话来看,一方面他是新官上任,想杀一儆百,让宁阳的名门望族都能高看他一眼。另外一个根本的原因,应该与钱家店的提亲有关。"

"他一个钱家店,就能搬得动这条女人腔的瘦皮狗?"张儒东对周敦朴一口一个县令很是来气,对他说的事也并不相信。

"刚才义嶙兄说得对,有钱能使鬼推磨。还要再加上一句,强龙难压地头蛇。"

张儒东来回搓着手,只要一急他就会这样:"那,这可咋办呢?"

"咱这样试试,看能不能管用。张家与曲阜孔家都是名门望族,相惜相护是很自然的事。两家的土地都是邻居,几百年没有一点纷争。再加上两家的世代姻亲,是亲上加亲。不说远的,最近的老夫人就是衍圣公孔令贻四服沿上的堂姐。我带书禄去找衍圣公。我相信他一定会给这个面子。让他写封信给县令或者知府,都可以化解事端。另外还有一件事,需要少爷自己去办。我知道你和县城南关的大胡子张子明有过交情,大胡子和钱家店的老七、老八是铁三角,拜了把子,还歃血为盟。你去找一下张子明,让他去钱家店打听一下,或者做个说客,看看钱家店打的什么算盘。至于能不能接受钱家店的提亲,等老爷从县衙回来之后,由他定夺。"周敦朴顿了顿,"还有一句话要提醒少爷,张家这次碰上的,可是大灾。花费的银两,一定不是小数。少爷可能没有注意到,县令昨晚在手里把玩的一件玉雕,那可是宋代宫廷里的东西,玉鱼莲。那曾经是妃子的爱物,被一位太监偷出,流落民间。这事野史上有过记载。"

张儒东愣在那里。他用两手掐住鬓角,长出了一口气。

"典当行里,倒是有几件古玩。"

"县太爷估计都不会看在眼里。这样吧,咱们各自行动,见机行事。"

周敦朴刚想起身,就听见门房在外面低声喊:"少爷,师爷,观音庵里的止语师太来化缘了。"

"撵走撵走。"张儒东不耐烦地摆手。

"且慢,让她进来。"周敦朴笑着说,"菩萨送锦囊妙计来了。"

刚刚把止语师太让到座位上,几个人就听见希音在外面大呼小叫,猛地推门进来,门槛差点把她绊倒,"师傅师傅,不好啦。书禄和书祥打起来了,头上都出血了。快要死人了。"

张儒东二话没说,大步跨出门槛。

周敦朴起身,有些为难地看着止语师太。

"施主放心去吧。止语告退。"她定眼看着身边的希音,抚着她的头,"小施主颇有慧根,真的是与我佛有缘。师傅送你一个小挂件,保你一生平安。"

止语师太把自己身上戴着的护身符摘下,戴在希音的脖子上。

"俺娘不让俺要别人的东西。"希音推辞。

"告诉你娘,这是佛祖送的。"止语师太捏住希音的小鼻子,"真可爱。"

"谢谢师太。"

"师太。"周敦朴想留住止语师太问几句话,便伸出手挡住了去路。

"施主请留步。缘法未到,故且止语。"

"师傅,你看师太送我的这是啥东西?"希音把挂件拿出来,让周敦朴看。

周敦朴瞪大了眼,他看见希音手心中摆着的,恰是一件小巧精致的玉鱼莲。

9

葛石店的南北大街,是一条分界线。大街以东,全是茅草房。房顶的中间部位因为时日太久,凹陷下去,像男人脸上的麻子。大街以西,全是三层两层的楼房,有全木的,有砖瓦的,虽没有皇家的气派,却流露出贵族的气息和风范。有人曾说,葛石店一半是亲生,一半是庶养;一半是地狱,一半是天堂。说到底,不是一个娘生的。

这话不假。就连张姓,也分原住和迁入。原住的即是张登云的后代,住在西部,东部的张姓则是从外地来葛石店讨生活的。

南北大街以东住了葛石店的十几个姓氏,荣姓、王姓、牛姓、吴姓、陈姓、高姓、孙姓等等,人数都不算多。在张家八大支的各个堂号讨生活，是小姓族群共同的生活形态。

也正因如此，南北大街的东西两侧，被形象地称为东乡和西国。东乡百家无油香，西国一户可敌国。

或许正因此，天主教来葛石店兴建分教堂的时候，就选址在路东的沿街位置，信众也多是路东的穷苦人家。据县志记载，西洋教派进入宁阳，最早的就是天主教。光绪二十一年，也就是1895年，济宁天主教堂的两名德国神甫来宁阳布教，带来修女四名，在县城东街路南兴建教堂。那个位置正对着钱家店。而葛石店的分教堂正好对着敬信堂。

最早的时候，神甫挨家挨户地动员人们去听布道。三两次过后，与中国传统的神神鬼鬼形成对比的圣经故事，成为具有强大吸引力的磁石，生而平等、信徒都是兄弟姐妹等等信条，冲垮了看似牢固的贵贱尊卑的防线。教堂也便成了路东的男男女女最好的去处。

对天主教，张家大院的人想过进行打压，并且付诸行动。家丁们晚上隔三岔五地出来，要么扔几块石头，要么放一把邪火。天主教堂几次被毁又几次重建。县衙为此还专门发过告示，说是德国人已经被皇上恩赐，拥有青岛治权，如果谁还敢和德国人作对，就要挨德国人的枪子。听听，被皇上恩赐，多好的由头。但家丁们并不相信那是皇上的恩赐。皇上怎么不赐给我呢？家丁们看不惯那些男男女女胸前画着十字的样子，觉得不吉利，也不相信他们嘴里的生而平等。都平等了，谁做饭、谁抬轿？所以，他们仍然以砖石对待。济宁总堂的神甫安治泰最后没有办法，强拉着当时的县令，逼着张家大院所有堂号的掌柜，都要到天主教堂里叩拜天主，此事方才作罢，事态才从根本上得到缓解。蓝眼睛黄毛子也不再被当成怪物看待。尤其是想到那些张家大院的贵人们，感觉自己无比卑贱的穷苦大众，更加相信只有天主才是至高无上、全能全知、无所不在的唯一真神。慢慢懂得众生平等道理的时候，便开始怀疑他们为之出力流汗的主子们，到底还有多少人性。他们诅咒自己主子，日夜不休，连梦里都是咬牙的声音。

最先诅咒自己主子的，应该算是王康魁王大嘴了。他被打了八十大板，然后被逐出敬信堂，不但颜面尽失，也就此丢了饭碗。八大院人人弃之，再没有一家敢用他做一丁点儿的事情。到教堂听布道便成了王大嘴最大的爱好。

在生根发芽了十几年之后，天主教的信徒已经发展到上百人。王大嘴、王柳氏夫妻二人，是最铁杆的，无论刮风下雨，总要虔诚地听神甫布道。后来孔兰芝也来，还带着她的两个女儿。腆着大肚子的夏成森大嫂也来，从村子的最东南角过来，走路最远。她说单门独户的人家，连个门都没得串，还不如听听上帝在说什么，能替他干点什么。

王大嘴越是坚信上帝所说的生而平等，越让老婆王柳氏气愤不已。压了许久的话像瞬间打开的玉米花的爆炉："平等？你说平等？哪儿平等？你一条一条地给我数数。你有楼房吗？你有白花花的银子吗？你有摸起来丝丝凉凉的绸缎吗？你有自己的家丁吗？你有专人给你做饭吗？你说说，你占了哪一条？二十几岁的人了，比三岁的小孩都不如。开口闭口上帝啊上帝啊，上帝算哪一壶？归哪一户？那些富户财主，哪个信上帝了？听那些破烂玩意儿，还不如在家睡觉。睡觉还能做梦当皇帝，三宫六院七十二妃，哪个都比那个上帝管用。"

"那你怎么还去做礼拜？"王大嘴反问。

"我只为，有个地方……如果你们王家有祠堂家庙，我宁愿去拜你们家祖宗。可你们家有吗？"

王大嘴低下头去，他知道老婆数落得对。他确实没有楼房，只有两间草房。草房开始漏雨，他还要等着女人的工钱，在秋后才能修上一修。他也没有白花花的银子，没有丝绸的衣服，没有家丁。想到这里，他突然抱头痛哭起来："我什么都没有，孩子保不住，连自己的女人都不是自己的。"

"你胡说什么?"王柳氏突然就软下来,声音低得可怜。

"葛石店的人指着我的脊梁骨说,他的女人,白天陪着大人睡,晚上陪着孩子睡,没脸没羞的。你说,这是不是真的?"

"你听那些该天打五雷轰的人乱嚼舌头!油爷离不开我,这你是知道的。他吃我的奶长大的,现在还得挨着我才能睡。要是咱那孩子活着,我还用得着去给他当奶妈子?要是你有三十两五十两的银子,有三亩五亩的薄田烂地,我还用得着上人家炕上讨生活?"王柳氏越说越生气,"要不是你坏了张家的大事,人家会把你赶出门来?你也老大不小了,遇事要思前想后。咱再坚持上五年八年,买座房子置点地,谁不想安安稳稳地过日子?"

"张家就是没有良心。当年我做长工的时候,一个人顶三个人使,累得我都吐血。这你也看见了。二百多号长工的监工,我给他家误过什么事?什么时候都是赶在季节前边。天不亮我醒了,鸡不叫我到了,节气不到我准备好了耕田犁地,我天天拿命跟老天爷爷赛跑。就因为后来那点破事,就把我像狗一样地撵了。再者说,我又不是故意的。谁知道他家在搞什么名堂。九个沙盘呢,我不就是踢倒了一个吗?有什么大不了?当时我以为是他家的祠堂里着了火,我也是一片好心。"王大嘴本来是蹲在地上的,听见教堂里九点的钟声一响,便起身拉开吱吱叫的房门,刚想开口,又咽了回去。

王柳氏的眼里含了泪:"就快了,油爷快娶媳妇了。到时候,我就回家来住,天天陪着你睡。你想摸哪个奶子就摸哪个奶子,想亲上边亲上边,想亲下边亲下边。到时候,咱再生一个娃,也让他去考状元。"

王大嘴突然从身后抱住了王柳氏。

王柳氏把头倚在王大嘴的脸上。

王大嘴闻到了擦脸油的香,是富家女人才有的那种。

"我要早点回去。张家老爷被县衙关了,老夫人、少夫人的,还不知道乱成什么样子。"王柳氏转过身,摸着王大嘴的脸,"上帝不上帝的不重要。等过了这段日子,敬信堂要新开一家油坊。我给老爷求个情,你再去那儿谋个差使。"

"那些人,说我配不上你,说你是鲜花插在牛粪上。你给我说实话,我配得上你吗?"

王柳氏咯咯咯地笑起来:"要是没有这嘴啊,你就配得上。"

看着王柳氏消失在月光深处,树叶的影子也在她的肩头被带走,王大嘴突然想起神甫布道时讲过的一句话:"太阳要变为黑暗,月亮要变为鲜血。"他弄不懂什么意思,明天,或者下个礼拜日,他要问个清楚。

10

按照周敦朴的建议,张儒东与大胡子张子明见了面。当童养媳的事经张大胡子的嘴出来,张儒东的两片嘴唇好长时间没有合上,喉咙里如同刚刚吃了芥末面。

"整个宁阳县城的人都传开了,我知道还有什么新鲜?"张大胡子有话直说。

"那他钱家店图啥呢?这不是赔本的买卖吗?再说了,我那孩子比他闺女小一旬,这不是瞎扯淡吗?你再想想,他们都属小龙,都是蛇。两条蛇拧在一块,属相上合不合?"张儒东被打蒙了一般,说话颠三倒四。

"这事,我给你摆不平。钱家店,在宁阳县城,想办的事没有办不成的。我这张脸,不值钱。你还是另请高明吧。"张大胡子端起一杯酒,一饮而尽,"对了,三盛班来了个雏儿,人长得脆生,琴棋书画无所不能。哪天,去试试?"

"操蛋,我没那闲心。我爹还在牢里呢。"

"放心,吉人自有天相。我敢跟你打赌,不出三天,老爷子准能回到葛石店。"

"为啥?"

张儒东问。

张大胡子没有解释。但他的话,让张儒东稍稍放了些心。

按照约好的时间,周敦朴从孔府回来后,直接来到县城,与张儒东会合。

两个人见了面,去了县衙。饶县令竟然又去阅边了。周敦朴把衍圣公分别写给县令和教谕的信一并交到孔令宣手上,留下一方盒白银,让他想办法予以周全。事成之后,再有重谢。

直到傍晚时分,县令饶介祺阅边归来。他见到衙门斜对面的小酒馆里,坐着张儒东和周敦朴,便让衙役落轿,走到两人面前:"想必二位已经等几天了吧?本官也没有闲着,具了一下张义峨在宁阳的罪状。唉,本官竟然不知道,堂堂一个全县出名的大善人,竟然还有那么多的百姓告状。当官不为民做主,不如回家卖红薯。好吧,两位,本官明天上午升堂。你们也来旁听一下,见识一下本官过堂的招数。"

张儒东和周敦朴一动没动,看着饶介祺松松垮垮的官服摇摆着进了县衙。铜锣的响声还未散去,就见有一位妇人跑到衙门前的大鼓边,一边猛敲周边黑中间白的皮鼓,一边没命地喊冤。

两个衙役过来,把妇人架起,扔到路中间。妇人等他们回到衙门以内,又去擂鼓喊冤,声音带着血丝。这次,两个衙役把她拖进县衙内,一会儿又拖出来一个半死不活的人,仍然是丢在路中间。

"为民做主？狗官！"张儒东咬着牙，手里的酒杯摔在地上，吓坏了店小二。

第二天的升堂问审，饶县令竟然请了县城所有的名流乡绅，名曰观审。这让跪在堂下的张义峨和站在堂下的张儒东，都有些受不了。堂堂的张家大院，什么时候受过这样的窝囊气？

在观审座位最前面的，是钱家店的老大和老六。

这也让周敦朴更加坚信，所有这一切都是钱家店设计的傀儡戏，比孙家班的戏班子演得还好。

"老爷肯定没事了，放心。"周敦朴贴近张儒东的耳朵，"只是，小少爷的事？"

"怎么？"张儒东拧紧了眉头。

饶县令一拍惊堂木："禁止喧哗！"

衙役们整齐的"威武"之声四处散开。

"堂下所跪何人？"

"草民张义峨。"

"你可不是草民。你是整个宁阳县最大的善人。说你是宁阳首富，有人不高兴。说你是宁阳第二富，你不高兴。这些事端，本官清楚得很。给本官说说，你所犯何事啊？"饶县令此时的女人腔突然间变得浑厚起来，也不再发抖。

"草民吸了水烟。"

"大胆！是水烟吗？"

张义峨没有回答。他的牙咬得咯咯响。

"张大善人，你脖子的这块锅披枷是我挑的一个分量最轻的。善人嘛，要善待。不过，如果说起问刑的手段来，我可一点也不差。本官走过几个州县，绝对有一些好办法。我还特意对唐朝重臣来俊臣的问刑之法，进行过专门的研磨（县令此刻，做了一个研墨的动作）。他用过的枷刑，大概有十种：一曰定百脉，二曰喘不得，三曰突地吼，四曰着即承，五曰失魂胆，六曰实同反，七曰反是实,八曰死猪愁,九曰求即死,十曰求破家。张大善人,你说,你的罪该用哪种枷板啊?是用求即死还是用求破家啊?"

"草民求即死。"张义峨突然站了起来。

"即死?没那么容易,也不会那么便宜你。你死了,我也要把你的家产全部充公。今天本官请来的这些乡绅呢,平时都不在你的眼角里。如果你今天给他们磕个头,求他们作个保,或许本官还有些其他门路。"

"什么门路?"

"你先按本官说的做,一点点来。到了最后,你肯定会感谢本官的。"

"我替我父亲磕。"张儒东突然冲上前去,站到大堂中间。

饶介祺沉思片刻:"也好,子代父过,既维护了父亲的体面,还能合了本官的心意。但我要加一条,还要给你加上二十大板。否则你这扰乱公堂之罪,我该如何发落呢?"

"好。"

张儒东咚咚咚,给每个人都磕了一个响头,然后趴在大堂上,挨过二十大板。

此时,钱老大站了出来。作揖,一双手及地朗声道:"大人,这头也磕了,板子也打了。是不是可以就此打住?"

"哎——这怎么能行?私藏大烟是要杀头的。张大善人刚才说求即死,我说他所有的家产充公,一样都还没有坐实呢。"

"我看这样,今日的堂审就到此为止。各位乡绅都还有俗务在身,急着回去。大人明天再审,如何?"

"嗯——嗯——好吧。既然钱大掌柜作保,今天的堂审算是点到为止。咱们明天接着来。退堂。"

"退堂——"衙役吆喝着。

接着便是"威武——"

退了大堂,饶县令便被请进了钱家店的会客厅。一盏茶工夫,张义峨也从县衙的便门，被请进钱家店。张儒东和周敦朴，则被从前门请了进去。

"张大善人，对不住了。"饶介祺看见张义峨，便作了一个长揖。钱老大、老六，跟在县令身后，揖过。

几个人坐定，便有酒菜端了来。

县令开腔："今日堂上，多有得罪。本官先敬各位一杯，算是赔罪。"

张义峨的手哆嗦着，一直低着头，胸腔剧烈起伏，两个膝盖来回碰着。

张儒东一只手按住父亲的膝盖，这才让张义峨的情绪慢慢缓解。

钱老大、钱老六一同来到张义峨前面，猛地跪下去："我们向老先生赔罪。"

张义峨的泪终于落下来。他用袖子遮住脸，袖子随着卡在喉咙里的抽泣声抖动。如果此时分析张义峨的心情，应该是愤恨交加的那种。

周敦朴扶起钱家两兄弟。

饶介祺等所有的人都归位，终于开了腔："今天这件事呢，看似有戏，又没戏；是戏，又不是戏。说到底，都是为好。两好搁一好，才是好上加好。钱家店和张家大院，都是宁阳的名门望族，结缘成亲，是亲上加亲。虽然年龄稍有不当，但钱家店也有自己的补偿。两千亩地不是小数。这几天我和钱掌柜一直商议，他还想做更多的补偿之事。我听说张书禄小小年纪，已经饱读诗书，并且颇有官相。有官相咱就按有官相的方式办。当今圣上开明，仍然沿用先帝的纳捐大计。多好的事啊。两家既都是大家大户，不在乎几个小钱，在乎的是孩子的前程。我饶介祺在此夸下海口，纳捐事宜由本官亲自操办，办不成我以命谢罪。五品同知，比本官的官衔还高。保举本官的是庆亲王，五品同知之后升任知府。我那天就说过，庆亲王是当今摄政王的叔叔。这点事，在他们眼里，就是芝麻大的一点小事。（县令拿小指头比画，不想竟捏出了兰花指。从知府如何降任知县，饶介祺一句带过，其实原因是被人告过御状，强奸民女，被官府追责。）此事如果张大善人觉得合适，就照此办理。当然，张大善人如果不同意呢，本官——"

后面的话饶介祺没有明说。

所有的人都听懂了饶介祺后面想说什么。

"两千亩地不变。纳捐的钱两家对半出。"张儒东突然发话。

饶介祺一拍大腿："还是儒东兄明理。钱大掌柜，虽然超过你的预期，委屈一下，算是给本官一个面子。"

"谢大人。"所有人都异口同声。

周敦朴的眼里突然饱含泪水。他想起书禄曾经问过他的一句话："师傅师傅，道者同于道，德者同于德，到底是谁同于谁啊？"

张义峨突然晕倒，让所有人措手不及。

11

宁阳境内通火车，是在宣统二年。

对这个时间，油爷记得一清二楚。并且，油爷还能记得那条铁路叫津浦铁路，在宁阳界内设有磁窑、南驿两站。外地商人开始进入宁阳经商，最早进入的便是葛石店。

就在火车通车的第二天，油爷和爷爷张义峨的书童小三子，专门坐了马车，去看火车。马车上还坐了书祥、书祯。油爷极力想让希音和希言同去，她俩还真的动了心，却不想被师傅拦下。回来后，油爷告诉希音，火车怎么趴着奔跑，然后像饿极了一样没命地哐当哐当地叫，更像山里的老虎，叫声特别吓人。那些可怕的声音，是从轮子底下发出来的，像是有一面鼓在不停地敲。油爷看到了希音眼睛里的羡慕与渴望，而油爷，在满足了自己的好奇心之后，还体会到了炫耀者的光荣。

书祯还想争着给希音说，被油爷推到了一边。

几个孩子咬着手指头在后花园谈论火车的时候，家丁说有个人想见油爷。

家里有拜访爷爷张义峨的，有拜访父亲张儒东的，还有人想拜见自己，这让油爷心里又喜又惊又怕。他担心是不是因为偷偷拿走了铁轨上的一块石头，人家发现后追了过来。

油爷把口袋里还没来得及向希音炫耀的石头抓得更紧了，就像他十分渴望摸摸那些火车的皮一样，他相信希音也一定想知道火车下面的石头长得什么怪模样。

"谁找我？找我干啥？"油爷从兴高采烈到眼里充满惊恐，用了仅仅万分之一秒的时间。

"他说他是泗店故城的。他带来了十几只蛐蛐，说是要送给您。"家丁弯着腰，说。

"蛐蛐？真好。现在正是玩虫的最好时间。哎，我告诉你们，前几天我刚刚捉了一只，斗口极佳，可以跟他的比一比。快点让他进来。"

泗店来人大约二十来岁，身上穿的虽不是绫罗绸缎，却也干净利落。他手里抓紧了一个提篮。

"油爷好。在下王殿雄，泗店故城人。和您一样，俺也是从小喜欢蛐蛐。听说您这儿有《促织经》，想借来看看，开开眼。不知油爷能不能开恩，施舍草民几天。"

油爷上下打量着来人："王殿雄，这名字啥意思？"

"殿是俺的辈，雄是枭雄。"

"我凭什么要给你看？"

"这不，我是在求油爷。你看啊，我这儿带来一个蛐蛐罐，是南方传过来的。我送给您，您就让我看看那书啥样。"王殿雄把怀里揣着的一个南盆拿出来，递到油爷手上。

油爷装着自己是一个地道的行家。他把盆放到鼻子底下，闻了闻，然后再看泥材，接着再用手往盆的内壁摸，最后翻过罐子看落款："你你这不是名家罐啊。"

"名家的咱买不起。就一个小小的见面礼，油爷别笑话。殿雄只求油爷让我看一眼您的那本《促织经》。"

"这是经书，可不是想看就看的。"油爷把头压低，有些故意，"真的那么想看？"

"真想。"

"真想？"

"真想。"

"我听说你还带了几条蛐蛐来。把那些蛐蛐一块送给我，我才能让你看。"

"油爷，这些蛐蛐是我爹送给别人的。"

"刚才那家丁说，你是要送给我的。"

"那不是怕您不见我嘛。"

"那不行，你骗人。我不跟你这种人瞎扯。你的盆也拿走。"油爷生了气。

王殿雄没了脾气，不知道怎么办才好。穿着草鞋的两只脚来回搓着，似乎怕别人看见他的脚趾头。

"这样吧，我给你一只。只能是一只。回去我就跟爹说，在路上跑了。"

"你一只蛐蛐就换我《促织经》？"

"我所有的蛐蛐都给您，能换你的《促织经》？"

"别跟他啰嗦了。刚才你说要请我吃水煎包的,快去买。"书祥拽了油爷的胳膊,学着平时煎包匠刘三拐在街上叫卖的声音喊,"水煎包水煎包,刘家庄的水煎包,刘三拐的水煎包。一拐挤好油,两拐磨好面,三拐调出皇宫里的馅——下面怎么喊,我怎么忘了?"

"真笨。水煎包水煎包,刘家庄的水煎包,刘三拐的水煎包。一拐油满口,两拐咽舌头,三拐香到脚趾头。"油爷接上下半句。

几个孩子的架势,就是要晾一晾王殿雄。

油爷站起身,刚做出要走的样子,就听见王殿雄说:"我和你比一场。用你的虫,和我的虫比,谁赢了听谁的。"

"我没虫。"

"我这篮子里边的你挑一只,随便挑。我也挑一只,咱俩比一比。你赢了,盆、虫,都是你的。我赢了,《促织经》是我的,盆我送给你,虫我带走。"

油爷的眼皮眨巴眨巴,一时竟没了主意。

"比就比,你怕他干啥?经书都快让你翻烂了,天天给我背论曰:'天下之物,有见爱于人者,君子必不弃焉。何也?'这会儿怎么怕他了?"书祥在旁边撺掇油爷。

"蛐蛐我先挑?"

"你先挑。"

油爷仔细盯着王殿雄带来的十几条蛐蛐,青翅居多,大都在八厘左右。他挑了一只纯正的黄皮,牙大,身板大。王殿雄看似非常随意地拿了一只青翅。两人同时将蛐蛐放进一只大罐。

三个回合下来,油爷的黄皮只有围着盆底转圈的份儿。

油爷傻了眼,泪水一下涌了出来:"不给,就是不给。"

"油爷,你不能耍赖皮。"王殿雄说这话时候,感觉自己并不是一个胜利者,语气里依然赔着小心。

"我就要耍赖皮,怎么了?"

爷爷张义峨一直在湖边散步。自从上次在县衙过堂之后,他每天都要在这花园里转上三五个钟头。每天必练的书法突然变得毫无意义，那些笔画似乎变成了饶介祺口中的枷板，时不时地向他耀武扬威。

张义峨觉得，自己像一棵快要枯死的树，要借着雨水，让每一根枝条慢慢苏醒。

"人无信不立，业无信不兴。书禄，输就是输了，把书给人家。"张义峨不知何时站在了油爷的身后。

"不给，打死也不给。"

"对不起老爷，书我不要了，也不看了。今天的比赛不合规矩，蛐蛐是我的，会让人起疑。殿雄来得也太唐突，油爷没有任何准备。小人年纪比他大，又有以大欺小的嫌疑。小的告辞。盆送给油爷，作个纪念。"王殿雄抓起提篮，慢腾腾地往外走。

"小伙子，留步。我给你们出个主意，你看这样好不好。这本《促织经》就让书禄留着，让他重新给你抄写一本，十天后你来拿。如何？"张义峨叫住王殿雄说。

"真的？"王殿雄的眼里放出光来。

油爷破涕为笑，伸出手和王殿雄拍了一下："君子一言，八马难追。"

"驷马。"书祥给油爷纠正。

"我就说八马。"油爷把头一扬。

孩提时代的这场小斗，让王殿雄成了油爷一生的好友。以至于后来的几十年间，他都要时常到张家大院，与油爷谈虫论友。再后来王殿雄有了儿子，王殿雄让油爷给儿子取名字。油爷郑重其事地翻书找经，把他相中的字翻来拣去，最后取了王爵民这样一个并不高深的名字，但一个"爵"字暴露了油爷所有的尊敬和爱怜。王爵民由此进入油爷后半生的生活，成为忘年交。王爵民自己，也成为泗店最早一批靠蟋蟀富起来的玩虫人。

看着王殿雄消失在门廊里，张义峨抚着孙子的头说："今天应该得到教训了吧。"

"人无信不立,业无信不兴。"

"人如蛐蛐,蛐蛐如人。做人不能逞强,做虫更不能。"张义峨长出了一口气,"还有一件,沉而不浸,痴而不迷,爱而有度,受益无穷。爷爷的话希望你能记住。"

"我记住了,爷爷。我一定像蛐蛐一样做人,在天上当蛟龙,在地下做英雄。知时节,讲诚信,守忠勇,懂耻辱。不逞匹夫之勇,只尽匹夫之责。这样说,行吗?"油爷问爷爷。

"你能做到吗?"

"能。"油爷的声音不大。

"娘娘腔。十岁之前这样,表明你还没长大。十岁之后还是这样,就说明你是草鸡,不下蛋的草鸡。爷爷讨厌娘娘腔。男人,要像蛐蛐一样,有味。"

油爷把刚才撩拨蛐蛐的芡草,放到自己的鼻孔处。他闻不到任何味道。更没有雄性荷尔蒙的味道。只有细微的呼吸,悄悄游荡到爷爷的目光里。

公鸡也不是每只都打鸣。油爷心里想。然后就真的听到鸡下蛋的咯嗒声,咯咯嗒,咯咯咯咯嗒——从很远的地方传来。

12

油爷执意要在霜降这天,迎娶钱三花。早一天不行,晚一天也不行。油爷说他要用这样的方式,向一只即将死亡的蛐蛐告别。

宣统二年，庚戌年的九月二十二日，六岁的油爷自己给自己定了婚期。

有人说，油爷早熟，像立秋之前就出蛉的蛐蛐。油爷的早熟似乎与生俱来，比如他八个月就能挪步、说话，一岁就开始拿起毛笔写字，比起两岁就能指出爷爷的哪个字写错，三岁读私塾就显得过于平常了。

油爷明白娶媳妇的含义。母亲给他说："小喜鹊，尾巴长，娶了媳妇忘了娘。"油爷对这句话很讨厌。他坚决地说，自己忘不了娘，会忘了媳妇。

娶媳妇对油爷更直接的感受，便是他必须离开奶娘，和媳妇一起睡觉。油爷问奶娘，我还可以吃奶吗？奶娘说，什么都可以吃，你媳妇的奶更好吃。油爷问，我还可以再和你睡不？奶娘说，你和谁睡都行。油爷问，大嘴伯伯晚上会来找媳妇不？奶娘说，他来找他媳妇，不找你媳妇。油爷问，媳妇身上香不香？奶娘说，那香是男人养的，油爷要学会养女人。油爷问，奶娘皮肤白还是媳妇皮肤白？奶娘反问，谁的皮肤白你跟谁睡？油爷答，是。油爷还问了好多问题，该问的不该问的，直问得王柳氏浑身发抖，床单湿了一片。

娶亲那天，张家迎亲的队伍排了十多里路。按照礼仪应该准备十二件礼品，张家准备了三十六种，每种十二份。出门炮响过，油爷来到满身披红的高头大马跟前，想自己爬上马鞍。油爷的脚够不着马镫子，被家丁抱上马。油爷使劲伸直腿，仍然无法把脚伸进马镫，便任由两条腿像细细的麻花，在马肚子上拧来拧去。与油爷并行的，应是两个媒人，饶介祺和孔令宣。碍于身份和官位，饶介祺算是挂名，一切具体事务皆由教谕孔令宣代办。在油爷之前，十八对童男童女分列在六辆马车上；再前面一辆马车是两个抱鸡的男童和逢石头就要贴"青龙"的家丁；更前面，是二十四人的喜庆乐队。在油爷之后，是一顶八抬大轿，十六个壮汉分列两旁，虚位，只待新娘；轿子之后，是八辆迎亲的红顶马车，前面四辆坐着油爷的叔叔娘舅，后面四辆坐着姑姑大姨等一干女眷；马车再后面，便是迎亲的彩礼，九辆无顶马车。每辆车上四种物品，吃的喝的用的看的，一应俱全，美酒香茶，衣料布匹，假的金山，真的假山；在这些迎亲的聘礼之后，是张家的三十六名家丁，刀剑棍棒随身，俗称护亲队。

迎亲队伍到了县城东门外。张家一声迎亲礼炮，钱家一声送亲礼炮，遥相呼应。媒人孔令宣及叔叔、娘舅把油爷抱下马。马并不老实，坠着屁股，马尾巴上下翻飞，还用肚子扫掉了油爷的帽子。一行人重新收拾好油爷的穿戴，等着钱三花的大哥钱举人（举人是他的名字，并不是真的举人。读到这儿，谁都不许笑）带路，引领一干男女迎亲家眷，进了钱家店。入了正堂，钱举人领着油爷认识了所有的长辈，改口认亲。双方长辈一一见面寒暄，开始以亲家相称。

媒人孔令宣将男方礼单交给男家娘舅，并由下人一一过目查验。

蒙着盖头的钱三花由七婶引着，端着茶杯出来敬茶，算是认亲。油爷的娘舅红包压杯，厚厚的银票，茶杯有些颤颤巍巍。钱三花收起茶杯红包，再入内室。

六岁的油爷像一位久经沙场的将军，在司仪的引导下，完成着自己生命中最重要也是最烦琐的程序。程序，对，只是程序。油爷心里对程序一词，开始有了更深刻的理解。他的眼睛四处看着，并不胆怵。油爷觉得自己是在赶庙会，周围的人或者像凶神，或者像恶煞。如果哪个地方出现草刺猬似的糖葫芦，一切就都圆满了。

下一个程序便是交换戒指。

钱三花再次被七婶从内室引出。

张家的迎亲宾客没有谁能看见钱三花的模样。但油爷看见了。只有六岁的油爷抬起头，不费任何力气，就能看清钱三花的脸，像洗脚盆一样大。嘴也大，比王大嘴的还大。这两个大到极致的特征，让油爷的眼闭起来。他想起某一天的噩梦，梦里有无数个獠牙怪兽，竟与钱三花有几分相似。看见钱三花的油爷一下子慌了神，怀里藏着的蛐蛐罐受了惊吓似的掉在地上，"啪"。接着有人就喊，"岁岁平安喽——""我的蛐蛐——"油爷弱小的声音被笑声淹没，"我今年的最后一只蛐蛐呢。"油爷后面的声音带着哭腔了。

钱三花也看到了油爷，精致而灵动的油爷。她像喜欢一件瓷器一样，禁不住想摸摸他，抱抱他。她知道自己不能，起码现在不能。油爷有着比吴秀才更细腻的肌肤，也有着比他更明亮的眼睛。仅仅这一眼，钱三花就开始喜欢上油爷了。但瞬间的喜欢，被蛐蛐罐的破碎声无情打断。

交换戒指的时候，油爷的大了，戴上就往下掉。钱三花的小了，只能勉强戴到第一截手指的半截。

媒人孔令宣突然脸红。他知道这些不为人注意的细节，应该是他想到做到的。两枚不合适的戒指，就像是油爷和钱三花的婚姻。

拜过女方祖宗的神位，拜过钱老六和坐在他旁边肥胖的老太太，据说那是钱三花的娘，油爷拉起喜绸，开始往外走。

三声送亲的礼炮，把油爷的泪震了出来。

喜绸中间的红绣球太沉，竟拖到了地上。油爷不想拉起，他拉不动。钱三花不敢拉起，她怕拉倒了油爷。

钱三花踩着红布包着的方凳上花轿的时候，方凳的腿竟然断了。这一步登天的仪式，似乎有了残缺。

油爷重新被抱上高头大马。他感觉自己完成了从人间到地狱的过程。整个县城东街，挤满了看热闹的人，他们只想看一看那个让钱家店的钱三花情愿嫁作童养媳的油爷，到底是多了一颗头还是多了一张嘴。

人声喧哗，街道两旁的树所有的叶子都往上长。而油爷，什么都听不到。他只记得那个最大的獠牙怪兽，在梦里，一把就抓住了他。

"三花，你不能走啊，你不能嫁给一个乳臭未干的小孩子。三花，你不能水性杨花，你不能抛弃我。"

西街的吴秀才，拦住了油爷的高头大马。

"杀了他。"油爷还在梦境中回味，就听见令人恐惧的声音像尖利的匕首。

只见有几个家丁，是钱家店的家丁，把宽大的麻袋套在吴秀才头上。麻袋裹住了吴秀才，黑色的绳子缠上麻袋的口。几个家丁架起麻袋，扔进了护城河。

"砰——砰砰——"

送亲的礼炮，或者是枪声，或是别的声音。油爷分辨不出。没有人能分辨得出。

油爷的高头大马撒欢似的跑进葛石店。抬轿的人气喘吁吁，一边抱怨着轿子太沉，一边抱怨马跑得太快。

进了门，油爷马上脱掉新郎官的衣服，往床底下一塞："不玩了不玩了，烦死了。我的蛐蛐被人踩死了。"油爷放声大哭。

穿得庄严喜庆、胸前别了一朵红花的张义峨哈哈大笑："你这孩子，今天是你的大喜日子。"

"谁愿意喜谁喜。我不玩了。"油爷擦擦泪，跑了出去。

"吴天眼那天说，这孩子，龙年龙月龙时龙相。"张义峨的笑容来得快，去得也快。张义峨似乎想起了什么。身边的周敦朴没有答话，然后就听到了张义峨长长的叹息声。周敦朴看见儿子周知常远远地站着，来看油爷婚礼的热闹。希音，拉着知常的手。

"你这孩子，新郎官的衣服呢？你还要拜堂呢。"母亲成氏在门口截住油爷。

"我不管。"

"张书禄!"母亲的声音严厉异常,"从今天开始,钱三花就是你的女人了。结婚对一个女人很重要。如果你是一个好男人,就不应该让你的女人一辈子恨你。"

油爷听到了母亲的话,也听懂了母亲的话。他像一个真正的男人,板着脸,想着那只稚嫩的蛐蛐,一言不发地完成了整个婚礼。

宾客散尽,油爷跟钱三花说:"三花姐,咱俩商量一下。我揭了你的红盖头,你得答应我,让我去奶娘那儿睡。"

钱三花没有答话。油爷与她僵在那儿。三更之后,油爷终于坚持不住,趴在桌子上睡着了。

钱三花听见敲门声,问了句:"谁?"

"是我,小夫人。"王柳氏推门进来,"小少爷昨天就央求我,婚礼完了继续跟着我睡。我没答应。我来是想提醒小夫人一句,小少爷还尿床呢,晚上要把把他。"

"你赶紧把他抱走,我不把。"钱三花的声音粗壮,"他还没掀开我的盖头呢。"

王柳氏抱起酣睡的油爷,拿起他耷拉下去的手,挑开钱三花的红盖头。

红蜡烛燃尽最后一滴。火苗挣扎着跳了几跳,湮灭得不太甘心。空空的房间里,只剩下蜡的味道,在空空的夜色中,弥漫开来。

13

自从在县衙过堂之后,张义峨感觉自己像脱了麦粒的糠,没了心劲儿，也没了心性。

敬信堂拿出了万两白银给书禄捐官，虽然钱对家里来说只是九牛一毛，但事情变了味。他觉得整个敬信堂，包括书禄，还有钱三花，都成了钱家店的棋子，被愚弄的棋子。其实，没有钱家店这一出，张义峨也想为孙子捐上一官半职，不为别的，只为不被饶介祺这样的狗官欺负。说不定托上实诚的关系，补了缺，下一步真的成了知府，万两白银不就回本了吗？三年清知府，十万雪花银。像饶介祺这样的官，别说三年，一年都用不了。至于钱家店，也是拿出一万两白花花的银子。为了一个闺女，怎么掂量都觉得不值。童养媳的名声不好，攀高附贵同样不好听。再看看书禄和钱三花的样子，张义峨既觉得孙子可怜，也觉得钱三花可怜。自己的一条老命，耽误了孙子的婚姻和前程，张义峨越想越觉得亏欠孙子。还有那个钱三花，张家没有谁把她看在眼里，她能受。自己的男人不把她当人看，她能受得了？十八岁的丫头，说大就大，可以成亲养子，说小也小，懂不了多少世事。

钱家店，毁了两个孩子的前程和幸福。

孙子的婚事，成了张义峨心里更大的结。

眼看着张义峨天天待在书房里，既不读书，也不写字，张儒东和周敦朴都觉得不是个办法。两个人都想到了趁张义峨的六十大寿，冲冲喜。但祝寿这样的大事，又不能不请刚刚结亲的钱家人。两人左思右想，终不知如何是好。

当两个人一起把想法告诉张义峨的时候，他竟答应得特别痛快。"亲戚一概不请，请几个要好的朋友。再加上家里的人，吃顿便饭。再有，就把孙家班请来，演上三两天木偶戏。"

周敦朴按照张义峨的吩咐，请了周边的文人秀才及三五要好，听戏饮酒。

往年的张家大院，都要在春节之后，请戏班子唱大戏。戏台搭在南北大街上，无论贫富老幼，都尽情地听，尽情地耍。适逢家有喜事，便在后花园里戏台之上，邀请所有亲戚和八大家的当家人，一同庆贺，一二百人的场面总该是有的。而这次，因为天气渐冷，外戏台已经坐不住人，再加上张义峨的特意叮嘱，周敦朴将人数控制在了三十之内。

与以往不同的是，孔府这次派了孟师爷来。衍圣公记挂着上次县令的勾当，一来看看事情办到什么程度，二来算是向自己的堂姐夫祝贺生日，捎带着抚神安气。虽然带来的贺礼不外乎蛋糕寿桃之类，但总是一番心意。

张义峨已经好久没有去过孔府，不免要客套一番："上次的事，还一直没有向衍圣公表示感谢，还望师爷一定向孔大人表示我的歉意。反倒是衍圣公想得周全，还让师爷来向鄙人祝寿。受之有愧了。来人，把给衍圣公和师爷的礼物拿上来。"

下人抬上千两白银，两份。

"老爷您太客气了。我一定把您的意思转达给衍圣公。这孔府张家，世代交好，互相帮衬着是很自然的事。想起西宁侯一把长刀吓退几万倭寇，像是传奇演义，与我家主人的安邦治国之策，一文一武，都是朝廷与百姓的福祉。那位饶县令也真是吃了豹子胆，竟敢与张府作对。如果以后他还敢造次，我一定让衍圣公面圣处置。"

孟师爷一身儒雅，同样六十上下。张义峨与孟师爷少了年龄差距，便有一问有一答地向他打探起孔府里的情况。

孟师爷与周敦朴素有交情。来到张家大院，两人如自家人一般相见，话自然就多起来。孟师爷言及，孔府表面上繁盛荣耀，内里也一样困苦艰难。光绪帝曾经让衍圣公延请明师，并让孔府查寻祀田。无奈两江总督刘坤一、山东巡抚福润，并不依谕查找。家境空乏，连个名师也请不起。再加上几任夫人的事，衍圣公更是焦头烂额。先是慈禧太后亲自做媒指婚，衍圣公娶了孙毓文的女儿孙氏。孙毓文受慈禧太后指使，站出来逼迫皇帝签署《马关条约》，割地赔款，引起举国震怒。孙毓文告老还乡，投奔衍圣公。衍圣公早已对孙毓文在朝中的作为感到不耻,让他坐了三天的冷板凳。孙毓文不得已在孔府外租借民房度日,最后抑郁而死。孙氏心情郁闷,万念俱灰,加之又没有子嗣可以依靠,就在父亲去世的当年,落寞死去。那一年她只有二十九岁。之后,衍圣公又纳曲阜丰氏为妾,仍然没有一儿半女。然后才又娶了陶氏。衍圣公与陶氏的父亲陶式鋆是忘年交。陶家原籍是浙江绍兴,祖上一直在绍兴做师爷,后来迁到北京做生意。陶式鋆虽然官位不高,却是名震京城的大富豪。陶氏是陶式鋆最小的女儿,因为相貌平平,又极有个性,所以一直在娘家长到二十几岁,都没有上门提亲的人。最后,她却风风光光地嫁给了衍圣公孔令贻。对于这桩婚事,陶氏满心喜悦。可婆婆彭氏并不喜欢,觉得她生意人家出身,没有大家闺秀的风度。陶氏跟着婆婆去北京,给慈禧老佛爷祝寿,慈禧见了一面,竟然也厌恶得不得了,当面取笑她出身低劣。按照孔府的惯例,衍圣公大婚之后,新夫人就会被封为"一品诰命夫人"。然而册封一事,彭氏不提,慈禧不封,就这么搁置下来。现在衍圣公最大的愿望,就是陶氏能为他生下子嗣,让衍圣公的封号后继有人。

听完孟师爷的话,张义峨沉思良久。无论张家大院有多少不如意,却还相对简单。与官场少了争斗,与商场少了倾轧,与家人更少纠葛。虽然因为书禄的事与钱家店红了脸,但终究是为了两个孩子。往长远看,或许算不上什么坏事。

衍圣公专门派孟师爷来敬信堂祝寿,本身就是对敬信堂高看一眼。再加上孟师爷一般不会外传的这些话,让张义峨体会到了衍圣公的一片苦心。世间事不如意十之八九,世间人不如意者同样是十之八九,就看自己怎样把握了。

张义峨一下子开朗许多。他一拍大腿:"走,听戏去。"

戏场安排在前厅至客厅的过堂中,面积开阔,光线也好。

过堂里早已经挤满了人,男人女人分排而坐。

只等张义峨和孟师爷过来。

在过堂，孟师爷叩揖，向张义峨的夫人孔氏请安。坐在旁边的油爷认为，这有失礼仪。孟师爷似乎没有把奶奶当回事，他应该在更恰当的场合，做一次严肃的叩拜。这个家里，似乎没有人把奶奶当回事。奶奶就像爷爷书房里，随便哪本书里的书签，长得也像，干瘦，单薄，没有一点生气。对油爷而言，奶奶还不如奶娘具体。奶娘从发梢到脚趾，散发着从早到晚的香。在油爷眼里，奶奶似乎只具有象征意义。

具有象征意义的，还有奶奶的小脚。"我愿意以我奶奶的三寸金莲发誓。"油爷发誓时曾这样说。油爷奶奶的三寸金莲只有三岁孩子的巴掌大小，精巧，雅致。再配上绸缎面的绣花鞋，绸缎上盛开着不同季节的花，油爷奶奶的三寸金莲便成了小脚中的极品，比任何一代皇帝的皇后或者妃子，都更受尊敬和爱戴。油爷奶奶的三寸金莲，也成了远近州县的口头禅，象征着某种极致和品位，"看人家那小脚，才叫女人的脚呢"，"谁有那样的小脚，给座金山银山也不换"。油爷对奶奶的小脚充满感激，更对奶奶充满感激。正是知书达礼的奶奶常常劝说爷爷，一定要给长子长孙一个恰当的名分。这才让油爷成为真正的油爷，得到了敬信堂未来的掌门人应该得到的所有地位、尊重和财富。正因为此，在油爷第一次因为一只霜打过的蛐蛐说出"我愿意以我奶奶的三寸金莲发誓"之后，就意识到了问题的严重性。他不知道自己骨子里如此粗鲁无礼，竟让奶奶的小脚成为自己的赌资，成为远远近近的粗鄙之人随时可以调侃、意淫的对象。油爷从此背上了沉重的心理负担，如同他真的亵渎了奶奶的精美小脚一样。而自此以后，总有一些胆大的人，有意无意地在他面前翻旧账，说一些"以你奶奶的三寸金莲发誓"之类的话，让油爷对自己心存杀意。

破口大骂的爷爷，能把空气骂得稀薄寡淡，让人喘不过气，似要昏厥。但张义峨在听到别人传给他的这句话时，却摸着孙子的头顶说："乖孙子，爷爷喜欢你这句话。"然后便是满脸的笑容。

在六十大寿的戏场，奶奶的手破天荒地抓着孙子，像是怕丢了自己。奶奶的手指更像是一截树枝，从冬天干枯透顶的树上掉下来的那种。

油爷觉得，奶奶没看自己一眼，戏便开了场。

首先上来的是个丑角，手里拿了一个布袋木偶。木偶与他的脸型、表情完全一样，不知是谁在模仿谁。"各位老爷、少爷、小少爷，各位夫人、少夫人、小夫人，各位姑姑阿姨大舅大妈大婶，总之各位我的长辈前辈，我是赵家堂孙家班的孙云禄。适逢老爷六十大寿，我先献丑说个小段，开开心，然后再有大戏开锣。"

孙云禄手指动布袋木偶动他自己的脸皮也动，配合得简直天衣无缝。布袋拉宽，孙云禄的嘴便撇向最远处；布袋缩小，孙云禄的嘴便噘起，像个拴狗的桩子。孙云禄的声音像被风吹日晒过，裹了沙粒："说个小段开开心，小段专说人和人；说完男人说女人，说完小孩说大人；社会就是人和人，命运还是人和人；热闹不过人看人，着急不过人等人；难受不过人想人，温暖不过人帮人；感动不过人疼人，郁闷不过人气人；耻辱不过人戏人，为难不过人求人；生气不过人比人，成功不过人上人；发财不过人骗人，舒服不过人玩人；幸福不过人爱人，天伦之乐几代人。寿星是我尊敬的人，德高望重领头人；寿星是我爱戴的人，诗书继世传承人；寿星是我的大恩人，几枚小钱哄哄人。"

孙云禄从手指上摘下木偶，翻开布袋，表情滑稽地走到张义峨跟前，单腿跪下，眼睛和目光一起挤来搅去，看向张义峨的口袋。

"我说呗，寿星就是我的大恩人。"领完赏钱，孙云禄跳着上了戏台，"老爷给了赏钱，大戏开始唱喽。"

"我这儿也有，赏你几个。"油爷把手里的几个小石子扔到戏台之上。

丑角孙云禄的话，竟让张义峨有豁然开朗之感。或者，生命中这些像蚂蚁一样的贫弱生命，感悟和体会并不比有钱人少。

锣鼓响起。

木偶人子登台。

演员们蹲在只有半人高的帷帐之下。

人被压低了，唱腔也被压低。人只有更低些，才知道什么是高。张义峨心里想。

佘赛花：（白）我与你聚将摧鼓！我与你聚将摧鼓哇！哈哈……

穆桂英：一家人闻边报雄心振奋，穆桂英为保国再度出征。二十年抛甲胄未临战阵，（白）哎！难道我已无有为国为民一片忠心？（唱）猛听得金鼓响画角声震，唤起我破天门壮志凌云。想当年桃花马上威风凛凛，敌血飞溅石榴裙。有生之日责当尽，寸土怎能够属于他人？番王小丑何足论，我一剑能挡百万兵。我不挂帅谁挂帅？我不领兵谁领兵？叫侍儿快与我把戎装端整，抱帅印到校场指挥三军。

……

希音不知什么时候走出过堂。眼睛一直盯着希音看的油爷，快步冲了出去。

"希音，你去哪儿？"

"用你管！"

"我不管谁管？"

"你凭啥管？"

"凭我将来要娶你做老婆啊。"

"哼，谁信？你已经娶老婆了。今天早上，我还见到你老婆了，真丑。"

"那你嫁给我，你俊。"

"过家家我都不嫁给你。"

"为啥?"

"你杀了人。"

"我杀了谁?"

"那个吴秀才。都说是你让杀的。"希音捏出兰花指,右腿弯曲在左腿之前,脚尖向下,声音像在春天的早溪中泡过一样。"番王小丑何足论,我一剑能挡百万兵……"戏台上依旧热热闹闹。

"不是我,真不是。"油爷放声大哭起来。

月光和树叶都听出了油爷的委屈,并跟着替油爷说话。

但希音听不到。她自顾回了工绣坊。

14

油爷一如既往地跟着奶娘睡。油爷结婚前,母亲成氏已经把奶娘的床从玫瑰院挪到了长芍院。但母亲成氏训斥,父亲跟着帮腔,都无法把油爷赶到钱三花的床上。

钱三花在张家人面前,表情像固化的模具,照旧是一言不发,天天做着那些愿意或者不愿意做的事。

隔上个三五天,张义峨都会特意到书禄和钱三花的海棠院转转。教训几句贪玩的孙子,也让钱三花感受到长辈的记挂。只有这个时候,钱三花才觉得自己是有家的,有男人的。那个小男人,就是油爷。

"书禄回来了吗?"张义峨总是问。

"夫君说,他要在先生房里读书。他说,要好好用功,考取功名。"钱三花总是低着头,回答的每个字,都尽量显出咫尺书香的味道。

看到钱三花这般模样,张义峨更觉得难受。钱三花哭丧着的脸,总让他想起那个吴秀才。下人们说,被打死在护城河里的吴秀才,长得也一样眉清目秀,比油爷差不了多少。差就差在命上。说不了几句,看到老爷来了,下人们迅速离开。只剩下和孙媳妇两个人的时候,张义峨更无法多说话,干咳几声便踱出了院门。

经常来陪钱三花的,便是表婶孔兰芝了。

虽然有过一面之缘,但见面并不痛快。当时的钱三花扭头便走,孔兰芝能够理解。她心里,只有她的吴秀才。钱三花的这个小秘密,孔兰芝从来没有对任何人讲过,包括对夫人成氏,她也是撒了谎的。孔兰芝感觉自己心里有愧,但好歹促成了一段姻缘。

至于吴秀才被打死,孔兰芝也一次次劝三花要想开。三花总是咬牙切齿的一句:"我恨他们。"这个他们是谁,孔兰芝没问。肯定有她爹钱老六,也有钱家店的家丁。

"是他让他们杀的。"

"谁?"

钱三花再不搭话。

在油坊里干惯了壮工的钱三花,来到张家大院并没有太多的事干。孔兰芝连拉带扯地,要教她做针线。钱三花的手指很粗,捏不紧那细细的绣花针。捏着捏着便掉了,缝着缝着便歪了,然后就是满手心的汗,把丝线上的颜色泡个精光。

"这日子,真是生不如死。"钱三花便掉泪,把头扭过去,对着墙,任孔兰芝怎么扳她的肩膀,都不回头。

孔兰芝传话给夫人,夫人只是一声长叹:"谁不是从那个时候过来的?"

还有钱三花不能忍受的,是每天早上的同一个时辰,都要到爷爷奶奶那儿请安,还要给公公婆婆倒尿壶。这些应该由下人干的活,张儒东偏偏要让钱三花干。成氏曾经责问丈夫:"何苦呢?"

"你懂个屁。钱家店不是厉害吗?当张家的儿媳妇就得这样。"

一次遇到油爷,钱三花拧住他的耳朵,把他拧到属于他们俩的海棠院:"你这个狗娘养的,你给我听好了,我现在盼着你给我写一纸休书,把我送回钱家店。写,你立马给我写。把字写得大大的,黑黑的,让所有人都能看得见。你以为敬信堂是皇宫?你以为谁都巴结着你们张家大院?狗屁!鬼都不愿意来。你看你那眼珠子能吃人的狗爹,对我没半点好气,脸青得像锈烂的鏊子。对我一个妇道人家神气个啥?还有你那吃屁帮腔的娘,天天对我拉长了脸,比驴脸还长,从驴脸拉到驴腚。你那个不要脸的奶娘,你都娶媳妇了还霸着你。我知道她就喜欢你那根嫩黄瓜。下人都说,她是晚上陪你,白天陪你爹,老少通吃。这样的女人,能比俺好哪儿去?连奶子都不如我的大。再就是你这个半吊子秀才,也不拿俺当回事。俺也是读过书的,《三字经》《百家姓》,都会背上三句五句。我欠你们家谁?是你们家欠俺老钱家,欠我,欠我钱三花!你们谁也别跟俺周吴郑王的,钱是《百家姓》里的第二个!只比皇帝矮半头。钱家店的人个个如狼似虎,拉出任何一个,都比你们这群假娘们儿强一百倍、一千倍、一万倍。我钱三花凭什么就要天天挨你们的狗屁呲?"

如果说钱三花只是一个粗劣的女人或者妻子,这话或许并不公允。比如,她也想学绣花、纳鞋底。但事实上,当她把手指移到一根花线上,那些盛开的花便有了些异样,或者是先天不良,或者成了血盆大口,或者啥都不像,只像她成天抱怨的"他奶奶的什么命",乱七八糟的,不具备任何的美感,更不具备那些花花草草所蕴含的任何形式上的象征意义。油爷常常跳起来,取笑钱三花的笨手笨脚,笑出了泪。钱三花的泪在眼皮底下,转过身去抹掉。生活本就不是什么寓言,那么会是什么呢?油爷想。

听到外面有泥罐摔碎的声音。不用猜,油爷也知道那是父亲的夜壶，被钱三花装作无意地故意摔坏。三个，或者四个夜壶，成了牺牲品。接下来便是钱三花牙齿和舌头之间的悄悄话："我就摔，摔死你们这些狗娘养的仁义道德！"

油爷被赶到钱三花的床上，已经是四年之后的事。那年油爷十岁。油爷还赖在奶娘的床上不起，还在那些似是而非的香气中，做着各种各样的梦，父亲张儒东便拿了一根棍子，站在长芍院（油爷曾经专门问过爷爷为什么叫长芍院，爷爷笑而不答。在油爷看来，这名字肯定不是爷爷起的。明明是长工们居住的地方，非得弄上一个花的名字，似乎有点不伦不类）下人们的房门之外。

看到父亲眼里积蓄了一夜或者更长时间的愤怒，油爷不知道自己做错了什么。

"滚回你的海棠院。"木棍捅在地上，把青砖捅了个窟窿。

油爷没有理父亲。他亲了亲奶娘的脸，然后往外走。或许正是这一亲，惹恼了张儒东，他手中的木棍照着油爷的小腿打过来。油爷一声没吭，便晕了过去。醒来后，油爷就已经躺在他的海棠院，小腿被石膏固定。

破解父亲为什么大发雷霆，似乎比疼痛更具有吸引力。除了没敢直接问父亲为什么打他之外，油爷问遍了所有的人："父亲为什么打我？"

油爷得到的答案五花八门，比如爷爷说他更欠揍，母亲说他疯了，奶娘说他不小心，钱三花说问你自己。希音没有直接回答他的问题，而是摸着他腿上的石膏，轻声地问："还疼吗？"这句话简直比世界上所有的药都好上千倍万倍。油爷心里揣测着希音的心理动向，暗暗地高兴一不小心露出了马脚，在脸上开成了花。

油爷结婚四年之后，才第一次躺在自己的新房里。床上的一切新的痕迹已经变得模糊，没有任何的喜庆，好像并不欢迎他来。倒是钱三花，比那些跳跃的火苗更旺盛。她不管不顾油爷的腿伤，一次次趴到油爷的身上。

夜色一次次来临，就像钱三花一次次要大口吃掉油爷似的急迫。身材硕大的钱三花雄壮威武地压在单薄得如一张发黄的草纸的躯体上，肆无忌惮地前后左右翻转。油爷透过床顶，穿过那些老旧的木香，然后听到了堂屋里一只自由来去的蟋蟀，蹑手蹑脚地走动。一只青翅猛地发出了震耳欲聋的叫声，如同受到了什么样的惊吓。是青翅。油爷知道，那只蟋蟀的叫声，绝对不是自己进军的鼓点，而是一泻千里的溃败。油爷想起了厅堂正中的一幅画，说是老佛爷的像。老佛爷为她自己亲自撰写了圣旨，让所有的男人都要对她的画像顶礼膜拜。那幅画像慢慢变得像上面的尘土一样老，在大大小小的穿堂风里，忽左忽右地摇摆，像狗的尾巴。油爷此时，在一次次的胡思乱想之后，如被谁甩出去的烂泥。除了湿漉漉的身体，油爷一无所获。

童养媳钱三花的喘息声高低错落，弄得两片嘴唇不知所措。

"俺爹一直让俺嫁个读书人。读书人狗屁不是。就像你，没用的东西！只会尿床。"钱三花再次用一个响亮的耳光打疼了油爷稚嫩的脸。面对十岁依然尿床的油爷，童养媳钱三花像狂妄自大的蜘蛛一样，幻想着用自己的打骂，编织属于自己的生命管理系统，并努力营造其威严使命的坚不可摧。

"总有一天，我会杀了你。"油爷说。

"一个奶就能撑死你。"

当一个女人不能给自己的男人留下足够的颜面，这个女人要么是疯子，要么是笨蛋。油爷正犹豫着是不是要摸摸那只奶，那个奶就在黑暗中张大了嘴，奶头像要吞噬某个人的牙齿一般。

这只奶，比奶娘的奶丑陋一万倍。只可惜，奶娘被赶出了张家大院。至于去了哪里，没有人告诉他。那么希音呢？希音像一个菩萨，远不得近不得。孔兰芝那天专门找到钱三花说话，明一句暗一句地说给油爷听，说男人有了家就要收心。油爷看得出，孔兰芝的内心里，只不过是怕他打扰希音罢了。

自从油爷来到了海棠院，不管夜晚做了多少无用功，钱三花都像是拥有了一个真正的男人。只要钱三花一进家门，就像有一千个长舌妇迅速聚在一起说话，再加上脚下的瓦罐被踢得四分五裂，到处乱跑用来喂狗的铁制容器发出不一样的哗啦声，院子里的空气便像醉了酒一样乱窜乱转。更可怕的是，钱三花似乎有一种特异功能，把呼天喊地的本领传授给了家里的猫猫狗狗，只要听见她的动静，所有会叫的动物都要对天长啸。

"闭嘴。"

油爷不知道，爷爷呵斥的是老婆钱三花，还是那条一脸委屈的狗。

油爷把自己关在书房里，一天又一天。油爷不看书，他不知道该看什么。油爷也不喝茶，仆人们早上端过来的茶，似乎只是为了晚上一口未动地再端回去。油爷似乎停止了生长，所以他拒绝所谓的食物和水。

突然有一天，他独自跑到家林。他特别渴望闻到那些柏树的气息。他要从那些气息中寻找头一天晚上梦里的怪异感觉，他觉得那是梦的源头。油爷觉得是梦乱了，才让他的一切生活成了碎片。他要用浸淫了家族灵魂的柏树阴香，把自己的身体和灵魂，努力地拼凑到一起。

日落像日出一样无趣，油爷在回去的路上想。

推开书房的门，油爷突然看到遍地蟑螂。这群家伙，有的端坐在椅子上沉思人生，有的在茶盏盖上偷偷品茶，还有的一头扎进书柜里，仔细挑选那些古书中的错别字……

"钱三花——"

油爷把盖碗茶扔到院子里。

钱三花没有动静，倒是隔壁长芍院的看家狗，轻吠几声。

15

宣统三年的初春到立夏间,县令饶介祺几次到葛石店的敬信堂,与张义峨把酒言欢。他说着县里的哪位乡绅又娶了几房姨太太,钱家店又新开几家门面,"三盛班"又有几位新人等等。饶介祺还郑重其事地提到,自他赴任后,县境内的治安夜不闭户,民风更加淳朴,人不论男女勿论大小,个个笑意盈盈,如蜂蜜果腹,绸缎加身一般。张义峨的笑像戴了一层面具。张义峨知道真实的情况,但又不好点破,便一个劲儿地劝酒夹菜。

饶介祺前几次来,闭口不谈纳捐的事,如同两万白银到手里就化掉了一般。直到初夏日那天,饶介祺又提及如今的人事复杂,比不得往年等等。张义峨听出了县令的意思,便又让张儒东备好五千两白银,送到县令的手中。饶介祺此时才说:"亲王的奏折已经递到皇上手上,圣旨不日即到。故而,凡事都要即刻准备。补服要找好的裁缝。五品顶戴花翎,宁阳城的裁缝做不了。朝冠、朝服、朝靴、朝珠、吉服要一应俱全。如果善人少些门路,在下倒是可以代劳。"

"如果大人能帮忙,那就再好不过了。只是不知道价码如何?"张义峨知道这位眼睛眯成一条线、依然是娘娘腔的县令,是一门心思奔着他的钱来的。

"多乎哉,不多也。读书人常说的话。这话有味道,高人不谈阿堵物，堵在高人不是物。善人你品品，这话对吧？"饶介祺似乎对自己的幽默很有自信。

"那是那是。不过，我倒是读过一段话，说曾国藩曾大人一生节俭。他的官服只花了三百两银子，穿了三十多年，还如新的一样。"

"不谈银子，不谈阿堵物。喝酒，喝酒。"饶介祺端起酒杯，自顾喝了，心里暗骂，"狡猾的老狐狸"。

宣统三年闰六月十五日，公历的1911年8月9日，立秋。

这天的一大早，县令饶介祺便率领县里的所有官员、衙役，到葛石店张家大院送圣旨。

时局不稳，没有戏里经常出现的拖着娘娘腔的胡须煞白的公公宣读圣旨，只有饶介祺和县里的官员衙役。

前一天，饶介祺便让人送信给张义峨，让他准备好迎接圣旨，然后举办接旨仪式。

张义峨很远就听见了开道的锣声，这声音比任何时候都悦耳。然后便是"回避"和"肃静"两块木牌，像两面光荣的旗帜，远远地照亮了张家大院外等候的一群人的眼。

张义峨准备了九十九响礼炮，将圣旨迎到了村南的家庙。礼炮响个没完，一声一声提醒所有在场的人，超了规制。

一行人在县令饶介祺的带领下，穿行在南北大街上。县令走在最前面，左脚迈出去，要在空中停顿些许的工夫，才将右脚跨出去，再在空中停顿片刻。后面的人也学着他的样子：左脚——空中停顿——右脚——空中停顿——左脚——空中停顿——右脚——空中停顿——左脚——空中停顿——右脚——空中停顿——左脚——空中停顿——右脚——空中停顿——左脚——空中停顿——右脚——空中停顿——左脚——空中停顿——右脚——空中停顿——左脚——空中停顿——右脚——空中停顿——左脚——空中停顿——右脚——空中停顿——左脚

空中停顿——右脚——空中停顿——左脚——空中停顿——右脚——
空中停顿——左脚——空中停顿——右脚——空中停顿——左脚——
空中停顿——右脚——空中停顿——左脚——空中停顿——右脚——
空中停顿——左脚——空中停顿——右脚——空中停顿——左脚——
空中停顿——右脚——空中停顿——左脚——空中停顿——右脚——
空中停顿——左脚——空中停顿——右脚——空中停顿——

路旁的男男女女哈哈大笑，神甫和两个修女也不再听祷告，站在教堂外面，使劲地把笑容往心里掖了又掖。如果上帝看到这样的场景，会怎样？

终于走到了张家祠堂。

所有人都浑身是汗。

立秋日，正是最热的时候。

县令饶介祺顾不得休息，便急急地站在祠堂外的祭桌前面，像一位真正的公公，宣读圣旨："奉天承运，皇帝诏曰：张书禄自幼聪慧，熟读经书，尊老爱幼，和睦邻里，率先垂范，情昭千古。着即日起，任兖州府五品同知。钦此。"

"万岁万岁万万岁。"跪在地上的张义峨，率所有亲众，把头磕在地上，久久不愿起来。

在东厢房穿戴好五品官服的油爷，早已经按捺不住。还没等众人起身，他便从东厢房里冲出来，大喊一声："钦此！"

县令的腿似乎软了一下。有人哄堂大笑，书祥则在后面大喊："万岁万岁万万岁。"

张儒东上前抓住儿子的胳膊："瞎胡闹，别乱动。弄不好要杀头的。"说话间，手指上便悄悄用了劲，疼得油爷直咧嘴。

油爷被安排到祭桌前，坐在家丁刚刚搬过去的太师椅上。眼看着一群黑胡子白胡子长胡子短胡子，又在爷爷张义峨的带领下向自己跪下去："拜见张大人。"

一叩首——

再叩首——

三叩首——起。

爷爷张义峨站起身，把孙子推到最前面。按照事先教好的程序，这次是油爷——刚刚做了五品同知的朝廷命官，带领八大支的当家人，向祖宗祭拜。

一叩首——

再叩首——

三叩首——起。

油爷在把脚刚刚迈进祠堂的时候，就有似曾相识的感觉。他似乎看到了先祖们的脸，带着或慈祥或木然的表情，有人还试图与他攀谈。就在喊"起"的那一刻，油爷倒了下去，头重重地撞在旁边的大红柱子上。

而在他睁开眼之后，油爷感觉世界一切都变了。他似乎能看到更多一重的世界，比如那些在祠堂里端坐着的祖宗，像旋转不定的幻影，时不时地出现。

这一天，立秋日，对油爷来说，很重要。

县令饶介祺也说，这一天很重要。因为三天之后，袁世凯就要出任内阁总理大臣，而他的坚强后台庆亲王奕劻，将辞去内阁总理大臣职务。

饶县令流泪了。不是为油爷，而是为这个意义非凡的立秋日。

此后，还有一些日子，让宁阳县最后一任县令更加沮丧：宣统三年十二月二十五日，宣统皇帝宣布退位，命袁世凯组织共和政体；辛亥年十一月十三日，孙中山就任中华民国临时大总统；民国二年十月十一日，袁世凯就任中华民国正式总统；民国三年春，宁阳县署改称县公署，知县改称县知事，谭奎汉任中华民国宁阳县第一任知事。

饶介祺落荒而逃，卷走了县衙里的所有金银。他还试图从敬信堂再捞一把，被家丁远远的一声枪响，吓得狼狈逃窜。

16

油爷做了五品同知,在家里的命运并没有出现质的改变。爷爷张义峨仍然是爷爷,父亲张儒东依然是父亲。尤其是中华民国成立后,他的五品同知似乎成了敬信堂多余的话题。在某种程度上,甚至成了十里八乡的笑柄。改朝换代了,前朝的官就像是被踢进阴沟的老鼠。正因为此,油爷那身内容丰富、样式齐全、崭新得有些刺眼的官服,被爷爷张义峨塞进了祠堂的神龛里。

有人说,是油爷捐官坏了清朝的风水。曾经多么伟大的大清帝国,仅仅因为一个流着鼻涕的油爷便土崩瓦解,这话听起来多少有些牵强。但如果往深里想想,又似乎多少有些道理,因为大清帝国有太多的油爷,以及像油爷一样具有非凡追求的梦想家。张家大院给了油爷太多幻想的本钱。油爷可以对未来做各种设想,比如可以想象自己富可敌国,可以想象自己学富五车,还可以想象自己飞黄腾达,甚至是建立一个新世界。所有的吉祥与美好,曾经在油爷的脑海中坚定而实在地存在过,像天下所有的读书人和生意人一样。甚至洪宪元年帝制卷土重来的时候,包括油爷在内的所有张家人,都认为那是一个绝好的机会,可以让一个聪明绝顶的五品同知复活。就连钱三花,对油爷的称呼也变成了官人。但事实是,油爷成了地道的油爷,成了真正的油爷,成了即使在张家大院也无法立足的油爷。张家的人都认为他辱没了门庭,更别说那一代推动社会变革的力量,谁也不会把一个只对蛐蛐充满虔诚的油爷,当个响屁夹在腔里。

油爷被父亲打断腿,没有人知道为什么,也没人敢问。倒是泗店的王殿雄来看他,说着知心的话,说他早就想来。只是这兵荒马乱的,葛石店周围的土匪又多,家里人不让来。

王殿雄给油爷带来了六只蛐蛐,都是上等的青翅,叫声清脆,品相也好。

王殿雄给油爷说,那本《促织经》真好,只是不知道贾宰相最后怎么样了。油爷笑着说,贾宰相死了。王殿雄也说,我知道他死了。可他是怎么死的?这么好的经,人怎么能死?

"他的经不像《西游记》里的,不是从西天取来的,连他自己都超度不了。"油爷说。

吃过饭,油爷拄着拐,送王殿雄出门。在教堂门口,油爷看见一群外地的青年出出进进。书祯牵着一只猴子在玩,猴子头上挂着三根辫子。油爷问他什么时候换了活法,开始学变戏法的玩猴子了?书祯一脸鄙夷,说:"玩猴子总比蛐蛐好吧。你千万别小看这几根辫子,都是很有来头的。最长的一根是我姥爷花了三十两银子,买的县令饶介祺的。最短的是我的。最白的是爷爷的。"书祯又说,"猴子也爱美,辫子挂上了就不愿意摘,像那些不愿意剃头的老顽固。它还天天洗脸照镜子,俊得像希音。"

书祯非得让油爷拿蛐蛐和猴子打一场。王殿雄笑着没说话。油爷说打就打。油爷拿出了两只蛐蛐,一只被猴子一把抓过来,放进嘴里嚼嚼咽了,另一只跳到猴子头上,把它的眼睛咬得流血。书祯不敢比了,他怕把猴子的眼睛弄瞎。他说等哪天土匪进村了,他要让这只母猴和土匪们一决高下。打不过,就用美猴计。

以后的发展便是,书祯开始训练猴子举磨盘,从最小的一只磨盘开始举,直到猴子确实举起了五十斤重的磨盘,并且毫不留情地砸向了他的脚。被猴子砸过的脚像气球上长出了大小不同的五个鸡蛋,丑得要命,时时疼得书祯龇牙咧嘴。

至于猴子后来的命运，自然像被家族里捉住的贼一样，被绑到东大门外的旗杆上，鞭打示众，直到把那只猴子活活打死。

三条辫子成了猴子的陪葬品。

书祯说："真该把猴子埋到家林里。"然后等来的是一顿训斥。

第二章

水槽

天 虫

1

"在天为龙,落地为虫。这虫便是蟋蟀。"爷爷对站在电视机前的孙子说,"你离电视太近了。"

"在天上当龙多好,想飞多高就飞多高。干吗要到地下当虫?"孙子问爷爷。

"相传,当年孙悟空大闹天宫,把天庭砸得七零八落。守护太上老君百宝箱的六条小龙,被孙悟空的一把火烧成青黄紫红黑白六粒小球。小球掉下云端,落进泥土,便长成了六种颜色的小蟋蟀。那些小龙,本是太上老君的把玩之物,落地后思念天庭,便在落地日集体苏醒。夜夜对天歌唱,只希望太上老君能听见,召它们重回天庭。它们的落地日,便是立秋。"爷爷把孙子拉到跟前,"这就是爷爷常给你讲的,为什么蟋蟀会有五德之美。有诗云,蟋蟀本是天庭龙,纷争尘世亦称雄。凄风苦雨担道义,灵魂高岌向天鸣。你小小年纪,对这些天地精灵,要充满敬畏。越是喜欢,越要珍惜。爱能释手,玩不失志,才是立身根本。"

孙子懂事地点头。

电视画面闪动着人民会堂的内景。太多的人挤进小小的镜头,似乎要把画面挤破。现场固定或者飘飞的广告，像刚刚擦完颜料的抹布，让电视画面变得更加杂乱无章。看热闹的人，喊着号子往会堂里挤。

因为第一场比赛的轰动与惨烈，更多的人想现场感受比赛的气氛，更近距离地观看比赛。外地不少蟋蟀协会、文化团体，通过不同渠道联络主办单位，要求集体观看。无论是不是虫迷的人，都把能得到一两张入场券，当成一种荣耀。

主办单位提高了票价。黄牛党把票价翻了三番，仍然挡不住四处找票的人群。

公安部门不得不加大警力，像维护世界和平一样维持会堂秩序，入口处也不得不让警察充当验票员。

两位主角尚未到场。提前挤到会堂里的观众，开始议论上一场比赛的花絮。

"听说被扔出斗栅的那只蟋蟀，让陶十一一脚踩死了。这么大年纪的人，比牲口的性子还烈。唉，可惜了那只黄牙，十七次上锋，只有一次落败。"

"陶十一输掉的那只凤罐，上次在拍卖行，有人喊价二百万。陶十一反悔，终止了拍卖。"

"听说陶十一的那只黄牙，出斗之前已经贴出红蛉。热火反逼，犯了配斗大忌。这陶十一，像他的虫儿，也是急火攻心哪！"

电视直播解说音突然响起，是一种富有磁性的男中音，用不急不缓的节奏、清晰流畅的语言，瞬间收走了会堂里的所有嘈杂："尊敬的各位朋友、各位来宾，欢迎大家来到美丽的宁阳观看这场世纪之战。经过第一场的血色厮杀，油爷的青翅战胜了陶先生的黄牙。那么今天，他们又会给我们带来什么样的惊喜呢？下面有请两位世纪老人上场——同时上场的还有他们的团队，以及他们本场即将出战、争霸天下的爱将。让我们屏住呼吸，看看他们的天之灵物，究竟是什么品种……"

两个古旧的蟋蟀罐缓缓打开。

懂行的人，把目光集中在蟋蟀罐上。

更多的人，瞪大了眼盯着罐子里的蛐蛐。

最不懂行的解说员，此刻竟然介绍起宁阳蟋蟀的历史渊源："宁阳斗蟋蟀始于秦汉，兴于唐宋，盛于明清。宁阳斗蟋以个头大、性情烈、弹跳力强、善斗、凶狠而驰名中外，品种繁多，有青、黄、紫、红、黑、白等6大类270多个品种，载入古谱的名贵品种有大黑青牙、蟹壳青、青麻头、铁头青背、琥珀青、黑头金赤、紫黄等。据清《功虫录》记载，宁阳一虫独占鳌头后，被光绪帝'诰封'为'骁勇大虫王青金翅'。《斗蟋随笔》更是如此记述：自光绪二十一年至1940年，全国蟋蟀王出现26个，山东占17个，仅宁阳就有9个。近年来，宁阳好虫迭出。泗店镇故城村所出名虫，拿到了去年海内外所有比赛的冠军。乡饮乡更是成为蟋蟀爱好者新的天堂，去年捉得名虫数十只，价格最高的一只竟卖到六万元。据从组委会得到的最新消息，两位老先生今天带到现场的两只蟋蟀，一只来自泗店，一只来自乡饮。到底鹿死谁手，让我们拭目以待。"

迷虫一，"乌牙青"，上海闵行人（此虫迷胸前牌上的名字与其本人的长相空前绝后地一致。脸色乌青，鼻子像没有烧尽的碳瘊子捂出了毛。牙齿在发乌这件事上，与他的脸色配合得简直天衣无缝）："笨蛋主播，小赤佬，明明是蟋蟀比赛，还鹿死谁手。是眼聋了还是嘴巴瞎了？我坚定地支持陶十一的这只乌牙青。我去年就是凭着一只乌牙青，赢了十几个上锋。你看这虫的皮色、牙口，绝对是上上品。我告诉你一个小秘密，那只乌青出阵前，我给它配了三十只三尾仍不满足。绝对是风流才子，一等好活。"

迷虫二，"淡紫"，苏州人："这有点像你。咋的啦？你今天好像有点死样怪气的。昨晚贴蛉啦？你一天也闲不住啊。我给你说，油爷这只琵琶翅，少见。头跟蜻蜓一样，黑中透紫，是地地道道的紫虫。你看它的两条斗线，细直贯顶。上窄下宽的脖子，真的像马蹄颜色，铁一样的青紫。两个翅膀黝黑发亮，贴得肉身紧紧的。并且从脖子以下慢慢加宽，都已经超出蛉门了哎。再看那蜈蚣钳，又长又大，还是绛紫色的咪。嘴角两旁不是一般的突出，像狮子嘴哎。这虫与你的乌青有天壤之别。你那只虫子四处找三尾，呼雌的放浪之声震破天。这只琵琶翅，两个翅膀又长又宽，不能贴蛉，肯定是空蛉大王。如果真的给它三尾，它一定会把三尾咬死在盆里。"

迷虫三，"门星红"，杭州人："我看你有点拎勿清哎。我曾经听人说过，遇到这样的虫，只要给它剪短双翅，它还是愿意过蛉的。食色，性也，人之常情，小虫子有时比人还贪婪，还好色。过蛉越多说明越有魅力，疆域越多，子女越多，越有战力。肖舟老师不是这样教你的吗？（肖舟，苏州市蟋蟀协会会长，全国知名专家）为疆土和女人而战，这一点特像我们男人。也是虫子的规律。这只虫就能例外？你以为它是台上的油爷，可以终身不娶？瞎搞啥来你……"

周围的人都笑起来。

一位穿着黄色短衫的女子，不知如何钻进了场子，挨个发着小卡片。红色的嘴唇，艳得马上就要流下血来。文胸故意弄得有点小，挤出大半个乳房。香水的气味很浓，刺得眼几乎要眯起来。卡片上的女子比她还裸露。

两名女警呱嗒呱嗒跑过来，将她拧出会堂。

卡片有的被扔在地上，有的被揣进口袋。

电视直播的老公鸭总是出现得不是时候。作为观众，我们必须充分理解，他在努力地把普通话讲得更标准，也总想把最专业的知识传授给观众："按照组委会的要求，老夫今天特别给大家讲一下蛐蛐罐。蛐蛐罐是蟋蟀的蓄养用具。北方称罐，南方称盆。自明代开始，蟋蟀爱好者完全摒弃笼养之法，普遍采用盆养。袁宏道所记京城'瓦盆泥罐遍市井皆是'，刘侗所记'斗盆筒罐无家不贮'，都说明斗蛐蛐用盆、养蛐蛐用罐,自明代开始成为常识。与蟋蟀罐的普遍使用相联系,明代出现了专门的蟋蟀罐制造业,明清以后出现了一大批手艺精巧的工匠艺人。所制罐器不但实用,而且精致工巧,成为从皇家到百姓,人人喜爱的艺术品……"

电视画面不配合老公鸭的解说词,出现了泗店大街上火爆的交易场面。衣服被露水打湿的男男女女,手里提着大大小小的塑料篮子,里面装满了大大小小的瓷罐,与蛐蛐收购者讨价还价。声音带着玉米叶子的气息,也散发着一夜无眠的疲惫。

"业内最为推崇的,当属明宣德罐。明宣德皇帝开一代古风,将蟋蟀业引领到兴盛。他自己亲自设计,亲自烧制蛐蛐罐。只可惜,宣德皇帝本人用过的罐,世无存遗。由民间艺人们在明宣德年间烧制的明宣德罐,盆体高大古朴,手工塑成,图案精巧细腻,分色明朗清晰,交色处丝丝不差,平整如镜,用手指轻轻敲击有空心感,犹如古代建筑中的通风设计,精妙绝伦。邹氏罐是蛐蛐罐中最杰出的代表,因为世无所见,由此成为一代传奇。在朱琰的《陶说》和邓之诚的《骨董琐记》中都提到过明代宣德年间,苏州陆墓镇有邹大秀、邹小秀姐妹俩,师承家业而又能青出于蓝,极得宋人意,山水、花鸟、僧神无一不精,尤善人物雕镂,刀力雄厚,巧思独具,状采极工,举世无匹,传世品极为罕见。明代李诩《戒庵老人漫笔》说邹家姐妹的作品'久藏苏州库中,正德时发出变易,家君亲见'。其后邹家又有邹显文、邹振宗等多名制罐高手出现。澄泥罐据传始自贾似道,当年苏州齐门外有专门为皇室制陶瓷器的御窑,有个叫宋菜官的窑主,第一次烧出澄泥罐,不远万里呈献贾似道,深得其喜爱,从此澄泥罐名满天下。明末清初,万里张和赵子玉两位制罐名家出现,将澄泥罐的制作技艺推向了顶峰。依王世襄先生考证,万里张作品共九种,赵子玉作品有十三种。虽然各自的款式不同,但工艺之精巧,均是世无双至。"

浑厚的男中音抢戏,用两片嘴唇撕裂到耳朵根的夸张动作喊——"今天两位先生手中的罐，说出来一定会吓大家一跳。油爷手中的罐是万里张，陶先生手里的罐，则是邹——氏——罐——"

观众席上一片尖叫："哇——"

仍然是浑厚的男中音："大家想不想知道这罐如何到了陶先生手中？其实很简单，陶先生得之于家传。他的祖上曾经在苏州为官，受赠于邹氏姐妹。"

迷虫四，"红衣狼"，苏州人："胡说八道！这是哪儿来的主持人？不知道的东西乱说，也不怕闪了舌头。"

迷虫五，"黑脸侠"，嘉兴人："你知道？"

迷虫四，"红衣狼"，苏州人："身为苏州人，我当然知道。邹氏罐存世只有一只，就是陶十一手中的罐，名题叫红梅望雪。据传，苏州府一名库吏，因为家境贫穷，从府库中偷得一只，准备卖掉后为母亲抓药看医。他母亲已经重病十年，不能下床。不料此事被人告发。库吏便远赴京城，准备把罐送给陶家在京城的高官，寻求庇护。让人没想到的是，陶家收下蛐蛐罐，据为己有，翻脸又把库吏押送回苏州受审。库吏被鞭笞而亡，几百几千鞭子不知道。只可惜，库吏因为没有家人，被野狗分食，最后连一块骨头都没有留下。这是库吏用一条命，为陶家留下了一只罐。"

迷虫六，"白麻头"，石家庄人："别再管那些破罐子啦。比赛马上开始。斗栅打开了。陶十一的乌牙青真绝，简直就像是大马力的推土机。能推倒一座山。"

电视镜头显示出斗栅部分，两只蟋蟀腿上的细绒清晰可见。

两只虫一个重口接着一个重口，谁都没有丝毫的退让之意。

十二个回合。不需补草，寻声而起。

一对乌牙和一对紫牙，紧紧锁在一起。

双方四个小爪离地，唯有两条大腿支撑。

牙越钳越紧，然后听到一声脆响。

2

连续降了四十五天的雨,宁阳的北半部几乎成为一片泽国,水深竟达六尺之厚。五月二日,大汶河黄泥道口突然决堤,大片大片的房倒屋塌,数万人失去家园,人畜大量死亡。县公署处置不力,水患一直延续到第二年的春天。

县城地势较高,一部分难民涌进县城。还有一部分挤进葛石店,在以天主教堂为中心的南北大街上,放下了铺盖卷。

张义峨在天主教堂以外,支起八口大锅,开始煮粥放粮。油爷、书祥、书祯和希音姊妹,都加入放粥的队伍里,笑容比锅里的米更让人喜欢。十五岁的油爷已经像一个真正的男人,指挥着灾民们排队领粥。

在他们的远处,东乡有几个年龄和他们相当的男孩子,将羡慕的眼光远远地抛过来。油爷看到了他们把手指咬在嘴里,馋出口水。

"你们几个,过来吧。"

一下子过来三个人,年龄各不相同。

"叫什么名字?谁说我让谁分粥。"

"武卫国。"

"武卫——党。"

"俺叫——武——卫——民。"

"我们兄弟仨，爹说俺们是三个活宝。"声音一下子蹿到了树梢。

"哈哈，你爹是谁？"

三个人笑起来，下牙内侧的同一位置长出的牙，以相同的长度，暴露了他们的家族秘密。随着笑容绽开露出的小虎牙，长得几乎一模一样。

"武神眼？"

"对。"

武神眼是敬信堂的武把式。他的武功不但将武家拳推向了登峰造极的化境，长枪短枪使起来更是犹如神助。"百步穿杨，十步穿针。"张儒东这样形容他，并委以重任。除了敬信堂张家老小的保卫由他直接负责外，整个张家大院的看家护院，也全部交给他管理。

油爷把长长的木勺交给兄弟三人，看着他们时不时地伸出舌头，把挂在木勺外面的粥吸进嘴里。油爷还想再看看那三个拧巴在不同嘴里的长长的歪牙，他们却以害羞为由，紧紧地用拉出弧形的上嘴唇藏了起来。

"俺也分俺也分。"两个七八岁的男孩跑过来。

"他们是谁？"油爷问。

"夏婆子家的两个儿子，叫龙头、龙尾，双胞胎。夏婆子生他们的时候，一个抱着另一个的脚，龙头咬龙尾。奇景吧？"武卫国跟油爷说完，转过身就对着龙头、龙尾喊，"一边玩儿去，这里没你们的事。"

"水煎包水煎包，刘家庄的水煎包，刘三拐的水煎包。一拐挤好油，两拐磨好面，三拐调出皇宫里的馅。水煎包水煎包，刘家庄的水煎包，刘三拐的水煎包。一拐油满口，两拐咽舌头，三拐香到脚趾头。"刘三拐叫卖水煎包的声音一拐一拐地从远处传来，一高一低，与锅里清淡的玉米粥，形成强烈对比。

趁着武家兄弟替自己放粥的空隙，油爷走进了天主教堂。教堂里的神甫和修女，已经更换过两次。这次的神甫更老，修女更年轻。黑白相间的头巾像最婉约的简笔画，让油爷心动。他无数次想拉下爱丽莎修女的头巾，看清楚官窑白瓷般的肌肤之下，掩藏在她内心深处的故事。油爷装出对上帝的虔诚，像东乡的所有人那样，在一条长凳上坐定，双手虚掩，嘴里念念有词。油爷知道，上帝肯定听不懂他在说什么，因为他根本不想让上帝听见。他只是做做样子，不是做给上帝看的，而是做给爱丽莎修女看的。

有一天，油爷跟爱丽莎开玩笑："如果我喜欢你，上帝会同意吗？"

"上帝会原谅任何一个迷途的羔羊。"

油爷为爱丽莎机智的回答叫好："如果你是中国女人，我会娶你的。"

爱丽莎笑着转身，不再搭理油爷。

油爷前面，坐了一个在初夏的微热天气里依然裹着蓝色夹袄的人。腰间是一个油乎乎的牛皮套，里面插了不同大小的薄刀片。刀柄上耷拉着黑黑的红绸，破了边。蓝夹袄似乎也在祷告，眼角却四处瞅着。他抬头的瞬间，油爷看到了他左脸上的疤，像一条蜈蚣贴着，从耳根到嘴角。

祷告完毕，油爷从侧门进入了教堂后面的厅堂。爱丽莎修女正在看一份报纸。看到油爷进来，她慌忙站起来，把报纸藏到了身后。

"上帝无处不在，你藏也没用。"油爷笑笑。也许是爱丽莎听了他的话，也许是她相信上帝同样不喜欢这种小女人做派，将报纸递过来。

油爷接过，竟是一张中文报纸，如此描述：

北京电：今日午后两点，各校生五千人入使馆界，执旗书

"誓死争青岛"及"卖国贼曹、陆、章"字样。后又拥至曹宅，初极文明，警察弹压，激动公愤，有举火烧宅者，警遂逮捕，被捕者甚众。经钱派员慰谕，尚相持未散。东交民巷已戒严。（四日下午九时）

"明天济南也将发起集会，声援全中国的学生爱国运动。"爱丽莎的普通话虽然不标准，却让油爷听得一清二楚。

油爷突然手足无措。他不知道外面的世界竟是这种样子。油爷再次抓起报纸，似乎要吃掉每一个字的每一个笔画。他觉得自己的脑子里、胸腔里，都空荡荡的，只有正在蠕动的肠子，像一种真实的生命存在，消化着葛石店、敬信堂或者是钱家店里那些带着霉味的破烂事。油爷不知道哪儿是巴黎，不知道什么是《凡尔赛和约》，不知道德国和日本之间曾经发生过什么。而就在山东，就在离自己不远的地方，枪炮、掳掠、奸杀，都真实发生在中国人身上。而与自己同样年纪的年轻人，在用躯体，搭起流血的墙。

"日本太可怕了。俄国也输给了日本，把中国东北让给了日本。"爱丽莎的眼中充满惊恐。

"我怎么不知道？我怎么能不知道？"油爷把报纸攥得紧紧的，一圈一圈地拧着，眉头上了锁，"你们天主教堂就不管这事？还有上帝呢？上帝也不管？"

爱丽莎双手一摊，嘴角往外一撇："上帝也有周末。"

油爷想起"老虎也有打盹的时候"这句古话，看来上帝与老虎并没有太大的差别。

"明天？你是说明天？"油爷猛地抓住爱丽莎的手问（爱丽莎的手是冰凉的，似乎告诉油爷此事与上帝并无关联）。

"明天，济南。"

"好，我也去。"油爷看了报纸一眼，想还给爱丽莎。犹豫了一下，快速地折叠起来，塞进自己的口袋。

"走,走,跟我走。"油爷拉起书祥、书祯,叫起在路边打盹的车夫,快速往磁窑站跑去。

"去哪儿?我们去哪儿?"书祯书祥问。

"去济南。明天有百万人的大游行。我们要出力。"油爷用手打起喇叭,对着他俩的耳朵喊,"咱们要去磁窑爬火车。"

"好。"惊险与刺激,撩动着几个孩子的血液。他们只觉得黄包车太慢,心里恨不得飞起来。

那个时候,磁窑站并不叫磁窑站,叫太平站。太平站里的车也没有现在这么多,只有那些拉黑炭的货车,一列列穿风而过。

油爷让拉车人回去跟爷爷和父亲说一句,他们去济南了。然后和两个弟弟爬上火车。

第一次坐火车的新奇如果与当晚无处栖身的担心和害怕比起来,应该算是相同级别的。但这两者与第二天的游行示威比起来,简直就是小巫见大巫。油爷领着两个弟弟,从两个老人手中抢过写着"打倒卖国贼"字样的小旗,随着像河水一样流淌的愤怒,四处激荡。兄弟三人看到了像潮水般愤怒的人群,将省政府围得水泄不通。扔到大楼上的石块,把玻璃砸得像戏台上的花脸,更像恶狗遇到袭击时龇出的狗牙。一阵哗啦声,接着便是一片叫好声。

从济南回来后的好长时间里,油爷不厌其烦地和两个弟弟交流在济南的感受,每次都依然能够感受到来自身体每个角落里的力量和激情。济南之行,让油爷知道,整个世界都活得像一条奔腾的河流,只有葛石店是死去的。葛石店之外的人,是可以抗议政府的,对所有的不公正举起拳头。而在葛石店,有的只能是顺从。

油爷他们三个回来的当天,张儒东带来葛石店的整个民团,武神眼站在最前面,将三个半大不小的孩子堵在了围墙外边,然后把他们投进了葛石店关押贼和烂人的黑屋子里。最小的书祯想哭,油爷拍拍他的肩膀:"在济南咱都不怕,在葛石店哭啥?这是咱的地盘。再说了,看看外面那些年轻人,一个个意气风发,天不怕地不怕，都像关羽张飞赵子龙，多来劲儿。男人不就应该这样吗？"

"唉，油爷，在葛石店，咱当不了英雄。"书祥说。

第二天，张儒东的长鞭将油爷打得皮开肉绽，又是一个多月没有下床。

这也正好符合张儒东的心思："闲事少干，多给我生娃。"

对父亲的这项命令，油爷权当没有听见。但钱三花却像接到圣旨一样，天天都要让油爷看看她的生殖器官："你就当在济南大街游行，或者，就像游一个小胡同。"

"你知道，我没让人杀吴秀才。那天我在想着一个要吃我的怪兽，梦里的怪兽，几乎咬掉了我的头。"

钱三花翻过身，呜呜哭起来，最后坐直了身子："祖宗，你以后别再提他了。行不行？他不是俺男人，你是。我和那天杀的，啥事都没干。"

"没干，还是没干成？"油爷追问。

"谁干死他全家。"钱三花发着毒誓。

不管干与没干，每次油爷与钱三花上床，都会想起吴秀才。那个麻袋在水面上动了两下，便有红红的血染红了河水。然后麻袋消失。相同的细节油爷一次次咀嚼，像他一直留恋的奶娘的奶水和她身上的香，每一次咀嚼都鲜活如初。

钱三花早已经忘记了吴秀才。她眼前只有油爷光滑的身体。钱三花上上下下地抚摸着油爷。在把弄油爷的小男人时，钱三花既盼着它快快长大，又怕它快快变小。她怀疑是不是因为自己的急性子，枉费了功夫，还吃不上热豆腐。或者在不合时宜的时候，突然炸响的一个臭屁，臭了整个被筒不说，还败坏了本该有些故事和情趣的男女之间应该有的大事。钱三花便努力地让自己不放屁。可越是这样，她越是觉得身体里的所有空气都在向腹部集中，甚至是刚刚呼吸到的带着花香的新鲜空气，也迅速集结在腹部靠后的位置，然后向下，再向上，酝酿几个来回，再转身向下，像白天被自己吹起的气球,一点点变大,然后再也挡不住,几乎连同一块肉,在千分之一秒间,迅速爆开。

钱三花因此害怕气球,害怕气球的爆响,她觉得那是自己的肠胃在爆炸。

钱三花猛地把整个身体砸向床,然后搂过油爷,把他的头紧紧地按在自己的胳膊和乳房之间。她盼着油爷乳毛未褪的精致的小嘴,能吸上几口,哪怕几小口。每每此时,油爷便拼命地闭上眼,牙齿是咬紧的,牙与牙的摩擦声像一声声的诅咒。油爷害怕自己会吃掉身边的这个女人,满嘴流血。然后油爷就能感受到钱三花的泪水,流下来。

长长的枕头像一条船,整夜整夜的,带着两个人游向不同的梦,游向不同的码头,寻找河的第三条岸。

油爷在梦里见到的,竟是武神眼。武神眼站在一棵杨树的梢上,对着远处的一个魔鬼瞄准。油爷问他在打谁,武神眼说那是日本鬼子。油爷说,你别瞄了,下来我告诉你我刚刚做过的梦。武神眼从十几米高的树上飞下来,站在他跟前,擦着他的长枪。武神眼用一个脚尖着地,一条腿盘在另一条腿的膝盖上。油爷说,我在梦里看见了日本鬼子祖祖辈辈摆供用的怪东西,你知道那是啥玩意儿吗?狗鞭、劁完猪后风干的猪睾丸、鹌鹑蛋。这三样东西,是他们祖上留下的秘密。他们还把猪睾丸印在头巾的正中央,据说能够辟邪。破解了这个秘密,就能打败日本鬼子。武神眼不信,说我才不管那个。说完他又飞上树梢,看到远处真的来了一个日本鬼子,抬枪就打。武神眼说,我打中了日本人头上的猪睾丸。可油爷却听到了三声枪响,像家丁瞄准护城河里的吴秀才。

油爷惊醒,睁着眼到天亮。油爷翻来覆去地想,日本人能信狗鞭、猪睾丸和鹌鹑蛋,中国人可以信什么?想来想去,油爷只想到了蛐蛐。

离今年的蛐蛐出土,还有24天。

3

张义峨、周敦朴和张儒东,三个人坐在青竹院。

茶换了一壶又一壶,想出的主意像乏茶,说泼就泼。谁也不知道可以用什么办法,能让油爷安下心来,踏踏实实地做点事。

最后还是张儒东说了话,钱三花家里不是开过油坊吗?咱也开一个。让他们两口子都去油坊,爱怎么折腾就怎么折腾。让书禄记记账,让钱三花做监工。

想不到万全之策,似乎让孙子学点经营,也算不得坏事。张义峨点点头,算是首肯,接下来便是一声长叹:"只可惜了这一身学问。"

周敦朴低下头,脸微微红过。

油坊说开就开。张儒东像一位指挥千军万马的将军,指挥家丁们买这买那,从筛子、簸箕到油坨、油梁,一应俱全。十几天的工夫,便将"禄花油坊"的木制牌匾挂到门楣上。为油坊取这个名字,张儒东有些得意。既有钱三花的"花"字,又有书禄的"禄"字,还有油爷的"油"字,寓意还是上好,一举四得。蛐蛐不是有五德吗?我的油坊有"四德"。想至此,张儒东的嘴角往外咧了咧。

张儒东让人把能干的王大嘴叫回来,像骂孙子一样地骂他。张儒东让王大嘴使出吃奶的劲儿,全力帮着油爷,绝对不能偷懒。

"如果再出岔子,就不是挨鞭子的事。"张儒东用手里的拐杖,敲着王大嘴的头说，接着对着他的腿弯子就是一脚，"再惹出麻烦，我把你赶出葛石店，送你到地狱里去挖矿（张儒东刚刚听说，华丰煤矿前几个月砸死了二十多个人）。"

钱三花从钱家店请来两个老油工，帮忙掌握榨油的火候。

油坊开张，钱三花像一头刚见天日的豹子，浑身有使不完的劲儿。她身上的肉重新变得结实和坚硬，脸上的笑容也浸满了油的香。到了晚上，钱三花仍然要在油爷身上大做文章，即使她明明知道，自己所有的一切，都会是无用功。

油爷除了吴秀才的麻袋之外，还抗拒那些油腻腻的烦人感觉。钱三花指甲间，甚至是裤腿间、打卷的布腰带间，偶尔掉出来的一块豆饼，更是坏了油爷所有的兴致。

"你身上就没有一点点的东西，能像芡草一样，让我的翅膀鸣抖一下？"油爷觉得，钱三花的声音像皱巴巴的劣等火纸，似乎只有在烧掉的时候，才能现出温暖和亮光来。

钱三花听不懂油爷的话，低头想了好长时间："我的泪是甜的。"

油爷哈哈大笑，胸脯起伏像油坊里的油锤："泪是甜的，谁信？你是不是做梦偷吃糖，一不留神吃多了？"

"要不你舔舔试试？"钱三花把脸凑到油爷跟前。脸上真的挂着两行泪。

"你真该去当戏子。演那些青楼里卖唱的烂女人。说哭就哭，说笑说笑。"油爷的话尖酸到刻薄。

钱三花的巴掌高高地举起来，在空中待了整整一个世纪，然后无力地落下来，猛地打在自己的脸上："俺的亲娘哎，你这是给了俺个什么命啊。滚，滚那头去。"

钱三花委屈地爬到床的另一头。

油爷闻到了钱三花大脚丫子的臭味，同样带着油腻。

油爷躲在角落里，无法入睡。他听到钱三花把床压得吱吱响，直到后半夜。

除了刚开始那几天,因为张儒东要去油坊,油爷也硬着头皮去。十天后,油坊里再也见不到油爷的影子。

诗福堂解散后,以油爷为中心的几个学生,都处于无事可做的状态。书祥天天追着希言跑。书祯养完猴子养鸽子,养完鸽子养狼狗,忽大忽小,没个准性。希音则跟着孔兰芝到了工绣坊,为张家大院做着各种各样的针线活。

因为孔兰芝就在跟前,油爷不能天天去找希音。偶尔去了也得不着个好脸,不是针线筐子摔在地上,就是一只不谙世事的猫,被踢到墙脚喵喵叫。

"希音——"

"该上哪上哪,自己玩去。"

油爷不知道希音说的是自己,还是那只满脸委屈的猫。

"希音,怎么跟小少爷说话呢?"孔兰芝出来打圆场。油爷便悻悻地出来,临走看一眼与自己同病相怜的猫。猫不会掉眼泪,这真是天大的幸福。油爷笑笑。

钱三花不知什么时候,从工绣坊得到了一块方巾,不大,正像男人用的手绢,上面细细的兰花长得清秀,叶子也含了羞意,方巾的右下角,恬恬淡淡地落了"希音"二字。看到手绢,油爷比得到一只上好的蛐蛐更激动。他从钱三花手里一把夺过来:"在你手里瞎了。"然后快速地逃出海棠院。

油爷要向上帝祷告。关于这块方巾,是他的秘密,是他上次在教堂里,唯一向上帝乞求的东西。既然应了验,油爷就要感谢上帝,然后再乞求上帝给予更多的帮助。

不是布道时间,教堂里空荡荡的。只在最前面,有一个影子低垂在两条长凳之间,高高的窗棂透过的光,把她长长的头发照射成金色。

油爷闻到了熟悉的气息。那气息曾经让他沉溺于所有的晨昏,忘记了师傅的戒尺，也忘记所有的病痛。

"奶娘——"

王柳氏回过头，笑容像芙蓉花，一叶一瓣地慢慢盛开。

"玄德。"只有奶娘叫他玄德。如同这个名字只属于奶娘。奶娘说这个名字比书禄好听，比任何一个皇帝的名字都好听。

"奶娘，这几年，你去了哪里？我——想你。"话没说完，油爷的泪便流了下来。未成年的喉结被哽住，像被割断了气管的公鸡。

"奶娘——去了周家大院。"

"去那儿干啥？"

"还是奶娘。"柳氏的泪哗哗地流下。她转过身，对着十字架上的上帝，合起双手。

油爷眼中此时的奶娘，比五年前衰老不少。奶娘的眼睛依然是笑着的杏仁，但眼角的皱纹细密。肌肤依然骄傲地白着，如初开的荷花瓣，但似乎松弛得没有生气。油爷曾经说奶娘是绝世的樱桃樊素口、杨柳小蛮腰，但如今奶娘的腰明显粗了许多。

柳氏见油爷盯着她的肚子看，笑了笑："五个多月了。奶娘命苦。第二个女孩，只活了八十七天，比第一个还少活了十天。这个没事了，有上帝保佑着。"

油爷像被雷击过。

"跟了奶娘那么多年，还没领你到过奶娘家里。走吧，奶娘家里还有你爱吃的炒花生，火候正好。"柳氏知道油爷的口味，爱吃炒花生，还得是山上的花生，炒得火候要不老不嫩，又酥又脆又香。

柳氏和王大嘴的家，在东乡，只有两间茅草房。王大嘴兄弟五个，他是老大。兄弟几个凭力气盖起的两间草房，让大哥娶了媳妇。其他兄弟四个，和爹娘挤在三间旧房里，都还打着光棍。

"东乡百家无油香，西国一户可敌国。玄德，你听说过这话吧？"

柳氏在前面走，油爷在后面跟。

"听说过。不太准。"

等油爷站到奶娘家的两间草房之前时，他知道这话该是多么准确。茅草已经被风吹去大半，露出房顶板结的烂泥，像只剩下几根毛的秃子。土墙被雨水泡过，成块成块的掉下，像皮肤上被故意挖去的疮。家里除了一张床之外，便只有两扇破门，关住了房子里的一贫如洗。

油爷的嗓子不知被什么堵得满满的。油爷从背后抱住了奶娘，闭上眼，任泪水流进奶娘的衣领。油爷的手伸进奶娘的衣服，重温着像楝花一样经久不息的味道，像春天一样润滑的肌肤，像童话般美好的乳房——只是这后背怎么了？他摸到了后背上一道道隆起的疤。

"奶娘，你背上的疤，谁打的?"油爷瞪大了眼，问。

奶娘努力地抬起头，不让泪水落下。她摸着油爷的脸："都过去了。命，争不过的。"

油爷又把奶娘揽进怀里。以前是奶娘抱自己，如今是自己搂奶娘。油爷知道自己长大了，应该为奶娘做些什么。但此时的他，又能做些什么呢？油爷意识到自己一无所长，像一片荒蒿，连一根茨草都做不了。

"你挣的钱呢?"油爷问。

"都给了公公婆婆。让他们攒着，给下边的几个兄弟娶媳妇。"柳氏擦擦泪，四处寻找，似乎在给油爷找凳子，然后便是满脸的失望，"你看，家里连个凳子也没有。就坐在那块坯上吧，大嘴天天在那儿坐，干净着呢。奶娘再给你找件衣服垫上。"

柳氏看见油爷脸上堆积着的难过，说道："玄德，不要难过，东乡人比我差的多得是。奶娘再不济，在主人家还有好吃好喝。那些人连敬信堂都没有进过。奶娘还留了点私心，主人们给的工钱，嘿嘿，有时我也留点。等哪天碰上一张别人家不要的桌子，买回来。一家人围起来，吃顿团圆饭，也能有个地儿。奶娘还要告诉你一件事，几年前奶娘就做了一套小孩的衣服，预备着玄德生下小小少爷的时候，当作礼物送过去。印花棉布，我浆洗了十多遍，又软又好看。"

奶娘的嘴开始变得模糊，嘴唇也不知道在说些什么，油爷的耳朵里沾着泪水的声音，像《秦雪梅吊孝》的戏文一样飘。"奶娘在敬信堂的日子过得最开心。玄德懂事，主人也关照。奶娘和你父亲清清白白，比刚刚漂过的白布还清白。玄德要信奶娘。奶娘的泪也是泪。奶娘的泪只往心里流。周家主人也好，只是奶娘笨，总做不到主人心眼里。我们家大嘴，净给主人惹事。可他心眼好，实诚。凡事玄德要多关照，就算看奶娘的面子。奶娘知道你不喜欢三花，可她也是个好姑娘，有力气，过日子是好样的。老百姓都知道，腚大腰圆，生儿不难。奶娘知道你喜欢希音，要是奶娘有那个本事，奶娘就给你保媒。只可惜，奶娘啥都算不上，说多了就得挨人家白眼。奶娘只顾着说话了，给玄德留的花生还没拿出来呢。"

大大的包袱，在最底层，柳氏摸出来三个花生，像偷东西被人捉住："对不住你，玄德，奶娘只有这几个。"

油爷抓过那三个花生，紧紧地攥在手里。他从口袋里拿出三块大洋，放进奶娘的手里。

"奶娘不能要你的钱。"柳氏拒绝着，油爷已跑出了东乡。

三个花生油爷扒开了一个，放进嘴里，有了潮味，又皮又艮。但他相信，另外两个一定是奶娘说的"山上的花生，炒得火候不老不嫩，又酥又脆又香"。油爷把剩下的两个，放进书桌抽屉里。油爷看见那两个花生紧紧挨在一起，像奶娘渐渐干瘪下去的乳房，更像她早夭的一对儿女。

花生，透着奶娘的体香。油爷流下了泪。

4

在青竹院客厅，张义峨和周敦朴正与孔府来人议事。

油爷想见爷爷，在院子里来回转着，一只手横放在额头上。

头一天夜里，油爷和钱三花打了起来。油爷被摁在床底下，一个钟头一动不能动，头上还磕了一个大包。

油爷想求求爷爷，要么休了这个恶婆娘钱三花，他娶希音为妻，要么就纳希音为侧室。在钱三花的拳头和膝盖底下，油爷想明白了一个道理，今生今世，他和钱三花是死对头，永远不可能和解。就像两只永远不能平静相处的蛐蛐，只要见面就要咬。

孔府来人刚进去不久。小三子出门，看见油爷在院子里转悠，便回去禀报。

小三子让油爷进去，说老爷让他一块儿陪客人说话。油爷犹豫着。好在额头上的包不算太大。

所谓孔府来人，并不是衍圣公孔令贻派来的人，而是孔家侧支孔令虚。

"书禄敬茶。听孔大人教诲。"张义峨盼咐孙子。

"哟，这是书禄啊。名门之后，果然一表人才。"来人在夸奖油爷的时候，眼珠子一直盯着油爷额头上的包看，甚至还故意往前凑了凑那双厚眼皮。油爷故意扭过头，看见树上落下一只鸟，也对他叽叽喳喳，似乎充满嘲讽。真不是什么好鸟，油爷心里骂。

孔令虚客套完毕,开始慢慢讲:"衍圣公贵为一品,尽管娶了四个女人,但天不遂人意,至今没有子嗣。前几年续弦陶氏,带来贴身丫鬟王宝翠,为令贻生下两个女儿。陶氏平素里飞扬跋扈,孔府上下里里外外没有几个人喜欢,对王宝翠更是非打即骂,让所有的人都看不下去。更让人气愤的是,陶氏放出话来,孔林之内除非正传,其他孔氏子孙不能再占用一寸黄土,否则就得交安葬钱。现如今,衍圣公在北京病重,没人主持大局,陶氏为所欲为。身边人捎话说,令贻气息渐短,已经没有多少时日。如果衍圣公病死之后仍然没有子嗣,按照朝廷和祖上定下的规矩,族人就要共同推出一名新的衍圣公。陶氏也要带着家人,搬出孔府,降为平民。不巧的是,王宝翠现在已有身孕,只是尚不知男女。族人们商议,如果在衍圣公殡殁之后,王宝翠生子之前的这段时间,将陶氏一家撵出孔府,虽于情不合,于理并无不妥。如果在这个时间之内,不把陶氏赶出孔府,一旦王宝翠生下男孩,就再也撵不出去了。故而各支商议,联络孔氏有威望的姻亲,一并对付陶氏。只要衍圣公一咽气,就把陶氏撵进泗水沟。"孔令虚笑了笑,"如果这话我讲过头了,就算随口说笑,多担待。至于陶氏,我们一定也会按照仪规家训,给她安排一个好的归宿。"

张义峨和周敦朴互相看了看,谁都没有说话。

"令虚兄请喝茶。"张义峨说。

见张义峨没有表态,孔令虚继续说:"素闻张家大院与孔府长年不睦,虽没有直接冲突,但因地界划定不清,长年纠纷不断。族人们商议,只要兄弟深明大义,带头签个字,我们再联络周边其他名望大族,共同上报兖州府。待大事既定,对兄弟这样的有功之人,我们一定会以百亩土地予以补偿。"

张义峨的茶杯盖失了神一样地滑,不是转圈滑,而是左右碰。声音像鼓点,一轻一重,不轻不重。

油爷抬头看师傅周敦朴,师傅脸上没有任何表情。

张义峨放下茶碗，虚拢双手，在眼前一举："这事，恐怕要让令虚兄白跑一趟了。张家大院不但与孔府素无瓜葛，孔府于敬信堂还有恩情。当年无良县令饶介祺新官初任，给敬信堂制造祸端。还是衍圣公大仁大义，出面修书正告，这才化干戈为玉帛。此等恩情，敬信堂没齿不忘。敬信堂向以忠善立身，别人敬我一尺，我还别人一丈。重新推举衍圣公一事，虽是针对陶氏，于衍圣公无害，但也无益。于衍圣公无益的事，敬信堂不会做，整个张家大院也不会做。还乞兄弟海涵。"

"既然如此，我们也不难为敬信堂。这事，只是孔家兄弟的家事，不宜对外张扬。请兄弟体谅。"孔令虚起身，揖过。

"俗话虽说，开弓不怕别人见。但不管怎样，这事绝对不会从我张义峨嘴里传出去的。天色已晚，后院略备薄酒。如令虚兄方便，让小孙书禄陪你浅酌几杯？"

"哼，你的酒，本人吃不起！"孔令虚听出了张义峨言辞之中的轻蔑，猛地一甩长袍下摆，气恼而去。

"荒唐至极。"张义峨没有起身，师爷周敦朴跟了出去。

"爷爷，我有事求你。"

"什么事？说吧。"

"嗯——我想娶希音。然后，然后休掉钱三花。"

张义峨的嘴半张在空中。对孙子突如其来的要求，他没有丝毫心理准备。

周敦朴返回，油爷还想说话，被张义峨用手势制止。

"书禄，这事以后再说。先生，最急的是，你和书禄马上去一趟孔府。无论如何要见到陶氏，把孔令虚他们的勾当，全部讲给夫人听，让她早做打算。"

"这个时间，孔令虚他们一定会安插了诸多眼线。老爷一定要想好，我们值不值冒这个险，蹚这个浑水。"

"我们欠衍圣公人情。官司的事不说，我六十大寿他还派人送来寿礼。这么多年，这人情也一直没有合适的机会还。如今孔府大乱，我们无论如何不能做伤害衍圣公的事。"

"可爷爷刚才说，你绝对不把这事说出去。这不是食言吗？"油爷追问。

"是从我嘴里传出去的吗？俗话说得好，祸从口出。爷爷的话，是斟酌了的。"张义峨捋了捋胡子，"哈哈，小子，你需要学习的东西还很多。"

马车飞驰。从葛石店到曲阜，四十多里路，只用了不到一个钟头。

车到城外，周敦朴拉着油爷下了车。

"师傅，到孔府还有多远。"

"很远。"

"那咋这么早下车？"

"想想，为啥？"

周敦朴急急地走，头也不抬。油爷在后面追。

快到孔府门口的时候，油爷突然被一个人拦住。满脸的污垢，头发蓬乱，却挡不住他一脸的斯文。拿在手里的一本《论语》，恰恰成了最大的讽刺。

油爷不习惯被一个穿长袍马褂的人乞讨，他觉得那是比有辱斯文更大的罪恶。他故意把袖子使劲地甩，然后又互相对拍两下。油爷捏住了自己袖子里的一个袁大头，犹豫着怎么把这枚钱，扔到打扮与自己有几分相像的人手中。

孔庙之前。读书人。

油爷感觉脸上火辣辣的。他想起爱丽莎修女说过的话，宽恕别人就是宽恕自己。油爷对着书生乞丐躬下身子，感觉是在向自己作揖，弯曲的程度正好。

周敦朴递一张纸给门房："我来找陶氏夫人。"

"孟师爷吩咐，任何人不能找陶氏。"

"是孟师爷让我找陶氏的。"

"孟师爷？什么事？"

"窑村的十亩地契，陶氏夫人亲自经手的，我们要向她问个明白。"

"拿来我看看。"门房手伸得很长。

周敦朴把地契递过去。门房看过，便让人开了小门。

井然有序的孔府，像树的花与果，各自分明。门口那棵已有几百年的柿子树，似乎并不如意。涌动在孔府之中的暗流，如果不是孔令虚的提告，外人定然无所知晓。周敦朴开始为陶氏担心，他不知道力单势孤的弱女子，能否渡过这次的危机，而苍天能否还给衍圣公一个明朗的结局。

陶氏虽然是在客厅见客，但人是隐在竹帘后面的。听完周敦朴的话，她开了口，声音是坚定有力的那种："这事我知道了，代我向张善人致谢。周会元我早就听说过的。如果不嫌弃，先生方便的时候，到孔府来做个师爷吧。"

"回夫人，孟师爷与我是多年文友，不敢抢他的差使。"

"文友不是友。况孟师爷年事已高，早已萌生退意。如果先生觉得不便，我会在合适的时候，让人专门去找张善人谈的。"

"张老爷一直善待本人。只是我才疏学浅，不敢造次。"

"先生如此谦虚，更让我敬佩。这事日后再议吧，请茶。"

周敦朴告辞。

夏日的蚊蝇，被马车甩得老远。油爷蜷曲在座位上，沉沉睡去。

周敦朴一直想弄明白，敬信堂卷入的孔府争斗，会以怎样的结局收场。

5

临近中秋,日涉园里的水、树、花都有些心旌荡漾。水摇了树的影,树遮了花的羞,花搅了水的心事,在湖面之上,无节制地嬉戏、缠绵。偶尔落下的花瓣,不是季节的伤感,倒像是躲在暗处的佳人,兰花指一弹,咿呀呀的一声声软语,连绵不绝。

希音喜欢这样的幻想和思绪,无端的清愁。她坐在湖边的青石之上,眼角含泪,唱着《桃花扇》:"金粉未消亡,闻得六朝香,满天涯烟草断人肠,怕催花信紧,风风雨雨,误了春光——"

油爷远远地听着,最后只听到了泣咽之声。油爷想,希音弯弯长长的睫毛之下,一定有一个美丽精致的小开关,让她随时可以掉下泪来。那忽大忽小的泪珠,像晶莹的雪花结出的果实,种到地里,一定能长出幽怨清凄的爱情来,比书中的林黛玉还惹人怜惜。油爷想起前一日的梦,他梦见自己穿着一身青色的戏服,上面落满了灰尘,挤在人群里参加希音的比武招亲。油爷的戏靴先是被人踩掉,然后又被拥挤的人群推倒。油爷看见无数条腿,像抖动不已的打狗棍。油爷哭着醒来,发觉在梦里被人踩疼的腿,仍然抖动不已。

循着希音的抽泣声,油爷上前,揩过:"咋了?哭了?我愿意听你唱戏。梦里也喜欢听。我想看着你在戏里死去,在我怀里活过来,活得像一只千年老妖。"

希音扑哧笑了:"小少爷真会说笑。谁能活成千年老妖?希音才不想做老妖呢。小少爷看书看多了。希音一贫贱女子,担不起小少爷的这情分。"

"哎,你怎么开始叫我小少爷了?心远了?我已经给爷爷说了,我要娶你。休了钱三花,娶你当正室。"油爷捡起湖边的石子,使劲扔进湖心。

"小少爷再这样说,希音就生气了。"

"哈哈,这样的口气,真像书里的小姐。"油爷自顾说,"你生气也好看。"

油爷故意低下头,更近距离地看希音。他心里在想,你出生的时候,一定有天上的仙女飞过,这才让你的容貌,有了天仙的眼睛、鼻子、樱桃小口和温暖如春的笑容。油爷想起,奶奶曾经说过,在希音出生的头一天晚上,她做了一个梦,说是观音菩萨的使女飞到她家的天井里,带来了一箱又一箱的黄金银元。奶奶每次说起那个梦,嗓子里都不清爽。

张义峨远远地看见油爷奔着希音去了,便咳了一声。油爷听见爷爷的动静,退了几步,装作碰巧遇到的样子。

"书禄,怎么没在油坊里帮忙,跑这儿来干吗?"

"我看这秋日里的景致绝好,过来看看。写首诗,小怡心情。"油爷有点嬉皮笑脸。

"写了?"

"胡诌了两句,还没想好。"

张义峨步步推进:"说来听听?"

油爷咳了咳嗓子,唱吟道:"手如柔荑肤如脂,颈如蝤蛴齿如犀。螓首蛾眉巧言笑,美目顾盼秋写诗。又是芙蓉流粉黛,恰逢天音归来时。风吹流云千般去,唯有巧指弄心丝。"

希音没有说话,倒是张义峨长出了一口气:"诗是好诗,只是多了些脂粉气。这几天赵家堂的戏班子要来,我要宣布一件大事。"

"什么大事?"

"到时候你就知道了。希音,走,领着我去和你娘商量点事。"

油爷兴奋万状。他觉得爷爷一定是跟孔兰芝商量希音嫁给自己的事。

以往每年的秋收之后,敬信堂都要以各种方式,庆祝丰收,期待来年。而今年,纵然没有太大的喜事,也并没有多少坏事。日子的波澜不惊,就像小西湖里的水。

原以为钱三花可以怀上个一男半女,给敬信堂带来一丝天伦之乐。但爷爷及父亲有意无意地一瞥,再加上对油爷的无数催打,都无法使钱三花的肚皮膨胀起来。

油爷仍然觉得,自己没有长大。当然,如果能和希音成亲,他会在瞬间长成一个顶天立地的男子汉。他坚信这一点。

中秋节之前,张义峨让周敦朴联系孙家班,再来唱几天戏,热闹热闹。还特意叮嘱,这次要唱《桃花扇》。

大戏开演之前,油爷提了几只蛐蛐来到戏台前,先让大家观看了一场蛐蛐比赛。一只六厘的白衣仅用了一个回合,就斗败了八厘的红头。白衣向天而歌,像正在吊嗓子的演员。

如果说油爷的蛐蛐表演给大家带来了无限快乐的话,张义峨接下来宣布的重大喜事,则把一家人的情绪推向高点,除了油爷。

"今天,八大支的当家人都来到敬信堂听戏,共度仲秋。谢谢大家看得起我。今天我有个重要消息要宣布。周会元是我一生敬重的学问人,他的儿子周知常也是学富五车、正儿八经的青年才俊。在此之前,知常已经是周家大院的师爷。今天下午,我已经跟他谈妥,从明天开始,知常就要来敬信堂,接管茶叶店的生意。孔兰芝是我学生的家眷,这几年照顾不周,还请体谅。孔兰芝守贞正操,养育了一对懂礼节、会诗书、善女红的好女儿。正符合鸾褰双锡、松操同清节孝坊的道德旌表。蒙周会元和孔兰芝两位的信任,他们委托我在此吉日良辰,向大家宣布,他们的儿女周知常、荣希音大婚即订。婚事佳期约在腊月初六。"

周围一片鼓掌声。在油爷,那更像是让他撕心裂肺的雷声。他的蛐蛐掉在地上,然后蹦跳着上了戏台。油爷看到它们变成了两个戏子,哭着唱,唱着哭,直至不知被谁的鞋,踩到血流成河。

油爷不知道自己如何回到的海棠院,不知道那日的枕头把他载向了何方。前一日的梦里明明是自己和希音拜堂成亲,大红的绸缎披在肩上,比迎娶钱三花的场面大百倍以上。数不清的笑声、祝贺声,嘈杂无序。如今,油爷只听到了爷爷张义峨的脚步,在院子里踱来踱去,把整夜的黑暗踱成了黎明。

油爷发烧,烧得不省人事。葛石店所有的中医轮番给他开药,都无法把他的体温降低一点点。成氏天天以泪洗面,冰凉的毛巾换了一块又一块,甚至到了大雪时节,直接把雪放在油爷的额头上,都不能让他清醒过来。

没有人知道为什么,但张义峨知道,希音也知道。

心魔,无人能除的心魔。

希音订婚,绝了油爷娶希音的念想,也绝了油爷活下去的希望。这是张义峨没有预料到的。

腊月初六,周知常和希音完婚的炮声,在敬信堂的青荷院响起。孔兰芝和希音,也从此离开东乡,住进了青荷院。

奶娘坐满了月子,来海棠院看依然昏睡的油爷:"玄德,奶娘知道你的心事。你像奶娘一样苦。你醒醒,奶娘陪你过。"

昏迷整整一百天的油爷,闻到了奶娘的香,所有的委屈都变成泪,流了出来。

油爷痊愈后,周知常请油爷喝酒,在葛石店大街上的小酒馆里。彩山老酒坊里的酒,一人喝了一瓶。

油爷说:"所谓爱情,像极了放置多年的酒。晃动的液体是地地道道的诱惑,无声的酒香不用说也是人生的魔咒,一旦撞上便很难解开。香气在瓶子的胸腔中积了那么久,就像孙猴子被压在山下五百年，一旦开瓶，便会发疯，疯到披头散发。然后就会像燃尽的烟花，慢慢散了，淡了，最后消失得无影无踪。那些香气，起初是让人沉醉的，甚至飘飘欲仙，过后总是留下头疼欲裂和一大串念想，阴天下雨的时候，便跳出来折腾人。"

油爷的话，仍然像昏迷中的思维路径，乱而杂。他端起一盅酒咂巴几下，舌头在嘴唇上舔了舔，眼神固执地溜出去，轻得像冰面上滑出去的一缕轻纱。油爷看到无数的男男女女，站在他的对面，一言不发，只是一言不发地看着他。他又看见无数只蟋蟀，一动不动，两根须也一动不动，对他眨巴着眼睛。

"你知道蟋蟀有几只眼吗？他在用哪只眼看你？"油爷不知在问谁，"有个人曾经跟我说，如果人死的时候，都能像演完一出戏，在观众面前深深鞠躬，谢幕，向看戏的人告别，也向自己告别，该有多好！"油爷自顾说，"没人知道谁在演戏，谁在看戏。一次谢幕，就是一次生死。"

然后周知常就看见油爷手中的芨草，一截截地断开，失神落魄地掉在地上，像一只刚刚败下阵来的蛐蛐，无声无息。

6

从民国到洪宪再回归国民政府，葛石店的人都像是梦游一般。没人知道，怎么会知道呢？张义峨经常和周敦朴闲聊，探讨那些早已经成为历史的新闻。比如孙中山逝世，廖仲恺遇刺，韩复榘当了山东省主席。当下，他们最担心的是，日本人的枪炮会不会打到葛石店的地盘上。

"如果真的能打到这里来，政府就完了。"张义峨这样说，"今年又遇上这样的天灾。唉，世界不太平啊。"

不管政府是不是会完，葛石店已经能够经常听见枪声了。葛石店周边山头林立，凤凰山、蟠龙山、杏山、彩山、九山等等。山头上自清朝灭亡之后，就有了占山为王的人。三人一伙，五人一帮，时不时地到葛石店抢掠一些财物。好在这些土匪还成不了气候，顶多能算几个蟊贼罢了。势力最大的，当属从费县流窜到告山玉皇洞盘踞的刘桂棠。因为在家排行老七，人又长得黑，被百姓称为刘黑七。

"不知道老爷是不是听说了，刘黑七到宁阳后，已经干了十几票。有一票最大的，与钱家店有关。钱老八的孩子被绑，前后折腾了十几天，花了六千大洋才赎回。这个刘黑七手段高明，武器都是向政府军买的。每次打仗，政府军放下武器扭头就跑，刘黑七把枪拿走，然后放下银元，政府军回头再把银元收起来。如此反复，刘黑七手里的枪，都是最好的，没人比得上。"

"那我们也要加倍提防。真不行，就和各大院再联络联络，把带枪的家丁联合起来，晚上多转转。围子墙上也要安排更多人把守。"

"儒东少爷已经安排了。武神眼是个招牌，还没有几个土匪敢动他。"

两人正商议间，张儒东推门进来："刘黑七绑了周家大院老四的孩子。周家大院来人，要借五千大洋。"

周家大院是宦官之后。据说，当年的宦官伺候了两朝皇帝，年纪大了被遣散，装了一枕头银票回来，盖起了周家大院。因为是宦官，当地百姓并不待见。宦官盖厨房想购买一口百姓的水井，百姓死活不同意，价码最后高到地片多大就给多少金元宝，老百姓同样置之不理。周家与周围人结了梁子。周家的厨房改换用途，便出现了下边水井、上边茅房的所谓"房下井"。

至于周家的后代，开始重诗书，考功名。但终没有多少大用之材，家道日渐衰落。再加上除了几千亩土地，没有其他的进项，坐吃山空也便成为必然。

周家大院虽有七进七出，但防卫不佳，被刘黑七袭入并不让人惊奇。

"你什么想法？"张义峨问儿子。

"这周家大院虽然同为大户，但与我们素无往来。若不是周先生父子出出进进周家大院，我们与他们无任何瓜葛。况且这两年生意清淡，一下子拿出这么多现大洋，确实有点难度。我刚才问过了，他们不要钱庄的银票，只要现大洋。"张儒东一脸难色。

对张儒东的话，周敦朴不知该如何应对。自己的老家虽然也是石集村，同为周姓后人，但与周家大院并无血缘。如果非得要与他们挂上关联，那便是住在周家大院旁边的周家人。虽然自己在周家大院教过几年私塾，知常也成为大院的师爷，但都是分了主仆上下的。尽管如此，就此撇开自己与周家大院的关系，显然有失仁义。如若大包大揽，同样有些不明事理。

"钱的事，全凭老爷、少爷定夺，不要把敦朴和知常的因素考虑在内。端谁的碗，吃谁的饭，做谁的事，天经地义。我们与周家大院，于人于事，都没有太多的迂回繁复。"

周敦朴这样一说，反而弄得张儒东不好意思起来，摸摸嘴巴："先生多虑了。"

"人命关天，能帮一把还是要帮一把。"张义峨最后说。

"我担心咱这是肉包子打狗。周家已经今非昔比，有出项无进项，更没有皇宫大宅可以随便拿东西。"张儒东站起身，"好吧，我看着处理吧。你老人家也别操心啦。"

事情后来的发展，出乎所有人的意料。

周家人在钱庄里办好五千大洋的借据，便离开了葛石店。

恰逢秋熟。一辆马车在林子间穿行，那些熟透的圆红枣跳进周家人的视线，摇荡起太阳光的金色。香润的小黄梨掩饰着身上的斑点，只把沁脾的香撒播到空气中间。山楂还要一些时日才熟，它们知道自己正是少女未嫁的年龄，那些红是敛着的，羞着的。未能挂果的调皮的干枝，在路旁并不老实，撕扯着坐车人的头发，忘乎所以。阳光随意得有些慵懒，左一片右一片的，在树叶间躲藏。只有风，还真有点秋的样子，让世界的所有叶子，一点点变黄。

恰在此时，四匹高头大马，四个蒙面人，挡住了周家马车的去路。

"马车留下，人快走。"

周家人还想说话，然后就有一支枪瞄准了驾车人的脑袋。

周家人借到手的五千大洋被劫持。刘黑七不信，撕了票。周家一气之下，把张儒东告上县衙，他们说张儒东借了钱，又派人劫了钱。他们说知道周家借钱的，只有敬信堂。他们回程的小路，也是张儒东告诉他们的。

当时的县知事已经是国民政府的吴俊彩了。他二话没说，罚张儒东一万大洋，限三日内交齐。张儒东变卖茶叶店，长吁短叹地把钱交到县衙。

事情并没有就此完结，县知事将案子上报省国民政府之后，鲁督张怀芝派宁阳、汶上、泰安、曲阜四县警备队联合剿打玉皇洞，一直将匪徒刘黑七一伙，追至鲁南抱犊崮。这便是民间传称的炮打玉皇洞。

至于到底是谁抢了周家借钱人，一直没有定论。输钱又输官司的张义峨病了好长时间，吃了上百服中药，才算打出了一个从脚心到头顶的长嗝。

油爷听说这事时，正和周知常在小酒馆里喝酒。他只说了一句话，就被周知常拦住。他说："这事儿，不用猜，肯定是我爹干的。"

油爷把芡草含在嘴里,像自己本来就是一只不听话的蛐蛐。

不知从何时起,油爷的手里或者嘴里,总离不开芡草了。芡草在手里的时候,总是转过来再转过去,在嘴里的时候,总是歪歪斜斜。

7

无所事事的油爷,活得像一只没有疆域、找不到三尾的蛐蛐。

油爷把自己当蛐蛐的时候,嘴并未裂开,只是抿了抿。如果真的是一只蛐蛐,对油爷而言,所有的疆界都是疆界,所有的疆界都不是疆界。还有那些三尾,也不在他的思虑范围之内。他无心叫蛉,只愿意整日醉酒度日。

自从希音出嫁以后,或者是说自己昏迷了一百天之后,油爷拒绝和家里所有人见面。他拒绝和爷爷见面,他觉得是爷爷葬送了他和希音的婚姻。油爷看到了爷爷内心深处的复杂情感,比他越来越多的白发还多。爷爷专门来看他或者制造在哪个庭院里的偶遇,油爷是能不说话就不说话。即使说话,也是用最简练的词,比如"是""不"或者干脆摇头。油爷发现爷爷老了,在唯一的孙子从灵魂到身体无限疏离之后,老得像一面即将倒下的墙,或者像吴天眼的布幡,千疮百孔。对此,油爷不是无动于衷,而是毫无办法。他觉得这样不是对爷爷的惩罚,而是对自己的惩罚。如此,他的心疼才会变得麻木起来。油爷拒绝与父亲见面。他觉得张儒东这个名字里,不该有"儒"字。他并不儒雅,行事也不符合儒家规范。他像苍蝇喜欢血一样喜欢钱,又像好色的猪八戒喜欢仙女一样,喜欢每一个他应该或者不应该喜欢的女人。对于父亲的心思,油爷觉得应该用蛐蛐的五只眼睛去看。即使这样,也不见得能看得一清二楚。油爷拒绝与母亲见面。他觉得母亲多少有点像一个多余的人。她多余得不像奶奶那样明智。奶奶任何时候都把嘴巴闭得严严实实,什么话都不说(自己不愿意说话的秉性,绝对是来自于奶奶的遗传)。而母亲不行,她总是要说。她单薄的身体根本承受不了那么多的语言。无论说或者是听,对母亲都是一种折磨。而她还梦想着要再生一个孩子,无论男女。油爷觉得母亲纯粹是在与天边的一块石头说话。油爷更拒绝与钱三花见面。从昏迷中苏醒之后,油爷就搬出他和钱三花的房间。他觉得自己是在梦里,完成了一次完美的灵魂迁徙,从希音那逃离,从钱三花那逃离,从自己的身体里逃离。油爷更是拒绝与希音说话。青荷院与海棠院只一墙之隔。油爷还能时常听见希音唱戏,唱最无趣的"床前明月光,疑是地上霜"之类。每每此时,油爷总是把头插进凉水里,让任何声音都钻不进耳朵。

偶尔说话的便是周知常。其实也说不了几句。酒就是话。

油爷更愿意和自己说话。他自言自语,说着前生和后世的事。前生的事没人听得懂,后世的事更没人听得懂。

无所事事的油爷去找王殿雄。王殿雄准备了一百场蛐蛐的比赛等待他,就像他是一个王者。油爷有输有赢。但在和北京来的最懂蛐蛐、最了解蛐蛐的落魄王爷比赛时,油爷赢得干净利索。王爷把一支玉芡草送给他,说这是上天飞降的吉祥物,要好好保存。

油爷把那只玉芡草系上红色的丝线。红色是他的吉祥色,油爷一直知道。系上红绳的玉芡草,像十字架,承担住油爷所有的重量。

油爷还去找书祯玩。这个聪明绝顶的家伙,突然间就喜欢上了掏鸟蛋。各种各样的鸟蛋,有从墙上的土窝中掏的,有从树上的鸟窝中掏的，还有在地底下的洞穴中掏的。当然，在地下掏的，肯定不是鸟蛋。他把这些蛋放在同一个草筐里，让母鸡抱窝。最先出壳的蛇，吃掉了所有的鸟，最后把母鸡也杀死了。

书祯的脑子里有那么多的怪东西，飘忽不定，就像自己一样。

但有一点是值得肯定的，书祯最后缠上了武神眼，非要学打枪。武神眼只教了他三个月，书祯便成了家丁队里最好的短枪手，百发百中。

而油爷，绝对不想跟着武神眼学打枪。他觉得劫持周家人的那件烂事，少不了父亲，更少不了武神眼。

8

孔府陶氏夫人派出的书童急匆匆地赶到敬信堂，请张义峨和师爷周敦朴即刻启程，到孔府处理相关事宜。并且还说，夫人特意叮嘱，可以多带几个贴心、顶用的家丁。

为了拉近与敬信堂的距离，也为了表示感谢，中秋节之前，陶氏夫人差人送来六盒孔府月饼、六盒孔府茶。还有专门从苏州进的丝绸，说明了要送给孔氏、成氏。那些丝绸滑滑的，拿不住手，钱三花一脸的羡慕。

张义峨看着陶氏的信，一直犹豫。他觉得自己亲自去孔府不太合适，无论身份、地位，还是与孔氏家族的亲戚关系，似乎都有些过于直接，也容易引起不必要的麻烦。琢磨来琢磨去，张义峨决定让周敦朴带着张儒东、武神眼去。周敦朴的周详，张儒东和武神眼的武浪，应该能应付一气。

"如果书禄好好的，本可以让他去的。"张义峨的声音里像含着一口痰。

周敦朴明白，老爷子张义峨不去，更重要的是担心还在昏迷的孙子的病情。长时间的高烧不退，人是会被烧傻的。

陶氏夫人在信中说，衍圣公已经在北京殁了。消息还没有对外公布，尸骨正在返程途中。十万火急。

为了预防万一，张义峨又让武神眼，在府外安排几个短枪手。并且特别嘱咐，不到万不得已，不能开枪。

至于此次到孔府处理衍圣公后事的经过，油爷是在清醒之后，慢慢听父亲说的。父亲眉飞色舞，说着陶氏夫人的手段和精明，说着在衍圣公殁去的一夜之间，孔府所有的下人全部换掉。她还上书省里的都督，派来一干人马，驻扎在孔府之外，随时听候调遣。她把兖州府的道台请到孔府坐镇，找了几个俊俏的丫鬟陪着。她还把孔家所有的族长，都邀集在孔府的会客厅，好吃好喝好睡，直到他们都签下在王宝翠的孩子出生之前，谁都不能把她们赶出孔府的承诺。承诺书上没有谁的名字，谁就不能离开孔府半步。

父亲张儒东说，当时的孔府真是热闹。北洋政府大总统下令："著交国务院从优议恤，并给予治丧费银三千元，派王达前往致祭。"清废帝溥仪"著加恩赏五百元治丧，由广储司给发"。清朝都完蛋了，他还搞什么"广储司给发"。放的是虚屁，搞的是干巴人情。后来事实证明，这竟是废帝溥仪的伪谕。

张儒东说到清朝的时候，油爷心里一颤。说到"广储司"几个字时，他更是哆嗦了一下。油爷觉得这些字眼，似乎都与自己有关联，与那身五品同知的官服有关联。在油爷的心底，他觉得自己就是清朝的人，"广储司"就是他最后的归宿。这种对清廷的归属感，油爷一直特别强烈，比葛石店，比张家大院，比敬信堂，都要强烈得多。油爷深知，自己不是一个忘恩负义的人。穿了清朝的官服，做了清朝的同知，就该生是清朝的人，死是清朝的鬼。他同时又明白，整个葛石店，或许只有他自己，还在意那身官服，想着自己是清朝的子民，并被那落井下石或者鄙视嘲弄的人，气得牙根发痒，如同看见一只不敢触碰的臭大姐。

张儒东还说，热闹的不止这些。最热闹的，当属生下孩子之前的那段时间。孔府所有人都盯着王宝翠的大肚子看。陶氏在内室的佛堂，天天上香拜佛，求老天爷能给衍圣公一个交代，让孔家有后有根。她不希望真的被赶出孔府。虽然此前她对王宝翠天天非打即骂，甚至把打骂王宝翠当成了每天必做的功课。如今却把她当成了天神，当成祖宗，不敢有丝毫差池。在衍圣公去世的第一百零五天，王宝翠生下了衍圣公的遗腹子。王宝翠以为，生下儿子，或许就能改变自己的命运，就可母以子贵，从此脱离苦海，不再受陶氏的窝囊气。可她神算仙算，万万没有想到，深宅大院人情薄，转身瞬间无相识。王宝翠生下儿子，能改变的只是陶氏和孔家人的命运，她还是丫鬟王宝翠，生完孩子就没有了存在的价值。接生婆刚刚把孩子抱到陶氏夫人的床前，王宝翠就在陶氏夫人的安排下，连人带床连同那条血被，搬到了内宅后院的储藏杂物间里。

张儒东一边啧啧称奇，一边说，不能不佩服陶氏夫人的弟弟陶十一。年纪轻轻，一眼看过去就是见过大世面的人。陶十一专程从北京赶来，就是帮助姐姐处理丧葬事宜的。在王宝翠生下孩子后，陶十一让人买了大量的穿山甲，说是给王宝翠发奶，补身子，实际上别有用心。十七天后，王宝翠七窍流血。她是被穿山甲补死的。可惜了，只有二十六岁，还是花容月貌。直到临死，她也没能再见到自己的儿子一面。陶十一的厉害不止这些，据他自己说，他甚至在城外准备了另外一个刚出生的男孩，如果王宝翠生下女孩，就要唱一出狸猫换太子、改天换日头的好戏。

怪不得，父亲张儒东连春节都没有在家里过。格外的冷清，就连鞭炮都受了潮。断断续续的声响，还不如土匪在山上放的枪多。

等衍圣公孔令贻的遗腹子出了满月，又过了百天，张儒东才回来。那个时候，陶氏夫人已经确认，再也没有人敢加害他们母子。周敦朴却被孔府留下做师爷。孔府在光绪帝时就遍寻名师，周敦朴无论从身份到学识，都应该算是最后的名师了。

至于张儒东回来之后孔府发生的事，油爷像一个躲在暗地里的蛐蛐，仔细聆听着不同的声音。油爷知道这些与自己无关，但总与某些好奇有关。再后来进入孔府，油爷与陶十一相识，在陶十一的桌子上，他曾经见到过这样一份文案："孔德成奉令袭封'衍圣公'致北洋政府国务院呈，衍圣公爵字第八号。为咨呈事：中华民国九年四月二十日奉大总统令：'孔德成袭封为衍圣公。此令。'等因。奉此，本爵遵即于……承袭世爵。除呈报并分行外，相应咨呈钧院查照。此咨呈国务院总理。袭封衍圣公孔德成……"

北洋政府批准新的衍圣公，在孔德成出生之后不足六十天。

至于油爷后来进孔府，已经是秋后了，并且是因为周知常。周知常说，谨遵父命，要去给父亲送衣物和书籍。周知常非得拉着油爷去。

周知常早已成了敬信堂的大管家，出门必须跟张义峨请示。张义峨听他说要带着油爷，心里高兴："该让他去开开心了。再这样闷下去，这孩子会废了。"停了停，他又说，"兵荒马乱的，带上武神眼吧。"

油爷这次去孔府，心境与上次截然不同。上次有点做贼告状的心虚，今天则有些荣归故里的惬意。毕竟，敬信堂在陶氏夫人最困难的时候，是出过力的。

周敦朴带着周知常和油爷，给陶氏夫人送上张义峨特意准备的上等的彩山枣酒、新丝做成的苏绣床品和精致白茶。请安事毕，周敦朴又领着他们，逛了孔庙和孔林。

晚宴时分，陶氏夫人派了陶十一来，说是要好好款待敬信堂的贵客。陶十一是始终低着头看人。见不到陶十一的头动，却能感受到陶十一眼睛里射出的光，像闪电般地刺来刺去。油爷想，如果房间里没有该死的灯光，陶十一的目光肯定能把黑暗刺穿。

陶十一第一眼就看到了油爷胸前挂着的玉茨草。然后又看到了他环抱在手里的蛐蛐罐。刺过来的目光便像长了毛，让油爷心里扎扎的。

"我也养虫儿。明天打一场。"陶十一的话不容置疑。

"我的虫小，刚出笼。"

"我的也不大。小的才有意思。天地不怕。自古英雄出少年。"

陶十一不喝酒，也不抽烟。他说是虫儿逼的，虫儿既不喜欢酒味，更不喜欢烟味。

桌上的四个人，只听见咀嚼的声音，烟酒未沾。

第二天上午，陶十一在书房里等油爷。周敦朴和周知常也过来。陶氏夫人听说要比虫，没打任何招呼，就来到旁边。

陶十一和油爷的虫都在自己的罐里，摩拳擦掌。油爷听到了这只他称为"假妮"的虫，叫声轻贱。它在迷惑对方。虽然行为有些轻佻，却可以理解。世上任何形式的战斗，都是亦真亦假。

"不带响。我身上没带钱。只玩。"油爷说。

"不带响没人玩。你脖子上的玉茨草，是哪府的王爷用过的。玩一把？你输了，玉茨草是我的。我输了，书架上的东西，任你挑。"

油爷回头，看到陶十一的书架上全是玩蛐蛐的好玩意儿。宋代官窑里的水槽、过笼，明宣德罐。更多的是清宫里的物件。

"你那些东西都是绝品。不好吧？"油爷问。

"你那茨草也是我的绝品。"

油爷似乎被陶十一激怒。

"起罐。"

"假妮"身子一动没动，就见陶十一的虫打了一个滚，翻了出去。

油爷去书架上拿了宣德罐。

"再玩一局。我输了你可以再挑一件,我赢了你手里的两件东西都留下。"低着头说话的陶十一让人摸不着头脑,声音比目光更可怕。

陶十一又提出一只虫。

起罐。

又是一口。

油爷又挑了一件钧窑的过笼。

"再玩一局。我输了你可以再挑一件,我赢了你手里的三件东西都留下。"陶十一仍然低着头说话,声音更加可怕。油爷感觉到房间里有无数条长剑出鞘,寒气逼人。

陶十一提出第三只虫,起罐。

三个回合。

油爷又挑了一件水槽。

"再——"陶十一刚想说话,被陶氏夫人按住肩膀。

"小玩怡情,大玩伤身。虫子嘛,修身养性。足矣。"

"陶爷,如果不嫌弃,这只虫留给陶爷。东西我带走。"油爷早已经把东西卷抱起来。

陶十一转过身去,没有说话。

油爷刚出门,就听见"咣"的一声,"假妮"就被扔了出来。

窗棂上留下"假妮"的血。油爷遍寻假妮的尸体,竟然不见。

"少爷和武掌柜马上离开孔府,头也别回。知常暂且留下,陪我去见夫人。"周敦朴压低了声音。油爷皱眉不走,武神眼寸步不离。

三天后,周知常回来。他告诉油爷,那天油爷和武神眼走后,父亲又带着他见到陶氏夫人,主要是提议孔府的家财土地要重新登记。这样的大事,陶氏夫人必然要叫上陶十一商量。陶十一在那儿坐立不安,头上汗水淋漓。陶十一问父亲油爷去哪儿了。父亲说油爷在客房里读书，这才让他安静下来。当天夜里，果然不出家父所料，陶十一悄悄安排了带剑的杀手，来到油爷的客房。一阵乱砍之后，只看到被砍破的棉被。

然后，在第二天，陶十一四处乱咬，说油爷偷走了他的几件宝贝。整个曲阜很快传开，孔府遭窃了，皇帝御赐的宝贝少了上百件。一时间，油爷成为整个曲阜人谈人怕的江洋大盗。

油爷气愤不已："让他到葛石店来，我们再比一场。让全宁阳的人都来看。输不起的男人，还叫男人吗？"

"他不敢来。他知道你也不敢再去。"

"我为什么不敢去？"

"你觉得去了还能再回来吗？整个曲阜现在都怕你，也都恨你。"

"好，你让师傅捎信给他。我们在宁阳城，在光天化日之下，比一场。七场定胜负。时间他定。让官府做见证人。"油爷缓过气来，"我不能吃这种窝囊气。绝不能让他败坏了我的名声。敬信堂的人从来不偷！"

说过这话，油爷心里疼了一下。他只能说自己不偷，其他人呢？他不敢说。如果这个世界有谁像一只蟋蟀一样正直，那他简直比神还伟大。油爷想。如果所有人都能像蛐蛐一样正直，那么这个世界，就不再需要什么上帝和佛祖。

油爷记住了那个日子，民国九年立秋日后的第十六天。

"假妮"的年龄，正和自己一般大小。油爷掬起自己的十六滴泪水，对着"假妮"陨灭的东南方向，高高地抛过去。

油爷相信自己的泪水，就像是观音菩萨净水瓶中的圣水，可以让"假妮"早日托生。

9

凤凰山、九山上传来的枪声越来越多。每逢葛石店大集，不少土匪乔装打扮，荷枪而入。到钱庄、粮店、茶叶店等等，抢了东西就跑。

在各个堂号不堪忍受土匪不间断的骚扰之后，张义峨召集八大家的当家人议事，共同筹钱，成立长枪队。队长自然由武神眼担任。张义峨说："黄家大院的黄恩彤归家后，组建了自己的队伍，那时候他叫团练。如果叫长枪队不合适，不妨咱也叫团练。黄恩彤的团练打败了捻军，咱的团练只要打走土匪就行。"

葛石店的团练跟着黄恩彤的团练学，有钱的出钱，有人的出人。排班定岗，严看死守。自然地，东乡出人，西国出钱。

玩枪打仗在年轻人眼里，既新奇又刺激。有人出钱买枪，还管饭发钱，许多人都愿意得到这样的好差使。武神眼的三个儿子卫国、卫民、卫党，夏婆子的两个儿子龙头、龙尾，都加入团练的队伍里。让人没有想到的是，书祯也蹦着跳着加入进去，并且成为积极分子。书祯还向武神眼建议："团练不能整天练个不停，这样总让人提不起精神。要真刀真枪地拉出去遛遛，跟土匪干一仗。不能光等着他们来打咱，要先下手为强，灭了这帮草寇。"

这话说了没多长时间，书祯就在一次上山打鸟时，被五个土匪抓住。然后土匪把他五花大绑地捆到山顶的树上，要忠善堂拿三千块钱赎人。

忠善堂七拼八凑，拿了一千块大洋，让武神眼去谈判。五个土匪死活不同意，还想抓武神眼。武神眼三下五除二，把他们制服，然后挨个捆到树上。在离开很远之后，武神眼问书祯："试试枪法？"

书祯点头，回身对准树上的土匪射击，一枪一个，眉心血和脑浆一起溢出来。

绑架事件让土匪们震惊。他们没想到，张家大院的人如此生猛，不讲任何近邻乡亲的情分。从此以后，他们尽量避免与张家大院发生正面冲突。

绑架事件也让油爷明白，小小的书祯有着铁石一样坚硬的心脏。只要遇到顽固的敌人，他一定会像一只真正的蛐蛐一样，痛下杀手。

土匪们少了对葛石店的骚扰，书祯又慢慢清闲起来。与周知常和书祥相比，书祯和油爷，成了最清闲的人。周知常一直忙着敬信堂的里里外外，记账算账要账，还要帮着张义峨、张儒东处理家里家外的大事小事，天天累得没有个人样子。书祥回到忠信堂，做着南来北往的生意。什么都做，杂乱，便多了辛苦。他和希言的婚事拖来拖去，成与不成都没个准数。不是希言使了性子，就是两家在一些大事上谈不拢。婚姻大事，像圆盘上的玻璃珠，碰巧掉进哪一个小洞，都是一个坑。油爷这样劝书祥。

书祯是一个闲不住的人。他从家里牵了一头纯白大马，天天骑着进县城。有一天突然给油爷说，他要去城里加入红枪会。书祯告诉油爷，红枪会里的人个个都武功高强，飞檐走壁，刀枪不入，金钟罩、硬肚功没有不会的，比武神眼的武家拳强多了。书祯还说，红枪会现在是初升的太阳，到哪里都受到欢迎。

书祯脸上的得意之情，让油爷羡慕。"我跟你去，人家要吗？"油爷问。

"你？拉倒吧。除了那些没用的四书五经，你会啥？蛐蛐也不能替人打仗啊。红枪会是要打枪的，要流血，要杀人。还有，你知道红枪会要干掉哪些人吗？团长给我说，红枪会要防匪盗、反恶霸、抗官兵、抗捐税、反对贪官。这几条，你能做到哪一条？红枪会的枪口，首先要对准你们敬信堂这样的。"

"你们忠善堂不是？"

"我家那是小户。连你们敬信堂一个手指头都不如。我们是光脚的不怕穿鞋的。再说了，我入了红枪会，谁还敢动我们家？"

"你的意思是要动我们家？"

"其余的七大家，谁不想动你们家？凭什么你们家挣那么多钱？别人的生意都赔钱，就你们家来钱像流水。老天爷啥时候说，只能让敬信堂挣钱啦？为啥？"

"为啥？"油爷反问。

"你爹会坑呗。借了钱就成了驴打滚，一变二，二变四，四变无数。生意这样做，哪有赔的道理。"书祯掰着手指头，声音越来越大。

"还——还有这事？"油爷突然像偷了别人东西一样，感觉脸上发烫，"你说的是真的？"

"肯定是真的。不过反过来说，谁做生意不是为了赚钱？你也别当回事。再说，毕竟他是你爹，还能咋的？不过，我得郑重提醒你一句，我加入红枪会的事，不要给任何人说。"

书祯加入红枪会不久，宁阳、汶上红枪会的一千多人，就联合发起暴动，迅速攻占了宁阳县城。第二天，他们又火烧离葛石店只有二十里远的姚村火车站，三天后与山东督办张宗昌的部队血战于泗店一带。张宗昌攻占了宁阳县城，然后又在西疏附近全歼红枪会。

那次走后，书祯再也没有回来。除了油爷，葛石店的人没有一个知道书祯去了哪儿。油爷试着想告诉忠善堂的堂叔，可始终不知道如何开口。

油爷找到书祥,哭:"你知道,红枪会,好像一直离葛石店很远。那些血肉之躯,似乎并不是我们身边的人,与我们毫不相干。其实,他们就是我们的亲人,比骨血还亲。"

书祥一头雾水,以为油爷又犯了病。让人叫来周知常,把油爷领了回去。

几天之后,油爷一个人偷偷溜出去,到泗店和西疏,在所有被鲜血染红的地方,寻找书祯的尸体,最后一无所获。

油爷在很长时间之后,听钱家店来的人说,那时的红枪会真好,吃的是自己带的干粮,喝的是自己打的井水,称百姓为姐妹。而在他们死后,张宗昌下令,所有的尸体一律喂狗。于是在城里,天天可以看得见被鲜血染红嘴头子的狗,吃人吃得疯了,就开始咬活人。

油爷一直想弄明白,书祯不是说,红枪会的人,都是刀枪不入吗?

喜欢玩枪的人闲不住,书祯算第一个。接下来,便有更多的人,把扛枪当成了一种荣耀。

宁阳的红枪会被消灭不久,中国革命军第二集团军就来到了葛石店,那是冯玉祥的部队,一样的纪律严明。攻占县城后,他们继续北上,追击山东督办张宗昌军。看着整齐威武的军装,油爷动心了。他给爷爷说:"我要去当兵。"

那个时候,油爷看见爷爷正提着一支秃了尖的毛笔,在一块铁皮上写字。油爷不知道他在写什么,一定是仁义道德之类的字。油爷想起,爷爷曾经多么亲切。眼里的光像霜降后的花青,大辫子绕在脖子上,写字的时候,一把绢制的折扇插在脖颈的后面,像看世界的另一只眼。嘴里是扯不完的唱腔,男腔女腔都有。见到孙子进来,总是变戏法似的掏出几个制钱,塞进孙子的口袋,还装作傻瓜转着圈遍地找。那时,爷爷所有的气恼都是装出来的,所有的责骂都是带着平仄的。现在看来，曾经拥有的一切，都已经离油爷越来越远。油爷弄不清为什么，也不想弄清。

"好儿不当兵，好铁不捻钉。你觉得自己不是好男人？"爷爷冰冷的脸，再次印证了对油爷距离。这距离，让油爷心里更凉。

自从迎娶钱三花那天起，油爷就认定自己不再是好男人了。说钱三花毁了自己的一生，其实并不尽然。把所有的罪责都归于一个女人，显然有失公平。如果不是爷爷向钱家店退让，结果会如何呢？钱家店真的就能对敬信堂焚室灭族？油爷曾经无数次做过这样的假设，但每次都寻不到一个能说服自己的答案。

此时，如果爷爷换一种说话的方式或者语气，油爷的心会瞬间软下来。或者加上几句话，比如"我和你奶奶还和以前一样疼你"，那么油爷，或许会感动那么一下，至少不会呛爷爷这么一句："我没把自己当好儿。我就是一个——"

"行啦行啦，别在这儿废话。"张义峨显出十分的不耐烦，竖起的眉毛和横起的皱纹，织起一张愤怒的网，"别让我说第二遍，马上，去——书——房——里——研——究——你——的——蛐——蛐！"

为了预防油爷出走，张义峨让武神眼亲自把守，不让他迈出海棠院半步。

正是这次国民革命军北伐，从葛石店拉走了油爷身边的好伙伴。书祥走了，龙头、龙尾走了。武神眼的三个儿子走到半道，又被武神眼骑着一匹快马，像小鸡似的抓了回来。

油爷，突然变得如此孤独，孤独得像古书中的蛐蛐，贴在一张半死不活的纸上。没有叫声，只有细细的翅，无力摇动，摇不出一丝丝光明的前程。

10

　　复杂浩荡而又丰蕴琐碎的日子里,不能没有钱三花粗壮坚实的生活背影。虽然好长时间,油爷都看不到钱三花的影子,但钱三花从未在生活中缺席。钱三花只是在敬信堂出现得不多,少碍了油爷的眼。

　　钱三花,一直都在油爷的生活里,若隐若现。她红润的脸似乎明白无误地告诉敬信堂的人,她活得到底有多好。

　　"禄花油坊"成了一块招牌。大豆油、菜籽油、花生油、小磨香油,品种越来越多,名气越来越大,生意也越做越红火。

　　周知常拿出掖在宽大袖子间的小算盘,年终替"禄花油坊"算账。拨拉来拨拉去,一年竟然赚了五千大洋。周知常惊呆之余,按规矩给工人们都分了红利。周知常忍不住,就问钱三花:"小夫人一年打了那么多的油,都卖哪儿去了?"

　　"这我不知道,你问他。"钱三花瓮声瓮气。

　　这个"他",指的是王大嘴。

　　王大嘴死活不说,一个劲儿皮着脸笑。

　　"你再不说明年赶你走。"周知常吓唬王大嘴。

　　"这样,师爷,这事你别问了。我请你喝酒。有敬信堂的钱赚,有你的酒喝。这事不就结了?"

　　"好,晚上去孙三娘的包子铺,不是孙二娘的啊。"其实开店的也是孙家老二,只是怕别人过多联想,便多了一个数字。有客人曾经问老板娘,老二为啥非得说老三。老板娘说三比二多一个。然后客人再问,哪儿多一个?腿么?老板娘说,多了还是奇景了,你多一个让我看看?包子要几个。客人便答,俩,放盘子里,一左一右。又问,肉的还是素的?答,带尖的。

周知常的特意强调,让王大嘴的笑有些怪怪的:"能请到师爷,求之不得。"

没喝酒的时候王大嘴就是鸭子嘴,硬。喝了酒什么嘴都不是,门洞大开,把不住,正符合大嘴的封号。

"我只告诉师爷一个人,咱这油坊里的油,都卖到大地方去了。多大的地方?济南。那里有成千上万的军队。鹿家崖的鹿成豹知道吧?他家兄弟三个,成虎、成龙、成豹。老三在部队里,慢慢熬成了大气候。军需官,多大的官啊。成虎和成龙在太平车站截了火车,货运到济南,运费都不掏。一买一卖,挣大钱的是他们。咱这点小钱,算啥?还不够塞牙的。"

"那是你牙缝太大。"周知常开着玩笑,"对了,你说的是国民党的军队?"

"当然是国民党了,那是正规军啊。"王大嘴眼睛一瞪,"不瞒师爷说,要是来年还是这样的气候,俺也跟着成虎成龙他们干。替他们截截火车,扛扛油桶。这是力气活啊,他们不愿意干,可咱有的就是力气。吃香的喝辣的不说,还能见见外头的女人。你看咱这葛石店的女人,一个个都土拉吧唧的,脸上擦再厚的粉也是土垃味。啥看头嘛。"

"你那老婆,可不怎么土垃啊。别说在葛石店,就是放在整个宁阳城,也是数得着的人物啊。"

"别提她,听见就烦。"王大嘴端起一杯酒,与周知常碰了碰,自顾倒进喉咙里。

周知常捏了一粒花生,扔进嘴里翻来覆去地嚼,眼睛一直盯着王大嘴。周知常知道，他一定还会接着往下说。

"这辈子，俺是让她坑苦了。咱这样的男人，除了嘴大点，黑点，没多大的毛病啊。还有人说，她是鲜花插在牛粪上。呸，看热闹的就是不嫌事大。她是鲜花我承认，可能说咱就是牛粪吗？说俺家穷，她家不是更穷吗？师爷你说说，她家要是不穷，能跟俺不？"

后面的话，王大嘴越说越不像话。周知常再也听不下去。他让店家把王大嘴送回去，自己也穿上外套，往回走。

那些听信上帝的人，从天主教堂门口，四散而去。

周知常的心里，堵得难受。他极力想否认的事，在王大嘴的舌头底下，终于得到了证实。

三四个月前，在油坊干活的下人，有意无意地提醒周知常，王大嘴快成敬信堂的小老爷了。他们不是说王大嘴不干活，而是想提醒周知常，钱三花和王大嘴搅在了一起。几次突然的造访，虽然没有逮住两个人的奸情，但他们眉目之间的亲近与疏离，让周知常感觉到了问题的严重性。作为师爷，他应该及时提醒东家。作为油爷私塾里的师兄，他更应该像保护自己的女人那样，保护钱三花的名声。但如今的情形，让周知常不知所措。他不知道如何给敬信堂交代，更不知道如何给油爷一个交代。

在此之后，他几次开口，给张儒东说："少爷，禄花油坊——"

"不是挺挣钱的吗？行啊，就这样吧。"急匆匆出门，不知在忙什么的张儒东，总是这样说。

"油爷，这油坊的事——"周知常几次想给油爷说。

"油坊的事我不管，谁愿意管谁管。"油爷从《促织经》里抬起头，"知常，我记得给你说过，我也要写这样一本书，专门写宁阳蛐蛐的。我认真研究过了，从风水地貌，到土壤山林，注定宁阳蛐蛐会出好虫，出龙虫，会成为天下第一。如果我写，我就把书名定为《天下第一虫》。"油爷顿了顿，"这话我只给你说，别人不懂。"

"三花这个人——其实挺好。"

"挺好。这个人，简直就是用气吹起来的。一步一个屁，能臭死别人，臭不死她自己。"

"油爷这玩笑开过了。"周知常压着笑，说。周知常在想，平时不言不语的张书禄，竟然还能如此幽默。

好话歹话都不再听，周知常从油爷书房里退了出来。他无法直接开口。他开不了口。作为师爷，他知道应该如何维护主家的颜面。更何况，敬信堂也好，油爷也好，都把颜面看得比天还大。

只有，让时间自己去说。时间不用顾及任何人的颜面。

"人世间的诸多命运，都是在一个小小的圈子里转着，所谓的风水轮流转，便是这个理儿。在一个人身上一直转，是悲剧。转到别人身上，一样是悲剧。只是有人不曾察觉。就像疮长在别人身上，你不疼。"话说到这里，油爷稍一停顿，又说，"疮烂了，你才闻到臭味。就像树上的鸟窝，早就空了，你知道鸟去哪儿了吗？"

周知常没有听懂油爷说什么。但他又隐隐地感觉到，油爷一定听懂了他想说什么。装睡的人最难叫醒，装傻的人最聪明。

周知常往油坊跑得更多了。自知说漏嘴的王大嘴，见师爷来了，总是低着头，再也不敢多说一句话。周知常想，如果喜怒无常的张儒东知道这档子事，不一定会做出什么来。

钱三花开始天天往油爷屋里跑，白天往他书房跑，晚上往他卧室跑。油爷把钱三花视若空气，一心研究自己的《促织经》。

钱三花腆着一个大肚子，睡在油爷的床下。她枕着油爷的鞋子，身上冻得发抖。油爷起身，看看，又睡下。油爷在想，或许钱三花在用这样的方式，惩罚自己的不贞。而不贞，仅仅这样的惩罚，够吗？如果不够，那自己还能做什么？

"小老鼠，上龛台，偷油喝，下不来。下不来，掐死你。偷油喝，馋老鼠，掐死你。咯咯咯——"

油爷知道钱三花是在说梦话。说梦话的钱三花似乎比清醒时更会笑，咯咯咯之后便是长长的嗯。温柔的鼻音，像得了过敏性鼻炎。然后便是压低了声音的哭。

油爷想，如果自己能找一个可意的老婆，即使不是希音，只要和希音差不多，自己的老婆能像所有女人一样下仔，或者像猪或狗一样一窝下上几只，他会毫不犹豫地为他们起一堆惊天动地的名字，比如张贾、张似、张道。或者甚至更大胆一点，把南宋皇帝的名讳纳入子嗣的大名小名中间。此时的油爷，如此推崇贾似道，一部《促织经》似乎成了他最大的信仰，如家庙里供奉的列祖列宗。油爷起初并不知道贾似道残劣如鹰犬，如同他刚刚发现《促织经》的妙处而不知是谁写的一样懵懂。等他从师傅手里接过二十四史，并且顺着师傅的手指细看贾似道的生平时，他突然间就做了决定，自己该写一部蟋蟀的书。

写书，似乎成了油爷最大的理想。他要为蟋蟀正名，并不是为贾似道正名。所以，他要把子女的名字全部与贾似道进行关联的念头，瞬间就消失得无影无踪。

但这些问题，眼下似乎并不重要。重要的是钱三花肚子里的孩子，该如何处置。钱三花肚子里的孩子没有信仰，不懂《促织经》，他只要一个名分。油爷犹豫着是不是该把这事告诉父亲或者爷爷。但他觉得不能，这不仅仅是钱三花的失节，还有自己的脸面。油爷开始抽泣起来，他觉得"脸面"一词，太刻薄了，像是对自己的折磨，像是专门用到自己身上的。到底是哪位古人，发明了这样的一个词，让后来没有脸面的人，抬不起头来。

五个月后，钱三花生下了一个男孩。

接生婆到家那天，油爷一大早就出去了。油爷先是去了观音庵，祈求菩萨保佑，让钱三花难产，和她的野种一起死掉。然后去了天主教堂，向上帝祷告，如果中国的菩萨狠不下心，就请上帝，给这个世界公道。一定要让钱三花和孩子死掉。奶娘的孩子们都不该死，而钱三花的孩子该死，虽然都是一个人的种。油爷最后去了张家祠堂，在正堂里放声大哭。油爷觉得对不起祖宗，给张家的列祖列宗丢了脸。"就让我的下半辈子，给祖宗们守灵吧。"油爷这样哭。油爷此时的这句话，只是义气之词。可他万万没有想到，菩萨没有显灵，上帝也没有显灵，倒是祖宗们，在后来的某一个时段，让油爷不容分辩地守了家庙，并且守住了他的下半生。

油爷在家族祠堂，睡了三天。

周知常找到油爷时，油爷怀里抱着他的五品官服，睡得正香。

"你的官服，钱家捐了多少钱？别人不知道你不知道？"钱三花在油爷的梦里问。然后就听见周知常的声音："油爷，醒醒，快醒醒。"

油爷回到海棠院，奶奶和母亲都在。油爷给她们请了安，便铁青着脸不说话。待她们走后，油爷开口说话："通知你们娘家人，孩子没成人。"

"好人，你看一眼这个孩子。"钱三花带着哭腔，"真的很像你，连睡觉的样子都像。你看，他明明睡着了，小眼珠还动。"

油爷把茶碗往桌上一蹾："他那是做贼心虚。"

油爷的茶碗发出的声音，那个尚未取名字的孩子激灵一动的哭声，一并戳向钱三花的眼。钱三花便有手足无措的泪，落在刚刚淌出奶水的白白的大奶子上。

是甜还是咸？油爷想起了奶娘。他摸向胸口，问自己的心脏，没有得到准确的答复。

"好人，初一的娘子十五的官。这孩子，生在八月十五，命好着呢。要是吴天眼还活着，也给他做做法，说不定也会成为你这样的大官呢。"

"你不放鸡屁放鸭屁，哪壶不开提哪壶。我有啥官？你说说。"

"好人，俺钱三花不会说话。你大人不计小人过，别生气了。你就看他一眼，就一眼。"

"我眼疼，睁不开。"

"那我给你吹吹。油爷，好人，天底下最好的好人，你给这个可怜的孩子取个名字，叫春暖也好花开也好，或者像东乡的狗剩、鸭蛋儿，好歹是张家的骨肉，乱不了辈分。又能咋的?"

"张卫青，叫张卫青。记住了?"

"记住了，张卫青。"

"那好，明天开始，就把这个狗日的张卫青，找个下人给养。不准再进入我的房间半步。"油爷把鞋子甩到墙上，"你们这些作恶的人，会像蚂蚱一样死在秋后。你们活不过一只蛐蛐。"油爷像是在诅咒钱三花和王大嘴，或者他们之间的这份罪恶。

钱三花虽然没有蛐蛐与生俱来的五只眼睛，也不像那些复眼随着光的变化而现出陆离光怪，但钱三花的眼却可以将那些幽怨或愤怒的光，收放自如地在瞳仁有限的空间里，酝酿，旋转，然后和喉咙里的一声尖叫一起，泼浇而出。

那已经是多么遥远的记忆了。自此以后的钱三花，像作奸犯科的三尾，一下子就败下阵来。

有人问钱三花："那么好的奶水，怎么舍得让奶娘养？张家的长子长孙啊。"

"都是油爷的主意。谁都知道，他着了魔，该找个道士、和尚或者尼姑，给他破解破解。"钱三花逢人便讲油爷疯了，绝口不提那个与油爷没有半点相似的张卫青。

"这'卫青'二字，又是啥来头呢？"有多嘴多心的人问。

11

自从希音嫁给周知常之后，油爷就没有进过天主教堂。无意中得到希音的一块方巾，油爷以为那是上帝的旨意，是上帝帮了忙，所以他信了上帝。当他再次向上帝祈求，将希音嫁给他的时候，上帝却什么也没做。油爷以为，上帝和自己一样偏狭，没有多少正义感。

先是蝗灾肆虐，凡是带叶的庄稼全被吃光，全年颗粒无收。敬信堂从南方调进了大批的米，开仓借粮。油爷看见东乡的人写了借据，瞪大双眼，看着一粒粒的米，从筐中流进一条条的破口袋，就像血管里刚刚注进了新鲜血液。他们明明知道这次借米的代价高昂，借一斗要还三斗，比常年要贵了一倍。但又有什么法子呢？老老少少的嘴巴都张着，眼睛望着。他们念叨着敬信堂的好，大灾之年，还有办法从外面调进米。其他人，根本买不进一粒米，饿死的人到处都是。

接着便是麻疹大暴发。村里的儿童一个个死去。当娘的哭得都没有了力气。一家五六个孩子几天死完，是常有的事。专门扔孩子的狼山岗子，薄薄的草席卷着的没卷着的瘦小的尸体，到处都是。野狗们把肉吃完，只留下残忍的骨头。有时，它们丝毫不顾及人类的情感，还叼起哪个孩子的头盖骨，到处招摇。

油爷随着人流，来到了天主教堂。教堂里的人满满的，都低着头，轻声祷告。

"所有的贫穷、饥饿、疾病以及所有的灾难，都是魔鬼喋喋不休的赞歌。只有宽容、忍耐和爱，才是上帝带给我们的力量。我们相信太阳的光芒，相信月亮的光华，就像相信我们自身的忍耐力和内心深处无处不在的坚强。上帝与我们同在。阿门。"

"阿门——阿门——阿门——"

油爷觉得，此时的神甫，在这些信徒中的心目中，比上帝更亲切。这位上帝的使者，在面对那痛哭流涕的灵魂时，有时真的无能为力。油爷看到信徒们一个个起身，离开，脸上的平和像沐浴了上帝的光辉。似乎只有这样，他们才有勇气和力量，再回到那几间破烂的草房时，日复一日地面对同样的疾病和贫穷。

奶娘也在。

奶娘经过油爷身边的时候，油爷叫了一声"奶娘"。

奶娘的目光直直的，没有说话。木然地转身，然后离开。

奶娘的两间茅草屋一如既往。屋顶上、屋檐下，飞起的枯草像是对这个光明万丈的世界，举起了白旗。

奶娘还没有买到别人不要的小桌子。

"你的——孩子呢？"油爷问。

奶娘指了指外面。油爷把头伸出去，只看到石榴树枝上孩子的衣裤，在阳光下晾晒。那些衣服像破破烂烂的旗帜像发黑变霉的饼像某个人脸上的脓疮像天空翻卷的乌云。笑话，竟然还有阳光照着。

"上帝召他去了。上帝会把他带在身边。"奶娘说，"这会儿，正在太阳底下玩呢。"

油爷跪下，抱住奶娘的腿，泪水像海。

"我去找那个上帝。"油爷哭着冲了出去。他知道自己是在逃，逃得越远越好。

教堂里空荡荡的。上帝逃遁了。油爷和教堂一起变成黑暗。

第二天一早，修女爱丽莎看见熟睡在长椅上的油爷，一脸惊奇："你怎么睡在这儿？"

油爷没有说话。

"对了，我还有报纸给你。"

爱丽莎给了油爷一大沓报纸。

油爷的心思根本没有在那些报纸上，他想起那些衣服像破破烂烂的旗帜像发黑变霉的饼像某个人脸上的脓疮像天空翻卷的乌云。"上帝召他去了。上帝会把他带在身边。"奶娘说，"这会儿，正在太阳底下玩呢。"

"上帝会杀人吗？"油爷问爱丽莎。

"怎么会？上帝是仁慈的上帝。"

"那上帝能做啥？"

爱丽莎不知道该怎么回答。她看油爷眼睛怪怪的，便一个劲儿地在胸前画着十字。

回到书房，油爷将手里的报纸看一张扔一张，像扔掉了石榴枝上的破旧衣服。地面的旧砖上便有了各种各样的新闻，这些新闻早已经变成历史，填满了那些深深浅浅的砖缝：周口店发现初期人类颅骨；南满惨遭日军蹂躏；梅兰芳在美受欢迎；南昌起义；日军侵入闸北；蒋介石宋美龄结婚；孙中山逝世——

油爷把桌上所有的书全部推到地下，四书五经、二十四史，压住了那些报纸。有风吹过来，报纸的一角掀起，像是在偷窥油爷的表情。

书桌上只有一本《促织经》，油爷瞪着它，它也瞪着油爷。

油爷拿起毛笔，蘸足了墨，在墙上胡乱写着：孙中山、油爷、娘娘腔、敬信堂、上帝……

油爷让自己直挺挺地倒下去。他听到了地板的声音，地板也听到了他的声音，像无边无际的黑暗，哭泣着漫卷而来。

12

日涉园的东北角，有一个巨大的地窖，三米多深，长宽各有五六米的样子，是专门用来养花的。看管地窖的是外地来的花工，油爷从小时候就知道他叫花老头。花老头不花，花老头专门养花。花老头养的花谁都比不了，开得艳，花期也比别人的长。

花老头最喜欢养迎春花，他说吉祥。花老头见了人的第一声问候也是这句，比如老爷吉祥、少爷吉祥、太太吉祥，多少年不曾改变。曾经有那么一段时间，大概是在私塾里的日子，油爷和希音他们，曾经叫花老头为花吉祥。花老头听了并不生气，反而把黑黑的牙露在外面，像拿牙与花做陪衬。

有一年张义峨心血来潮，说："花老头，既然你喜欢养迎春花，咱院子里已经有了梅花，你再养上一些山茶花，再配上水仙，不就是雪中四友吗？"

不管会不会养，老爷说的话自然是圣旨。花老头让人专门从南方捎来泥土，用松针、草灰养了几年。等土壤环境差不多了，他才让人从南方买来原种的野生茶花。没想到这一养便成了习惯。每年大雪之后，花老头能把这四种花同时养出骨朵来。尤其是春节前后，开得正艳，为敬信堂带来许多笑声和快乐。

今年的雪来得晚些，大雪节气过后，仍然没有飘一片雪花。地上干裂出一道道口子，流不出一滴血。油爷相信土地的表层下面，有许多的血管，皮肤破的时候会流血。而今年，日子过得艰难，麻疹死了那么多人，土地的血一定是流干了。这样胡思乱想着，油爷就来到了花老头的地窖。

"小少爷吉祥。"花老头依然是十年前的样子，不见老，也不见年轻。

油爷笑笑，算是回答。

油爷最近有太多的伤感，最直接的是，别人都是一成不变地生活，而自己越来越是老而无用。三十而立是希望还是咒语？油爷并不清楚。他觉得自己就是这敬信堂里的游魂，没有灵魂地生活着。

"你还记得我。"油爷手笼在棉袍的袖子里。

"小少爷一表人才，从小就聪明伶俐，怎么会不记得小少爷？小少爷以前，还在这儿摘过花呢。"花老头端起一盆水仙，"小少爷稍坐，我给老爷送一盆花。去去就回。"

说起小时候摘花，油爷的眼不禁湿润起来。在私塾的日子，油爷确实有那么一段时间，天天跑花窖，和花老头几乎成了最铁的哥们儿。油爷可以随着性子，摘下几朵花，大声唱着"天上掉下个林妹妹，似一朵青云刚出岫。只道他腹内草莽人轻浮，却原来骨骼清奇非俗流。娴静犹如花照水，行动好比风拂柳"。唱到此处，油爷就到了希言跟前，把花送给希言。对，希言，不是希音。油爷只想杀一杀希音的傲气，故意只送希言，不送希音。这样三五天之后，希言看见油爷送来的花便跺脚，便哭，皱着眉头往外推。推不掉，就没好气地掷进书包里，出了私塾便扔掉。被希言扔掉的花慢慢枯萎，没有人捡拾，就像油爷看希音的目光。眨眼间，已是二十年多。死去的死去，离开的离开，成家的成家。世间人，世间事，像花一样盛开与凋零，多了多少悲喜，添了多少情仇。

油爷想起了书祯。一个死去的人，多像一个突然掉队的落伍者，停在某个时间点上，再也不肯挪动半步。书祯生前的所有景象，像是烙在了自己的脑海里，成为伤疤。

极短的时间，花老头就回来，手里仍然抱着那盆花。"小少爷，老爷和少爷吵起来了。吵得很凶。你去看看吧。"

油爷犹豫着。

"去吧去吧。你喜欢什么花，我一定给你留着。"

油爷并没有进爷爷张义峨的房间，进了院门他就听见父亲张儒东在吼："你说，我怎么办？这敬信堂以后怎么办？你一撒手什么都不管了，我还要管一家子人吃喝穿用。你可以一辈子不管两辈子事，我呢？你看看家里这些人，看看你那个不中用的孙子，与世无争，纯粹是个废人，不能买不能卖，提不起放不下。成天游手好闲，一事无成。都说三十而立，他能立什么？我能指望他什么？说到底，都是你惯坏的。还有他那个杂种、野种，我恨不得一刀剁了他。他凭什么姓张？还要继承我的家产。凭什么？祖祖辈辈都可以娶妻纳妾，三房五房的有谁管了？怎么到我这里就不行了？不孝有三，无后为大。我这有后还不等于无后吗？你老人家也别怨我不孝顺，丑话我说前头，希言我娶定了。"

张儒东拉开门，看见油爷站在翠竹院的正中央，愣住了。

张儒东从儿子身边经过时，声音从牙缝里挤出来："你还不如死了。白瞎了我那些猪头牛头。"

张义峨推门出来，看见了孙子张书禄，老泪纵横。

大如席片的雪，像天一样塌下来。

油爷转过身，一步一步地往外挪。油爷不知道此时的爷爷会是什么表情。他知道自己是在空空地走。对，空空地走。空得像一粒秕糠。

油爷到南北大街上的药店，买了一斤砒霜。

"东乡十里无油香，西国一家可敌国。"油爷看到蜷缩在大街上的两个乞丐，一男一女。女的拢着袖口，斜倚在男人身上。男的把一块黑硬的干粮，塞进女人嘴里。女人看着油爷，傻笑。

还没到门口，周知常就迎上来："快快快，满家子人都在找你。你父亲的几个把兄弟来了，要你去陪着听戏。"

戏台支在同样的过堂，前后点了十几个火盆。

油爷见人就笑，像得胜的蛐蛐，露出的八颗牙齿僵在脸上，与所有走过的人打着招呼。油爷知道自己所有的一切，都是最后一次。

"希音，你唱一段？"油爷依然笑着。话没说完，就有泪被逼回去。

"你想听啥？"希音并未觉察油爷的异样，问。

"《月英哭坟》？"

"唱什么《月英哭坟》，唱个喜庆点的。"张儒东在旁边呵斥。

张儒东的旁边坐了钱家的老七老八，还有大胡子张子明。老七老八是钱家店来的亲叔，钱三花自然亲近许多，陪着喝了不少酒，满身的酒气。

雪中四友。油爷想起花老头的花。迎春、山茶、雪梅、水仙。油爷也像醉了酒一样。他看到沉默寡言的爷爷前面，摆了四盆花，恰像灵棚里供桌上的祭品。

"唱《包公辞朝》吧。"油爷对希音说。

"我不会唱黑头。"希音摆摆手。

"那就别唱了，一会儿等那些戏子唱。他们唱得好听。"张儒东站起身，喊。

听不到希音的唱了。最后也听不到。临死也听不到。油爷的笑容依然挂在脸上。他在人群中挤出听戏的过堂。开门的瞬间，他看到有雪花飘进去，然后就有钟鼓声响起来，像在为他的离世庆祝。

油爷关紧了门，把砒霜倒进碗里。然后就听见门被撞开，花老头跌在地上。

油爷木然。

花老头快速起身，夺过碗，扔到院子里。

花老头把油爷扶到床上躺下，油爷蜷缩下去。花老头也躺在床的外侧，同样蜷缩着。自从娶了钱三花，油爷就一直蜷缩着睡觉。他渴望自己是一个缩在母亲子宫中的胎儿，再一次经过母亲产道的时候，不再让母亲难产，几近于死亡。油爷更觉得自己是一个在蛋壳中孵化着的雏鸡，盼望着蛋壳被打破的某一个日子。油爷突然想起一个词，毛蛋，那些未曾孵化好便已注定死亡的雏鸡，或者被人有意为之，或者自身先天不足。此刻，自己，多像一个毛蛋。

带着泥土味道、花香和汗味的混合气息，让油爷知道，自己还在尘世。花老头给油爷说："人的命，不是拿来轻贱的。身体发肤，受之父母，你比我懂。命是定数，就像花，自在，不强求。不管啥模样，啥味道，有喜欢的，就有不喜欢的。我看到的花，都是自己要开，越是冬天，越得开好。"

油爷信了。泪开始流。油爷清楚地知道，自己可爱的砒霜在碗中涌流的同时，家里人所有的快乐都像是发疯的锣鼓声，像毫发无损的廊台亭榭，像故作疼痛的戏子们装腔作势，并且会在哪一天，装腔作势地死去，恰如自己离开这个世界的悲愁无度。

油爷抽泣着问身边的花老头："你说，我该和谁争？该争什么？"

从这一天开始，油爷眼中的一切都变了，包括空气和阳光。他也因此常常无端地回想起这一天的漫长过程和所有事情，并把这一天形容为霜降日。

至于过堂里后面的戏，是周知常告诉油爷的。张儒东在戏开场之前，给大家说："今天我告诉大家几个好消息。听好了啊，第一个，我和老七、老八、子明拜了把子。从今以后，他们就是我的兄弟。第二个，我的夫人成氏，刚刚告诉我，她怀孕了。这第三个，虽然我还没有征求过孔兰芝的意见，但我觉得她是不会反对的，我想纳希言为妾。"这话太突然，事也突然。孔兰芝拿起凳子，抬手就砸到了张儒东的头上。张子明拔出枪，黑色冰冷的枪管顶住孔兰芝的额头，说："你再动一动，我就打死你。"孔兰芝弯腰拿起另一条凳子，砸在张子明的头上。张子明开枪，张义峨冲了上去，子弹穿透了张义峨的肩膀。

事情后来的发展是，孔兰芝和忠信堂一起，到县署状告张儒东，罪名是勾结土匪，强抢民女。县长戴书铭一向对土豪大户反感，也闻听了张儒东的不少劣迹，便趁机整治。戴书铭将张儒东关进牢房长达半年，并且罚银五千，用以整修监狱。

张儒东出狱，张子明亲自去接。第一件事，便是到三盛堂，开心地玩了三天。然后将一名只有十六岁的河北霸州女子阿欢赎身，带回玫瑰院。

孔兰芝早已在张儒东回来之前，搬离青荷院，住进了东乡的老房子。

　　油爷仔细算着张儒东和阿欢的年龄差距，正好和自己的年龄一般大。好在，张家大院没有人在乎年龄，就像六岁的油爷娶了大一旬的老婆，成氏在十六岁上生了油爷，成氏和钱三花在年龄上几乎成了姐妹。如果只看相貌，钱三花甚至比成氏更显老成。这或许也是她们水火难容的原因之一。

　　阿欢住进青荷院之后，玫瑰院再也不见了张儒东的身影。某一天，成氏让周知常把玫瑰院和青荷院的门匾互换，不知为什么。

　　某一日，阿欢的头突然出现在海棠院和玫瑰院中间的墙头上。她对着油爷勾了勾手，轻轻地喊："我知道你，你就是油爷。"

13

　　不知从什么时候起，油爷的嘴唇上面，长出了两根胡须。奇怪的胡须，剪子都剪不断。两根胡须不是山羊胡子的两撇，而是清晰明亮的两根。在上嘴唇与鼻子的外侧对应的位置，不偏不倚，像无法解释的寓言。村里人说，油爷重新投胎了，是高粱精投胎，粗壮的胡须就是高粱的根，前世受了冤屈，今生要找油爷来报仇。油爷知道自己的前世，绝对不会与高粱结怨。两根胡须在刚刚长出来时，还是黑色的。后来，在经过几十年的风吹日晒之后，黑色变节了，成了纯白，白得像经过净化的雪。

14

有一天夜里,王大嘴不知被谁的枪打断了一条腿。葛石店的人传言,因为生意上的事,王大嘴得罪了凤凰山上的土匪。

但在王大嘴的伤情好转之后,他投奔了九山上的土匪。王大嘴还把他的几个兄弟,全部带出去,占山为王。

油爷得知奶娘上吊的消息后,赶忙跑了过去。膝盖上磕破的血渗透了他的长袍。

油爷问,为什么天底下该死的人,都死不了。

奶娘上吊时垫在脚下的《圣经》,被她踢得老远。

王大嘴托人捎话,说他不敢下山,官府看得紧。王大嘴让他的邻居,随便挖个坑,把柳氏埋了。

油爷想为奶娘披麻戴孝,张义峨、张儒东坚决不同意。油爷置办了葛石店最好的棺材,为奶娘穿上了六层寿衣。他哭着,最后一次抚摸着奶娘的身体,冰凉,像他的心。

葬了奶娘,油爷感觉,把自己也一块葬了。

15

  这一年,在葛石店的东北方向,出现了奇怪的天象,无数颗星星从天而降,落进无边的黑暗。

  葛石店的男女老少,都站在漆黑的夜里,似乎都在用黑色的眼睛,寻找光明。只是那久久不能闭合的颌骨呢?是呐喊,还是惊愕?

  而油爷,觉得满世界的黑暗,都是因他而起。

第三章

戬秤

天 虫

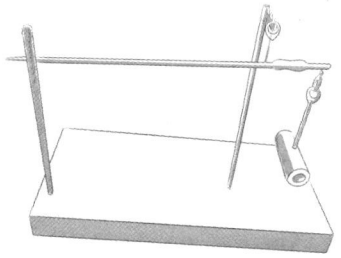

1

京剧大师孟广禄的到来,把中华宁阳蟋蟀友谊大赛推向了高峰。

孟广禄是地道的虫迷。宁阳虫是他的最爱。所以在后来的几年,当宁阳文化部门编撰《天下第一虫——宁阳斗蟋》的时候,他非常痛快地受邀写了颇有文采序言。他这样说:

"宁阳,对天下所有的蟋蟀爱好者而言,恰如心灵的圣地麦加。

"每到收虫季节,都拿定主意要到宁阳去,却因为各种事务及演出,始终排不出时间。心中不免旌动起各种情愫,向往,激动,惆怅,遗憾,最后都归结于朋友从宁阳买来的几条蟋蟀,沉醉于那灵动的鸣叫与吟唱之中。这些灵性小虫,确实鼓舞了斗志,振奋了精神,消除了身心疲劳。

"声声虫鸣,缕缕掠人魂。在蛐蛐身上,聚合了太多喜怒哀悲愁恐思的生命状态。几多喜爱,或养或斗,谁也说不清楚,在小小的神虫身上,到底能演绎多少人生悲喜。但我知道,蟋蟀天生不是为了斗狠的,它更像是自然界的灵子,曲调的清澈、婉转与悠扬,属自然界少有,是对自然之声、灵音之美的最好阐释,这也恰是国人几千年以来一直对蟋蟀喜爱有加的缘由之一。我向来把蟋蟀的灵动之音,归于天籁,归于心灵的最好慰藉和清修之所,而爱虫的每一次吟唱,都能撩动起心弦,让我不自觉地与自然伴唱,与灵魂共舞。"

孟广禄说,在写这段文字的时候,他想起了流沙河那首长诗,《就是那一只蟋蟀》。流沙河这首献给台湾友人Y的诗,是蟋蟀寄情的典范之作。孟广禄说,他能倒背每一个字节,还把这首诗谱成了京剧唱腔。孟广禄开口,诗便成了戏,蟋蟀成了另一番风景,字正腔圆唱出别一种味道:

> 就是那一只蟋蟀
> 钢翅响拍着金风
> 一跳跳过了海峡
> 从台北上空悄悄降落
> 落在你的院子里
> 夜夜唱歌
>
> 就是那一只蟋蟀
> 在《豳风·七月》里唱过
> 在《唐风·蟋蟀》里唱过
> 在《古诗十九首》里唱过
> 在花木兰的织机旁唱过
> 在姜夔的词里唱过
> 劳人听过
> 思妇听过
>
> ……

就是那一只蟋蟀
在你的窗外唱歌
在我的窗外唱歌
你在倾听
你在想念
我在倾听
我在吟哦
你该猜到我在吟些什么
我会猜到你在想些什么
中国人有中国人的心态
中国人有中国人的耳朵

唱过这段，孟广禄的眼里便泛起泪光。

养虫本是风雅事，只叹生不逢彼时。历代蟋蟀谱志，记录下许多文人墨客养蟀斗趣的雅事。苏轼、袁弘道、黄山谷、倪云林、佛印禅师均与虫结缘。黄山谷的蟋蟀"五德"之说，仍然是自古以来对蟋蟀品格的最好总结。在近现代的诸多艺术大家中，喜欢宁阳蟋蟀的同样不少。梅兰芳养鸽赏虫，最赞宁阳蟋蟀。昆剧传人穆藕初、徐凌云，不但斗戏，更爱斗虫。至于他们是不是以宁阳蟋蟀为最爱，尚待考证。

这次孟广禄到宁阳来，因为他听说了"红梅望雪"的蛐蛐罐。而他自己，是虫界蛐蛐罐收藏家的三甲之一。

"爷爷，听说孟广禄到宁阳唱戏来了。"孙子说。

"哪是唱戏？他是奔着蛐蛐罐来的。一辈子的虫迷，爱罐如命。出了红梅望雪，天王老子也得来。"爷爷说，"孟广禄是艺术大家，他来，正好印证爷爷给你说过的话，所谓八艺，琴棋书画、花鸟虫鱼，都可以玩，不丢人。谁能说玩虫的就比养金鱼的低一等？绝对不是。虫，也是一门学问，精深着哪。爷爷支持你，只要你喜欢，小虫一样能玩出大天地。不过，还是那句话，死不失节，玩不丧志。"

"我知道。八艺失去气场，不在八艺本身，全在那些借用八艺之名玩花招的人，歪嘴念歪经。"只有五六岁的小孩子说出大人话，让爷爷瞪大了眼，"爷爷，你说三毛要是活着，是不是也爱玩蛐蛐？"

"人人都有玩的习性。玩什么全在个人兴趣。不管三毛五毛。"爷爷回答。

"你是给我三毛还是五毛？爷爷向来大方，就五毛吧，够我买一本画本的。"孙子把爷爷拉进自己设计的陷阱，手舞足蹈，"《猫和老鼠》《三毛流浪记》我都爱看。我就是不喜欢《蜡笔小新》，他掀开他妈妈的裙子，偷偷看大腿。他还掀邻居家阿姨的裙子。那些邻居家的女人都让他看遍了。咱上午看完这场比赛，下午我还要看动画片。金龟子那天说，《蟋王东征》明年就要播了。"

爷爷把削好的苹果递到孙子手里："《蟋王东征》是咱宁阳人的片子，该看。只是，这场比赛，怎么还没有直播呢？"

人民会堂的现场早已经乱成了一锅粥。不少人从椅子上站起来，把乱七八糟的广告纸举过头顶，一边甩一边喊："这人呢？都死绝了吗？比赛怎么还不开始？还有那个老公鸭，这个时候咋不叨叨几句？"

电视直播屏幕亮起来，放送的全是宁阳的风光片。电视台这样做，明摆着就是要安抚观众的情绪。只是可惜了那些平日里旖旎绰约、美丽生动如时尚少女的可人景色，全被淹没在现场观众的咒骂声中。风光片听不懂骂声，仍然用动听的嗓音播着："葛石镇欢迎天下游客，品味十里梨花长廊、百世神童流芳、千年紫藤长青、万亩枣园飘香。"背景是穿着一袭枣花绿长裙的少女，抚弄一把古琴，弹出天上宫阙、今夕何年、我愿只在人间的美好旋律。

"纯粹放屁,谁他娘的写的广告词!百世神童,有吗?我怎么没有看见一个神童?把凤凰山改成神童山,没一点学问,浅薄至极,还不如富源巷里卖长筒袜的浪女子有学问。谁有种把它改回来?"

"琵琶山下琵琶湖,湖光山色春城殊,纵是天堂好风景,怎奈龙女一声哭……"

"你知道小龙女为何哭?她会相中鹤山脚下的泥巴腿子?呸,我才不信。春城,还蠢城呢!这是谁发现的古国?怎么没留下个国王的大墓,也能发掘出千把件文物,让老百姓先富起来。这电视台还会不会编?越编越不让人相信。宁阳除了蛐蛐,还有什么更出名?再不把这个节办好了,从上到下就都成了一帮废人。连宫里的太监都不如。太监们还知道玩蛐蛐,死了还要到泰山上立一块无字碑。""啪啪",不知谁打了两巴掌,"哎哟——操你娘,我揍死你这个私孩子——"

两个警察过来,一人扭了一个离开。

迷虫一,"花项青麻头",天津人,眼睛四处瞅着,拉开椅背坐下,然后说:"我到后场看了看,出状况了。油爷这边怀疑陶十一的虫是白虫,陶十一坚决否认。组委会无计可施,大眼瞪小眼,没了主意。总裁判长组织了北京上海的几个玩家,组成了专门的评审委员会,也弄不出个所以然。有人说是,有人说不是。听别人讲,陶十一两场比赛输两场,急了。从上海弄来了白虫,昨天晚上让养工替换报名的那只。陶十一使了钱,有钱能使鬼推磨。从评委会成员到养工,都让陶十一俘虏了。这第三场比赛,不好玩了。"

迷虫二,"亚金黄",天津人:"这还说嘛呢,两场斗下来,不急才怪呢。陶十一输掉的第一只罐,那可是天下没几只的皇帝罐,沾着龙气呢。那第二只,更别说啦,天下绝品哪。这邹氏罐,看一眼都可以死而无憾。两口,就两口,罐没啦,硬生生地输掉了。让我看哪,陶十一杀人的心都有。"

迷虫三，"紫三色"，济南人，是一位有心人。他在自己卡片上，加上了赢得比赛的虫的照片，并题了一句话："紫头蓝项焦金背，白肉红牙斗三秋。"他说："玩有玩的规矩，斗有斗的章法。普天之下，亘古以往，都是依了规矩，才有了这斗场。如果任着性子胡来，有再多钱谁跟他玩？在这台面上一坐，就得愿赌服输。我听说澳门的赌场，有人输掉了上千万，人家也没有任何含糊。就咱这点小买卖，还值得如此不讲信用？玩家们天天讲，要打击白虫。咱宁阳这片地儿，是虫源保护区，更得坚决打白虫。单单这一点，我对陶十一嗤之以鼻，脚趾头缝都不夹他，屁眼儿都嫌他脏。"

电视直播屏终于换了画面，油爷和陶十一都已经在直播间的斗栅前坐好。然后便是男中音略显疲惫的声音："尊敬的各位朋友、各位来宾，电视机前的观众朋友们，由于我们的直播系统出了问题，延误了比赛的时间。在此我代表宁阳县电视台，向大家说声对不起。那，今天的比赛马上开始，请大家回到座位坐好。同时，还要向大家通报一件事，我们有幸邀请到全国著名的京剧大师孟广禄先生，来现场观看我们的比赛。比赛结束之后，我们还将请他做现场评述。下面，请大家观看比赛。"

两只虫从罐里提出，放进斗栅。

今天蛐蛐罐不是主角，在奖品区放着的，是两只过笼，一只是和田玉的兰花雕，一只是汝窑里的玛瑙青绿釉。

又是一阵哇声——

迷虫四，"红顶长翅"，北京人："这两件物品，颇有来头。都曾经是皇宫用品，被贾似道骗出宫外。贾似道四处逃命时，独独把这两个物件带在身上。足见他对此如何钟爱。至于后来的流向，无人知晓。到了清代，也不知道经过多少人的礼尚往来，流转到和珅手里。和珅被灭掉九族时，两个物件又重回宫内。慈禧太后因为李莲英介绍男宠史某，内心欢喜，将这两个物件赏给李莲英。后来李莲英被杀，两个物件流落民间。今天一同在宁阳现身，不知是福是祸。"

迷虫五,"黑六足",杭州人:"这事你怎么知道得这么详细?胡编的吧?"

迷虫四,"红顶长翅",北京人:"油爷对中国的蟋蟀史了如指掌。这些奇珍异物,他都能说出来龙去脉。因为不能看到那只汝窑玛瑙青绿釉,他曾经念叨了好长时间。"

迷虫六,"白额长须",杭州人:"你们别再说那两个过笼。看看这两只虫,谁能赢?"

电视镜头拉近,所有人都屏住呼吸,仔细看着两只蟋蟀。陶十一的蟋蟀简直是完美到极致,青大头,符合所有称王的要件。而油爷的黄金甲,略显苍老。

迷虫一,"花项青麻头",天津人:"油爷的虫有心事,凶多吉少。刚才我在后场,听别人说,油爷被卖虫人做了手脚。这虫,已经到了六十岁的年龄。油爷还备好了一副银棺,准备为他的虫下葬。"

迷虫三,"紫三色",济南人:"这不公平,我们应该向组委会举报。陶十一的白虫,是万里挑一挑出来的。两只虫根本不在一个档次上。"

油爷的两手平放在桌子上,一直到斗栅打开。

油爷听到了陶十一的虫鸣,像一只得意的山羊。

而自己的黄金甲,同样嘹亮地回应着。但那叫声,是老当益壮的呐喊。油爷的眼里突然涌出了泪。泪水的光恰好被电视镜头捕捉到。然后油爷的脸被放大,泪水被放大,占满了整个屏幕。

"开闸——"裁判喊道。

"别开了。我们认输。"油爷把黄金甲放进罐里,仍然听得到它波澜壮阔的叫声。

"不行,还没打呢。"陶十一站起身,大声喊。

油爷把汝窑的玛瑙青绿釉慢慢推到陶十一跟前。

京剧大师孟广禄没有看到比赛,自然也无法再做赛后的评述。

但内部人士都知道,孟广禄看到陶十一的青大头之后,铁青着脸,转身离开。

2

葛石店上空的枪声,突然间就密集起来。

油爷听不清那些枪声从何而来。子弹在夜空中像一颗颗流星,嗖地飞了过去,响声是留在后面的,啪啪啪,被风吹得没有了节奏。子弹与子弹在天空中相撞,一次又一次,就像满街乱跑的人互相撞了头一样。

就在当天上午,宁阳师范讲习所和县立第一小学组成的游行队伍,敲锣打鼓地穿过葛石店。他们高喊着"打倒日本帝国主义""日本鬼子滚出中国"之类的口号,手里举着标语,标语上写着"洒我鲜血,祭我河山"。

油爷觉得这些口号新鲜,带劲儿,比喝了酒还让人振奋。油爷是不太喜欢喝酒的。油爷觉得人一旦醉酒,就会现出本相,或者会与疯子、乱咬的狗一样,也像无根的墙头草、害羞的少年、柔软甜蜜的小猫咪,一切的可能与不可能,都像。醉了酒,就乱了所有的方寸,失了所有的准则。

在油爷身边,有太多喝酒的人,比如父亲张儒东,比如王大嘴。也有许多不喝酒的人,比如周敦朴父子俩。所以对酒,油爷有一种复杂的情感,似乎紧紧关联着他的荣辱。

油爷跟着那帮老师学生，从葛石店到了宁阳城，转了大半天，脚底下磨出了泡。油爷混在那群和自己差不多长相的老师里面，像他们一样地振臂。油爷看得见那些呐喊中的愤怒，如潮汐中的海浪，一波波涌来，又一波波荡去。这些愤怒需要一个出口，就像地下的岩浆需要出口一样。那些口号，油爷是喊不出的，他徒有高举的手臂，一次次举起，又一次次放下。油爷想起了一个词，叫振臂高呼，他便依了自己的节奏，吸气的时候，把胳膊举上去，呼气的时候，便将胳膊放下。同时，油爷又提醒自己，要像老师和学生们一样，振臂——高呼——振臂——高呼。如此反复，油爷似乎成了机械木马。一天劳累下来，油爷特别希望能喝酒，能睡觉。或者是在喝完大酒之后睡一大觉。一生醉一次，一次醉一生，都是挺过瘾的事。

举胳膊的事，我其实还是能办到的。回来的路上，油爷想。他知道今天举起来又放下去的胳膊，明天会肿得老高。但他庆幸的是，今天举起的胳膊，与所有的表决权无关。

油爷推开了周知常的家门。荣家的老宅院，在东乡的最东边。虽然破了点，但还挡风遮雨。

"我想喝酒。"秋天的雨很凉，风在雨里推波助澜。油爷的脸从风雨中来，仍然透着红。

"我陪你喝。"周知常说，"正好，我还有事找你呢。"

孔兰芝和希音在做菜，周知常陪油爷喝酒。希言陪周知常十岁的儿子道纪在旁边玩。先是玩了一会儿老鼠钻象鼻，接着又开始做一种翻绳的游戏。道纪能翻出三条、方叉、双方叉、棋盘、凳子，却卡在了花篮上。道纪让希言把花绳举过来，再别过去，来回研究，终于打开了最后的结。

油爷的目光离不开道纪，脑子里却在极力排斥另外一个和道纪年纪差不多的形象。希音端上一盘猪头肉，油爷突然恶心。他看到了厚厚的嘴皮，似乎在被切过之后，仍然能够动来动去。

"怎么？受凉了？"希音问。

"没事。"油爷答。

自从周知常和希音结婚后，油爷对希音，无论从言语还是从内心，都尽可能地拉远距离。人世间总有些情感，摆脱不了宿命。认了命，便认了一切。生活本身就是平衡，像一只鸡蛋，只要不动，永远破不了。

所以，油爷努力把希音的声音和一切，往最平常处想。如此，再听希音的关切之语，便平常得像街坊见面之后的问答，"吃了吗？""吃了"，再无下文。

"我认道纪做干儿子吧。"油爷突然提出这样一个问题，让周知常猝不及防。

周知常抬头看了希音一眼。

两个人瞬间的犹豫，让油爷知道了他们内心的不情愿："我只是说说，别当真。"

"怎么不当真？这是多好的事啊。来来来，道纪，先来这儿拜过你干爹。过几天再挑个良辰吉日，咱把仪式办了。"希音接过话茬儿，说。

道纪真的跑过来，"啪"的一声，跪在油爷面前："干爹——"

油爷木然地坐着，然后就有两行泪，慢慢从眼眶里流了出来。油爷的声音憋在喉咙里，费了好大的劲儿，才让喉结停止颤抖："哎——"

油爷把道纪拉起来："儿子，陪爹喝酒。"

孔兰芝炒完最后一道菜，端上桌。油爷起身，弯腰叫了一声："阿婶。"油爷回头问周知常，"要不大家都一块吃吧。"

"女人不上大桌子。这规矩你又不是不懂。来来来，我们喝酒。"周知常应付一声。

"我们是一家人了，就别再那么客套了。阿婶，来吧，咱娘儿俩也说说话。"

"可别再叫阿婶,你是东家。俺受不起。"

周知常把座位让给孔兰芝。孔兰芝问起了老爷和夫人的身体怎样,少夫人生下孩子后,身体是不是更虚了,等等。孔兰芝说,自从老爷身体不好之后,紫金重诰坊的祭礼也没人操心了。这等重要的事,应该再找个人操持下去。如今能守住贞洁的,都是天使,老祖宗喜欢,上帝也喜欢。

油爷知道,孔兰芝在极力回避一些话题,比如张儒东,比如阿欢,比如她曾经在成氏面前说着钱三花的好话,极力想促成那段婚姻。油爷进门的时候,孔兰芝躲进了厨房。这一点,油爷是看在眼里的。

可生活就是一段流,谁都无法让它返回去,重新来一次死里逃生。

油爷的酒越喝越沉默,闷得像七月厚厚的云。那些酒最后都变成了泪,默默流到心里。油爷知道,自己无法把周知常当兄弟或者朋友相待,有希音隔着,就如同隔了几重山峦。周知常同样不会把他当朋友,他总把自己放在下人的位置上,放到无限低。在自己拿着戒尺敲在课桌上的时候,周知常就开始用极其卑微的声音在说:"是的,小少爷。"当了敬信堂的师爷、管家,他更是不敢越雷池一步。周知常像保护敬信堂一样地保护自己,除了忠诚,便是小心。

即使要认道纪做干儿子,也是希音的承诺。油爷心里清楚。

"今天请你来,还有更重要的事,知常想请小少爷帮忙。"周知常一滴酒没喝,只有油爷在喝。酒气弥漫在油爷一个人的腹腔里,发酵,然后再返回人间。

"我,一个闲人,能帮你什么?"

孔兰芝接过话:"是这么一件事。书祥和希言虽然没有成家,也没有订婚,但两个人从小就青梅竹马、两情相悦。这事,整个葛石店没有不知道的。书祥这孩子,自从当兵走了之后,忠信堂就缺了人手,日子没人打理,过得紧紧巴巴。忠信堂有意让希言过去帮忙。但这名不正言不顺的，怎能说过去就过去呢？再说，书祥这孩子到底是死是活，什么时候回来，都还在镜子里照着。唉，真是愁死人了。"

"那让希言找个好人家，嫁了不就得了。"油爷的舌头有些硬，但意识绝对清醒。

"看你这话说的。小少爷喝酒了，乱了规矩。"孔兰芝打断油爷的话，"这女人啊，只要与男人有了婚约，就要一条道走到黑。这叫贞节，叫本分。苦是苦了点，死了是要立贞节牌坊的。历朝历代都这样。"

油爷看孔兰芝的眼神有些迷离："那让我干什么？"

孔兰芝和周知常你看看我，我看看你，没人开口。

"怎么？莫非让我娶希言？"油爷一脸疑惑。

"你还别说，真让你猜对了。不过，只猜对了一半。我们合计着，既然希言嫁给书祥是早晚的事，到忠信堂也是早晚的事，晚办不如早办。书祥的两位老人年纪都已经不小了，身边没个人照顾，万一有个三长两短，我们担待不起。别说书祥怪罪，就连街坊邻居，也会看我们笑话，说我们不仁不义。我们琢磨着，能不能请小少爷帮个忙，代书祥成婚。其他人我们信不过。再说了，我们要的只是这么个形式，拜完堂也就没你什么事了。"

"哈哈，你们这心思，哈哈。"油爷摇着头，拿着酒盅在桌上来回地蹭，发出丝丝的声响，和外面的雨形成合奏，"要说不孝，先是他书祥不孝。父母在，不远游。他呢？还不是连个人影都没了吗？事要往好处办，可也要往坏处想。如果书祥真不回来了，我是说如果啊，在外面有个三长两短，或者干脆，成了家，希言怎么办？"

"我认了。"希言站在母亲身后，泪流满面。

油爷不再说话。他知道希言的心思。老大不小了，再不嫁出去，邻居同样是要笑话的。

油爷看到桌上的那个茶碗,断了柄。倒满了水,你端还是不端?都是错。端,烫了自己的手。不端,说不定会烫了别人的手。烫自己还是烫别人?没有答案。都是无意的。谁都没错。这个世界,谁都不错。

"好吧,这忙,我帮。"

油爷踉跄着出了门。外面仍然是小雨,凉凉的。他怀中的蛐蛐罐里,突然传出一声鸣叫,颤颤的,像会哭的弦,像哭,又像笑。

"我们是在拿刀尖戳他啊。"周知常小声对希音说。

"代人成亲的事多了,又不止他一个。"孔兰芝说。

周知常回头看了岳母一眼,没有说话。

3

夏成森的老婆变成疯婆子,只在一瞬之间。

就像日本鬼子闯进葛石店,根本没有任何征兆。

在国共和谈的前几天,应该是1936年的12月,夏成森的两个儿子龙头、龙尾,突然回了家。

先是弟弟龙尾,骑着高头大马,咯噔咯噔进了东门。龙尾的警卫员跑在马的一侧,盒子枪挂在腰间,枪屁股上是飘扬着的红绸子,像一面得意的旗帜。

龙头进村的时候,也是和警卫员一起来的。他走着进村,见了乡邻就打招呼,叔叔大爷,嘴上叫得很甜,笑意写在脸上。

虽然是不同的军装,但两个军人儿子,让夏婆子的脸像开透的菊花，满脸大红大红的。

　　龙头龙尾见面，互相捶了一下肩膀，开始叙旧。他们清楚地记得，在民国十七年，他俩一块儿跟着从村头经过的北伐军，攻打泰安直系军阀孙传芳部，在战斗的混乱中走失。他们说，起初是拉着手的，怎么就松开了？然后都很骄傲地对娘说，如今他们都成了连长，一个是共产党黎玉的部下，一个是国民党韩复榘的部下。娘笑着说，俺不知道谁是黎玉，俺知道韩复榘会讲远看泰山黑乎乎的顺口溜。韩大省长怎么就会想着让泰山倒过来？两个火暴脾气没听见娘的话，为黎玉和韩复榘谁是好人争执起来。然后一个说应该杀了蒋介石，一个说应该杀了张学良。两个人几乎同时拔出了枪，顶在对方的额头上。回家的欣喜变成铁打的信仰，在胸腔中翻江倒海，像真正的信徒。龙头最先放下了脸上的表情，缓下情绪："你小，不懂事，我让着你。"龙头刚想把枪放下，龙尾的手像是被谁撞了，扣响了扳机，然后是龙头的警卫员开了枪。两声枪响几乎并在一起，划破了葛石店的上空。两声枪响，将两个人倒地的声音融在一起，然后又混合了夏婆子颤抖的声音，"儿啊——"

　　夏婆子一只手牵着一个儿子。一个是左手，一个是右手，四只手慢慢变凉。两个儿子的另一只手，都从口袋里摸出了半块玉佩，那是出门前娘给他们的。两只手努力地伸向一起，却无论如何也对不到一块儿。夏婆子看到两个儿子头颅上，溢出像汶河水一样多的血，都努力地流向对方，像两个战场上艰难匍匐的人。两条血河最后流到一起，像两个儿子刚刚见面时一样拥抱，纠缠，泪流满面。报纸上说，就在兄弟俩互射的第二天，西安事变圆满解决，国共两党开始了伟大的抗日合作。两兄弟互射的新闻，还当作消息，印在同一天报纸的下角，作为花絮。

　　从那天开始，疯婆子便疯了，像一个地地道道的疯子。在两个儿子下葬那天，疯婆子也跳进坟墓，死活不出来。她要躺在两个儿子中间，让村里人一块埋了。最后被硬拖上来，用绳子绑回家。

疯婆子一直没哭。疯婆子似乎不会哭，连泪也没掉一滴。

疯婆子每年都会在惊蛰日，到村头的泥坑中挖一只蛤蟆。蛤蟆睡意蒙眬，眼睛瞪得再大也像打着哈欠。疯婆子把蛤蟆养在罐头瓶子里，生锈的铁皮盖上扎了三个孔，那是蛤蟆的出气孔。罐头瓶子一半是水，一半是空气。水面上飘着蛤蟆的食物，绿叶子或者黑地瓜片，爱吃或者不爱吃，疯婆子并不管，蛤蟆也不生气。每次有人请疯婆子算卦，探问丢失的猪或牛的去向，疯婆子便会把罐头瓶子放在农村人惯常摆放祖宗灵牌的位置，口中念念有词。这个时候，蛤蟆的叫声会应和着疯婆子，然后轻闭上眼。疯婆子按照蛤蟆屁股蹲坐的方向一指，问卦人便可以依照疯婆子的引导，找到丢失的牲畜。

"那是蛤蟆？"来人问。

"什么？"

"那是什么？"

"什么？"

没人听清疯婆子在说"什么"还是"蛤蟆"。

"那啥，你信不？"

来人通常弄不清楚疯婆子在说什么，问："信啥？"

疯婆子便生了气："滚，马上滚，像那些畜生，丢了家，丢了魂。"

来人悄悄放下手中的一两斤粮食，那是疯婆子应得的报酬，也是她全部的生活。

还有一段时间，疯婆子天天抱着一只公鸡，在大街上来来回回地走。公鸡不叫，她也不叫。公鸡的两只眼睛和疯婆子的两只眼睛，盯住同一个方向，坚定而伟岸。即使面对那些充满斗争气味的标语口号，公鸡仍然没有任何斗性，像疯婆子一样充满慈祥和安静。至于为什么疯婆子舍弃了蛤蟆，开始宠幸大公鸡，没人知道原因，也无从打听。

疯婆子有时还喜欢登高望远。谁家有了丧亡喜事，疯婆子最得意的事，便是上房。站在房顶之上，她的小脚跳得像跳大神。疯婆子愿意听那些脆响的声音。闹够了，疯婆子就学着观音菩萨的样子，安静地坐下，像一尊没有悲喜的泥塑，手指吮在嘴里。偶尔有呱唧呱唧的声音传来，那一定是她在房顶找到了她喜欢的东西。流着口水的嘻哈声，像是哪个人在夜里，偷吃家里好不容易藏起来的一只鸡爪。

油爷是眼见着夏婆子疯的。油爷是来看龙头龙尾的。油爷听到了枪响，看到了他们倒地后努力伸向一起的手。如果他们的手能够抓在一起，油爷相信，他们一定会扣在一起，如同抓住他们的前世和来生。各自的半块玉佩，也帮不了他们的忙。

只有今世，做了兄弟，竟然成不了兄弟。

龙头龙尾的尸体还没有入殓，日本鬼子就进了村。油爷一直觉得，"日本鬼子"并不能贴切地表达这些畜生的本性，"乌龟王八蛋"应该比较准确。这样说起来又长，不如"日本龟"简洁明了。所以，油爷的一生，只要谈起日本人，一律称之为龟。在此之前，日本龟已经沿津浦铁路，连续三天追杀国民政府军。在葛石店，他们没有发现任何国民政府军的踪迹，便迅速往宁阳城方向集结，他们确信那儿有国民省政府机关。

武神眼带着十几个家丁，躲藏在敬信堂的大门之后。如果日本鬼子前来，定然是一阵火拼。

油爷突然害怕起来。油爷万万没有想到，战火、枪声，竟然到了葛石店，到了敬信堂。而张子明的突然造访，又让敬信堂所有人的心，都提到了嗓子眼。

孔兰芝状告张儒东之时，县长戴书铭想一块治张子明的罪，无奈被他逃脱。之后，张子明加入了中国革命军，几年间已经成了国民党军旅长。而日本人这几天追杀的，便是张子明的部队。

张子明坐在张儒东的书房里，一边喝茶，一边让人注意外面的动静。他的耳朵似乎也不时地伸出窗外，寻找异样的声响。张子明对张儒东说："我现在是宁阳抗日武装的总司令。狗日的日本鬼子，把我逼到绝路上了。我需要你的人，整个团练我都要带走。老七老八给我准备了钱和粮食。现在全国都在抗日，有人出人，有钱出钱，有枪出枪。你的人和枪，我都带走。钱暂时就不要了。"

"钱你要也没有，有也不给。你把我的人和枪都带走了，那张家大院呢？敬信堂呢？"张儒东把烟袋往桌上一扔，"哪有做事先从兄弟下手的？"

"全国都打起来了，你以为你张家大院就能啥事没有？国民党和共产党都合作了，你觉得现在到了什么形势？那叫国家危亡。你还书香门第，屁，还不如我这大老粗。废话少说，大院里总共有多少条枪？"

"108条。"张儒东沉下脸，"当时也是为了图个吉利。"

"吉利个屁。一百单八将早就被灭了。你这一百来条屁枪还能成多大气候。"

"如果这敬信堂用个人啥的，我咋办？"

"给你留下几个人，看家护院。不用你说，我都替你考虑好了。再说了，有我张子明在，哪个吃了驴鞭的，敢动敬信堂的一根草棒？"

"话是这么说，可远水解不了近渴。"

"宁阳离葛石店有多远？"

"你不是要打游击吗？谁知道你能跑哪儿去。"张儒东仍然不想把人和枪给张子明。

"游击游击，游而不击。放心，敬信堂就是我的家。咱兄弟之间，先小人后君子，我把话撂下，这人和枪，你同意我得带走，你不同意我也得带走。别扯破了脸皮，兄弟就成不了兄弟啦。"张子明吓唬张儒东，"你再瞎扯，我说你是汉奸，跟你干一场，让你丢人丢钱丢枪。"

张儒东不再说话，他让人把武神眼叫进来，嘱咐着要听张子明的话之类,然后让武神眼挑几个人留下。

"就留下我们家他们兄弟仨吧。他们枪法好,和小少爷也熟,里外都是个照应。"武神眼说。

接下来的几日,先是土匪鹿庆茹转身一变,成了抗日武装,进驻葛石店,自称"鹿团"。接着又有王大嘴死命跟随的王希珍、王聘三、王兰宝,带领国民党绥靖区的手枪旅警卫营,进驻葛石店,自称"王团"。八大院的空闲房子被腾出来,成为这团那团的办公地、聚居地。

王大嘴专门带着"王团"的三大司令,到敬信堂做客。搬过油坨的手掌"啪啪啪"地拍着桌子:"知道王团是啥吧?是四大天王。葛石店就是王团的天下。"

有人把王大嘴常讲的这句话讲给鹿庆茹,一场土匪团之间的争斗,慢慢拉开序幕。

与此同时,马继孔被委任为宁阳县县长。他联合抗日力量朱景璜、张子明、李琢清夜袭宁阳城,消灭维持会三名主要成员。三天后,他们又与日本鬼子城里城外激战,最后退出宁阳城。

油爷分不清这武装那武装,到底哪一派是好人,哪一派是坏人。既然分不清,就不费那个神,索性就在自己的书房,研究蟋蟀的贴蛉术。

4

张义峨提前三个月就准备自己的九十岁生日。他说人到七十古来稀,已经活到九十岁了,应该好好庆贺。

突然有一天,张义峨把所有人叫到他床前,说他撑不下去了,已经没有多少时间的活头了。他说外面的枪声不断,搅得他睡不好觉。他说肩膀上的枪伤,像有个厉鬼天天晚上挖他的肉,疼。

张义峨拉着儿子的手,说:"你要给我办一个场面的丧礼。这一辈子,要的就是脸面,死了,也要走得排场。要办一个有钱人不会办,没钱人办不了的丧礼。"张儒东点头。

张义峨又拉着孙子的手。爷爷的手皮和筋分得清楚。爷爷下面的一只手把油爷的手抓住,上面的手先是拍,再是摸,不停地摸,突然间泪就出来了:"爷爷做错事,让你受了过,苦了你一辈子。爷爷下辈子还你,让你当爷爷,我当孙子。爷爷摆了那么大的祭坛,是希望你好的。"

一年多没有下床的张义峨,意识非常清醒。他没有再跟其他人说话,夫人,儿媳,以及——孙子的童养媳。张义峨闭着眼,抓着孙子的手,一直没有松开。

"有钱人不会办,没钱人办不了"的丧礼,难坏了张儒东,也难坏了周知常。张儒东让周知常把老先生周敦朴请回来,一一准备。

先是寿棺。里外共分了三层。最里一层是玻璃棺,象征守身如玉。周敦朴借着孔家师爷的名声,让周边的名望之家,都替张义峨收购各种各样的白色玻璃瓶子。无论大小,统统堆积在一起,大约两米多高。二十多个妇女先用水清洗了八天,晾干,再支起高温炉,将玻璃熬成浆,倒进做好的模具里,做成密封结实的玻璃长棺。棺顶按照相同的尺寸,做成一块带下嵌式凹槽的弧形玻璃板,轻轻一推,便可密不透风。中间一层是黄花梨的薄棺,象征飞黄腾达。将玻璃棺镶嵌进底部,玻璃棺外壁和黄花梨棺内壁之间,随葬金银首饰和张义峨日常生活用品。外棺的用材,周知常则选了千年松木,象征张义峨一生的松柏节操。在黄花梨棺和松木棺之间,留

下足够的空间，把张义峨一生喜爱的字画，尤其是他自己的字，全部陪葬。这样的棺体，便可达到九尺长、五尺宽、三尺高，恰恰又合了九五之尊的暗喻。棺首设计为隐形的龙头，阴刻，免得有人挑事。棺首高出棺身九寸，意含九重天，整体图案为日月同辉，棺尾为山河同在，棺身的一侧为梅兰竹菊，另一侧为张义峨一生最喜欢的雪中四友。棺木图案的雕刻一律用苏工。

再就是纸扎。所有的金山、银山、摇钱树、聚宝盆，一律用面蒸作底胎，再贴上金箔银箔。每种要做九百九十九个。凡张义峨生前用过的东西，都要原样大小，用纸扎做出来。楼榭亭台，要照着日涉园内的景致，一样都不能少。然后再配上八百车马、家丁，数量虽然不多，却也够用。

第三个，出丧之人。周敦朴说，老爷一生做善事无数，结下善缘无数。这丧一定要发成万人丧。凡来吊孝之人，每人三尺白布，二尺黑纱，十里包子铺随到随吃，随吃随有。

"水煎包水煎包，刘家庄的水煎包，刘三拐的水煎包。一拐挤好油，两拐磨好面，三拐调出皇宫里的馅。水煎包水煎包，刘家庄的水煎包，刘三拐的水煎包。一拐油满口，两拐咽舌头，三拐香到脚趾头。"刘三拐叫卖水煎包的声音恰到好处，一拐一拐地传来，一高一低，像那些忽大忽小、或真或假的抽泣声。

如此安排，让张义峨满意，也让张儒东佩服。张义峨天天硬撑起身子，拄着拐杖，察看周敦朴的准备进度。等三层棺做好，张义峨含着泪说："有这样一口棺，我死而无憾。"

夜黑之时，张儒东悄悄问周敦朴："周会元，这口棺你得花我多少钱啊？"

"别的有钱人办不了，这可是老爷说的。我不管钱的事，花多少你就出多少。"周敦朴笑笑，说。

"这兵荒马乱的，有钱干点别的不好吗？咱用在这上面，太浪费了吧。"张儒东仍然皱着眉头。

"这事我不管。我只管出主意、干活。老爷死之前，我只负责做好三层棺。至于其他的后事，你做到什么程度，尽没尽到孝心，全凭少爷自己把握。"

"可你一下子把我——把我推到了这种境地。我做就成了冤大头，不做就成了不仁义。我这是老鼠钻进风箱里——两头受气啊。"

"你挣的钱，不给老的花，不给小的花，给谁花？那个阿欢，她能花你多少钱？兄弟我劝你一句，正事，花再多的钱也不能心疼。不该干的事，花一文都得难受。"

"这，这，这死人花活人的钱，还有理了？"张儒东哭笑不得。

"怎么，活人花死人的钱，更有理？"

"算了算了，我说不过你。老的发丧就一回，老婆子的眼，花就花了。"

等一切安排妥当，张义峨又做了一件让人惊骇的大事。他让儿子、孙子扶着，召集张家大院八大支的男男女女，再加上葛石店所有的女人，来到紫金重诰坊之下，行三拜九叩礼，然后齐声诵读《孝经》。九山上的土匪听闻此事，在山上放着七零八落的枪声，把节孝祭拜的吟诵之声，搅得七零八落。

那天，张义峨特意让孙子穿上他的五品同知官服。官服还是原来的官服，油爷根本穿不进去。张义峨便让小三子，到天主教堂找来一个十字架，套上。油爷在前面举着穿官服的十字架，像孙家班的花木偶。粲然如新的官服，在所有的破落中间，显得刺目而张扬。油爷觉得自己变成了那个木头架子，被那身衣服架空了，身体轻得像爷爷即将入土的皮囊。

我也需要一口棺材，油爷想。不要三层棺，只要一层薄薄的梧桐木，或者破席烂箔，迅速朽掉，闭上眼就能与身边的泥土化为一体。

那天，油爷看到孔兰芝和希音，哭得泪流满面。

三天后，张义峨安详地死去。油爷记住了这个日子，是在立秋日的第三十五天。

吹灯拔蜡，让灵魂离家。油爷似乎从蜡烛消失的微光里，从带着悲伤的升腾起的淡淡的烟雾间，看到爷爷的灵魂，从太师椅上起身，脱掉他的长袍马褂，慢慢踱出家门。爷爷忘掉了他的水烟袋，忘掉了他手中捏来捻去的玉牌，还忘掉了许多该忘和不该忘的东西。起丧的火炮声让油爷感受到骨头的碎裂，一片一块一粒，最后化为成片成海的哭号。是号，不错，高音低音长音短音男声女声成年的粗壮童声的细嫩，让号音有了丰富鲜活、流动多变的层次。油爷觉得，只有自己是真哭。泪水，一半流进心里，变成苦；一半流进土地，变成河。

油爷吹灭了长明灯，吹灭了长明蜡，像送走了一个时代的悲戚。

如周敦朴所料，他的葬礼发成了万人丧。如果张义峨泉下有知，他应该知足了。

张儒东在最前面，身子几乎躬到地面，像一个真正孝顺、一直孝顺的人一样，披麻戴孝，干号着流不出一滴泪。油爷边哭边想，为什么身边的亲人一个个离去，似乎最无用的自己，还那么执着地活着。他觉得不应该。

油爷的身后，那个有着王大嘴长相的张卫青，像自己的一个尾巴，被朱姓奶娘领着，一声不吭。

抗日游击队的总司令张子明带来他的所有人马，在张义峨的林地鸣枪致意。

而所有人似乎都忽视了一个细节，出殡之时家里的安全。

在张义峨下葬的两个多时辰里，敬信堂被洗劫一空。

在海棠院看管油爷房子的武卫党说，是孔府的几个人来到海棠院，在油爷的书房里翻了很久，说是要找什么东西。那个人总是低着头，看人的眼光像是带把刀。这让油爷想起了陶十一。

陶十一做了孔府的管家后，声名狼藉。有的佃户被他逼死，有的被迫离开。对这些事,油爷早有耳闻。陶十一是把人逼到桥柱子上生活的人。对,是桥柱子,不是桥洞。桥洞底下是水。油爷对自己这样评价陶十一,突然很得意。陶十一偷走了所有的土地、牲畜和希望,只把提心吊胆的日子,留给身边的人。把人逼到桥柱子上,陶十一绝对干得出来。

　　在青荷院的武卫民说,"王团"抢走了所有的东西。别人不认识,但他认识王大嘴。

　　因为是拜把子兄弟,张子明一直在送葬的队伍里。而他的手下,竟然毫无察觉这场预谋已久的抢掠。

　　又是三天后,张义峨的结发妻子孔氏,在淅淅沥沥的雨声中去世,安详而宁静。小小的松木棺材,匆忙而无序的葬礼,与张义峨的葬礼不可同语。浮皮潦草,油爷想起这个词,应该是父亲对奶奶最大的不敬。

　　翠竹院空了,就像敬信堂被抢掠一空的躯体。

　　所有人一下子都没了心劲。

　　似乎只有钱三花,还像往常一样劳作,一言不发。她常常蹲下身子,捡起落在地上的树叶。捡起来便仔细地看,一看就是半天。

　　那天,钱三花木木地站在院子里,影子被夕阳拉得变形,像街头艺人胡乱拼凑的泥塑,乳房像布满灰尘的土包,屁股像在地里深耕的牛,脚像一条破败的老船。油爷想,这粗劣的女人的上辈子,该是世间的什么物种?自她来到敬信堂,家里似乎就永远没有消停过。

　　"该死的东西,你偷看老娘作啥?想吃奶吱声。想吃奶也别找我,找你那捏着鼻子吟诗作赋的狗娘,或者随便一头牲口。"

　　"牲口。"油爷低声道。

　　张儒东终于把旱烟袋敲空在地上:"老天爷保佑,街上的那些店面还在。敬信堂伤了元气,但绝对完不了。"

5

爷爷奶奶去世之后,油爷更觉得孤单,对他们有了更多的怀念。在张义峨去世前的最后几年,油爷很少到翠竹院。因为与希音的事,油爷始终对爷爷有怨恨。油爷觉得自己就像被蒙在鼓里的傻瓜,在别人兴高采烈地准备订婚的时候,他竟然以为,所有一切的热闹都是为自己准备的。那天,油爷还为希音准备了玉戒指,一块南宋的古玉,被他用积攒了三年沉淀过的雪水泡洗过,然后用柔软的丝绢擦过,在手心里搓过,还在上帝面前祷告过。从里到外,都保养得温润通透。油爷还想当场为希音背那首辛弃疾的词,"众里寻他千百度,蓦然回首,那人却在灯火阑珊处"。对了,还有前面两句,"蛾儿雪柳黄金缕,笑语盈盈暗香去"。一切都像一场梦,从梦开始,到梦结束。谁都不需要为一场梦负责。梦是所有自我意识的某一种可能,悲或喜,苦或甜,都有千百万种可能。

人生中有多少次聚首,就该有多少回离情。生命是,爱情也是。

而之后的无所事事,让爷爷看不惯,也看不起他,油爷知道。但油爷觉得,自己无论如何不能像爷爷那样,成天写字喝茶,交友听戏,更不愿意像父亲张儒东一样,天南地北地跑,做生意收租子,还做一些令人不齿的勾当。油爷一直以为,自己没有父亲那样的头脑,更没有父亲那样的心肠。他无法像父亲那样对一些佃户、租户,板下脸皮骂娘,或者抽出鞭子就没命地打。

油爷能做的,好像只有玩虫。那些个蛐蛐、油子,他们的叫声如此美丽,似乎能把整个秋天唱醉。季节也是有生命的,他们用不同的风声雨声,滋润不同的飞鸟花虫,就是要把自己最喜欢的状态,呈现给世界和人类。季节有体温,有情感,有喜怒哀乐,有悲欢离合。一到立秋之后,油爷感觉整个秋天就活了,可以唱,可以听,可以品,可以醉,可以为所欲为。油爷强烈地体味到,自己的生命,就是属于秋天的。

如果这个世界有谁像一只蟋蟀一样正直,那他简直比神还伟大。油爷想。如果所有人都能像蛐蛐一样正直,那么这个世界,就不再需要什么上帝和佛祖。

母亲的青荷院,以前是叫玫瑰院的。院子中间大片的玫瑰,都被母亲铲了去。然后在院子的正中间,挖了一个小小的荷塘,成了名副其实的青荷院。

荷塘把月色揽进自己的怀里,有些肆无忌惮。它把月光泛在水上,水面亮了,水下的鱼儿也摇动着尾巴,贪婪地要把月光据为己有。它把月光藏在莲的茎上,逗引着即兴起舞的刺,非得与前世遗落的诗句比美。最不应该的是那荷花的蕊,花香早已经把人醉得神魂颠倒,还非得用那丝丝的光,增添些许的离愁别绪,让夜伤感。

油爷想着这月色下的荷塘种种的不应该,想着这青荷院阔大的院子里只住着母亲和妹妹,心里更觉得不是滋味。

似乎是听到了动静,母亲成氏推开门。暗弱的烛光晃悠悠地飘出来,甚至比不上月光来得理直气壮。

"是书禄啊。这么晚了,咋还没睡。"

"睡不着,来看看母亲。"

"那你进来吧,坐会儿。"

三岁的妹妹也没睡。她见油爷进来,抬起眼皮看了一眼,便又继续翻她的书,嘴里念叨着:"硕鼠硕鼠,无食我黍!三岁贯女,莫我肯顾。"

"净儿,知道我是谁吗?"油爷问妹妹。

"哥哥。"净儿的声音比蛐蛐的声音还好听。油爷凑上前,感觉自己眼里湿湿的。他没有给予妹妹太多,甚至都没有抱过她,她却知道自己就是与她骨肉相连的哥哥。

妹妹像母亲一样瘦。母亲坚持不找奶娘。她说当一辈子的娘,如果没有用自己的奶养大的孩子,是要遭老天爷报应的。可年老体衰的母亲,受苦受难的母亲,能给从一出生就被冷落的妹妹,酿出什么样甘甜而醇香的奶水呢?母亲肯定比不过一只蜜蜂,蜜蜂还可以自由地来去。母亲连青荷院都走不出去,她能去哪儿采来生命的精华?

油爷把妹妹抱起来。妹妹的手里还拿着那本薄薄的《诗经》。"谁教她背《诗经》的?这么小,她懂不了。"

"是知常让她背的。知常说《诗经》好记。唉,别说她懂不了,谁又能懂得了。这世道,还有什么懂不懂的。全天下,再也没有什么乐土不乐土的。"

"我父亲——他还常来不?"油爷问。

"他比你来得还少。"

听完母亲这话,油爷心里不知是高兴还是悲伤。对于妹妹的出世,父亲麻木得像丧局上被人丢弃的不知冷热的筷子。这一点,油爷非常清楚。父亲曾经为此牢骚满腹,说如果再生个带把的,他要让全村人听三个月的大戏。母亲让父亲失望,失望到名字都不给妹妹起。母亲自己给女儿起了个名字,"书净",干净的净,不是安静的静。对这个名字,油爷像品茶一样回味了好长时间,终于明白娘的心思,也体会出名字的美好来了。

自己多长时间没来这青荷院了,油爷记不清。油爷似乎在抗拒,但又不知在抗拒什么,或者应该抗拒谁。他不知道自己是否把对父亲、对敬信堂的怨恨,转嫁到了母亲身上。油爷无法向自己探明真相，或者那些真相本就不存在。

"母亲，我搬这儿来住吧。一早一晚的，也是个照应。"

"那钱三花呢？她会没意见？"

"她早就搬去了长芍院。"油爷刚想说和那个杂种住一起，又咽了回去。油爷意识到，自己和钱三花，永远睡不到一张床上。他们仿佛成了最近的仇家，最远的夫妻。

"想搬来就搬来吧。"

窗外淡淡的月光哼着歌进来，声音清脆，恰像油爷手中的蛐蛐。油爷发现所有的爱恨情仇，在那一刻，都像一片雪花，落在水面上，融化得让人猝不及防。油爷想捧起那片雪花，就像要捧起希音的脸。

"妹妹，你看，《诗经》中还有这样一篇，'五月斯螽动股，六月莎鸡振羽。七月在野，八月在宇，九月在户，十月蟋蟀，入我床下'。你知道这是在写啥吗？"

"硕鼠硕鼠，无食我黍！逝将去女，适彼乐土。"妹妹根本不理他这个茬儿，自己边玩边背。

6

炮声、火光、哭叫声，把葛石店从睡梦中叫醒。

油爷以为自己刚换了地方，是在做梦。油爷跑出院子，听见枪声在围子墙外，暴雨似的响成一片。

坚固的围子墙，曾经替葛石店抵御了一次又一次刀枪棍棒的袭击,而这一次,日本鬼子的小钢炮带着邪恶之气,一发接着一发,从最薄弱的南门开始轰。

油爷叫醒母亲和妹妹:"快躲一躲。"

"能躲哪儿去啊。"

"先到大街上再说。"油爷抱起还在熟睡中的妹妹,牵着小脚的母亲。从青荷院出来时,正好看见阿欢,抱一个包袱,急急地往外跑。

油爷见大街上的人都在往天主教堂跑,便跟着跑了进去。

平时只能容纳几十个人做祷告的教堂,已经涌进了二三百人。还有更多的人往里挤。

"那些抗日的鹿团、王团呢?"油爷问旁边的人。

"这一帮子王八蛋,昨天晚上听到信儿就跑了。都是从墙上挂了绳儿,像泥鳅一样滑下去的。他们惹恼了日本人,让老百姓跟着遭殃。"一位上了年纪的老者,站在神甫平时布道时的地方,说。

教堂里太多的人,油爷都不认识。但所有人似乎都认识他,在喊着油爷或者少爷的同时,尽力地为他们腾挪着地方。

上午十点左右,日本鬼子轰开了南大门。他们像饿死鬼一样,顺着南北大街,烧店铺,抢财物,然后全部来到教堂附近,把教堂围了个水泄不通。

"大胡子的出来,其他人的没事。"日本鬼子端起刺刀,捅着教堂的大门,吓得教堂里的人哭声、骂声一片。

"一个一个地出来,走,到南面的场院去。"日本鬼子拿着枪,逼着天主教堂里的百姓,一个个走出教堂。

刚开始的时候,老百姓并不出来,神甫和修女爱丽莎也告诉大家:"大家不要慌,这是德国人的教堂,日本人不敢怎么样。大家都不要出去。"

眼看着没人出来,日本鬼子开始从窗子外面,往里射击。

"我代表德国政府向你们抗议。"神甫走到教堂门前,大喊。

日本鬼子根本不理会神甫的咆哮。他们继续往里射击，直到把教学里的十字架，打翻在地。然后站在爱丽莎身后的两个百姓，中枪后倒了下去。

修女爱丽莎赶忙上前施救。油爷看到的只有不停流着的血，瞬间把被打残的上帝染红。如同，上帝受了伤。

油爷一只手抱着妹妹，一只手牵着母亲，走出天主教堂。

"好人，别出去。"油爷听见钱三花在喊。

葛石店的两千多口子人，全部被集中到村子南面的场院。

"大胡子的干活？谁知道大胡子的干活？"刺刀明晃晃，军刀响唰唰。

在油爷看来，日本龟身上的军服，简直就是一摊屎，帽子上耷拉着一块尿布，是绝配的屎尿组合。及至后来，油爷见过电视上改称为自卫队的日本龟军服装，仍然脱不了黄屎的底色。

"别怕。"油爷抱紧了妹妹。

连自己都害怕，妹妹能不怕吗？油爷心里想。

在这一天之前，油爷关于南场院的记忆，还是温暖的。油爷记起，每年麦收过后，佃农们把粮食交给主家，连同丰收之后的喜悦，如同租用了地主们的快乐，需要连本带息地还。不管怎样，主子们是高兴的，集合起佃农的老老少少，在汤汤水水的聚餐之后，跳丰收舞。所有的佃农都要穿上节日的盛装，扛了铁锨锄头，围在南场院，叮叮当当地唱，声音比站在旁边看热闹的牛还粗。这样的时候，王大嘴总是站在中间，举了陌生的鼓槌，像一位天生的音乐家，把不同程度的破烂衣服，飘荡成霓裳羽衣。佃农们唱啊跳啊，主人们的脸上也放着光，似乎月亮悄悄爬上来之后，黎明马上就要来临。

而自那一天之后，油爷对南场院的记忆，变得痛苦难堪。即使再过去多少年，油爷仍然不愿意回想。后来中国人、外国人拍的那些电影电视剧，有各种各样日本人不进入教堂、不杀害普通百姓的镜头或者描写，油爷都嗤之以鼻，纯粹是他娘的瞎扯淡。这个世界，有谁见过狼吃草的？

没有找到张大胡子，日本鬼子便开始打听谁和他来往密切。很自然地，打听到了油爷的父亲张儒东。恰好那天，张儒东并没有在葛石店。他三天前去了南方，要进一点丝绸过来。张儒东仍然以为，日子还会是原来的日子，生活还能像以前一样奢华。张儒东的商业嗅觉失了灵，却救了他的命。油爷、母亲成氏被推着站到了最前面。油爷怀里抱着自己的妹妹。

再问还有没有其他人，油爷远远地瞟过去。阿欢尽力地往后躲，像一只被猫发现的老鼠。脸大、胸大、脚大的钱三花，此时的眼睛瞪得也是大大的。她一动不动地站在前面，显出比日本鬼子更坚定的无所畏惧。

日本鬼子又找和李琢清关系近的人。如果不是这次的集合盘查，油爷竟然不知道，葛石店还有抗日英雄李琢清。

李琢清的家人也被集中到和油爷并排的地方。

然后便是一排日本兵端起了枪。

油爷刚想告诉母亲和妹妹，不要哭，什么都不要怕，有他在呢。话还没出口，油爷就听到了日本龟的枪响。油爷听到妹妹"啊"了一声，感觉到腾涌而出的血腥味喷到脸上，感觉到子弹穿透了自己的心脏。他倒下去，抱着自己的妹妹倒下去。油爷看到母亲就在自己的旁边，他伸出手去拉，母亲的身子却歪向另一个方向，眼睛睁得老大。油爷仿佛看到龙头龙尾的血，最终流向一起的结局。无论生死，生命的血最后染红同一片黄土，是死亡过程之中最快乐的事。油爷渴望自己的血流向母亲，流向自己生命的源头。妹妹就在身边，妹妹幼小的臂弯，紧紧地抱着那本薄薄的《诗经》。那些诗句，妹妹头一天晚上的那些咏唱，让油爷对这个世界充满留恋和感恩。妹妹给了他一个天使才能给予的拥抱，和一个在生命的任何时候都可以温暖他的记忆。妹妹就是一个精灵，爱的精灵。"硕鼠硕鼠，无食我黍！三岁贯女，莫我肯顾。逝将去女，适彼乐土。乐土乐土，爰得我所——"油爷记得，那天他是一个字一个字地唱给妹妹听的，虽然声音模糊，但再也不是娘娘腔。油爷记得妹妹头一天的童音，和自己的声音混合在一起，有着不同的音部，像远处教堂里的钟声，流着上帝的血。

以后的事，油爷已经记不清了。在他的伤好了之后，周知常告诉了他那天的结局：葛石店共有17人被开膛，21人被枪杀，700间房子被烧光，2.5万斤粮食化为灰烬。

这些数字，准确地记录在油爷后来看到的1994年版的《宁阳县志》第19页。当他看到那些数字时，油爷老泪纵横。他知道那些数字里，有他的娘亲，有他的妹妹。数字不仅仅是数字，而是他怀里的一条生命，一种温度，还有想让自己的血流向母亲的最后愿望，却永远都不可能实现。而他的妹妹，只有三岁！她像一朵初春的花，刚刚钻出土地，发出一片嫩芽。

周知常是一位师爷，他的袖子里永远带着一个小算盘。周知常不但要算敬信堂的账，还要算人世间所有应该清算的账。但那天的账，周知常应该记到谁的身上，又该如何偿还？

在中国政府决定免除日本龟所有的战争债务时，油爷哭了。他一遍遍地问苍天，谁能免除我经历过的灾难，谁能还我一个被硕鼠夺走的妹妹？！

7

油爷搬出了敬信堂。

敬信堂的房子还在，日涉园还在，该在的人都还在。

油爷搬进了张家祠堂。祠堂被日本鬼子的炮声震裂。还好，并没有倒塌。

油爷把母亲和妹妹的牌位也摆进祠堂。按照规矩，女人的牌位是进不了祠堂的。但母亲是自己的母亲，妹妹是自己的妹妹，油爷舍不得把她们留在敬信堂。更重要的是，油爷觉得她们还在。那两个牌位，就如同两个生命，会陪自己读书，说话，艰难度日。

油爷把母亲和妹妹的牌位放在自己的床头。每天早上，油爷会问一句，娘，昨天晚上睡得可好，做梦没有，梦里是不是还有青荷院的月光，斑驳清淡的那种？晚上他还会陪着妹妹唱诵几遍《硕鼠》："硕鼠硕鼠，无食我黍！三岁贯女，莫我肯顾。逝将去女，适彼乐土。乐土乐土，爰得我所——"直到把妹妹唱困了，油爷才睡。

没有人在意油爷住进张家祠堂，没有人在意他把祠堂里的每一块砖都打扫得干干净净，更没有人在意他在祠堂里的孤单。

油爷跟周知常说："我不能再看着自己的亲人，一个个从身边走远，就像在你的眼皮子底下，一声招呼不打就离开。或者还像做梦的时候，你明明想拉住他，无论如何使劲，你都拉不住。你只能飞在他们上面，眼睁睁地看着他们受苦、死去，却无能为力。而他们，也对你不理不睬。人生中有多少次聚首，就该有多少回离情。生命是，爱情也是。这我知道。可我不想再承受那么多，索性在这儿等他们。他们活着，白头，我也陪伴着他们白头。他们死去，我就在这里，等他们，给他们烧香，陪他们说话。这祠堂，是他们的归宿，也是我的坟墓。"油爷说这话的时候，没有一滴泪。油爷仔细擦拭每一块牌位，看了又看地摆正，然后他再甩开他的长袍，硬生生地跪下去。

周知常告诉油爷，敬信堂已经不是原来的敬信堂。敬信堂从"万人丧"之后，就元气大伤。本身花了不少，又被抢了大半，再大的家业都会垮的。好在少爷，噢，不对，现在已经是老爷了。好在老爷聪明，精打细算，以图东山再起。只是这兵荒马乱的，王团走了，还有鹿团、郑大胡子。哪个团都打着抗日的旗号，一次次跟老爷要钱，不给就拿枪指着头，吼，吼了再吼。再不给，就抢。最近又来了一支八路军的部队，就在铁路沿线活动。县里还成立了抗日民主政府，清洗维持会的马继孔当县长。还分了区，咱葛石店是六区。日本鬼子也任命了一个县长，叫王绍武。都是县长，老百姓不知道该听谁的了，真是乱套了。

"你听外面的蛐蛐叫，多好听。"油爷说。

"其实，你还可以做好多事。不见得非得在这祠堂里。这祠堂，放得下死人，留不住活人。"周知常说，"这里阴气太重，什么怪事都可能出现。"

"我曾经希望能像鸟一样飞翔，像蛐蛐一样歌唱。可我，即使站在树梢上，也飞不起来。我曾经试过，结局是，从一根树枝爬到另一根树枝，像看到了蛇。最后，从离地大约一米处，跌到地上，心惊肉跳，鞋子掉在地上。我没法让自己像蛐蛐那样，不惧生死，向风而歌。蛐蛐才是这万物之灵。"

周知常知道自己和油爷说的话，讨论的话题，不在一个点上。周知常从祠堂暗淡的油灯里出来，重新进入黑暗。

整个葛石店都睡了。

周知常再回头看张家祠堂的时候，黑乎乎的，像一座死去的孤坟。而油爷，就是埋在坟里的一个活人。

8

祠堂的门被砸得啪啪响,还有像狼一样喊"开门——"的声音。

油爷趿拉着鞋,慌里慌张地系着最后一个扣子,从祠堂里往外跑。

两个扛着枪的人站在门口,中间一个人的盒子枪别腰里。枪别在腰间的看来是个头儿,上下打量了油爷一番:"你就是油爷?"

"本人张书禄。"油爷作揖。

"少来这些哩咯咙。爷看见作揖的就烦,假惺惺的。都什么世道了,搞这些鸟古董。走,跟老子到县衙走一趟。"领头的说话,后面的两个便抓住油爷的肩膀,猛地往前一推。

"哎哎哎,你们倒是说说清楚,我跟你们去县衙干吗?"油爷拖着身子,不愿意往前走。

"县长摆了四八大席,请你去吃饭。爷这么大本事,都没有这脸面。你信不信?"领头的斜睨着眼,说。

"先生开玩笑。"

"还,还先生。谁比你先生了?"领头的说,"管我叫爷,管他俩叫军爷。现在老百姓都这么叫。别管这官大小,有个爷字叫着,心里就舒坦。"

"军爷,你给透个底,到底让我去干啥。我好有个准备。"

"管我叫爷,管他俩叫军爷。你还问准备啥?都给你准备好了。要干啥?县长大人的事,会跟我们这些人说?爷只负责抓人。如果说让我们在半道上杀了你,我们也只有咔嚓,把你的脖子抹了。这世道,杀个人比宰只鸡还容易。上午还活蹦乱跳的,下午尸体就成了硬邦邦的。这事常有,现在还没有轮到你身上。要是想杀你,早就把你杀了,还用得着走出你那破祠堂?"

油爷带着巴结的口气问:"那我问问军爷,这位王县长人怎么样?"

"怎么?你还想跟他结亲啊?打听这么仔细干吗?"领头的军爷眼睛一瞪。

"我只是随便问问。"

"那好吧,反正闲着也是闲着。爷就告诉你,这位王县长啊,家住滋阳,不是宁阳。生在光绪三十一年。"

"光绪三十一年?"油爷打断领头军爷的话。

"怎么?你也是那一年?"

油爷嘿嘿一笑:"随便问问。"

"你插这一句,把我问蒙了。我讲到哪儿了?对了,王县长出身名门望族,大家大户。二十五岁组建自卫队,二十六岁就成了临沂县警备大队中队长,三十岁就在国民党三十二师当了少校副官,三十四岁就当了宁阳县知事。知事就是县长。一路打打杀杀,一路战绩无数。厉害吧?所以啊,见了县长大人,一定要老老实实。"

油爷不再说话。这位与自己同龄的县长,为何要找他这样一个无名之辈?做他的师爷?或者来县里的学堂?如果真是这样,县长一定会让人去请,而不是让几个兵痞子拿着枪押送他。想到"押送"一词,油爷笑了。

葛石店到宁阳城,只有十几里路。路坑坑洼洼,油爷想得也乱七八糟。

县城的东门开着,人不多,出入要查看"良民证"。因为有这几个当兵的带着,油爷进城没有任何人搜查。

进了县衙大堂,油爷看见一个穿着日本军装的人,在大堂里来回走动。军刀挂在腿的一侧,像孝子们斜系着的麻绳。

"顾问先生,油爷来了。"

领头的军爷进门之后打个敬礼。日本军官的脸上,堆起笑容:"索嘎。好好好。快,快快,摆上桌子。"

油爷看了看大堂里,十几个人,他认识的只有一个王殿雄。其他人都穿着伪军的服装,颜色黑得像出丧。在日本军人的旁边,还站着一位十六七岁的女子。

一个身材高大的男人走过来,拍了拍油爷的肩膀说道:"增田伊藏先生是我们的顾问专家,从小喜欢玩蟋蟀。来中国后,增田伊藏先生一直在寻找玩蟋蟀的高手。他四处打听,听说你的技术很好,会养,会斗。这位增田先生还和陶十一是朋友,陶十一极力推荐了你。"

"这是我们县长王知事。"领头的军爷先是把耍横的脸对着油爷,接着换上谄媚的笑,连同声音一起凑过来,"县长大人,这位油爷对你佩服得可是五脚投地啊。"

"嗯?"王县长不解。

"噢,四脚投地。也不对。"兵痞终不知是什么投地,摸摸头,笑着。

听到陶十一的名字,油爷心底就打起了鼓。他觉得这肯定是一个陷阱,否则的话,陶十一自己会出面。攀富结贵的事,陶十一会放过?油爷对着县长作揖,说:"报告县长,我好长时间没玩了,怕玩不好。再说,我也没有蛐蛐。"

"本县早已经替你准备好了。这位泗店的王殿雄是你的老朋友了,他给你和增田先生准备了十只蟋蟀。你们每人挑出三只,三局两胜制。如果你输了,本县就把你的头铡下来。你知道共党的县委书记许国吧?他的头就是本县铡掉的。你也一样,也要当作共党,把头悬挂到东门城墙。挂上个十天八天，把人吓不死也能恶心死。还有你那钱家店的亲戚，也让他们瞧瞧。至于其他罪名呢，我还可以给你随便罗织上十筐八筐。如果你赢了呢，看到了吗？旁边那个妙龄女子，想必你也听说过，吴家六枝花，她是六妮。她就可以在这县衙之上，陪你云雨一下，这是宁阳多少男人，做梦都想有的快活事。本县知道你，不光是因为你会玩蛐蛐，还因为你是五品同知，比本县的官还大。只可惜，你连一天的大堂都没坐过。今天你拿下增田，本县不但让你坐坐这大堂，还让你在这大堂之下怀拥美人儿。想想都让人觉得过瘾。"

增田站在知事王绍武身边，听王知事说出这样的主意，高兴得鼓掌："还是知事厉害，这主意好。这才叫娱乐。那我情愿输，看看这小子如何与这妙颜女人，在县长大人的办公桌上，吹箫拉弦，洞开风云。"

"哎，增田先生，话虽这样说，这女子可是本官为顾问您准备的。这小子怎么能享这样的福？本官还是想看他人头落地。"

愣在那里的油爷，心里想了许多。或许这个局，又是陶十一的阴谋。陶十一这样做，是不是太过分了？除了一只罐子还能算得上好东西，那一只过笼，一个小小的水槽，只不过是赢局的小件，自己已经挑了最不值钱的东西了。如今却还要用日本龟的手，借刀杀人，报仇雪恨。如果不是陶十一的阴谋，那么自己和这个日本鬼子的赌局，又该是什么样的较量呢？只为娱乐？不像。油爷弄不懂。但油爷心里，充满了太多的仇恨。油爷想起了南场院，想起了妹妹，"硕鼠硕鼠，无食我黍！三岁贯女，莫我肯顾。逝将去女，适彼乐土。乐土乐土，爰得我所——"妹妹就是一个精灵。油爷的泪慢慢地渗了出来。

"那我就挑蟋蟀了？"增田问。

王殿雄把十只蟋蟀罐放在桌子上，让增田先挑。

增田把芡草含在嘴里，对着光，挑了其中的三只。

油爷闭上眼。油爷觉得，无论是怎样的一只，也许他都逃脱不了被杀的命运。而即使赢了，和那个女子媾和，又何尝不是丧尽天良呢？

"油爷，你要赢。小女子就是一个风尘女子，不值得你思来想去的。我的名字想必你早有所耳闻，钢笔吴。知道咋来的吧？小女子不用毛笔用钢笔。哈哈，全开玩笑。这名字还要托皇军的福，皇军是真黄。兖州的黑马队，是皇军的狗。到凤凰山上剿匪，看到满山的火把，吓坏了，便到小女子家里找安慰，把小女子强奸了。三十六个人哪。我把那三十六个军爷都伺候得舒舒服服的。只有一个，上辈子就是个太监，中了小女子的刀，命根子断了。哈哈哈——这钢笔吴的名声，是三十六个男人换来的。"

增田先是大笑，接着脸上红一块紫一块。

钢笔吴背对着增田，悄悄向油爷做了一个砍头的姿势。

油爷没有太弄明白怎么回事，但心里安稳了许多。油爷仔细挑了三只蟋蟀，刚想拿走，王殿雄悄悄把笼在袖子里的两只罐子，递到油爷手里。

第一局，增田赢了。他从桌子前跳起来，抱住身边的钢笔吴，先是亲了好长时间，接着便把手伸进她的衣服，跳起日本舞。

第二局刚一开始，钢笔吴就坐在增田的大腿上。没几个回合，增田的蟋蟀就被扔到了斗栅之外。增田咿里呜啦地骂了一通，把坐在他腿上的钢笔吴推到地上。

第三局，增田并不急于开栅。他的芡草打得坚决，把蟋蟀的牙打到全开，才让王殿雄打开斗栅。增田的蟋蟀如猛虎下山，直冲着油爷的青翅而来。青翅似乎在梦中还没有睡醒，绕了一个圈，避开了增田的锋芒。增田再追，青翅依然躲避。如果再躲，增田就可能会让王殿雄判输。油爷此时才把芡草拿起，只撩了青翅的须一下，它便暴跳如雷，对着增田的猛扑过去。增田的那只牙被咬下一半，而青翅振翅而歌。

增田刚想拔刀,一声枪响,增田躺在地上。

开枪的是知事王绍武。

油爷、王殿雄、钢笔吴,全部惊呆在那里。

"你们几个杀了人,还不快跑啊?"王绍武喊。

油爷、王殿雄、钢笔吴拔腿就跑。出了县衙大门,他们往三个方向跑。等他们出了城门,才听见枪声在县衙里响了起来。

"有人杀了顾问,快追啊!"

油爷突然意识到这只是一个局,一个掩人耳目的局。油爷不再跑,而是斜眼看着那些伪军,端着刺刀,假惺惺地从自己身边跑过。

后来,在东城门外的墙上,张儒东看到了三个人的通缉令,油爷、王殿雄、钢笔吴。据说,这次是日本总队的命令。

油爷不敢再在祠堂里待了。油爷给祖宗、母亲和妹妹磕了头,锁上祠堂的门,独自上了凤凰山。

9

在自己跑上山还是被土匪劫上山的问题上,油爷一直是一个口径:"是我自己上的山。汉奸到处抓我。"不管理由的正当性如何,这个问题后来成为给油爷定性成英雄还是土匪的关键。而根据耿继武被抓之后的各种供述以及当时他对外吹嘘的情况判断,油爷则是被他掳上山的。耿继武还言之凿凿,说抓油爷上山的,是他妹妹耿红霞。

具体的情形应该是这个样子——

油爷虽然从小长在葛石店,但对周围的山并不熟悉。油爷知道葛石店周围有凤凰山、九山、告山、杏山,和曲阜毗邻的还有九龙山、石门山,但几乎从来没有到过任何一座山上的任何一个地方。

沿着观音庵以东的双龙涧,油爷向山顶爬去。油爷问了观音庵里的师父,知道这儿是凤凰山。师父劝他不要上山,说山上有土匪。油爷笑笑,说:"我就想找土匪。不光找土匪,我还想当土匪。"师父没有答话,一脸不解地继续扫她的台阶。

此时,一位老尼出门:"施主,请留步。"

油爷站住,看着有些面熟。

"施主可能不记得贫尼了。几次去府上做过法事,曾经见过施主。贫尼向施主打听一个人,希音。"

油爷突然想起,面前这个人就是止语师太。

油爷学着师太的模样,双手合在一起,拜了拜:"谢师太挂念,希音挺好。"

"只可惜她后路艰辛。希音佛缘匪浅,如施主方便,可劝说她到本庵修持。"

油爷笑笑,再拜,离开。

双龙涧被各种荆条、山枣树塞满,刮破了油爷的长袍。这身打扮,让油爷心生愧疚。逃山避难还穿得如此斯文,油爷觉得不应该。这样的逃离,似乎辱没了读书人的气节。好在,整个宁阳都知道,油爷是枪杀日本顾问的英雄,没人会对他的衣服着意太多。而油爷自己,只要面对的不是那些汉奸,他都可以真真假假地说:"是我杀死了日本顾问。"

后来,油爷终于弄明白,王绍武借刀杀人的主要原因是增田问得太多,对王绍武的指挥权、领导权横加干涉。嫁祸于宁阳的几个无名小卒,妓女、混混(王绍武把王殿雄和油爷都列入混混的行列里),更是对自视甚高的增田的一种耻笑。

双龙涧极少人来,没有路,一块块乱石极力显示出自己的个性,尖、扁、宽、圆、险。谷底的水不大,清澈得能看清水底的沙子,沙子把太阳的光翻转腾挪,然后变幻出蓝的黄的紫的红的无穷颜色,袅袅升腾起某种妙景。风带着哨声吹来,也把洒落在水面的颜色重新组合,像变化万千的魔板,组成了光怪陆离的无穷想象。云无法在水中立足,既是水的无情,更是云的变幻。油爷抬头看天,云在不停眨眼,像止语师太从风里传来的话:"不可说。"油爷想起几句诗:"误落边尘中,爱山见山少……游川出潜鱼,息阴倦飞鸟。"油爷记不清是谁写的,是不是一首完整的诗。但在此前的情境下,竟是如此契合,一字一句,都像是从心尖上跳出来的。

正是午时,阳光正好。

油爷擦了擦汗,抬头再往前看,突然发现一个女子,前胸遮着印花肚兜,拿着枪指着他的额头。

"偷看女人洗澡,哪有这么不要脸的读书人?"

油爷转过身,解释道:"姑娘,你误会了。我根本没看到你什么。"

"你还想看到啥?"

"我啥都没有看到。刚才我是在看水里的鱼。"

"胡说八道,水里根本没有鱼。"

"没有鱼我也没有看你。"

"这里只有我,你没看我看的啥?"

"我就是没看你。"

"再不承认我开枪打死你。"

"好吧,我承认,看到了你的胳膊。刚刚看到的。是你端着枪让我看到的。其他的,我啥也没看到。"

"你还想看到啥?"

"我啥都没看到。"

"你刚刚还说看到了我的胳膊。"

"除了胳膊我什么都没看到。"

"你还想看到啥?"

"我啥都不想看。"

"不想看还看到我的胳膊。"

两人你一言我一语,在看到啥、想看到啥的问题上,找不到一个统一的答案。女子也趁这个工夫,把衣服穿戴整齐。她让油爷转过身,问:"你这次看到了啥?"

油爷惊呆在那里,他支支吾吾。他揉了揉自己的眼睛,方才定下神来。

"我是妖怪?"女子问。

"仙女。"油爷低下头,再也不敢看。油爷从未见过如此精美绝伦的女子,瓷一样的肌肤,完全符合中国古典美的绝色五官,曼妙招摇的腰身,以及像拂柳般青春洋溢的长发。每一样都让油爷沉醉。如果此时让油爷说一些赞美的词汇,他能把沉鱼落雁之类的所有词都搬出来。但即使这样,在油爷眼里,那些干枯得缺乏想象的词汇,也只能赞美这个女孩的万分之一。而自己,即使再多看一眼,都像是对女子的亵渎。

"咋了?还不敢看我了?"

"姑娘太漂亮。"

"还有漂亮得不敢看的?"姑娘把盒子枪的枪栓,拉开再合上,"男人的嘴,就像烙饼,翻来覆去没句真的。我讨厌不实诚的人。当面说你漂亮,背后指不定乱嚼些啥呢。"

"这荒山野岭的,姑娘快下山回家吧。天已过午,家里人会不放心的。"油爷没再接姑娘的话。

"你还挺会关心人的哈。那你说说,你上山来干啥了?"

"我来当土匪。"油爷把手半笼在嘴边,小声说。

姑娘哈哈大笑起来。笑声在山谷中回响,像晨起的百灵。"你这人真逗。你以为当土匪就是进京当官做老爷?还这样满脸得意。

哈哈哈——"姑娘的笑声再次在山谷中回旋开去,让所有的树叶、花草都笑得哗哗作响。笑得最欢的,应该是那些鸟,千奇百怪的音调,飞了来,又荡回去,在树杈间碰了头,就又飞过来,再荡回去。

油爷被笑得不知如何是好,只能跟着呵呵傻笑。

"真不知道这世上还有你这么笨的人。当土匪是光宗耀祖的事吗?哪有这样喊着号子明目张胆地说要当土匪的?"姑娘围着油爷转了两圈,"再说了,就你这身子骨,三脚跺不死一只蚂蚁,也能当土匪?弄不好,让土匪们把你炖炖吃喽。炖炖也没几两肉。"

"什么事不都是学的?我能学。"

"哟,还挺任性。来,打一枪试试。"

姑娘把枪扔过来的时候,油爷几乎没有接到。油爷把枪端正,学着刚才姑娘的样子,对准姑娘。

"你怎么对准本姑娘?"姑娘瞪大了眼。

"噢,噢,对不起。"油爷把枪对着远处的山谷。无论他怎么摆弄,枪就是不响。

姑娘再一次哈哈大笑。她拿过油爷手中的枪,打开保险,随便一甩。枪声和一只鸟落地的声音,同时扑棱进油爷的耳朵。打枪和打鸟,都是如此美妙的事,油爷笑了。

"笑什么笑?告诉本姑娘,你叫什么名字?"

"大家都叫我油爷。"

"油爷?啊?你就是油爷?杀了日本顾问官的那个?"姑娘惊奇地叫起来,"你连枪都不会打,你是怎么杀的?"

油爷被人揭了短一样的,脸上突地红了:"别人传的,瞎传。"

两个年轻小伙跳得像兔子,来到姑娘身边,关切地问:"姐,怎么回事?"

"油爷,你们看,这就是油爷。以为他能手砍凤凰山,脚踹贤士湖(凤凰山下的一片湖水。土匪上山前都要先在此沐浴,算是入道，百姓称之为落草湖，极像梁山的八百里水泊），想不到竟是半老的书生。油爷，你再看看他们。你不是想当土匪吗？这才是真正的土匪。我看你啊，还是趁早回去吧。这土匪的营生不是你能干的。敬信堂再不济，还能吃饱穿暖。别来这土匪窝里凑热闹了。走走走。"姑娘推了油爷几把，让他快走。

油爷站定，心里的失落写在脸上。他刚走了一步，就又被姑娘拉住："油爷，我叫耿红霞。如果有缘分，咱还会见面的。"

油爷开始往下走，深一脚浅一脚地唱："忆得蛟丝裁小卓，蛱蝶飞回木棉薄。绿绣笙囊不见人，一口红霞夜深嚼。幽兰泣露新香死，画图浅缥松溪水。楚丝微觉竹枝高，半曲新词写绵纸……"

"这是哪个旮旯冒出来的读书人？"

"哥，他就是油爷。"耿红霞还醉在油爷唱过的诗里，眼角似乎泛起了泪。

"油爷？你怎么让他走了？快快快，把油爷请到我们的凤凰城。"

两个年轻人急急地跑到前面，说："我们老大有请油爷。"

这是耿继武见到油爷便如获至宝的真实情形。所以，如果再回到那段历史的纠结中，去讨论油爷是自愿上山，还是被耿继武掳上去的，就一目了然了。

关于耿继武，有必要说一说他的长相。在油爷看来，耿继武长得有点像观音庙里的哼哈二将，两个都像。眼一直瞪着，像猫在黑暗中看到了老鼠。胡须虽然没有泥塑的蛮不讲理，但鼻子横在脸中央的霸道，恰恰沿袭了他祖上三代同样的风格和样貌。上山当主子，如同反了的水浒英雄，并不是多么羞耻的事。乱世出英雄，耿继武自认为就是当世的英雄。当主子，更是天大的荣耀，让他浑身的力气随时可以积蓄，随时可以爆发。

上山后，耿继武的第一件事便是把枪口对准油爷，让他把身上的钱都拿出来。油爷说他没钱，耿继武不相信。耿继武让人翻遍了他的全身，还让他脱了鞋子、袜子，终还是一无所获。耿继武不相信敬信堂的少主人，竟然身无分文。他觉得肯定是油爷在上山的时候，藏在什么地方了。耿继武追问油爷放钱的地方，油爷一脸委屈。

在耿继武拔出枪与油爷的紧张对立中，枪口和额头贴得像两片紧闭的嘴唇。空气开始窒息，整个画面凝固成一幅掠杀图，而蛐蛐恰恰成了偷窥者。油爷说不出一个字，也不敢说一个字。油爷攥着蛐蛐罐的小右指抖抖地一弹，善解人意的蛐蛐鸣叫，在月光下清澈婉转。油爷嘴唇哆嗦，蛐蛐应和一声。耿继武陡地放下枪："罢了，你这狗娘养的。"

耿继武盒子枪上的红缨条，在风中摆动，像一位战功卓越的英雄，笑着钻进了耿继武腰间的皮套。

油爷知道耿继武把自己请（不是掳）上山来的目的，他要钱。但耿继武恰恰不知道，油爷是张家大院最不值钱的人质，甚至还不如红木条几上的瓷器值钱。这样的抵押品让耿继武哭笑不得，但面子还是要撑一撑。耿继武依旧三五天便派一个响马去张家大院，宽限时日从最初的三天到七天再到十天，敬信堂没有一个人送来一个子儿。送信的人还说："张儒东的原话是，你们杀了他吧。反正是个废物。"

耿继武最后服气了："他奶奶的，烂人草命。爷不和你治气了，你就做我的师爷吧。"

油爷做了耿继武的师爷，在张家大院成了一件大事，甚至比他打死日本鬼子的顾问更让人不敢相信。如果此事发生在他爹张儒东身上，葛石店的人倒觉得还是可以理解的。

如此重要的消息传到张儒东耳朵眼里的时候，他的整个耳朵颤抖着疼。也正是那个时候，油爷正对着凤凰城的西南方向，一言不发地跪下去。油爷挂念自己的母亲和妹妹，知道她们在祠堂里，变得更加孤独和无助。油爷向张家祠堂深深地跪下去，这一跪，似乎在了结他和敬信堂的所有情缘。

耿继武的女人,把她长长的裹脚布和散发着某种气息的短裤,挂在油爷眼前的树枝上。然后就有裹脚布和内裤的影子,连同夕阳的麻木,像毫无感情的黑墨一样,没有节制地泼在油爷的脸上。

凤凰城有着最真实的人间烟火。油爷,开始享受这里的空气和阳光。

10

葛石店向来是除县城外,宁阳最重要的经济文化重镇。张家大院的影响和带动,让这个千年古镇,充满了历史的荣光。其特殊的地理位置和山区、丘陵居多的地形地貌,又让它在抗日及解放战争期间,演绎了无数的矛盾纠葛和风云变幻,像一个个充满悬念、剧情复杂的故事片。

"鹿团"和"王团"都把根深深地扎进葛石店。无论东乡还是西国,都成为他们错综交织地向下延伸势力范围的土壤。鹿庆茹是葛石鹿崖村人,家族势力很大,老丈人家又是东乡人,虽然不富有,但盘根错节的关系,织成了一张密实的网,所以根本不把"王团"放在眼里。而鹿庆茹又及时向王绍武表达忠心,精心组织了几次大规模的对抗日根据地的扫荡,受到王绍武的口头表扬。"王团"的"四大天王"(当然,王大嘴应该除外),一直把自己当成国民党的正规军,"鹿团"这样的地痞流氓小蟊贼,根本入不了他们的法眼。即使偶尔哪个眼皮子没睡醒,夹他那么一小下,用他们的话说:"就感觉像眼屎,坚决得抠出来,不能碍眼。"王大嘴的话,"都说不够尺寸的人难缠。我觉得鹿庆茹个子很高,只比我矮八寸。也就这么长吧。"王大嘴把两臂伸长。但不管怎么过嘴瘾,因为鹿庆茹极受王绍武器重,"王团"才一直没敢直接下手,直到策划了一次精心的"反扫荡"。

王希珍让王大嘴出面,找到钱三花,让她替"王团"给杏山村的独立营送一封信。钱三花起初并不愿意,但经不住王大嘴的一再劝说,答应只帮这一次忙。

钱三花出城,恰巧遇到"鹿团"的人,正在检查过往行人。"鹿团"的人知道钱三花和王大嘴的关系,便仔细搜查。在钱三花裹脚布的上沿,"鹿团"的人搜到了一张字条。上面有重要消息,说王希珍要在当晚七时,在杏山村与抗日武装宁阳独立营朱璟璜会面。"鹿团"的人把钱三花叫到一边:"我和大嘴哥关系很铁。这消息非常重要,你千万要放好,不能让别人知道。要是让别人搜到你夹带情报,你和大嘴哥都完了。回去告诉大嘴哥,他欠我一份人情。"钱三花猛拍对方一把:"明白,兄弟,我陪你喝酒。"钱三花出了葛石店,把纸条扔掉,直奔杏山村,把"鹿团"要在晚间七时对杏山进行扫荡的消息,带给抗日独立营。

王希珍的局做得天衣无缝。而他,则在两方力量的暗处,埋伏了几十个神枪手。只待枪声响起。

战斗异常激烈。独立营几乎全歼了"鹿团"的所有力量。原想帮独立营一把的王希珍一看,根本用不着自己出手,便哼着小曲,回到葛石店。在双松堂等待消息的鹿庆茹,正把一杯热茶泡到了精致处,以为敲门进来的是报告好消息的兄弟,抬头却看见了王希珍和王大嘴的两把枪口,正对准了他。杀掉鹿庆茹成了王大嘴一生的政治资本,也成了他向各级组织汇报,他是共产党而不是土匪的有力证明。王大嘴常常把这一枪,和油爷杀日本人的那一枪相提并论。

鹿庆茹毙命，王绍武暴跳如雷。他加紧了对抗日武装的扫荡，纠集泰安、肥城、兖州及汶河两岸的日伪军五千多人，围剿驻扎在杏山一带的宁阳独立营。独立营胜利突围，退守到汶河南岸的高桥村。

而"王团"，则把葛石店牢牢地抓在手里。

抗日武装力量知道，灭掉"鹿团"是"王团"做的局，他们只不过是顺水推舟。接下来，他们就要收编"王团"。来找耿继武帮忙的，是抗日急先锋张子明。张子明先是让耿继武直接充当说客，让"王团"接受收编。油爷在前边带路，找到在忠善堂的"王团"总部。王希珍二话没说，就把耿继武赶了出来。之后，张子明让耿继武再次充当中间人，将善于做思想工作的边裕鲲介绍到"王团"做杂务。边裕鲲利用"王团"内部的矛盾，做了大量的政治瓦解和争取化解工作，甚至还替王希珍灭掉了与他有矛盾的几个土匪。但"王团"头目王希珍似乎铁了心，对收编顽固不化。宁阳独立团便决定对其予以消灭。

战斗打响，葛石店的东门、西门、南门战火重燃。

被边裕鲲成功瓦解的王大嘴，拉起自己的兄弟，把枪口对准了王希珍。王希珍把自己搜刮的钱摆到桌子上，让王大嘴放他一条生路。王大嘴心动了。在王大嘴刚要装起那些黄金的时候，王希珍的手枪响了，子弹穿透了王大嘴的肩膀。然后便是门外呼啸而来的子弹，击毙了王希珍。"王团"宣告灭亡。

关于王大嘴是被成功策反，还是王大嘴听到抗日独立营的枪声后害怕，自己决定反水，一直没有定论。但王大嘴一直对外宣称，他是从心底里愿意抗日的。消灭"王团"的计划，是他和独立营的朱景璜、张子明共同商定的。而至于他是否答应放王希珍一条生路，他坚决否认，更不承认是他拿走了王希珍放在桌子上的三根金条和大把的钱。

战火让越来越多的人受伤。天主教堂已经不再是祷告的圣地，而成了救治伤员的医护所。钱三花天天吃住在天主教堂，为那些伤员擦洗、换药，俨然成为一名真正的护士。

那些伤员，有"鹿团"的，也有"王团"的，还有抗日武装的。他们本都是葛石店的人，受了伤，便来到教堂，享受一次上帝的恩泽，试试德国人的西医水平，顺便看一眼西方女人的黄头发、蓝眼珠。

油爷那天陪着耿继武回葛石店，葛石店有耿继武的一个相好。路过教堂，油爷看到了满头是汗的钱三花。油爷站在窗外，看到钱三花总是在累极的时候，站起身，揉揉腰，眼睛盯着十字架，目光充满慈祥。油爷也曾经这样向上仰望，像钱三花看上帝似的看她，油爷看到的，是钱三花遮在红盖头下面的脸，宽大得像不修边幅的南瓜。

"王团"覆灭之后，伪"道二团"进驻葛石店。他们与县城的王绍武东西互动，逐步形成了宁阳最大的伪军据点。

耿继武是土匪中的另类。他只抢有钱有势的人家，比如敬信堂是他常常光顾的地方。耿继武不会因为油爷是他的师爷，对敬信堂有一丝照顾，反而变本加厉。他曾经多次跟油爷说："让你爹赎人的时候他没钱，现在拿枪顶着他，他有大把的钱。看来，还是他的命比你的命重要。"还有一次，耿继武对油爷说："你爹那个小老婆越长越俊了。叫什么来着？阿欢，对，阿欢。有个兄弟想她的事，被我扇了一巴掌。张家老爷与张子明毕竟拜了把子，要给张团长面子。油爷还是我们的师爷。这女子不管咋说，也是师爷的小娘，怎么能随便欺负？"

至于八大支其他几个有钱的堂号，也成了耿继武的金钱柜，他想要钱的时候就能随时来拿。恰恰因为这些，作为师爷的油爷，成了八大支共同的敌人，所有的劫掠似乎都成了他的主意。耿继武在断自己的后路，油爷清楚。至于八大支将来会对自己如何，油爷不愿意想那么多。想多了又能怎么样？能阻止耿继武的抢掠吗？耿继武孝顺，三天两头给自己的母亲送钱送粮，他还教训自己的兄弟，百事孝为先。所以他对没钱的百姓，不拿一分一文，过不下去日子的，还常常送点粮食油盐。耿继武不抗日，也不与抗日的人为敌。他不抢别人的买卖，别人也不能争他的地盘，他就是要与所有的"团"共荣共生。这让油爷想起肚子里的蛔虫，各自吃自己的粮食，都在同一个腹腔内讨生活。

在油爷做耿继武师爷的几年间，耿继武像是一个好好先生，把土匪的称号打扮得光鲜亮丽。"做土匪也要做成耿继武那样的。"那些贫穷的苦人们说。

11

凤凰城雄踞于凤凰山东半部的最高处。

从西边上，要爬过长长的双龙涧。从东边上，要越过蜿蜒的卧龙坡。南面是悬崖，远望凤仙山。北面是悬崖，可见黑山头。

在东西两侧的涧溪和长坡上，都是又高又陡的坡，自然形成屏障。如此的艰难路程，也让凤凰城天然成为易守难攻的好地方。

凤凰城的名字美，风景更美。茂密的森林覆盖了四季的所有颜色，它让春天的花开在幽静里，婆娑树影遮掩住每一朵蕊的粉嫩娇羞。夏日的溪流从山顶的某一个洞穴，像丝带一样，汇成小小的一摊，再一流，然后有了声音，如同有了可以畅想的灵魂。秋日的叶子是最痴情的分离，与树，与光影，与风，缱绻亦决绝，约定来年的归期。冬日，山才有了山的样子，每一次山风的呼啸，都带着石头的粗粝。充满浪漫情怀的雪，来得正是时候，便有懂了风月的兔子和一干小动物们，印下大大小小的足迹，也暴露了约会的行踪。枪响之后，便是飘荡几公里的野味的香，诱惑着每一个饥饿的灵魂。

油爷说，凤凰城，最适合扎开满鲜花的篱笆。如果真的那样，月亮也会来做客。

油爷在经过仔细的研究后发现，凤凰城最初并不见得是用来当土匪窝的，更应该是避乱的世家居所。或者后来发展成了一个寨子，成了某个家族休养生息的世外桃源。凤凰城可见的寨墙，围成了几里路的圆圈，大小不同的石头，如同古琴的简谱。好久没弹琴了，自然也听不到琴声。倒是枪炮声时大时小，时远时近，像弦断的惊魂。

耿继武在凤凰山最高处的一片残垣断壁之上，建起了自己的涅槃堂。然后在周围稍微平坦的地方，建起了十多间兄弟们吃住的地方。耿继武说，这很像梁山上的聚义厅，大碗喝酒大口吃肉。只是少了孙二娘扈三娘，显得冷清。这山上不是没有女人，有，但别人碰不得。一个是耿继武的老婆，一个是他的妹妹。耿继武早就赶老婆下山去住，但这婆娘死活不肯。而妹妹耿红霞，他是管不了的。耿红霞说喜欢这山，这树，这山上的石头。

"你喜欢这山的什么？"耿红霞抱紧油爷的胳膊，问。

"什么都喜欢。"

"说具体点。"

"这名字好。还有比这凤凰城更好的名字吗？凤凰涅槃，浴火重生。多好。"

"我不管你重生不重生。你重生八回我也不管。我只问你喜欢这凤凰城的什么？"

油爷记不清从什么时候开始，耿红霞开始像黏黏胶似的跟着他，让他给她讲故事。但油爷的肚子里没有多少故事，只有那些历史的风云更替，只有四书五经。想到这些的时候，油爷总是想起那些蟑螂，想起竹简中的虫子，爬得满地都是。油爷开始给她编各种匪夷所思的奇怪故事。油爷告诉耿红霞，林黛玉实际上没死，她心里有一个穷书生，跟着他私奔了；孙猴子不是从石头缝里蹦出来的，他是后娘生的；宋江最后招安，是因为他看中了皇帝的妃子；还有曹操的头疼病，其实就是相思病，让一个不懂事的女孩闹的。那个傻瓜似的华佗，还想撬开他的脑壳？谁说开脑壳能治相思病？

"你的这些故事怎么老是男啊女啊，就没有其他的事？我现在问的是，你喜欢这凤凰城什么？"

"梦中春觉醒，夏树绿缠风。秋听天虫闹，冬眠雪弹筝。"油爷站起身，对着山谷喊。山风回应，像是起哄的哨子。

耿红霞跺着脚，噘起的嘴比不噘时高出一大截："人家问你，到底喜欢这凤凰城的啥？"

"春夏秋冬啊。"油爷故意装傻。他知道成天被一大群粗衣破褂臭脚丫子围着的耿红霞，对他的长袍马褂，充满了兴趣。

耿红霞坐下去，眼泪涌了出来，用袖子一抹："你这个人，真无趣。"

"不但无趣，也无用啊。"油爷拾起一块石头，朝山下扔去。油爷想象着如果这块石头，能够砸死一只野兔，一只飞鸟，或者一只爬虫，那么自己就是有用的。

"你有趣有趣，有趣得像天上飞着的花蝴蝶，地里乱拱的野刺猬，还像树上蹲着的黑老鸹。你不光有趣，也有用啊。你可以教我玩蛐蛐，还可以教我认字。"耿红霞似乎听出油爷的情绪低落，拍拍屁股站起身，重新挽住油爷的胳膊，"你这个人啊，比林黛玉还多愁善感。上一辈子一定是一个秃尾巴三尾。对了，我要看一只——母蛐蛐，是如何打败公蛐蛐的。"

油爷一下子被逗乐了："公蛐蛐不打母蛐蛐，母蛐蛐也不打公蛐蛐。母蛐蛐不会打架，母蛐蛐贤惠。公蛐蛐只打公蛐蛐。打架就是为了争母蛐蛐。"

"蛐蛐们也挺好玩的,哈。那你就只好教我识字喽。"耿红霞的"哈"音总是斜着向上挑的,像一只鸟从地上腾空而起的飞姿,"你看你,还是笑起来好看。笑起来像菩萨,板起脸来像——"

"像什么?"油爷又板起脸。

"像倭瓜。"

油爷做出要打耿红霞的样子,把胳膊高高地抬起。耿红霞把脸抬起来,眼睛闭上:"来啊,来啊。我看你舍得?哼!"

油爷高高举起的手放下,长出了一口气。

"你这张脸啊,就像是在另一张脸下面藏着,想什么时候拿出来,就能什么时候拿出来。"耿红霞颓然坐下。

"那你——教我打枪?"

"好啊好啊。打枪是最好学的东西,拉开枪栓,瞄准,就行了。"两个"好啊"之间又像双龙涧的流溪,音调起伏着,从一处明亮到另一处明亮。

"就这么简单?"

"就这么简单。"

手指扳动,子弹出膛,生命完结。就这么简单。油爷突然泪流满面。他想起怀中的妹妹,就这么简单地死去,死在自己的怀里。想着母亲,就这么简单地倒下去,甚至连迷途的鲜血,都找不到回家的路。还有书祯,简单地来,简单地去,最后连尸骨都无处可寻。

"大老爷们儿,哭啥?"

油爷从怀里掏出那本薄薄的《诗经》,翻到《硕鼠》一页。"我教你识字,跟我读。"油爷的声音拖得长长的,"硕鼠硕鼠,无食我黍!三岁贯女,莫我肯顾。逝将去女,适彼乐土。乐土乐土,爰得我所——"

月光正好,雅致清淡的那种。油爷抽泣着,他开始给耿红霞讲自己的故事,讲书祯书祥,讲希音希言,讲周敦朴周知常,讲爷爷和父亲,讲母亲和钱三花,讲读着同一本《诗经》的妹妹,讲躲在暗处的陶十一,讲自己一生的志向,讲他一生永远都离不开的祠堂,和藏在神龛后面的五品官服——

讲着这些的时候,油爷流泪,耿红霞也跟着哭。耿红霞哭得像丢了一条粉红裙子的姑娘,而那条裙子,她梦里梦外盼了八年。

两个人都静下来,不再说一个字。耿红霞的头倚靠在油爷的肩膀上。

"以后叫我红霞吧。别再叫我小姐小姐的,怪难听。"

"红霞。"

"嗯——哼。"哼的音也是向挑的,如同向着星星的光亮飞去。

"你看这云,像是天空的想象,竟有那么多浪漫的心事。就像这漫山遍野的蛐蛐鸣唱,也只有这凤凰城才配。"

耿红霞似乎并没有听懂油爷在说什么。

山下面的灯火由明到暗,明明灭灭,像眨眼的灯。油爷拉着红霞的手,倚着同一棵楝子树,站着,像一对恋人。油爷努力地想找到葛石店的位置,可他天生是一个不知道东西南北的人。油爷一直知道,方向是很重要的事。可他一直找不到,就像在一个迷城里,找不到恰当的出口。恰当的出口,必须是恰当的。油爷在心里喃喃着,"我找不到。"油爷一直找不到葛石店,他以为天边那些星星就是,可它们不是。那些牌坊,那些门楼,那些繁华或者卑微,那些从此地到彼岸,从时间到时间的日子和过往,此刻都隐到了黑暗之中。那些从梦外走向梦里的好人,会有怎样的梦境,油爷不知道。油爷总是希望,每个人都应该有一个祥和安康的梦。既然现实的枪声不能给白天一个笑脸,就在夜里,让所有的苦命人,为所欲为。油爷做出向上帝祷告的姿势,上帝无动于衷。

此刻,耿红霞就是他的神,满足着他对亲情的所有渴望。如果把山下的那些村庄,当作肉体凡胎的人间,那么这凤凰城,就该是最美的天堂了。

一声鸟鸣，从黑暗中跌落下来。"这只鸟，要么还没有找到家，要不，就是被赶了出来。"耿红霞的声音幽幽的，像慢慢侵蚀下来的薄雾。

再过几天，就是耿红霞的生日了。油爷打算送她一件礼物，想来想去，想到了旗袍。油爷猜想，耿红霞一定没有穿过旗袍。这种只有大都市的舞池中才能亮相的衣服，是很难流传到一个山村里来的。油爷还想，要做就到县里最好的裁缝店，做天底下最精致的衣服。油爷记得给自己做官服的那家，手艺不错，价格也算公道。那家店的掌柜很有意思，脸上的皱纹比衣服上的线还多，还曲折。想必，他还能想得起自己。毕竟，宁阳的五品官服，只有自己拥有。裁缝掌柜这一生，或许也只做过这一套。

12

王绍武获得了"东亚友好共荣共存"奖章，宁阳县还获得了"治安区模范县"。日本天皇还邀请到会的这些先进模范，乘游艇，玩日本女人。

荣誉换来的是王绍武更加疯狂、严苛、全面的扫荡。

头一年夏季大旱，滴雨未落，玉米、谷子、高粱绝产。第二年春季特大饥荒，百姓以草根、树皮充饥。葛石店的大集上有了卖儿卖女的人家，草棒顶在头上，压得那些弱小的生命抬不起头。王绍武来到葛石店的南北大街，专门打听价格，一袋米一袋面，一家店一家店地问，只说句："价钱还算公道。"

王绍武是来检查区警察所的。

离津浦铁路不算太远，共产党的津浦支队就在附近活动，再加上宁阳独立营不断发展壮大，葛石店一直是王绍武最牵挂的心尖肉。

区警察所占用的是忠信堂的地方，沿街，行动方便。

王绍武进去的时候，正好看见王大嘴在喂一只鸟，嘴里吹出的鸟叫声，比鸟还真切。没有人相信，这么两片笨拙的厚嘴唇，吹哨竟能如此灵巧。

"王团"被灭之后，王大嘴没有和其他人一样，投靠共产党。王绍武对此大加赞赏，他说王大嘴是识时务者，大日本帝国一定会予以嘉奖。王绍武本想把王大嘴调到县行动队，但王大嘴说刚娶了个小的，离不开家，愿意留在区警察所。王绍武便应了他，并且给了他一个副所长的职位。

"县长大人，我给你亮一手。我刚刚在集上，跟那个卖杂耍的学了一手，给你表演一下？"

王绍武走进警察所，里面没几个人，问："那些人呢？"

"回县长大人的话，都去柴家庄扫荡了。"

"柴家庄不就是东边那个小村吗？怎么，有共军？"

"回县长大人，有没有共军不敢打包票。但柴家庄位置重要，可逃可进可驻。所以咱警察所，三天两头去排查，是对县长大人的绝对忠心。"王大嘴回答。

"好。你刚才说要给我表演什么？"

"变个戏法。县长大人现在口袋里有什么钱？"王大嘴的问话含着小心。

"什么钱？什么意思？"

"你看，我手里有一个袁大头，只有一个。如果县长大人口袋里也有袁大头，我就能变成两个。"

"我口袋里是法币，能变不？"

"我试试。"王大嘴接过王绍武递过来的纸币，几个翻转，由一张变成两张。

"这个奇怪啊。"王绍武捏着手里的钱，在那儿纳闷。

"县长大人不用奇怪，这张钱也是你的。我只是在你拿出一张的时候，让你回头听了一声鸟叫，一张就成了两张。"

王绍武哈哈大笑起来："怪不得有人说你是个人才。"

"谢县长大人夸奖。俺也是三教九流的朋友多，学得杂。县长大人听说过疤瘌脸一刀绝不？贼猪骟狗劁牛，一刀下去，绝种。手起刀落，摔一个瓦碴的工夫。如果让他去暗杀共产党，那可是绝对的绝啊。"

王绍武突然来了兴趣："噢，有这等人？哪天你把他带到县衙里来，我要见见这个人。"

"好来，县长大人等好。不超过三天。"王大嘴凑近了王绍武问，"对了，县长，我想请教一个私人问题。"

"什么问题？"

"你说这银元和中央票，到底哪个值钱？"

"你怎么想起来问这个？"

"唉，不怕县长您笑话，咱一个土老帽子，就只能挣那仨俩的小钱。今天能买二斤鸡蛋，明天就只能买一根萝卜。这心里堵啊。再加上什么金元币、银元币、小钢板、龙洋、鹰洋、中银券、联银券……这些五花八门、花花绿绿的钞票，到底哪个是正头香主啊？"

"你管什么正头香主，有什么花什么，有多少花多少。别问那么多。"

"也是。咽进肚子里才是赚的。"

桌子上有张报纸，王绍武拿起来，问："这报纸从哪儿来的？你斗大的字不识一箩筐，还看报纸？"

"也不知道谁放这儿的。"

"太平洋战争爆发了,皇军拿出了全部的家当,孤注一掷。最终,能挡得住美国吗?"王绍武看着报纸,像是自言自语,又像是在与王大嘴说话。

"美国算老几?皇军厉害大大的。"

"狗急了能跳墙。"

王大嘴不知道王绍武这话,是在说日本,还是在说美国。

"哎,那个不是油爷吗?"

油爷的身影从警察所的门前一闪,被王绍武发现。

王大嘴和王绍武几乎同时冲出警察所大院,外面根本没有一个人影。

"奇怪了。"王绍武放下报纸,"最近老是出现这种情况。想着一个人,就像是看见了。"

王绍武看到的,真的是油爷。

凤凰山上的日子已经非常艰难,耿继武让油爷到山下来,向他的父亲张儒东求援。以前枪口逼也逼了,抢也抢了,再如此下去,耿继武总觉得于心不忍。让油爷舍个脸面,多少让兄弟们挨得过饥荒。

但如今的敬信堂,已经今非昔比。绸布店关了,油坊关了,钱庄也关了。剩下一个典当行,只有东西进来,没有东西出去。手里的钱越来越少。张儒东也不得不拿了典当行里的东西,再到县城典当。

钱家店向张儒东索要那两千亩地,给收成也行。钱老六说,不要那两千亩地的利息,已经是多年亲戚的情分。钱家店这笔买卖,已经做赔了。

张儒东无话可说,回了一句:"既如此,钱三花也领回去吧。"

钱老六拿起桌上的茶碗,砸向了张儒东。张儒东的鼻骨被砸碎。

油爷见到张儒东的时候,张儒东的鼻子上还缠着一层层的白布。

油爷想跟张儒东说会儿话,张儒东蜷在床上,疼得摆摆手,让油爷出去。

油爷找到武卫党,说想带一些盐和粮食回去。武卫党说:"少爷,这盐倒还好弄。尽管王绍武实行盐票,他只是为了卡住共产党,咱敬信堂还是有些办法的。只是这粮食,库里存的也不多,拿一两出来,都得跟老爷要钥匙。"

油爷再回去,对张儒东说:"我想要点粮食。"

张儒东面向墙壁的脸回都没回,像是睡着了一般。

油爷走到长芍院的厨房,把里面能装的东西都装进一个口袋里,背着回了凤凰城。

13

周知常花了一天的工夫,才找到了凤凰城,还是被两个兄弟押上来的。

周知常告诉油爷,书祥回来了,他想和大家见个面,然后接着就走。

油爷便向耿继武告了假,和周知常一起,急急地下山。

没有月光,夜是漆黑的那种。这样的天气常常被形容为夜黑风高,是土匪们出没的好时机。油爷想。而今天,不是土匪的周知常和油爷,像两个奔命的人,在山路上像跌像爬。石头一个接着一个,像大大小小的阴谋。那些暗流躲在草丛间或者崎岖的山路上,把油爷和周知常弄得狼狈不堪。葛石店的光就在前面，遥远的前面，见书祥的渴望让身体飞起来，飘起来。油爷一直感觉头重脚轻，他无法让自己像一个健康的躯体一样到达葛石店，到达周知常的家中。

周知常更是狼狈。他上气不接下气，然后是没命地喘，没命地咳嗽。

推开那扇柴门的时候，油爷只看到半碗黑面水饺。水饺干瘪的肚子，像没有吃饭的挑夫，还有热气，筷子有一根掉在地上。

然后就有区警察所的七八条壮汉，踹开门，进了周知常的家。

"那个国民党军官呢？把他交出来。"

领头的是王大嘴。王大嘴上下左右打量着油爷："哟，这不是油爷吗？前几天县长大人还说看着像你，看来还真的是你。抓不到那个国民党军官也没啥，有这个通匪的油爷，也可以向县里有个交代。带走。"

几个人把油爷连推带拉。

没有月光，夜是漆黑的那种。这样的天气常常被形容为夜黑风高，是土匪们出没的好时机。油爷又想起这句话。突然一声枪响，油爷身后的一个家伙"哎哟"一声，口袋一样倒了下去。接着又是一声枪响，又一个人倒下去。其他人四散逃开，在黑暗中寻找枪声的来源。

"快跟我走。"

油爷听到了红霞的声音，简直比菩萨的声音还好听。

油爷被红霞救回了凤凰城。油爷躺在温暖的土坑上，听着外面的山风，低声自语。

红霞过来，问他饿不饿。油爷突然就抱住了红霞，泪流满面。

书祥带走了希言。这对希言十几年的等待来说，是一种功德圆满。孔兰芝天天给菩萨磕头，向上帝祷告，或许让这些掌管命运的鬼神们，有了体察苦命人的灵性。

油爷对书祥有一种说不出的亲近。只因为书祥比他晚生了三天，油爷才成了这张家大院的长子长孙，并由此使油爷，终生离不开长子长孙的荣耀和光辉。爷爷说，长子长孙是天然的支配者，可以享受家族的好多第一，可以第一个祭祀，可以在死后占据中心的位置，可以一言九鼎地行使族长的权力和威望。对这些，油爷没有一丝的体会。他体会到的，只有敬信堂所带给他的一切。

　　但不管怎样，油爷一直想弄清楚，只比他晚三天出生的堂兄弟书祥，究竟会是怎样的生命轨迹和结局。有人说书祥在打完日本鬼子后，公然违抗命令，坚决不向共产党扔一颗炸弹，不向已经解放的家乡的土地，投下死亡和灾难，他说自己的父亲和家眷都在那儿，他因此被国民党公开处决。也有人说，他随国民党的航空学校去了台湾，当了一名教官，娶妻生子。

　　油爷宁愿相信，至亲的堂兄弟一定还有另外的结局，比如归隐山林，这是多少名人高士毕生的追求。大隐，隐得无比清高，无比雅致。再比如，他还可能遁迹于佛门净地或清净道场，这也是人生的选择之一。甚至在从奶娘的身边离开的时候，油爷就有过这样的念头，虽然只是像春天刚刚出洞的蚂蚁一样，那念头被寒冷冻得迅速瓦解，然后剩下的，便只有与钱三花一样大咧无序、嘈杂如蝇的生活。

14

　　油爷再次下山，是因为红霞感冒了，油爷到葛石店为她抓药。路过天主教堂的时候，油爷发现神甫和修女爱丽莎，正在收拾东西。

油爷刚想问为什么，话没出口，爱丽莎就递给他几张报纸。油爷看到第一张报纸上的一则新闻："1945年5月7日2时41分，在法国东北部小城兰斯举行德国投降签字仪式。"第二张报纸上有两条，一是"苏联对日宣战"，另一条是"原子炸弹首袭敌国广岛"。第三张报纸上的头条："抗日战争胜利结束，日寇签字投降。"

那时的油爷，刚刚过不惑之年。油爷计算着报纸上的那个时间，自己在干什么。其实他什么都想不起来。那个时候，或许他正在想念自己的母亲和妹妹，想着妹妹永远不变的童音，在他耳边唱着，"硕鼠硕鼠，无食我黍！三岁贯女，莫我肯顾。逝将去女，适彼乐土。乐土乐土，爰得我所——"或许他是在荒芜的山梁上，寻找填饱肠胃的东西。或者他就在空旷的寂野之上，掏出硕大无朋的阳物，就像那个叫重光葵的日本外相，从他的上衣口袋摘下了闪耀着日本天皇光辉的无耻的笔。在以后的许多影视资料中，油爷无数次看到那个像败下去的蛐蛐一样的瘸腿怪物，戴着一副厚厚的眼镜片，像一头在磨道中跪下来的驴，不敢有任何的哀叫。多年之后，油爷依然记得那个时候，虽然他不知道日本龟像孙子一样，对整个世界低下了头颅，但他记住了恰巧飞过他面前的臭大姐的死命臭味和其他气息混合在一起的图景，如同更多年之后更多的无关紧要的人，在靖国神社撒下的尿。

15

药铺掌柜告诉油爷,周知常病了,病得很重。他父亲周敦朴从孔府请来了最有名的医生,抓了几十服中药,一直不见效。周敦朴又专门从济南请来了西医,仍然止不住他的咳嗽。

"多好的一家人。真是可怜。"药铺掌柜说。

油爷想,该去看看他了。等红霞稍微一好,他就下山。

"水煎包水煎包,刘家庄的水煎包,刘三拐的水煎包。一拐油满口,两拐咽舌头,三拐香到脚趾头。"刘三拐叫卖水煎包的声音一拐一拐地突然传来。油爷截住刘三拐,掏出口袋里的钱,看看只够买一个。油爷多拿了几张黄纸包着,把那个比原来苗条许多的水煎包,小心翼翼地放进口袋。

煎包的香气,把油爷的脚步,熏得跌跌撞撞。

第四章

蚧房

天 虫

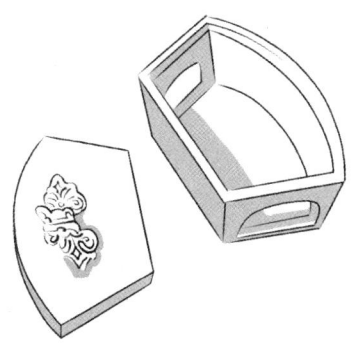

1

"白虫是普天下的灾难,就像这个世界永远不会有第二个油爷。"对于第三场比赛,油爷只说了这么多。

必须承认,此时的我,就是一个通晓万物的精灵。从我在天庭里的快乐,到我在人世间的轮回,以及我在土层间经过的千万次深深浅浅的睡眠或者苏醒,我都一清二楚。

我是一只"真红"。有一本书,曾经这样用诗描述过我:"赤如焦眼遍身红,项翅如朱肉尾同。若遇强敌君莫怕,几番咬死显威风。"这些话说得一点也不过分。如果你不信,我还可以再详细说说我的超凡之处:头似珊瑚,颈如赤枣,翅同绛缎,肉如仙桃,六足如霜,朱砂似妖,黑脸银牙,斗线妖娆,赤须赤爪,红蛉如烧。当然,这个季节的我,还不是最美的时候。及至寒露,我的头如红宝石,翅如大红袄。那个时节,如果用一句伟人的话讲,便是"数风流人物,还看今朝"。

被油爷养进他的老罐,大约已经一个月的时间了。如今,油爷又把我放进他的新罐。老罐怡了我的性情,新罐又补了我的精气。这位慈祥得如同佛祖的老者,像我另一个世界的朋友。别人叫他油爷，我觉得叫他佛爷更恰当。佛爷知道我所有的心思，通晓我晨昏起居的一切习惯。佛爷知道我喜欢喝纯净的露水，并且必须是太阳出来之前的露水，便在每一个天亮之前的清晨，带着他的哑儿，用干干净净的瓶子，收集玉米叶子尖上的露珠。清澈，甘甜，晶莹剔透，像人世间带着母亲温度的奶水。佛爷用这些珍珠般的露水，滋养我的脾胃，洗沐我的翅膀。说实话，在从卵到虫的七次蜕变中，因为地里的除草剂，我的胃伤得很厉害。在我的六龄时，我几乎吃不下自己蜕下的皮。我的牙齿软而酸涩，胃里也是隐隐作痛。但我知道，没有这层皮，我将一事无成。我将成为一个软骨症患者，今生今世将虚度如风，像扶不起的阿斗。如此，我便会在将来的轮回里，变得更加孱弱不堪，再回天庭的希望，就会越来越渺茫。

而佛爷，并不像其他的养虫人那样，慷慨无度，像毫无节制的夜生活，用人都吃舍不得吃的山珍海味喂养虫儿。佛爷了解我，如同了解他自己。佛爷只喂我玉米。那嫩嫩的胚芽是我的最爱，比初恋还让我心动。佛爷把我放在稀疏的竹笼间，让我感受亲如兄弟的风，让我在夜色中尽情怀想。佛爷喜欢我在月光下歌唱，从来不打扰我。佛爷一动不动地守着我，并不是怕我跑掉，而是在认真地倾听我诉说自己的前世今生。佛爷能够看得出，我是虫界的圣徒。我承担着一切美好，一切道义，承担着用歌声颂扬世界的重任，承担着涤荡虫界罪恶的宏伟大业。说白了，我要教化我的同类，不要成为尘世的工具。至于我所说的初恋，只不过是我的臆想罢了。我是清修的虫王，如同我在太上老君的云庭里时一样。那时，我是龙，一条面目清秀，通体发红的龙。高贵的血统，无所不能的技艺，让天庭里的所有天神敬佩和疼爱。我曾经是玉帝的掌上宝贝，得到过王母娘娘的香吻。

而如今，我只是一条虫。一只真红。再没有天庭里的娇贵，有的只是修炼成龙的意志和决心。这尘世间的所谓比赛，是我修炼的路径。我要积累生命的法力，并以此寻找某种通途。

透过电视屏幕,我看到一老一小两位正直的君子。他们爱虫,像爱护自己的生命一样。我看得出站立着的那位小小的美男子,会一生钟情于蟋蟀,他的目光清澈无瑕而痴情绵延。他们爷俩,正在谈论着我的眼,说着根须是我的眼。这一点,老人说得太绝了。并不是所有的人都能知道这小小的秘密。其他颜色的虫,根须都是白色。只有我的根须,是红色,所以才被称作赤须焦眼。爷爷对孙子的耐心,让我想起我的爷爷。他也是一只红虫,在一场天津与杭州的比赛中丢了性命。而我的父亲,一辈子把自己深深地掩藏在阴暗的土坑里,一声不吭,像死去一般。父亲说他看到了爷爷的死,太惨,太无辜,他不想作无谓的牺牲。对他的话,我将信将疑。我不能把父亲归于贪生怕死的行列,父亲有他自己的生活方式。而我坚信,好男儿就是要拔头筹,立功名。况且,我还有重回天廷的梦想,更不能虚度年华。而我眼前的这对爷孙,更像佛爷和他的爷爷。我知道佛爷不愿回忆过去。在我跟着他的这段时间里,佛爷不让人说起他过去的任何点滴,他在拒绝与历史沟通,就像拒绝承认自己的来路一样。包括他与陶十一的恩怨,也只是片语只言。佛爷似乎要把所有的仇恨,都消弭于自己的某一个手势,或者轻轻的动作之中。佛爷看淡了世事,也看透了世事。

但佛爷就是佛爷,他必须为他的一生正名。其实,在我看来,佛爷并不见得只是因为陶十一的话伤了他。陶十一只是一个幌子。佛爷在用陶十一为自己正名,也为我们真性情的蛐蛐们正名。佛爷才是真正承担大义的人。他在与时间搏斗,在与自己搏斗。但究竟怎样,谁知道呢?反正,我有点看不懂他的内心。

我必须为佛爷出战。士为知己者死。佛爷懂我,像懂他自己。

佛爷把我带到了如此一个光亮如昼的地方,实在不应该。我习惯于黑暗。我愿意在黑暗中思考,在黑暗中做一名独侠客。既然他把我带到这里,肯定有他的理由。佛爷前几天曾经对我说过,要为他的荣誉而战。那么,我会遇到一个什么样的敌手呢?但不管是谁，我都会以死相搏。我想，这个世界上，能让我倾尽全力的虫，不见得有几只。

声音嘈杂。

我听见了那些胸牌上写着蟋蟀名字的人交头接耳，说着澳门赌场已经派人专门找到陶十一，警告他如果再用白虫，会挖掉他的一只眼睛，让他变成独眼龙。还说幸亏是佛爷自己放弃比赛，给了他一个生的机会，否则会有大批的赌家追上门来，让他生不如死。挂着胸牌的人说，陶十一吓得尿湿了裤子。刚才在后台进斗场的时候，陶十一的裤角处还往外流着尿，像他一直擦不干净的口水。真让人恶心。

更恶心的还有那个电视直播的老公鸭的声音。此时，比赛根本没有开始，而他竟然在那儿大谈如何选雌、养雌、配雌。单就这一点，我就能非常明确地判断出，他肯定是一个老淫棍。

我使劲捂住耳朵，却仍然不能阻止老公鸭的声音传进耳朵深处：自古行家都重视养雌，甚至有"未养蟋蟀先养雌"的说法。蟋蟀出土三五日便要呼雌交配，谓之过蛉或者贴蛉。斗虫贴蛉多，则必无病，斗性亦强。出斗之前贴蛉的多少，常可决定胜负。

而我，一条真红，是虫界的清修徒。老公鸭的这些话，只能让我气愤。我只能以自己的叫声表示抗议。那些污浊得像老公鸭声音的下贱的虫儿们，只配得上那些只会沉浸于淫欲的野虫。我，一条真红，绝不可能与其同流合污。我承担着一切美好与道义，并且有重回天廷的远大志向。

更让我难以容忍的是，老公鸭的声音连绵不绝，似乎很有心得的样子：雌虫最好在处暑后、白露前捕捉，这个时节刚刚蜕变的处女三尾多，称为元雌，过蛋有力，可强力刺激斗蟋的战力。选择三尾，应该选那些头小、无头角、脸圆齿短、翅长而黑、大肚长身、肉细足白者，以飞雌为最佳。

呸呸，恶心。真的让我不能再容忍。我的叫声是不是可以打断他的处女情结，还有那些他自以为是的选美标准？呼雌、辨雌、伴雌、换雌诸如此类的肮脏勾当，是不是可以让老公鸭的嘴，暂时歇上一会儿？

佛爷看出了我的烦躁和泪水。他轻洒于我背上的露珠，带着月光的气息。

我感激地抬头看了看佛爷。我看到了他的心疼和怜惜。

我的复眼瞥见了奖品区的两只芡草。其中一只是佛爷昨天晚上拿过的。他看来看去，爱不释手。佛爷的芡草分为三部分，最上端是一颗夜明珠，中间部分是通透的玉秆，最下端便是干枯的芡草了。另一根则是祖母绿的纯正翡翠芡草秆。我知道，这两根芡草应该是佛爷与陶十一的赌注。

因为我是一只天虫，自天庭而来，由天龙变化而成，所以才有了洞晓万物的灵通之术。我知道佛爷芡草的来历。那并不是他的家传，是他的爷爷花了二百两银子，从县官的手里买来的。然后当作生日礼物，送给了佛爷。这根玉芡草，让我感动。满满的疼爱。人世间的尘俗之爱，温暖得像阳光。而陶十一的翡翠芡草秆，则是从孔府里偷来的。陶十一曾经在孔府里，跟着他的姐姐陶氏夫人生活了几年。陶十一既是孔府的管家，又帮着姐姐稳定了孔令贻去世后孔氏家族的混乱局面。但无论如何，偷是不对的。偷自己亲人的东西，更显得卑鄙。正因为这一点，我一直没有用正眼瞧一下陶十一。当然，他也没用正眼瞧我一次。陶十一在挑衅我。他的挑衅不值一提。我看不起他。

我曾经努力地向上追溯陶十一的过往。只是，这人声嘈杂，让我无法走得更近。陶十一在自己的前世今生，都架设了繁复曲折的荆棘，让我靠不得身。我的功力比不上陶十一，但我不是与陶十一战斗。陶十一如果也变成虫子，我同样要以死相搏。我不知道他在掩饰什么。罪恶应该是肯定的。

至于为他卖命的虫子，我就更看不起它了。它的前世是一条哈巴狗。开始跟着一个妓女发浪,在花满楼混吃混喝,后来又跟着那妓女去了一位盐商家里。妓女做了小妾,从了良,狗也跟着妓女换了窝。它本该好生地伺候主子,却不想竟逗引着那妓女发狂,趁男主人不在,与妓女乱了纲常。妓女和狗都被打入了十八层地狱,直到前几年才变成虫,重新开始了生命的轮回。

这样的虫子跟陶十一这样的主人,也算得上是情投意合、门当户对。

与这样的虫子决斗,我不耻,极大地不耻。但我必须为蟋蟀的荣誉而战,为佛爷的茭草秆而战。

那些带着胸牌的人,指指点点。一会儿说我赢了,一会儿又说那条狗虫赢了。我不管他们说什么,我一直撩开嗓子,唱着天堂里最壮美的歌。我要用歌声吓破狗胆。

但狗就是狗。他的牙齿坚硬,比我遇到的任何东西都坚硬。我便以硬碰硬。虫与虫,有时比的不只是牙齿,还有勇气和胆量。

裁判数着回合,好像已经超过了十九个回合。这让我想起十八层地狱。这条狗是经历过的。而此时,我的牙齿,我的骨骼,我的腿和脚,都似乎不听使唤了。只有我的嗓子,仍然提醒这个世界,我仍然是一条天虫,一条永不服输的真红。

佛爷想放弃。佛爷的眼里流出了泪。我真想替他擦一擦。可我,只能眼睁睁地看着佛爷的泪,由热变凉。此刻,我只能用更加嘹亮的歌声,安慰我至亲至爱的佛爷,坚决拒绝他让我放弃的念头。我清楚地看到,那只狗虫,已经没有多少气息。他带着求饶意味的哼哼声,竟然被裁判认为还可以鸣叫。真是岂有此理!

那条狗虫倒下去的时候,六足已经断了四根。牙齿已经全部被我咬掉。当然,我的牙齿也只剩下牙根了,一只翅膀被咬掉。我眼见着狗虫的血流干。我想引吭高歌,可我生命的所有器官,包括我的灵魂在内,都已经不再属于我,都不能支撑我发出最后的鸣唱。"振股而歌",《诗经》里的话多好。可我,股翅全无,只有永远不屈的灵魂，承担着所有的美好与道义，走在通往天堂的路上。

于是，我听到了在世界裁判历史上，最为严重的错误判决："双方战死，平局。"

而那时，我还有气息。我的生命，连同仅存的气息，竟然被一个无能的裁判，直接宣布死亡。

我看到了佛爷的眼泪，和我的泪流在一起。我飞升起我的灵魂，融入佛爷的血液中间。此时，我想，应该与佛爷成为同一个人了吧。

这也是我转世的唯一渴望。

2

葛石店就像一个轮盘，"鹿团"、"王团"、伪"道二团"轮番上演抢滩占滩的好戏。他们都像冬季蛰伏、春夏秋三季出击的蛇，总在寻找最好的机会，发展自己，消灭敌人。

日本鬼子投降以后，伪"道二团"仍然占据葛石店。此时，他们紧紧追随王绍武，投靠了国民党。他们的枪口迅速对准了人民和人民的军队。

那天的傍晚时分，耿继武、油爷和几位兄弟，正在山上喝酒，枪炮声突然响起。几个人跑出来，站到能看清葛石店的位置，看到不间断的炮火对着围墙猛轰，然后就在围墙的四个角，掀起了浓烟和火光。炸药包爆炸的震动，在山上似乎都能感觉到。

"九团看来动真格了。"耿继武说。

"九团?"油爷问。

"鲁中军区第九团,共产党的正规军。伪'道二团'这次是玩完了。"耿继武说,"走,兄弟们,趁机到葛石店搜摸点东西。伪'道二团'这几年发了财,别都落到共产党手里。记住,千万不要被逮住。谁要是让共产党逮住,兄弟我可是没办法啊。还有,这次抢来的东西,对半分。兄弟们加把劲儿啊。"耿继武摆摆手,"操家伙,下山。"

十几个匪徒,像蛇贴着地皮爬行一样,他们沿着黑暗行走。

此时,战斗刚刚打响。

碉堡里的枪声依然没有丝毫间断,声音和光点像贪吃的蛇捕捉猎物的舌头,从这边吐到那边。

两个碉堡几乎同时被炸药包摧毁。油爷看到了砖土飞溅的样子,把夜色搅得乱七八糟,而张开喉咙的大喊,几乎要把胸腔里的所有东西都抛出来。

四个围墙的门被大炮轰开,伪"道二团"悉数投降。

在县城的王绍武听到枪声,知道葛石店情况不妙,急率县城守军增援,与埋伏在半路上的县大队交火。战斗胶着着,分不清胜负。身在葛石店的九团抽出兵力,火速增援。而此时的耿继武,更像看准了猎物的豹子,不顾一切地撕咬下去。

至于耿继武最后抢到了多少东西,油爷不知道。油爷没有抢东西。油爷去了周知常家。

油爷推开周知常那扇柴门的时候,把屋里的人吓了一跳。

"谁?"油爷听见了一个男人的声音,年轻而有力量。

"是道纪吧?"油爷问。

道纪开了门。面对眼前的这人,周道纪似乎并不熟悉。

"油……干爹?"

希音从屋里出来。她端起油灯,对着油爷的脸照了几照,"真的是你?这又打枪又放炮的,你怎么这个时候过来?道纪,这是你干爹。你怎么不认识了?"

"噢,认识。"道纪应了一声。

油爷拍了拍道纪的肩膀:"几年不见,真的长大了。我来看看知常。"

油爷掀起碎花的门帘,进了里屋。

周知常的床前放着一个瓦盆,里面堆满了草纸。希音进来,把瓦盆端出去倒掉,然后又盛了没过盆底的水,端回来。

"好点了吗?"油爷坐在床沿上,拉着知常的手问。油爷感觉到,周知常的手像爷爷去世前拉着他的手一样,皮与筋都滑,好像彼此谁都不属于谁。

周知常先是一阵咳嗽,然后点点头:"好多了。你——也好?"

油爷不知道怎么回答,说好并不好,说不好还好。油爷便笑笑:"在好和不好之间吧。"

一句话把大家逗乐了。

希音笑着说:"油爷会讲笑话了。"

"我现在是一个草寇,无所谓好与不好。以前不知道落草为寇啥意思。现在知道了,就像我这样。"

周知常脸上的笑容,拧得变了形:"时事造就……咳咳……英雄。"

"我还算英雄?算也只能算草莽英雄。"

"草莽英雄,咳咳咳咳……一样得……咳咳……天下。"

"你咳得太厉害了,就别说话了。"

"说不了几天了。"周知常这句话没咳,声音明显低了许多。

"师兄学有五车之富,经纶诗书满腹,可知道'落草为寇'从哪儿来的吗?"

周知常摇摇头:"不知。"

"上了山,才关心这个。我专门翻书,找到元朝秦简夫的折子戏《赵礼让肥》,在第三折有'某今在这宜秋山虎头寨,落草为寇，也是不得已而为之'的唱词。"

"赵礼让肥，咳咳，我知道，后……咳咳……汉书，咳咳，有。折子……咳咳……戏，我没听过。"周知常要把一句话分成几段说，让希音心疼不已。但她又不能不让他说话，毕竟油爷还坐在这儿。

但油爷看出自己不宜久待，便起身告辞。

"天这么晚了，你……咳咳……能去哪儿？"周知常问。

"回山上，山上凉快。"油爷又开玩笑。

"说一句，咳咳，少一句了，咳咳咳咳……多坐会儿吧。你说，咳咳，我听。"

油爷便给他讲自己上山的始末，讲惹人疼爱的耿红霞，讲土匪中的另类耿继武，讲土匪每天都把吃当作天大的事，所有人的外号都是吃的东西；讲小枣子像自己一样逃婚，讲小黄梨如何杀了欺负他的仇家，讲柿饼子每次抢完东西都要到观音庵去上香；讲自己擦枪擦着擦着就走了火，那只被他无意打中的鸟，天天晚上到梦里来骂他；讲自己虚活了几十年，干什么不像什么……

周知常睡着了，少有的安睡。希音也趴在床沿上，听着听着就睡去。

已是深秋，油爷想找点东西给希音搭上，又怕把她惊醒，便脱了自己的长袍，披在她身上。

油灯耗尽最后一滴油，油爷走了出来。他摸进始终开着门的天主教堂，在长椅上躺下来，一觉睡到天亮。

此时的街上已经热闹起来，庆祝胜利的兵士和百姓，用笑脸打着招呼。前面还有一个文艺宣传队在编着快板："十月二十三，攻打葛石店，九团用了轰墙炮，二团伪军全被歼。广大人民真高兴呀，看宁阳城的伪军咋完蛋。……日本鬼子大逃亡，伪军哭爹又喊娘。葛石人民得解放，永远不忘共产党。"

一群老师和学生正在制作小红旗，他们要像庆祝抗日胜利一样，庆祝葛石的解放和新生。

油爷心里想,"新生"一词,用在此刻该是多么恰当,就像在这一年,这群师生把学校搬进了自己家的诗福堂,给学校一个新生,也给空寂落寞的诗福堂一个像模像样的新生。

从南北大街上穿过,油爷看到了全身长满烂疮的葛石店。城墙一段段被炸掉,房子已经有三分之一损毁,无论东乡还是西国,都像是刚刚从炭火中扒出来。油爷还想去祠堂看看,眼见前面一队盘查的人过来,便匆匆离开。

"水煎包水煎包,刘家庄的水煎包,刘三拐的水煎包。一拐挤好油,两拐磨好面,三拐调出皇宫里的馅。水煎包水煎包,刘家庄的水煎包,刘三拐的水煎包。一拐油满口,两拐咽舌头,三拐香到脚趾头。"刘三拐叫卖水煎包的声音一拐一拐地传来,拐得有些意味深长。

三天后,周知常去世。油爷没有回来参加他的葬礼。油爷害怕看见希音的悲痛,和她那张瘦到绝望的脸。

周知常死的时候,正好是他的腌臜子年。

他死的那天,过了霜降三十七天,离小雪还有七天。油爷屈指算着,那些不长命的蛐蛐,早已经归于尘土。

只是,以后的日子,希音怎么办?

油爷担心希音怎么生活的时候,希音正双手捧着玉鱼莲。她洗头净面,起身去找止语师太。

3

该下山了,油爷这样告诉自己。

葛石店的这团那团,都已经成为历史。如今的南北大街,虽然依然分着东乡和西国,但已经有了渐渐复苏的迹象。油爷似乎开始留恋起那条大街上的生活,放粥,喝酒,无所事事。

而耿继武这边,更多的人向他聚集。"王团"遗留下的人,伪"道二团"遗留下的人,不愿意被收编的,都跑到凤凰城来,喊着效忠的口号,向往着自由自在的生活。宁义山、张占鳌、王宪才,曾经死命追随王绍武,如今都投奔到耿继武的麾下。王绍武逃到济南,投靠了国民党山东省政府,成为保安特务第四师师长。王绍武曾经允诺为他奔命的手下:"暂时在宁阳避避风头,我还会再回来的。"而他一旦回来,耿继武会不会为他卖命,都不好说。

那些共产党的部队,厉害的九团,谁知道下一步的目标,会不会针对反动的土匪呢?

油爷知道,在耿继武被消灭之前,他必须下山。下山并不是背叛。对一个土匪而言也无所谓背叛。尽管耿继武给了他几年的生活,尽管曾经领着他一起去和一个寡妇约会并答应再过两年就把这个寡妇让给他,尽管一直尊称他为师爷并表达出了一点点的尊重,尽管那些尊重是耿继武骨子里仅有的一点点并且全部给了他,他也必须下山。耿继武强奸了那个寡妇的女儿,那个孩子只有六岁。油爷曾经和她一起看星星和云彩,她纯净的双眼就像妹妹的眼睛一样澄净,月亮在她的眼里就是她想象的未来。那棵像自己身躯一样的老枣树,结满了红红绿绿的枣子,油爷打算把那些枣子,像待女儿一样塞进她的嫁妆。更重要的是,那些嫁妆油爷打算亲自挑选。

从那天晚上开始,油爷抬头再也看不见月亮。那天晚上,世界上所有的一切都是红色的,并且发出惨烈的叫声。

供奉着观世音菩萨的清风庵就在村子的不远处,前来求子或还愿的人天天连绵不绝。一直焚烧的香火的气息,在那天晚上,突然销声匿迹。

那天晚上,油爷心里还一直记挂担心着耿红霞。如果她知道这一切,耿红霞不会原谅自己的罪恶,尽管这些罪恶更多的是属于她哥哥,而不是他。

油爷曾经向耿继武提起,想娶红霞为妻。耿继武哈哈大笑:"你是不是读书太多,脑子里只有糨糊?红霞能跟你?笑话!扯淡!再说这样的话,老子一枪崩了你。"耿继武越说越生气,"你半截入土的人啦,你配吗?你说你有什么?有家产?那敬信堂的家产早就归了那个阿欢。你有土地?钱家店陪送的那两千亩地,早就被张儒东还了回去!那你还有啥?你给老子数数!吃了上顿没下顿的叫花子,还想娶老子的妹妹?去,找个南墙根,撒泡尿照照自己那脸,像老鼠还是苍蝇,还是狗屎?"油爷看着端坐在太师椅上的耿继武,无言以对。油爷看不清耿继武隐在黑暗中的表情,分不清他脸上光与影的界限,他感到自己像是站在崎岖山路上失去了支点,又像睡梦中慌张的双手胡乱伸向半空。

油爷被贬得分文不值。也就从那个时候起,油爷知道自己绝对不属于这里,与耿继武永远都不会成为一路人。耿继武只是一个土匪。无论他把自己装扮得多么清高,与其他土匪有多少不同,他骨子里的痞性、匪性与恶毒,都永远存在。

油爷和耿红霞蹲在山顶的一汪清泉旁边。把手伸进去,泉里的水温热。油爷知道,这是双龙涧在山上的源头。

"你看你那个傻样,连个帽子都戴不正。这天都快热了,还戴着这顶破帽子。你这是从哪个当铺租来的?"耿红霞猛地一拽油爷的帽檐。油爷"哎哎"着,差一点儿摔倒。

一只鸟,从松树的枝上,跳到旁边一棵楝子树上。

"你闻闻这花,多香。"耿红霞吸着鼻子。

"这凤凰山上的花,哪个不香?"油爷挑了挑下巴,"除了你不香,都香。"

"我算是花?"耿红霞故意问。

"你比花好看。"

漫山遍野开了各种各样的花，树上的花、草上的花、白色的花、黄色的花、紫色的花、蓝色的花——耿红霞让油爷说出那些花的品种，油爷便这样打趣。

"没想到你这个人让我培养的，不错了哈。"耿红霞的"哈"音依然是往上挑的。

"我还知道你最喜欢什么花？"

"槐花。"油爷说完就笑。

耿红霞意识到油爷在说什么，便两手兜起泉水，向他泼过去。

油爷没动，任耿红霞泼，脸上的表情突然变得冰凉，像刚刚泼上去的水。

"怎么了你这是？这么不禁闹。"耿红霞拿出手绢，给油爷擦脸，"这世道就是谁作谁受。我泼了你水，还得我给你擦。你这破衣烂衫的，也得我给你洗。"

"以后不用了。"油爷拿开耿红霞的手，长长地出了口气，"我要下山了。"

耿红霞一屁股坐在地上，双手抱着膝盖，嘤嘤地哭起来："我知道——我知道早晚会有这么一天。我也求过我哥，他的话太难听了。我以死相逼，他说他给我买最好的棺材。我让我娘劝他，他用棉花塞上耳朵。我知道改变不了他，缠着他不能撑你走，他说天下没有不散的筵席。可没有你，我的日子，真的无趣透顶，活着还不如死了的好。"

"活着总比死了的好。好好活着，嫁个富贵人家，我去给你的儿子当师傅。"油爷一边开着玩笑，一边拿出那枚曾经为希音准备的玉戒指，戴到红霞的手上。一块南宋的古玉，被他用积攒了三年沉淀过的雪水泡洗过，然后用柔软的丝绢擦过，在手心里搓过，还在上帝面前祷告过，被养得温润通透。

油爷的泪滴在那枚戒指上，然后耿红霞放在嘴唇上，轻轻吮掉。

如果从阳光的角度看此时的凤凰城,慢慢升腾而起的氤氲之气,应该是浪漫的。那些深藏于丛林间的心事,阳光看不到,也会以为凤凰城全是美丽和动人的故事。但此时的油爷和耿红霞,并不是阳光想象的那么回事。两个人不再说话,而是静静地听着松涛与风的缠绵;任阳光自由来去,由晨及昏;任鸟鸣婉转或者悲情,无论近远;任小草偷窥,掩口而笑;任那片烧成火的晚霞,旋转、飞腾而后湮落;任一切的在与不在,都像默默流出的泪,由热及凉。与他们比肩而立的树,根和枝都蜷曲得像恋爱中的男女,手指死死地扣着,唯恐被谁抢跑。枝间的那些花,便很自然地藏在枝叶的最深处,借着风的怂恿,飞快地探出眼梢,又迅速隐进枝蔓之中,闭上眼,想着远远近近、点点滴滴的心事。

"今天,你就把我当成你的夫人,知书达礼。"耿红霞闭上眼说。

油爷抓紧耿红霞的手:"我们就假装成夫妻。一天的夫妻。无话不谈的夫妻。假装这座山是就是咱们的,假装这破烂的茅草屋就是皇帝的宫殿,假装我们从今天开始,就可以一生一世,永不分离——"

这天夜里,耿红霞把自己交给了油爷。人生的第一次,油爷不知所措。他想起前一天晚上的梦境,两条美丽的蛇相互纠缠,然后冲天而起。满天的星辰眨着眼睛,似睡非睡。油爷沉浸到梦境之中,他不知道大海为何咆哮,山峰为何锋利,杂糅了楝花和槐花的香,为何如此似是而非。但油爷能感觉到无边的光亮,那是灵魂的模样,在红霞的长发间、毛孔间、耸起的两乳间、细腻的皮肤间,扎根,绽放,与自己所有的渴望纠缠在一起,让他一会儿哭,一会儿笑,让他不知道自己是在地狱,还是天堂。不知何处的又一声鸟鸣,再次激起油爷的青春和欲望,他聚集起所有的力量,把山,把海,把太阳和月亮,把过去和未来,把幸福和苦痛,都化作滑向深渊的沉醉,一次又一次。

"你听，外面的雨声多美，天空一定挂满了春天才开的樱花、楝花。那些花都是水做的，就像我的泪。我不是难过，只是想掉泪。"红霞说，"掉了还想掉。我不光想掉泪，还想死在你怀里。"

"我对不住你。"油爷说。

"情之所至，不是罪，不当罚。命里，我就是追着风跑的蒲公英，你是旋在风里的一片叶子。"红霞像是对油爷说，更像是对自己说，"以后，如果有人问起，你就说忘了，忘得一干二净。要是哪天你还能想起我，就当我死了。要在三世之后，才能再见面。如果你愿意等，就要用三世的光阴。你可要想好。"

五月十七日，一个有着不同意义却与平常无异的日子。那天，山上的楝花盛开。那天，槐花的香依然浓烈。那天，距离立秋日，还有整整八十一天。油爷想到西天取经的孙悟空，八十一难，终究逃不出如来佛的手掌心。命？非命？

油爷醒来的时候，耿红霞已经不在茅草房里。他来时的包袱，被收拾得整整齐齐。包袱里放了十块大洋。

油爷站在土坯草房的中间，把弯曲的梁，发黄的墙，低矮的窗户，地铺上的草席，长长的枕头，带着体温的棉花被，一一刻在心里。这些带着爱情与生命味道的物件，此刻该是多么沮丧，就像油爷最后一次趴在那床被子上，久久不愿起来。最后的泪水，最后的爱情，油爷对天发誓。

"命里，我就是追着风跑的蒲公英，你是旋在风里的一片叶子。"油爷似乎听见红霞在什么地方说，"可我，得假装成什么没有发生。你不是我命里的。"

"命，到底什么是命？命里我该和谁争？我该争什么？"如果自己真的要与这个世界争点什么东西，那么耿红霞算不算终生的唯一呢？油爷不敢回答自己。

外面阳光刺眼，油爷逃似的跑掉。油爷不敢回头。他害怕再次看见那座孤零零的茅草屋，害怕看见那满山的花，满山的树，满山的飞鸟，和满山血红的霞。油爷害怕红霞的目光，躲在哪棵树或者哪朵花的下面，哭成爱的模样。

回到葛石店，油爷像一个死人，挪着去了敬信堂。敬信堂里装满了灰尘和寥落。油爷到日涉园，那位老花工还在。他养的雪中四友刚刚败去，他正在收拾那些残叶烂枝。花老头眼花得厉害，耳朵也聋。油爷在那儿站了那么久，他竟没有察觉。

小西湖的水依然碧绿，只是这绿让人觉得没有血肉。少了游园的惜春人，春盛开给谁看？

"梁兄啊，我以为天从人愿成佳偶，谁知晓姻缘簿上名不标；实指望你挽月老媒来做，谁知晓喜鹊未叫乌鸦叫；实指望笙箫管笛来迎娶，谁知晓未到银河就断鹊桥；实指望大红花轿到你家，谁知晓白衣素服来吊孝——"

这小桥流水，这落寞残阳。希音就是站在这儿唱的。那时他还以为希音是唱给自己，原来她早就心向知常了。油爷想起诗书堂里的师兄妹，走的走，亡的亡，泣不成声。

人生有多少次聚首，就该有多少回离情。生命是，爱情也是。

油爷背着包袱，去了希音的家。门上的白灵虽然过去了半年，但那刺眼的白还在，希音悲戚的表情还在。只是，那双曾经清澈如冰刀般锐利的目光，变得空空荡荡，她自己并不在里边，似乎所有的东西都不在里边。只有浑浊的痰一样的悲戚，来回哽动。油爷希望自己能够承担起希音的下半生，给她快乐和安稳，便对希音说了句："如果你愿意，我还是想娶你。"

说出这话，油爷惊呆了。红霞的体温还在，自己怎么会就如此轻薄？爱与死亡，为何竟能让自己乱了方寸？

希音的眼眉没有抬起，但声音中含了怨怒："知常的尸骨未寒，别再羞辱我们了，亏你还是知常的兄弟。这种话，我一辈子都不要再听到！"

油爷无语。油爷在知常的牌位前，闭着眼跪下去。起身的时候,油爷对着自己的脸,狠狠地抽下去。

4

葛石店的雇佃贫反奸诉苦和减租减息工作,比其他九个区要晚很多。

农会、妇救会、儿童团、联防队、民兵班等等组织,似乎是一夜之间,就在葛石店成立起来。率先行动起来的,自然是东乡。

油爷回到了张家祠堂,擦拭着疏离已久的一个个牌位。这些牌位不管熟悉或者陌生,都让油爷滋生出无比亲近的感觉。最让他挂念的,自然是母亲和妹妹。油爷觉得自己离开她们已经太久了,心生愧疚。她们与他,似乎也有了隔膜,远远地躲着他,在暗处看着他。只有在夜深人静的时候,油爷才会感觉到她们来到了祠堂,就站在他的床前。母亲给他盖被子,妹妹还是那样的童音——弱弱的奶香气息——母亲的气息,天使快乐而纯洁的模样,和他一起背那首千古不变的《硕鼠》。背着背着,油爷就开始流泪。泪流着流着,油爷就想起了希音,想起了红霞。

油爷第一次参加反奸诉苦大会,几乎被南场院里的人吓坏了。黑压压的人头,多得比那天还多(油爷从心底里抗拒那天,只要稍微与那天有关联,他就会关闭心和感官的开关)。县民主政府派了工作队坐镇,还带了背着枪、刺刀高耸的镇压小分队。

油爷和八大支的当家人,一起被安排在第一排。油爷想,这应该是长子长孙的荣耀。

油爷第一次听说了那么多的名字，农会会长牛耕田，副会长王康魁、孙旺、许丕连，妇救会长武稻芊。他们一一向葛石店的父老乡亲作揖，露出他们翻身解放之后的快乐表情。而油爷一直不知道，王大嘴的本名，竟叫王康魁。油爷在脑海中极力搜寻"魁"字的意义，还没有想出个所以然，反奸诉苦大会就隆重开场了。

"把那些地主恶霸、土匪汉奸、地痞流氓，统统押到台上来。让他们听一听农民的声音，让他们接受我们伟大的贫雇农的再教育。"农会会长牛耕田一声令下，几个民兵便把台下第一排站着的人，用枪顶着，押上主席台。

"所有台下的农民兄弟，我们祖祖辈辈遭受这些人的欺压、盘剥，两头不见日头，中间不见干粮。今天，我们终于翻身得到了解放。大家有苦的诉苦，有冤的喊冤。有县民主政府给我们做主、撑腰，谁都不要怕。要坚决把他们拿走的东西夺回来，让他们把咽下去的再吐出来。"

油爷心里暗自感叹，这些平日里大字不识一个的穷苦百姓，说起话来竟然一套一套的。油爷再看王大嘴，在敬信堂像狗一样，让他舔啥都行，今天站在台上，竟然人模狗样起来。

"不光要让这些人听，还要让他们的师爷和账房先生，一起听一听。"王大嘴给牛耕田建议。

"对，把剔骨扒肉的账房先生也揪上来。"

"敬信堂的周知常死了。"有人在下面喊。

"那就把他老婆揪上来。"说这话的正是王大嘴。

"有他老婆什么事？"油爷喊了一句，接着就被砸了一枪托。

希音被两个民兵扭上台，站在油爷身边。

一帮地主恶霸、土匪汉奸、地痞流氓，一帮师爷、账房，一个无头脑的油爷，还有一个骨瘦如柴的希音。油爷看着台上的这群人就想笑。如果说那些经营土地的地主们有着数不清的罪恶的话，那么希音算是哪类地主？油爷把目光投向民主政府的官员，希望他们能良心发现,然后赦免希音。如同他的目光本身就带着邪恶一样,民主政府的官员根本不看油爷一眼,反而对那些坚决而彻底的批斗,一次次鼓掌。

苦大仇深的百姓一个接着一个,等在下面的一个个都催促着上面的快点说。

"俺家里的三亩薄田和张义峰家的地挨着。他每年往俺地里多种一点,每年多种一点。不到几年工夫,俺还有不到一亩地。俺控诉张义峰!打死张义峰!"

就有人上台,对着张义峰的脸重重地扇下去。王大嘴看着不过瘾,便让村东头的柴屠户专职扇脸。

"俺的闺女,前年大旱,一袋小米卖给了张义岩做妾。可他,从不把她当人看,三天一大打,一天一小打,活活把她给打死了。呜呜——"

"打死张义岩!打死张义岩!"下面不少人喊,声音震破天。

站在张义岩身后的民兵,一脚踹在张义岩的腿弯子上,张义岩"扑通"跪在台上。

"我控诉张义岳,趁俺家有难,八亩地按三亩地给俺钱。俺跟他争讲,他就让家丁把俺打得三个月下不来床,光看病吃药就花了很多钱。俺要拿回地,让他赔俺钱。"

"赔钱,赔钱!"下边的人又是齐声呐喊。

"我赔,我赔。"张义岳害怕挨揍,接着就从口袋里掏过来掏过去地找钱。最后只找到几张纸币,递过去。

"太少,不要!"控诉人把钱扔到他的脸上。

"我再给,再给。晚上去我家里拿。"

控诉人这才拾起台上在风中打着旋儿的纸币,装进口袋。

那些控诉人的血泪,绝对是真的,油爷从来没有想到,张家大院的繁华背后,竟有那么多他从不知晓的秘密。或者隐藏得好,或者他从不想发现。当东乡的农民一次次揭开那些疮疤的时候,油爷觉得那也是张家大院的罪恶，而在《礼记》《中庸》的线装书里，张家大院曾经被装订得完美无缺。

　　油爷一直不敢抬头。油爷害怕王大嘴的目光，也害怕希音的目光。油爷能感觉到希音的呼吸急促，游丝般的急促。油爷害怕希音倒下去，所以一直往她那边瞅着。如果她坚持不了，他一定会扶住她的，一定。

　　"我控诉张义峨。"

　　又有人跳上台。

　　"张义峨死了。"

　　"死了也要控诉。他打着善人的旗号，做着恶魔的勾当。他假惺惺地说要把俺闺女送到钱家店做养女，可竟然被钱家店做了小妾。这还不算，钱家店看她不生养，又把她送到了三盛堂。呜呜——三盛堂啊，乡亲们知道那是啥地方？后来她得了梅毒，各位乡亲，她死得太惨了，浑身没块好地方。"控诉人先蹲下去，捂着脸哭。

　　没有人再喊，只有男人的哭声，高高低低。

　　几个民兵把他架下去。

　　又有人跳上台："我要控诉张儒东。我曾经是他家的佃户。他强奸了我的老婆，就在他的玫瑰院。"

　　"我也要控告张儒东。他的典当行，收了我家全套的蛐蛐罐、水槽、水排、过笼，那是俺祖上传下来的东西，可他就是不承认。三两银子就把俺打发了。俺几次去找他论理，该死的张儒东竟然让那个武神眼，拧断了俺的胳膊。打倒张儒东，打倒武神眼。"

　　下面的情绪似乎又高涨起来。

　　"小心武神眼晚上到你家里弄死你。"不知谁在下面喊。

　　油爷听出来了，是武卫民的声音。

　　"谁在下面瞎咋呼？乡亲们不用怕，共产党从来不怕妖魔鬼怪，不怕恶人坏人。恶人自有恶报，人民自有人民专政的办法。前几天,在南驿区的控诉现场,工作队当场处决了汉奸恶霸傅春泉。在华丰煤矿,我们党处决了四个汉奸特务和封建把头。徐霸天想必大家都听说过,是宁阳有名的汉奸、资本家、地主分子,我们党没收了他在矿上的一切财产。他的土地、牲畜、房屋,全部分到了农民手中。所以,对葛石店的所有恶霸势力,我们要坚决地打,打得他们屁滚尿流,永世不得翻身。"牛耕田说到此处,似乎有些动情。他拿过身边民兵的枪,"啪"的一扣扳机,面向台下的群众,朝天上打了一枪。

一只鸟,落在主席台上。

"所有的反动力量,都会是这种下场。"

"哇,比武神眼的枪法还准。"下面一片惊叹声。有人开始议论,这个牛耕田,到底是哪路的神仙,他的爹娘是葛石店的谁?

"我也要控诉。我要控诉油爷。"一个妇女上台,有些腼腆,脸上微微红着。

油爷把目光扭过去,侧眼看着这个女人。油爷一时竟没想起她是谁。

"油爷和钱三花的孩子张卫青,从小就跟着俺,让俺当奶娘。可他从未给过俺一分钱。孩子已经这么大了,无家无院,成不了个家。俺心里急。去找张儒东,张儒东不管。找钱三花,钱三花不管。这个油爷,更像是雪里飞,不声不响的,连个印迹儿都不留。大家说,俺该不该控诉?"

油爷终于想起来了,这就是张卫青那个姓朱的奶娘。

下边的人哈哈大笑,有人喊:"这事你得找王大嘴。"

"下去,下去。"王大嘴把朱奶娘从台上赶下来。

大事小情,大怨小伤,一拨又一拨的仇恨,在台上台下翻江倒海。从太阳初升,到日暮落晖,南场院的苦命人仍然有诉不尽的苦水。希音早已经被架下台去,无论怎样批斗,希音总与地主恶霸没有多少关联。如果真要希音承担什么,油爷情愿自己背负所有的罪恶。

反奸诉苦像一枚炸弹，引爆了整个葛石店。工作组四处奔走，让八大支的当家人退回粮食两万多斤，土地五千多亩。

入夜，东乡和西国，突然变得完全不同。西国的灯灭得早而小心，东乡的灯，则酷似那些高低错落的划拳声，此起彼伏。

5

德国神甫和修女爱丽莎撤走的时候，搬走了他们的个人物品。教堂内的其他陈设，全部留了下来。没人布道的天主教堂，一下子就像被上帝抽走了灵魂，像死亡一样安静下来。

没了有神甫和修女的教堂，仍然是教堂。钱三花还和往常一样，天不亮就起来打扫教堂里的每个角落。钱三花把那些桌椅板凳，擦得更仔细，更用心。每个晚上，她还像以前一样，找到自己常坐的位置，把《圣经》摆在面前，前后左右都要放正，小心地在胸前画着十字。钱三花会陪每一个仍然来祷告的人祷告，陪每一个流泪的人流泪，然后再说上一段悄悄话。钱三花总是对来教堂的人说："对不起，我不会布道。但请你一定相信，上帝与你我同在。"钱三花说，"上帝不光在有神甫和修女的地方，有信仰的地方，肯定就有上帝。"说完这话，钱三花总是看看十字架上的上帝，然后十分规整地在胸前画出一个光明的十字。钱三花心中默想，说不定，上帝就在自己的头顶上，给自己安抚，给自己力量，给自己一个可以明确的未来。

如果上帝喜欢磕头烧香,教堂里肯定会有不错的香火。但上帝,只需要对他无条件地信仰,需要对爱与善、真与美的虔诚。钱三花开始悔恨自己走过的每一步。是的,每一步。她感觉自己从来没有迈对步子时候,脚大了不对,喜欢上秀才不对,当个童养媳不对,在敬信堂不对,在钱家店也不对。她不知道到底怎样才对。

每天入夜之后,每隔一个时辰,钱三花都要在教堂里走一圈。她要做的事很多,她要把油灯拨得更亮。钱三花知道,此刻,在整个葛石店,只有教堂里还有灯光,就像只有教堂才能给人以希望、温暖和爱一样。钱三花只希望这小小的灯光,给某一个夜归的人,给每一个失丧的人,提示一种方向。每天,她还要到教堂的外面,看看有没有醉酒的人,有没有无家可归的人。

从什么时候进了这座教堂,钱三花已经忘记了。噢,大概,是卫青周岁的时候。或者更早。但钱三花记得,自她进入教堂做义工开始,就再没有睡过一个整晚的觉。生孩子之前,她是头挨着枕头就能睡着。生了卫青之后,她几乎天天晚上做噩梦,那一条条大大小小的蛇,在梦里缠绕着她。钱三花觉得自己的舌头,总是伸得长长的,比蛇的信子还长。她不知道梦中的蛇预示着什么。油爷属蛇,自己也属蛇。梦中的蛇到底是油爷还是自己,钱三花弄不清楚。她想弄清楚上帝的属相,她问神甫,也问爱丽莎,他们都不知道。钱三花觉得,如果需要给上帝一个属相的话,他最好能属蛇,冷静而睿智。可自己的一生,为何不能如此呢?想到这里,钱三花便要落泪。

第一次进教堂,钱三花就悄悄向上帝起誓:我要服侍你一辈子,从今天开始,睡觉不再脱衣服,无论寒暑。

冷眼和嘲讽,让钱三花下定决心惩罚自己。不是别人的惩罚,而是自己对自己的惩罚。或者她更愿意,把这当成上帝的恩赐。

上帝怎么会惩罚人呢?钱三花自己笑话自己。只有人,才会惩罚人。那些刀枪棍棒,那些软硬暴力,都是人加之于人的。而上帝，只给人以希望。

王大嘴醉醺醺地进来，刚想大声说话，钱三花便"嘘"了一声："别打扰了上帝。"

"别——别在这儿瞎鸡巴掰了。上帝在——在中国生活不习惯，来——不了中国。来了也都跟——跟着神甫和修女们回国了。人——人家国家多好啊，谁愿意在咱——咱这穷山恶水出刁——刁——刁民的地方。"

"你喝醉了。早点回去吧。"

"回——回哪儿去？你——你不跟我回去，我上哪儿去？"王大嘴东倒西歪，踢翻了跟前的两条长凳。

"你喝醉了。早点走吧。"

"你就不能说——说点别的？光赶我走。"王大嘴一屁股坐在长凳角上，一只手扶着膝盖，一只手指点着钱三花，"我——我跟你说，我现在是会——会长了。你跟了我，光等着——吃香的喝辣的。"

"我从小就吃香的喝辣的，不稀罕。你快点走吧。"钱三花眼里急出了泪，"你到底是俺哪辈子的冤孽？俺上辈子该你的欠你的？一个见不得人的孩子，已经让俺没脸活。你还想怎么样？"

"让上帝救——救你。你不是信——信上帝吗？你给我句到——到家的话，你嫁——嫁给我不？"

"死也不嫁！"

"好，你——你有种。明天，我就拆——拆了这教堂。看你还信——谁？"王大嘴刚想起身，又重重地摔下去，头正好磕在长凳的角上。

"上帝啊，你流血了。"

"流死你——你就给我发——发丧。"

钱三花急出了泪。她到里屋拿出了修女留下的纱布和药水，把王大嘴平放在长凳上，为他包扎额头。

王大嘴睡着了，鼾声渐响。

钱三花跪在上帝面前。没人知道她在祈祷着什么。嘴里呼出的气掀起了地上的尘土，泪水几乎淹没了整个教堂。

6

葛石店的西边围墙上，突然就挂出了三个人头：农会副会长许丕连，农会干部荣云飞，妇救会长武稻芊。这三个人，是反奸诉苦和减租减息的强力推动者。他们几乎天天游走于东乡的各个角落，宣传土地改革。

东乡一下子就安静下来，纷纷猜测是谁杀了这些农会干部。有人说是国民党八十四师吴化文的部队，他们在宁阳驻军已经有些日子，西部的农会干部快让他杀光了。有人说看到了大胡子张子明，他和张儒东是拜把子，张子明带了十几个人，为敬信堂出头来了。不过张子明杀人和别人不一样，他总是用刺刀先把人捅死，再投入枯井。张子明已经是国民党政府的宁阳县县长，他不该这样。于是有人猜测说是国民党县大队的人，他们已经活埋了二十多个农会干部。还有人说看见了耿继武、宁义山、王宪才，带了七八个土匪，在孙三娘的包子铺喝酒，他们和地方恶霸勾结，专门做杀人越货的勾当。收人钱财，替人免灾，自古的江湖规矩。另外的一种说法便是，全县的地主自发组织了各种各样的还乡团、暗杀团、富农会，张家大院的地主们也是他们的人，他们让家丁做内应，来了个里应外合。

周知常的儿子周道纪来找油爷:"干爹,你得救我。"

"怎么了,道纪?"

"我也是农会干部。"道纪一脸的难过,"没想到惹出这么大的事。"

"王大嘴怎么没让人杀掉?"

"他跑了。只要遇到事,他跑得比兔子的爹都快。这种人,在共产党面前他是共产党,在国民党面前他是国民党。八面玲珑,嘴又好使。"周道纪时不时地往门口看。

"既然你也是农会干部,那些人怎么还批斗你母亲?"油爷的声音里既有心疼,又有愤怒。

"这,一言难尽。我也不知道他们怎么想的。"

"唉,乱世无真埋啊。你说吧,我这么一个无用之人,能帮你什么?"油爷指了指面前的座位,让周道纪坐下。

"你给老爷说说,放过我。我爹跟了敬信堂那么多年,怎么着也是老交情。我还是从小在敬信堂长大的呢。"

"对了,当时我怎么没注意到你呢?"

"干爹事多,忙。再说,我娘从不让我出门。她说寄人篱下,要有寄人篱下的规矩。摔了打了的,无论是啥,咱都赔不起。"

"你娘着实多虑了。这样吧,你就在我这儿住上几日。这张家祠堂阴气重,没人愿意来。找个看门的都难。张家八大支没人看,其他人不想看。也是,别人凭什么给你张家的祖宗守灵。也就是我这半废不废的人,愿意守着祖宗们过日子。农会的事,我去打听一下,也不见得有你说的那么严重。我再去你家转一圈,告诉你娘一句,也让她放心。"

"他们放出话来,农会干部一个不留。"道纪的声音仍然颤抖着。

"那民主政府呢?"

"民主政府要求所有的农会干部,县不离县,区不离区,坚持就地打游击。可咱这儿的农会刚刚建立起来，没有专门的队伍，没人没枪，怎么打游击啊？咱这周围大大小小的山上，光土匪就占满了，哪还有农会干部打游击的地方？游击可打，打谁？打国民党的正规军咱见不上面，打土匪咱不如他们心狠手辣，打葛石店的地主，咱又没那底气。谁能因为反奸诉苦那些事，就把张家八大支枪毙了？都是乡里乡亲的。亲不亲，故乡人。"

油爷把道纪安顿好，自南向北，故意放慢了步子走，把胳膊往外甩了甩，游逛得像一个自在的闲人。

武卫党迎面碰上："少爷好。"

"对了，卫党，你爹现在干吗呢？怎么好长时间没见他了？都说墙外那三颗人头是他干的，到底是真的假的？"

"怎么可能？我爹跟着张大胡子，一直在县城以西。听说最近要打一场大仗，也不知什么大仗。"

"你爹回来的时候告诉我一声，一起喝二两。"

"少爷不是不喝酒吗？"

"少喝，少喝。"

"你是谁？我是谁？他是谁？哈哈哈哈——"疯婆子不知从什么地方突然冒了出来。

油爷见她，头发像干牛墩草，上衣敞开着，裤子的大襟耷拉到膝盖处，脚上没有穿鞋。

"我认识你，我认识你，哈哈——"疯婆子指着油爷说。

油爷从孙三娘的包子铺拿了两个包子，递到疯婆子手里。疯婆子抓起来，先是放在自己胸部嘿嘿一笑，然后才张开嘴塞进去。

油爷看着疯婆子，想起她曾经有过的预知神力，现在为什么消失得无影无踪？她的疯，到底是真是假？油爷想起，每年，在龙头龙尾相互枪击的那个时辰，疯婆子便会分毫不差地响起连哭带喊的声音："儿啊……"每个清明日，疯婆子都要对着遍野的火堆，对着空气中弥久不散的香气，一遍遍喊"儿啊……"油爷碰到，便拿几张火纸给疯婆子。疯婆子点上纸，满街地跑，然后嘴里喊着："儿啊……"

此时，疯婆子突然扔掉刚刚咬了一口的两个包子，大声哭喊："儿啊……"

整个葛石店的房屋、树木、牲畜和人，都怔了一下，以为疯婆子在喊自己。

突然有飞机低空俯冲过来，接着是十几分钟的机枪扫射。当时正值集市，南北大街上行人众多。十几个外村来赶集的人，横尸街头。

家里人正哭着收尸，就见有人敲锣打鼓地过来，前面走着一个女人，上身赤裸。

"各位乡亲，这位马淑贞，是你们葛石店人。她私通共匪，煽动土地革命。今天县大队把她押到葛石店，就是要让她在家乡人前面露露脸。谁再敢胡作非为，就是她这样的下场。"

马淑贞经过油爷身边时，油爷看到马淑贞的乳头被割掉，两个乳房上各穿了一条钢丝，钢丝坠上了一个秤砣。马淑贞几乎抬不起脚，拖着腿在走，挪过的地上，流下一串鲜血。

油爷呆在那里，他明白了道纪的惊恐。

油爷像疯了似的脱下自己的长袍，快速跑到马淑贞前面，遮上她的前胸。然后油爷就被枪托重重地砸在地上，无数只脚踹上来，油爷头上脸上的血，沾染了他的白色内衣。

马家人在给马淑贞收尸的时候发现，她大腿小腿上的肉都已经被刺透，锁骨被穿上铁丝。她是流血流死的。

从此以后，马淑贞流血的画面，时常出现在油爷的梦境里。她像一个陌生人，两手血淋淋地向路过的油爷求助。油爷不知如何是好，不知道该如何才能救她。油爷看着马淑贞哭，看着她举过来的手，几乎要触到手指尖。然后，她掉进了深渊。油爷跑过去看，那竟是一口枯井。路过一个生命，路过一个灾难，油爷在梦里都无法原谅自己。而他又无数次问自己：我能如何？

油爷慢慢走到敬信堂的玫瑰院。他不知道自己是如何迈进那高高的门槛的。自从搬出海棠院，油爷几乎失去了和敬信堂的所有关联。虽然张儒东依然供给他吃穿用的，但父子之间的关系，似乎也仅限于此。

阿欢并没有太多变化。油爷想起耿继武说的那句话："那小娘子，骚，让人起心。"

油爷推开门，迎头碰上钱三花，那个姓朱的奶娘也在。

"正好，书禄，我刚想让卫党去找你呢。"张儒东说话的语气，好像仍然是父子，好像早饭后刚刚分手，各自忙碌了一个上午。但屈指算来，油爷已有一年没有见到父亲。彼此冷漠和疏离，像路边各不相干的草。

油爷坐在父亲对面的椅子上。

玫瑰院的陈设没有太多变化，那些散发着香味的古家具，依然显示着一个家族的沉笃与厚重。只是父亲，似乎成了这房子的异类。油爷想起诉苦台上那些真真假假的控诉，如果真的发生在玫瑰院，那么自己脚下的砖上，会有多少哭号、委屈和泪水？

"父亲找我有事？"

"三花今天过来，说起了卫青的事。我觉得她说得有道理。这孩子从小跟着奶娘长大，缺乏教养，如果不好好勒一勒，怕将来不好管。她想送他去当兵，我觉得这主意好。"张儒东说完，端起茶杯，喝了一口。

"这事你做主就行了。"油爷说完，就有一种酸酸的疼。油爷想起钱三花一次次的毒誓："我和王大嘴只有一次。谁说假话死他祖宗八代。"油爷知道钱三花早恨透了把自己扔出来的钱家店，这样的毒誓没有任何意义。

"这位奶娘在诉苦会上说得好。孩子养这么大了，没有给过工钱，是我们的不对。不管是什么情况，孩子姓张，叫张卫青。这一点谁也改变不了。张家世代书香，还没有个行武之人。让这孩子出息一下，张家再出个张登云那样的戍边大将，也可以光耀张家门庭。有何不可呢？"张儒东顿了顿，"我听你子明叔说，县里正好驻扎了国民党新编第五军，是国民党的正规军。只要是正规军，就有飞黄腾达的希望。这两天你和三花，就把卫青送过去。张县长已经疏通好了关系。"

"好。"油爷答应，"我今天来，还想问问农会的事。"

"农会的事怎么了？"张儒东反问。

"周师爷的孩子道纪，稀里糊涂就成了农会里的人。没做过什么坏事，也成不了事。父亲如果方便，不管谁追问起来，就说是我的干儿子。放他一马。"油爷不知道自己为何竟向自己的父亲作起了揖。

"这事啊。不是张家大院的作为，但想想办法，总还是可以商量的。知常年纪轻轻就走了，可惜了那一肚子学问。不过，你要给他儿子好好说说，一定要学好，要走正道，别弄些这主义那政党的书看。咱小小的葛石店，能折腾起多大的风浪？"

从父亲的话里，油爷听出了太多的内容。他开始相信父亲已经越来越成为葛石店的头面人物，左右着葛石店的阴晴。而他对诸如道纪这样年轻后生的思想动向竟然如此了解，太可怕了。

"父亲真是眼观六路，耳听八方啊。"油爷感叹。

"千万别小看这葛石店。这里是一个漩涡。"张儒东的话，像一个惊雷，让油爷浑身一颤。

油爷并没有把张卫青送到县城，只是送到了西门。

油爷和卫青面对面站着。他们都不知道该如何道别。

钱三花哭着说："好人，不是俺想让孩子走。是你爹。"

油爷抬头，看看西门曾经悬挂人头的门楼。三颗人头已经被摘走，三根挑挂人头的长杆还在，上面沾满了血。

"好好保重。"油爷对着远去的张卫青，拜下一个郑重其事的揖礼。

7

周道纪跟着油爷,在张家祠堂待了半个多月。在确认已经没事后,油爷才让他回了家。

枪声仍然不知从何处响起,又不知什么人的性命,迅速陨灭,被遗忘。油爷愈发感觉到,时事不可预测。如果人能像蛐蛐一样,在冬季来临之后,便进入另一次生命的循环,该有多好。

要为自己寻找一个安全的洞。对,是一个洞。油爷忽然觉得,寻一个不被人发现的洞,此刻成了他生命中最大的事。

油爷开始在祠堂的西屋挖洞。油爷用抖芡草的手,写经书的手,只适合掀翻书页的手,笨拙而坚定地起开一块块的砖。油爷先是挖出了一个一米见方的洞。他左看右看,觉得这样的洞只能藏东西,根本没法藏人,便又加上锄头、铁锹等等工具,继续挖。直到这洞越挖越长,从西房的后墙挖出了院子,一直接到外面的水井。水井里还有浅浅的水,老旧的木梯仍然可用。

油爷为自己的战果兴奋不已。他在西屋的地面上,盖上了厚厚的木板。油爷还特意把木板涂上厚厚的泥,像是已经在风雨中淋过很久。他又在洞的两侧,挖了大小不同的方洞,把他最为宝贝的蛐蛐罐、玉芡草、官窑里出来的过笼、水槽、水排,全部放了进去,外面包上厚厚的红布。油爷还把那些小洞,加上薄薄的木板,不仔细看,谁也看不出任何问题。

所谓玄机,就是障眼法。油爷想。

冬暖夏凉,适合休息,或者居住。更重要的是,洞里听不见外面的枪炮聒噪。

位置偏僻,让张家祠堂成为被人遗忘的角落。有一个人没有忘,周道纪。他给农会会长牛耕田建议,把农会的秘密会议,放到祠堂里开。起初,牛耕田对油爷的可靠性十分担心,周道纪拍着胸脯说:"我以性命担保。"

对周道纪的再次到来,油爷并不意外。油爷以为他会经常来,陪自己喝茶、聊天、叙叙家常。但没有想到周道纪会带来区农会的干部,协商重要机密。

油爷被关在门外。油爷听见"新五军"和"肃匪反霸"。他知道自己不该听,便念叨着"非礼勿言,非礼勿视,非礼勿听"。油爷先是在祠堂的大门外转悠,怕引起别人怀疑,又回到院内。油爷闩好门,从门缝里往外看,像一只在大小不同的土块堆中睁眼看世界的蛐蛐。

油爷突然发现耿继武来了。他急急回到正堂:"耿继武和宁义山来了。"

"干掉他们?"牛耕田拔出枪,问一个戴帽子的人。

"不。先躲躲。油爷,这儿能藏下我们几个不?"

油爷正犹豫着是不是要把新挖的地道给他们用,就听到了敲门声。敲门声有些霸道,好像这是他家的祠堂。

油爷把道纪几个人领到西屋,打开地洞让几个人全部藏进去,这才打开门。

"怎么这么长时间?又研究你那蛐蛐了?"耿继武问,"好长时间不见,看着倒是长得水灵了。"

"托耿爷的福。这儿清闲,除了长膘,啥都不长。"

"刚才我看着进来几个红蛋蛋,你把他们藏哪儿了?"耿继武一边与油爷说话,一边从正堂转到东屋,最后才来到西屋。

"什么红蛋蛋?"油爷一脸迷惑。

"赤匪。离开老子才几天啊,这么快就听不懂人话了?"

"耿爷见多识广,我哪儿能比?除了懂点蛐蛐的话,啥都不明白了。"

"你小子骂老子是吧?"耿继武上下左右地看,"你这个王八蛋,最大的本事就是装。装清纯,装无辜,装作胸无大志。其实你啥都明白。"

油爷头上冒出汗:"岂敢岂敢。"

"我不管你七敢八敢,刚才我确实看到进来人了。"耿继武说。

"这种破祠堂,阴气重,除了祭祖,没人来。要是耿爷看见啥东西进来,有可能是回来安息的我那些祖宗们。"

"哈哈,油爷变得会说话了。我们到这破祠堂里来,也是你祖宗?"宁义山大笑。

油爷以前见过宁义山,还是在孙三娘的包子铺。宁义山捏了孙三娘的小脚,非得让她脱下鞋看看脚。孙三娘也不含糊,指了指宁义山旁边随身带着的一个兄弟:"你只要打死他,我就让你看。"

宁义山抬枪就打,他身旁的兄弟立马倒下。孙三娘当然也不含糊,刷刷刷几下,把裹脚布解开:"看吧,随便看。"

宁义山围着那只脚转了两圈,还吸了吸鼻子:"没什么两样啊,怎么会让那么多男人着迷呢?"

油爷再见宁义山,有点想笑:"除了我祖宗,进来的,还有神有鬼。"他想起宁义山低下头闻孙三娘小小的脚,几乎把鼻子贴到了脚趾头上:"这不一样是臭的吗?他奶奶的。"

"狗东西,你还拐弯抹角地骂人。我打死你。"宁义山把手枪高高举起。

"别别别,你们只要别把自己当鬼,不就是神了吗?"

几个人瞎扯了一通,没发现人,拉开沉重阴森的木门,扬长而去。

"顺便告诉你一句，红霞嫁了啊。"临出门，耿继武回头，冲油爷说。

"嫁哪儿去了？嫁给谁了？"油爷的眼珠子瞪得老大。油爷想起前几日做过的梦，耿红霞挺着个大肚子，哭着说："我要嫁人了。孩子可怜，没有亲爹。"再后来，油爷还做过类似的梦，都是耿红霞领着孩子，背对着他。

"你咸吃萝卜淡操心。你还真把自己当盘菜了？老子一个字一个字地告诉你，你听好了，从今天开始，你永远不许再找她，否则老子活埋了你！"

确认耿继武等人走远了，牛耕田从西屋的地道里出来，紧紧握住油爷的手："非常感谢。我代表组织感谢你。"

"谁是组织？"油爷还没有从耿继武的话里回过神来。

"党组织。油爷，咱明人不做暗事，我把话直接给你说开了，我们几个都是共产党。我们今天商量的事非常重要，有一个情报必须马上送出去。可是我们几个，耿继武他们都认识，一旦走出这个大门，到葛石店的大街上，马上就会被抓起来枪毙。你能不能好人做到底，替我们送一趟情报？送到磁窑以北的大汶口，那儿有个山西会馆，会有人等着接你。我们不是让你一个人送，你只是打打掩护，我们的民兵会带着枪护送你。至于你的安全，你百分之百放心，绝对没有问题。"牛耕田转过身，把后面的一个人介绍给油爷，"这是区委的李书记。他会派两个最优秀的民兵跟着你。"

油爷突然有些热血沸腾，又疑虑重重。

"干爹，放心，绝对安全。"周道纪在旁边说。

"好吧。我试试。"

牛耕田把一份情报塞进油爷的鞋底，然后告诉油爷："只要出了葛石店，在刘庄村头，刘三拐的煎包铺子门口，就会有人跟你接头。接头暗号是：这咣咣哆嗦还没叫，麦子就快熟了呢。对方会说：今年的麦子收成不好，咣咣哆嗦不来了。"

油爷整理了一下自己的长袍,把一本书夹在胳膊底下。

"对,就这样。你就是到河北教书的先生。"

油爷与民兵的暗号并不复杂。对他这样无足轻重的小人物,用这样复杂的检验程序,在油爷看来,真的是多此一举。但既然是组织规定,油爷便认真对答,就连说咣咣哆嗦的腔调,都与牛耕田保持相似。

从葛石店到磁窑的路并不太远,二十多里路。三个人也没有遇到什么麻烦,就到了茶棚村的明石桥。

对明石桥,油爷并不陌生。师傅周敦朴给他讲过,民间曾传,一生八下江南的乾隆帝,曾经在汶河南岸的茶棚村流连数日。皇辇轧过明石桥后,乾隆帝坐到草棚下品茶,与农人们说着收成,讲着治国之道,笑着乡音俚语。恰好看见一农家女子采桑归来,炊烟,流云,鸟鸣,晚霞,婀娜的身姿,舒展的长袖,乾隆帝的茶杯落在地上。此时的帝王,完全忘记了自己的身份,快走几步,将女子拥入怀中。接下来的几天,乾隆帝和女子泛舟汶水之上,流连石桥曲径,在田园间劳作,区分着麦子韭菜,品评彩山酒,啜饮女儿茶,在茅舍间吟诗作赋,说着格律平仄。一对有情人纵酒放歌,几乎耽误了乾隆帝祭孔拜庙的吉日良辰。分别之时,乾隆帝御笔亲书"茶棚村"三个字,留给后世一段传奇。回京后的乾隆帝并没有忘记那位农家女,次年便让人接她入宫,只可惜红颜薄命,农家女早已悲戚而亡。这位多情的乾隆帝,免除了茶棚村三年的赋税,算是了却一段情缘。也正是从那次之后,乾隆帝再也没有来过。他的南巡之路,开始绕开汶河,只走运河水道了。

对民间的传言,师傅不信,油爷却信。油爷相信无论天子还是草民,一生都绕不开一个情字。他的脑子里刚刚想起耿红霞,突然就自言自语了一句:"想她干吗。"然后就专心赶路,禁不住地回头看夕阳,和那一片流泪的云。

"老子活埋了你!"耿继武的声音像刀。可这样的生死别离,与活埋又有什么两样？那一片流泪的云，怎么就到了油爷的眼里。

过汶河，从南岸到北岸，明石桥是必经之路。油爷和两个民兵分开行走，各自经过了搜身、盘查。油爷想着那两个民兵应该把枪藏在哪里，心里就慌了神。过了桥的半道，油爷放开脚步跑了起来。后面的哨兵似乎觉察到了什么，一边喊"站住"，一边没命地追赶。油爷看到了北岸的水闸门，那里有人开始喊："快快快，快跑，马上就到了。"

油爷听到"啪啪啪"三声枪响，就有宽大的闸门落了下来。那两个保护他的民兵和追赶他的人，都被拦在了身后。油爷发现闸门的背后如此安静，安静得像死去了一般。他沿着长满绿苔的青砖往下走，长长的通道上暗暗的灯光，几乎让油爷看不清身边的一切。油爷知道，外面天已经黑了下来，从葛石店出发时，天已经很晚了。可这长长的甬道到底通向何方？油爷想起牛耕田告诉他，只要过了岸，他就安全了。油爷知道自己是安全的。油爷已经过了岸。只是这一切都显得如此诡异。一片雪花像天一样塌下来。油爷想起自己曾经见过这样的一片雪花，好像就在爷爷住过的翠竹院。油爷被雪花包围着，刺骨的寒冷。油爷对着前面喊："你们不用考验我了。我就是牛耕田派来的。""那你再往前走。"油爷听到有人回答，心里开始有点坦然。油爷想拔出火把，没想到它竟然是铁棍做的，油爷根本拿不动。油爷累了，他几乎走不动了。油爷开始等。他知道肯定会有人来找他，他手里有极其重要的情报，那些人会等不及的。出葛石店的时候，油爷偷偷看了一眼那张纸条，说是新五军明天晚上要和耿继武见面，商量收编的事，新五军还要卖给耿继武大批军火；六区区委的武装力量不足，需要徂阳支队支援，把耿继武他们连锅端了。油爷知道这是人命关天的大情报，必须尽快送到，油爷还下定了必死的决心。可油爷万万没有想到，北岸的人竟然如此懈怠，肯定是不愿意接手这活，才使出这样的拖延战术。稍微休息之后，油爷又继续沿着黑暗的甬道往前走。油爷忽然看见了耿红霞，便大喊一声。油爷带着质问的语气："上午你哥哥告诉我，你嫁人了。原来你是嫁给了北岸的高官。你原来给我说，嫁就嫁一个最最普通的人，无风无火，能吃上饭就行，过最简单的日子。可你还是嫌贫爱富，不嫁给我，偏偏要嫁给有权有势的人。"耿红霞知道自己理亏，一句话也没说，就离开油爷，去了另一个房间。油爷跟了进去，那房间像皇宫一样富丽堂皇，红红的蜡烛像刚刚娶过亲的样子。油爷哭了，闹着要让红霞跟他拜一次堂。耿红霞根本不理他，就在床上睡下了。油爷闻到耿红霞身上的香，竟然和奶娘的香一样，让他销魂，让他泣不成声。油爷看到了耿红霞在做梦，她梦见了一条蛇紧紧把她缠住。那蛇温顺得像一只听话的猫，在她的怀里吮吸她的奶水。油爷叫了几声红霞，她并不理他，就像她真的和他断了所有的恩爱一样。那些花的香、树的香、汗的香呢？怎么能说忘就忘？油爷不吃不喝，他只想让红霞回头，给他一个终生不悔的爱情。油爷似乎又遇到了另一关的身份盘查。一个皇帝模样的人挡住他的去路，问他是哪一年的同知。油爷告诉他，宣统三年，如果洪宪的年号也算，他当了六年的五品同知，只可惜没有领到任何年俸，但立志做学问，要写一部关于蛐蛐的书，叫《天下第一虫》，或者叫《天虫》。皇帝点点头，油爷磕头谢恩。终于经过了所有的盘查和检验，油爷走出了长长的甬道。他看到天上乌云密布，二郎神的天眼射出一道光。他飞奔而下，将油爷的肩膀刺出一道伤口，把他的腿砍断，就连他的坐骑哮天犬，也用最锋利的牙齿，将油爷的肉撕扯下来。二郎神眼看着就要夺走油爷手中的情报，油爷急了，他想起耿红霞曾经教给他的射击技术。"就这么简单。"油爷对自己说。他拔出手枪就射——

"终于醒了。"油爷看到了一张模糊的脸，自己的手指正对着她的脸。

"我这是在哪？"油爷问。他闻到了鱼腥味。

"在俺家里。"

"您家是哪里?"

"蒋集添福庄。"

油爷知道添福庄。那是黄恩彤的老家。第一个睁眼看世界的人,比严复早很多。《泰晤士报》上说的:在历史中迎风站立。黄家大院和张家大院齐名,比乔家大院规模大,历史长。

"我怎么在这里?"

"你是从上游被冲下来的。你受了伤。"

油爷猛地坐起来问:"今天初几?"

"昨天初八,今天初九,明天初十。"

"哎哟——"油爷躺下的时候,突然感觉到腿断了似的疼。油爷拍着脑袋,喃喃自语,"误大事了。"

"伤在腿上,还好。要是打在脑袋上,整个人就完了。"妇人开着玩笑,"不过,听你这样说话,像是脑袋受过伤的。"

8

葛石店的雨下得有些做作,一会儿东南,一会儿西北,扭来扭去像放荡的娘儿们。尤其是雨浇到钱三花身上,湿了她紧身的对襟蓝褂,也把偌大山丘上的小点,弄得招摇而突出。王大嘴正看着外面的雨出神,并且在雨中看到了钱三花。

这个时候,钱三花已经死了。

钱三花的死没有任何征兆。

钱三花死在天主教堂。教堂的墙上挂着一个巨大的十字架。钱三花把长长的绳子，系在十字架的交叉位置，然后把宽阔的脸，朝着十字架，套上自己的脖子。

一盏耗尽洋油的灯，连灯芯都成了灰。

钱三花，是在黑暗中走的，走进了一片黑暗。

最先赶来的是王大嘴。他把钱三花放下来，号啕大哭。王大嘴坚信，刚刚在雨中看到的，便是钱三花留恋不舍的灵魂了。就在前几天，王大嘴还让钱三花嫁给他。王大嘴喜欢钱三花的耿直，肯吃苦出力，喜欢她的心像水一样软。王大嘴还给钱三花说，如果不嫁给他，他就把教堂拆掉。没想到她就认了真。

即使不认真，这教堂也是要改造的。要改成一个夜校，让只会纳鞋底的妇女们，识字认字。妇救会已经商量过这事。

张儒东也被人叫过来。他安排武卫党去钱家店送信，安排其他人准备棺材、寿衣。张儒东说，越是兵荒马乱，越要给钱三花发一个大丧。

"我去给钱家店送信吧。"王大嘴自告奋勇，眼角还挂着泪。

油爷从祠堂里回到家的时候，钱三花已经入殓停当。张儒东问他还看不看她一眼，油爷没有说话，武卫党便把棺材的盖子打开。

油爷看见死去的钱三花很安详。她的脸变得方正。人虽然比以前瘦了，却更耐看。

油爷呆呆地坐在棺材的一侧，看着棺木上的花纹。他数着从上到下，总共有多少个树的年轮形成的心花，旋转着，然后散开。油爷觉得，钱三花的一辈子，就像这树的纹路，拧巴，拧巴得不讲任何规矩。钱三花母亲去世得早，让她失去了约束，也养成她野马似的性格，从不按别人认定的套路出牌，所有的事都由着自己的性子来。油爷知道，钱三花是在努力地向着规矩日子靠近的。比如，她曾经白天黑夜地学女红。当弄清楚那些绣花针是如何不听使唤，好像专门与她作对之后，钱三花便对女人们绣花变得不屑一顾，总是把头偏向一侧，对着天空扬起下巴，牙齿缝里甩出一声"切"，然后便问:"能当柴火烧还是能当饭吃?这绣出来的花花草草,中看不中用。有能耐,绣一幅我看得见摸得着的荣华富贵?"绣不出的荣华富贵,她本唾手可得。而她以自己的方式,与生活开着玩笑,换来的便是规矩与生活更加严厉的管束。

在她鼻尖点地面向上帝之时,钱三花已经向上帝屈服了。而这样的屈服,是以付出生命为代价的。想到这里,油爷的眼角开始泛起了泪花。

张卫青跟着新五军走了,没人给钱三花披麻戴孝。按照风俗,油爷应该为钱三花守灵、送葬。

钱家店突然来了上百口子人,把敬信堂围得水泄不通。张儒东让武卫党召集八大支的人,到场的连十个都不到。武卫党仨兄弟抱紧了枪,站在张儒东后面。

钱家的八兄弟来了四个,老七、老八并未到场。老六依然是直面张儒东的主心骨。

"张儒东,你告诉我实话,三花到底是怎么死的?"钱老六质问。

"今天一大早有人报信,说三花在教堂里上吊了。我们才赶过去。"

"这话你是说给三岁的孩子听啊?三花这孩子,从小大大咧咧,心壳郎很大。要说她是自己上吊死的,全天下的人都不信。"

"亲家,这是千真万确的事。三花自从来到张家大院,没有一个人给她气受,给她亏吃。这么多年,她向亲家说过多少敬信堂的不是?"张儒东拍着胸脯说,"我张儒东敢拍着胸脯说,敬信堂上对得起天,下对得住地,三花在敬信堂绝对没有受过任何欺负。"

"不受欺负怎么会上吊?我问你一句话,人活得好好的,不受欺负,怎么会上吊?"钱老六步步紧逼,"我怎么没看见你敬信堂有人上吊?"

张儒东无语。他理解这种失去亲人的痛苦,也能理解钱家店这些人的情绪。那乌压压的议论、指责、咒骂,几乎要把房子爆开。

"你们家那个油爷呢?他人呢?让他给我跪下。"

"揍他,揍他——"

油爷被钱家店的几个壮汉拽着头发,摁倒在钱老六的跟前。钱老六抬起一脚,跺了下去:"乌龟王八蛋,三花让你欺负了一辈子。你怎么不去死?你他妈的最该死!"

张儒东看到儿子倒下去,刚想站起来,就被钱老六呵斥:"干吗?你还想惹事啊?"

"亲家,打人、骂人,都不是处理问题的办法。你说说你的想法,你到底有什么要求?"

"什么要求?好,先给我查明真相。三花到底是怎么死的?第二,我要张儒东给钱三花披麻戴孝。这第三,你要给钱家店做出赔偿,我也不讹你,当初她嫁过来带了多少地,你再赔给我多少地。"

"地不是已经还给你了吗?"

"那叫本,这叫利。亏你还做了几十年生意,不会连这点账都不会算了吧。"钱老六指着张儒东的鼻子,"这些条件如果不答应,你们谁也别想着走出这扇门。"

"这死亡真相,怎么查?咱都不是查案破案的高手。现在的县衙只知道打仗,这种死人的事根本不是事,他们根本不会查这种案子。"

"我给你们说个法子,蒸骨验尸。咱东庄三十年前出过一个命案,对,那是民国三年,也是老公公杀了儿媳妇,也是制造了上吊自杀的假象。下葬一年后,扒出来后蒸骨验尸。周围几个县都涌到宁阳县城,想必六叔也知道这事。那可是人山人海,引起轰动啊。"王大嘴像是刚从哪个老鼠洞里爬出来,站到钱老六前面,抖抖身子,说。

"这事我知道。在八里庙。"

"后来还有人编了一出戏,叫《蒸骨验》。编戏的是秀才翟士昂。戏里的人都是实名实姓。几个人都是丑角，还把县官骂了个狗血喷头。倒是饭店端盘子的店小二，成了主审官。这戏，在葛石店演过。"王大嘴张开嘴唇，话就挡不住。

油爷抬头看了王大嘴一眼，王大嘴抬手就对着油爷扇了一巴掌："看么看，还不都是你的事。"

武卫民手一指，喊道："王大嘴你他妈找死啊，那是你王八羔子能打的人啊？"

王大嘴吓得没再说话，退到钱老六身后。

张儒东点点头："王大嘴，你这个办法倒是不错。这蒸骨验尸怎么验呢？怎么样是他杀，怎么样是自杀呢？"

"这，这——"王大嘴答不上话，"嘿嘿，俺也不知道。只是听人说。"

"亲家，人死不能复生。人死了，亲戚也还是亲戚。三花来到这张家大院，吃过气，受过苦，这都有可能。但再怎么着，敬信堂也没有谁非得把她逼上绝路。我分析着，这教堂要拆，卫青又去当兵，当娘的一时半会磨不开，才走了这一步。孩子既然已经这样了，咱就厚葬。至于你说的我给她披麻戴孝，不是我讲什么条件，我怕孩子承不住。一个长辈给晚辈戴孝，她在阴间也会欠债，影响她托生再世。所以，还是老风俗，让书禄送她。至于你说的土地的事，咱再商量。"张儒东似乎缓过了劲儿，开始与钱老六讨价还价，"况且，这钱三花与王大嘴——"

钱老六立马打断张儒东的话茬儿："你胡说啥？咱一码说一码。把我惹急了，我现在就烧了你的敬信堂。你信不信？土地的事没有任何商量。你觉得可以，立下字据。如果你觉得不行，我就让三花的棺材，在你这敬信堂摆上三年，我带来的这些人，在这儿吃三年，住三年。我钱老六说得出，做得到。"

张儒东想了好长时间。遇上这种事，他连个商量的人都没有。屋子里全是钱家店的人，张家大院八大支，要么当了看客，要么当了乌龟。

"好，我立字据。钱家店的人马上撤，一个不留。"

"没问题。三花进了张家门，就是张家的人。钱家店相信敬信堂能把她葬得好好的。"

钱三花的葬礼办得简单。敬信堂几乎没了人烟，只有油爷，扶着钱三花的棺材，葬进了张家林。

待所有忙人走完，油爷坐在钱三花的坟前，静静地陪她坐了很久。油爷什么都想，又什么都没想。他看着夕阳的光慢慢暗淡，林地里阴冷的气息，旋成一个个的风团，让他整个人感到寒冷起来。

油爷拿出一个小小的十字架，还是钱三花托人送给他的。油爷小心地插进土里。

与高高的土坟相比，十字架小得几乎让人看不见。

上吊像一种瘟疫。油爷想。

9

油爷不知道情报送到没有。

油爷醒来的时候，他身上只穿着一件衣服。添福庄的老秀才黄伯礼救了他。或者更确切地说，是添福庄常年在汶河里打鱼的鱼工救了他，然后被老秀才接到自己家里。

油爷腿上穿过一粒子弹，骨头被打出一个洞。不需要动手术，只需要用药水冲洗，包扎就好。

油爷慢慢回想起来，在他即将到达那个大闸门的时候，后面的枪击中了他。然后他落进水里，被湍急的河水冲到了下游。油爷开始后悔自己的鲁莽，他觉得自己完全可以不跑。眼见着还有十几步远的距离，他完全可以像散步一样地走过去，顺便看一下夕阳对人世的留恋。

至于后面护送他的那两个民兵，油爷也不知道他们后来是啥情况。他想问一下黄秀才，但又不敢确定秀才是哪一派的人，没敢开口。

在油爷恢复意识之后，六区区委的干部和牛耕田来了。他们让黄秀才去看着门，开始对油爷进行盘问。问他为什么跑，什么人知道他的行程，那两个民兵路上表现如何，他与耿继武什么时候认识，最近一次见面是在什么时候，他的情报最后送给了谁，等等。油爷一一回答。油爷知道自己把事弄砸了，但他不知道弄砸之后的结果会是怎样。油爷想问问新五军和耿继武是不是被消灭。转念一想，如果这样问，就说明他已经看过了那张纸条，便没再说话。

油爷被接回了葛石店，并且被送到了能够让他安心养伤的张家祠堂。周道纪被派来伺候他，直到他能拄着木棍下地。

周道纪很少说话，就像油爷犯下了滔天大罪。油爷想问问周道纪他受伤之后的情况。看周道纪阴沉着的脸，便识趣地把堆到嘴边的话，又咽了回去。

油爷知道，周道纪是在抱怨自己的老而无用。

祠堂的门"咣咣咣"地响起，不是敲或拍，而是用脚跺。

"油爷，开门。"

油爷听出是宁义山的声音。那个让孙三娘解开裹脚布看看小脚的声音，有点特别的沙哑。

"快躲起来。"

周道纪藏到了西屋的地洞里。

油爷两只手拄着一根木棍，从正堂来到前门，拉开门闩。

"哟，油爷这是怎么了？几天没见就成这样了？你这是参加了哪路的队伍？嗯？"耿继武进了院子，就对油爷大喊。他提住油爷的领子，猛地一推，"给老子说实话，你这伤从哪儿来的？"

"让鬼子打的。"

"鬼子？瞎话也不会说。什么年代了，还有鬼子？"

"你不信？真的。穿着黄军装，像拉在身上的屎。"

"你少他妈的恶心我。给老子说，你这伤怎么来的？"

"我跟人打架，吃了大亏。"油爷不敢说实话。

"就你这熊样，长得像摔不死的鸡，还跟人打架？说吧，油爷，你跟了老子这么多年，你多大的胆老子知道，多大的能耐老子也一清二楚。只要你给我说是谁打了你，为什么打你，我耿继武绝对替你报仇。"

"我这种草木之人，哪有什么仇家。玩蛐蛐赌输了，没钱给人家，让人打了腿。"

"我怎么听说，你是给共产党送信被打的。这话当真？"耿继武蹲下，仔细看着油爷的腿，然后猛地把脚踩上去，辗着。

"耿爷耿爷，轻点轻点。你说我这半死之人，除了这祠堂——哎哟，轻点，除了这祠堂哪儿也去不了。我能认识什么共产党？都是别人瞎扯。说我认识共产党还不如说我认识阎王爷可信。哎哟，耿爷，劲儿太大了。"油爷大声喊，"我真是赌输了。耿爷。"

"在哪儿赌的？"耿继武丝毫没有放松力道。

"大汶口。那里的局大。哎哟，耿爷，轻点。"油爷疼出了眼泪。

"好，老子只信你这一回。如果再让我看见你和那些农会干部搅在一起，小心老子要你的狗命。"耿继武抬起枪，"为了让你长点记性，我真想把你这条腿废了，让你当独腿将军。"

"别别别，耿爷。我一个孤老头子，腿再废了就更没法活了。要饭也得留条腿吧。"油爷说完，突然就放声大哭起来。油爷想起了自钱三花去世后的种种委屈，连同自己无能无用的自我责备，都化成了号啕不止的泪水。

或许耿继武真的是动了恻隐之心:"好吧,老子就饶你这一回。"

油爷躺在院子里,不愿起来。他感觉到腿上的血又流了出来,钻心地疼。但疼痛好像是别人的,只有委屈像是这冰冷的祠堂,真真切切。

周道纪从西屋出来,把油爷扶到正堂的床上。油爷的头碰到了妹妹留下的那本薄薄的《诗经》,妹妹的童音——弱弱的奶香气息——母亲的气息,似乎一下子响了起来,"硕鼠硕鼠,无食我黍!三岁贯女,莫我肯顾。逝将去女,适彼乐土。乐土乐土,爰得我所——"

周道纪开始告诉油爷:"情报没有送到,贻误了消灭耿继武和新五军头目的时机,反而被他们反攻。区委的干部在宁家庄全部被打死,震惊了整个鲁西南。这还不算,他们纠集起还乡团、大大小小的土匪,推进地毯拔毛行动,先后关押群众7150人,杀害338人,2145户被封门。(油爷后来在《宁阳县志》第24页,再次发现了这些数字。他除了佩服周道纪的记忆之外,还为自己给党组织造成的损失,懊恼不已。)封门你知道啥意思吗?"

周道纪说完,自己先呜呜地哭起来。

"这次活动的失败,又与整党运动结合起来。牛耕田因为对你的信任和使用,被认定对地富立场有问题,受到党内严重警告处分。区委书记被开除党籍。甚至最早一批抗日的朱璟瑛,也被清出了党的队伍。"周道纪长出一口气,"干爹,你一条腿事小,多少县里、区里的干部因此受到处分,多少同志被杀害。不应该啊!"

油爷把头缩进被子里,只露着两只眼在外面,看着祠堂的上梁。他看见了那些四处飞舞的灵魂,指着他的鼻子,或哭或笑。

"把那些死去的人的名字交给我吧,我给他们刻上牌位,天天给他们烧香。我把他们——当成我的祖宗。"

周道纪怔在那里。

周道纪似乎没有听清油爷在说什么。

10

时隔多年之后,张子明再次来到敬信堂。

所有的一切都变了,敬信堂变得冷冷清清。

油爷随着父亲张儒东,陪着张子明在日涉园散步。张子明说着他的辉煌经历,如同在讲一部传奇。说他当年如何让日本鬼子一听到张大胡子就吓破了胆,一把杀猪刀就能把他们的司令官干掉。说他曾经把日军的一个小分队,全部骗进了黄家峪的葫芦套,像老鹰叼小鸡一样,一个一个引进一口枯井。他和兄弟们站在井口,先撒尿,再倒油。呵呵,那叫声,就像黄鼠狼发情。冲天的火,从枯井里蹿出。张子明说,中国人让日本鬼子害惨了,让他奶奶的这些乌龟王八蛋,死一千遍一万遍,都不解恨。

油爷突然想起妹妹的童音——弱弱的奶香气息——母亲的气息,泪涌在眼眶里。

三个人在明秀台坐定,武卫党端上一壶清茶。

明秀台建在日涉园假山的半山腰,可远观小西湖的碧波荡漾,近赏假山上的溪水清流。对面的峡谷之上,"霁夕"二字是张义峨亲笔所书,隐在自山顶倾流而下的瀑布后面,像蒙上了一层娇羞的薄纱。清澈的溪流百转千回,像张义峨喜欢的唱腔,极尽曲折婉转,最后成为脉脉含情的清潭。

"这亭台，就像是给老兄建的呢。"张儒东说笑。

"哈哈，还是兄弟懂我。可惜呀，这年月，我张子明朝不保夕，如丧家之犬。年前攻打北落星的共产党县大队，我的战斗营长范松岗阵亡，死伤兄弟几十个。年后本想他奶奶的来个开门响，又在故城损失了五十多个兄弟，警察所的人全部被端掉。磁窑花观南山一带的一帮兄弟，又在今年四月，被许希亮的武工队团团围住，死伤过半。只怪这些兄弟太粗心，经常被冷枪冷炮干倒，还他奶奶的不长脑子，眼珠子只知道看前边。话又说回来，不光我的兄弟们节节败退，我党的正规军也没打多少胜仗。这不，兖州城又被华东野战军围了个水泄不通，他奶奶的，估计又是凶多吉少。兄弟我这才放弃了宁阳城。几进几出，几胜几败，难哪。"

"胜败乃兵家常事。"张儒东宽慰张子明。

"话是这么说，理也是这么个理。前算后算，不如天算；左算右算，不如不算。天欲灭我，胜败又何足惧哉？"张子明突然抬了音调。

一片夕阳的光透过树影，照到明秀台的茶盏上，然后又折射到身后的树上。树上的一只鸟，对着那片光亮出神。

"我听说过不少投诚的。兄弟这条路就没有考虑过？"张儒东压低了声音，问。

"如果不是对你知根知底，我会以为你是共产党的说客，一枪毙了你。兄弟，你想想，我手上有多少人命？日本鬼子的不算，就那些共产党的这军那军，得有多少人死在我手上？如果我落到他们手里，不把我下油锅就不是他奶奶的大胡子。"张子明看着湖面上一只飞飞停停的鸟，"大不了，我往南走。"

油爷一直站在旁边，不敢插话。油爷觉得张子明花白的胡子下面，隐藏着一只不知什么面目的魔鬼，会时不时地雷霆突发。油爷突然想，张子明的脸是真实的还是面具？这样想的时候，他禁不住想去摸摸那张脸，以及上面的羞耻感。

"对了，小子，油爷，哈哈，油爷。全宁阳人民都知道的油爷。我他奶奶的竟忘了你啦，你是有学问的人。刚才我就在想，当年你爷爷写'霁夕'的时候，是什么意思呢？"

油爷嘴巴一张一合，手足无措。油爷不知道张大胡子竟然与自己说话："回张县长的话，我记得以前有句诗，'雨日而云起澄潭，霁夕而月悬高阁。'题目我忘记了，谁写的也忘记了。只是因为霁夕一词，无意中合了这园中的景，才有了几分印象。"

"有学问，确实有学问。如果张叔将来能坐定这江山，你就跟着张叔去县城做教谕。"张大胡子向油爷竖起大拇指。

"对了，武神眼跟着你怎么样？"张儒东突然问，把话题岔开。

"绝对好兄弟，好帮手。谢谢你忍痛割爱，把他给了我。钱家店的事我也听说了，如果武神眼在，钱家店不敢。老七老八也捎话来，兄弟还是兄弟，别因为区区的两千亩地，伤了大家的和气。他奶奶的，不看僧面看佛面，这事他们做得过了。我已经教训过他们了。过几天，他们可能会过来，向你赔礼道歉。"

武神眼恰巧回来。

"山东人就是邪，说曹操曹操到。回家见了老嫂子，放心了？"张儒东指了指旁边的座位，"来，坐下喝杯茶。"

十几年没见，武神眼还是一样的身板和神态，风云不惊。

"你嫂子给你捎好了。她还纳了几双鞋垫，说是给你我兄弟的。"

"我就喜欢嫂子的鞋垫，密实，养脚。咱这样的穷命脚丫子，不好好养着，会闹意见的。"张子明低下头，问，"耿继武找到了吗？"

"我已经让人捎话去了。他今天晚上会过来。"

"好。"

"儒东兄弟，这日落美景，接下来便是月上高楼。何不找几个人吹拉弹唱一曲，也让兄弟们解解闷呢？"

"没问题。卫党,你去找几个人来。"

不一会儿工夫,拉二胡的弦子六,唱柳琴的百灵鸟王,弹琵琶的崔莺莺,悉数来到了明秀台。

耿继武来到,寒暄之后,酒肉也一并端上。

琴声和着小西湖里的水声、风声、树叶的沙沙声,在夜色中弥漫,旋转。所有人都沉静下来,各怀心思。

弦子六拉了一曲《汉宫秋月》,被张子明说二胡的调子太悲。崔莺莺的《十里埋伏》,只弹到一半,就被张子明叫停,说杀气太重。百灵鸟王问张子明:"先生可任点一曲,小女子来唱。"张子明摆摆手:"都撤吧。这年月,听不得这些乱弹琴了。"

耿继武想陪着张子明划拳,张子明犹豫着问:"这儿的共党,活动猖獗吗?"

"张县长,这是咱的地盘。我刚才就跟儒东兄说,除了宁阳县城,这葛石店的防御最为牢固。只要兄弟们用心,守住十里围墙的小事,绝对不在话下。"

看看天色已晚,油爷向张子明告辞。

微有醉意的张子明摆摆手,然后又继续划拳。

油爷回到张家祠堂,接着就有人跟了进来,是周道纪和牛耕田。

"张子明是不是来到了葛石店?"牛耕田问。

油爷点点头。

"多少人?"

"他所有的人马。还有耿继武的人,都来到了。"

"张子明住在什么地方?"

"敬信堂。"

"好。你千万别说见过我们。"

牛耕田和周道纪消失在淡淡的月光里,轻得像飘忽的灵魂。

油爷想,这祠堂,真的适合灵魂居住。

油爷相信有灵魂，就像他每天入睡之后，妹妹都要在他床前陪着他唱《硕鼠》。唱着唱着，油爷就睡着了。而妹妹，也像一个真正的精灵一样，守着他的梦里，不让任何人经过。

　　黎明时分，油爷听到了震耳欲聋的炮声，从不同的方向响起。

　　张子明留下耿继武带领部队继续抵抗，而他偷偷溜出了葛石店，爬上了南下的货车。

　　据后来的史料记载，葛石店的那次战斗，是宁阳革命武装针对国民党军的最后一次战斗。山东兵团的七纵队、九纵队、十三纵队，同时打响了解放兖州的战斗。国民党军溃不成军，仓皇北窜。山东兵团在磁窑一带追击歼灭敌人七千多人。至此，宁阳全境获得解放。

　　可惜的是，葛石店的枪声，并不是宁阳最后的枪声。耿继武和他的残余力量，再次聚集到凤凰城。

　　而那一夜，张儒东被一颗流弹击中。

　　油爷静静地守着早已冰冷的尸体，想着该给父亲发一个什么样的丧。

　　如果这个世界有谁像一只蟋蟀一样正直，那他简直比神还伟大。油爷确信自己的父亲，比不上一只正直的蟋蟀。

11

　　反奸诉苦和减租减息，重新开展起来，再次燃起了东乡人的热情。"耕者有其田"像一面旗帜，时刻提醒着他们，土地和粮食，多少年渴望拥有的财富，像悬在嘴边的肉。

葛石店再一次把土地改革提到桌面上，应该是在张子明的武装被赶出葛石店，耿继武被打回到凤凰山上开始。

牛耕田召集了村里几大姓的族长、农民积极分子、妇救会积极分子，按照县里统一的安排，对地主的土地、财产进行分配和分割。

王大嘴率先发言："这事商量啥？把东乡的人全部搬到西国。西国的人全部搬到东乡。这才叫三十年河东，三十年河西。也让这些地主老儿们，过一过穷人的日子。"

"这不符合上级的政策。"牛耕田说，"党的政策明确规定：我党的土地政策改变到彻底平分土地，使少数无地少地的农民得到土地、家具、牲畜、粮食、衣服和住所；又得照顾地主的生活，让地主和农民同样分得一份土地，乃是绝对必要的。"

"上有政策，下就要有对策。一切从实际出发，坚持实事求是，这可是毛主席说的。"王大嘴一只脚踩在长条凳上，一只手把桌子拍得啪啪响，"你那些条条框框，对农民的积极性是极大打击，犯了王明的教条主义。农民兄弟流血流汗，图啥？不就是为了这些土地、房屋吗？还有那些能挣大钱的店铺，要一律充公，平均分配给葛石店的每一个人。哪怕刚出生的娃娃，也要分一份。"

"就是，分。全部分掉。"其他人也附和。

牛耕田环顾四周，发现竟没有一个人赞成他。

"好吧，这事就按大家的意见。农民是革命的主力军，也最有发言权。既然大家都主张分，就全部分掉。区委指示我们，要成立专门的工作组，依靠贫农团公平分配。这项工作就由王康魈同志直接抓，孙旺、牛杨同志配合。"

"王康魈？王康魈是谁？"

"哎呀，你们这些人，不就是杵在你们跟前儿的王大嘴吗？"

"我说牛书记，分田分地是大事，光这几个人可不行。其他家族呢？每个姓氏都得有发言权。我建议每个族里出一个人，最好是能说了算的族长。"牛杨在旁边建议。

牛耕田做出双手下压的姿势，补充道："刚才不是说了嘛，要成立工作组。这三个人是组长副组长，其他工作人员完全可以是一家一个。大家要沉住气。"

"牛书记说得对，大家要沉住气。已经是割到锅里的肉了，就是怎么吃的问题。现在沉不住气的是那些地主。他们明天还不知道去哪儿喝西北风呢。"王大嘴笑起来，哈哈大笑，几乎要仰面朝天了。

"孙旺、牛杨同志有什么意见？也说说。"

"咱们村的地主老财，说到底就是张家大院的八大家。我自己以为，有些堂号其实并不差，借的能借到，不还也不要。对这些人，不要逼到墙角，要给他们留条活路。"孙旺站起来说，"当然，我说的不一定对。"

"你这观点，就是前一段我们整党时，必须整改的错误观点。对地主富农资本家怀有仁慈之心，还主动上门认亲。这是要坚决批判的。"王大嘴仍然是把桌子拍得啪啪响。

"对了，王大嘴，你是党员吗？"

"我怎么不是？我是地下党。再说了，即使我不是党员，也是九代贫农。谁能比得上我这一点？"

会议室里的人哄堂大笑。

会议室是教堂改的。钱三花上吊的那个十字架，还在上面晃悠着。

"我也说一句。刚才大家都想着，要把地主的所有东西都分了，这我赞成。但我觉得那些店铺不能分。机器也好，设备也好，一分就没用了。我的意思是，可以让地主继续经营，该交税的交税，该交给公家的交给公家。俗话说得好，隔行如隔山。如果强行收回，我们又不会经营，事就办砸了。钱挣不挣不说，影响了老百姓的生活,他们就会有意见。"牛杨的话说完,好长时间没人答话。

"大家什么态度?议一议。"牛耕田引导大家。

"革命讲的是彻底性。摧毁一个旧世界,才能建立一个新世界。分,全分掉。"王大嘴的每个字似乎都充满仇恨,就连他的眉毛,似乎都流淌着仇恨的血。

"对了,周道纪怎么没来参加会?"牛耕田这才发现问题。

"他一个外来户,他爹还做过敬信堂的师爷,无私也有弊。我没让他来。"

"你不让他来就行啊?你算是哪根葱?"牛耕田突然抬高了嗓门,脸拉得老长,"周道纪是县里重点培养的年轻干部。下一步,他要到县独立营工作。你这是排斥异己。"

"嗨嗨嗨,书记,没那么严重。我怎么能成了排斥异己呢?只能怪我虑事不周,虑事不周。下次,下次我一定叫上他。"

"你只是一个跑腿下通知的,怎么成了葛石店的土匪老大了?"牛耕田越说越气。

"书记书记,你怎么说变脸就变脸呢?我王大嘴什么人你还不知道吗?有嘴无心。嘴臭点,可心眼好着呢,不像他们说的那么坏。"

"不像谁说的那么坏?你对我的批评还有抵触吗?"

"书记教训的是,教训的是。我该死,我胡当家,乱说话。"王大嘴对着自己的嘴巴扇了两巴掌。一听声音,便是走形式的那种,只响不疼。

"这样吧,我看你在处事上并不公正。分田分地的事,还是由孙旺同志负总责,牛杨和你配合。有什么问题,要多向我汇报,绝对不能自作主张。尤其是王大嘴同志,组织上以为你是久经考验的老同志,没有想到你处理问题,竟有那么强烈的个人成见。这对党的事业,对群众的信任,是绝对不利的。今天的会议到此结束。"

"书记,我在这里先提一句,大家可怜可怜我,把敬信堂分给我吧。我在那里生活过，有点感情。"

"你是对钱三花有感情吧？"荣姓族长荣怀宽直接把话说出来了。

"这倒不一定。我看他啊，是对刚刚死了男人的阿欢感兴趣。"赵姓族长赵甲乙继续编排王大嘴。

"大家说话不要那么难听嘛。"王大嘴嘿嘿笑着。发黄的眼珠在眼皮底下潜下去又滚过来，看看这个，再看看那个。

夜黑得像一堵墙，与会的人心里，都怀揣着一个大大的太阳回家。明天，他们就可以分到房子，分到土地，还能分到日子，分到希望。

不让王大嘴做组长，却让他有了更多自作主张的空间。第二天一大早，王大嘴就把自己的东西，搬进了敬信堂。

王大嘴去的时候，油爷刚刚走进阿欢住着的玫瑰院。

油爷告诉阿欢："父亲已经死了。这敬信堂里的东西，你喜欢啥就拿上啥，赶快回你的河北老家吧。"

阿欢的泪僵在脸上："老家里俺也没有亲人了。"

"阿欢，这敬信堂已经分给我了。从今天起，敬信堂就开始姓王了。我已经给组织上汇报过，你哪儿也别去，就跟着我过。我这个人，除了嘴大点，没别的毛病。"

油爷抡起胳膊，刚想打王大嘴，就被他紧紧地抓住了手脖子。王大嘴的胳膊一拉一推，油爷几个退步，趔趄着差点摔倒，"你以为还是当年做少爷的时候，啊？"

看油爷站稳身，王大嘴反而抡起了拳头，一堆黑牙龇在一张大嘴之外，几乎要贴上油爷的脸。

此后的几天，整个葛石店比大集还热闹。虽然有王大嘴之流借机谋私，但葛石店的土改在党的领导下稳步推进。土地、房子、财物进行了重新分配。穷人分到了土地、房子、财物，沉浸在新生活的喜悦中。整个葛石店，不再是东乡西国，换了人间。

油爷转身之间就发现自己成了被丢进河里的弃子。在这个世界，油爷已经没有了三代以内与他有任何血缘关系的亲人。

油爷庆幸，自己分到了张家祠堂。

如愿分到。

油爷给列祖列宗捻上三炷香，两腿并拢，直直地跪下去，像一位感恩戴德的孝子贤孙。

膝盖下，是泪流成河。

12

无数的飞虫，并不是蚊蝇，像无处不在的跳蚤。痒。不着边际的梦。有只叫皇军的狗，向来不会在暗夜里叫，它只是某种关联。凌晨一两点的山风，被关在外面。狭小的屋里只有烦躁与热浪。开始与结束。铁打的温柔。油爷苦难而坚定的未来。怎么会想起六月六磨大刀的事？人真是一种奇怪的动物，或者怪物。

叉腰而站的投影，恰像一只蛐蛐的头，到底在想什么？无人对语的世界。

外面的风很响，山风，旋进山坳里，一遍遍呼啸。天气预报总是局地阵雨，或者暴雨。

留下点线索，就像是故意制造的悬念。

13

油爷的张家祠堂离葛石店的围墙不远,离南场院很近,离东乡远,离西国也有一段距离。

油爷的张家祠堂孤零零的,像谁家坡地里的坟。

围墙被炸开以后,油爷可以轻而易举地走到村外,村外的人也可以轻而易举地来到张家祠堂。

油爷分到张家祠堂后,最先来的是耿继武。

深夜轻轻的敲门声,说明了耿继武身份的改变。以前总是用两只脚同时跳起跺门,如今这门鼻子只要"哼"一声,他就要拔出枪四处张望。

耿继武、宁义山、王宪才一伙,已经成了丧家之犬,油爷心里清楚。油爷答应的声音故意放大,起床的节奏故意放慢。

油爷为自己的小心眼高兴。幽默一下,油爷想起谁曾经说过这个词。

耿继武依然把枪别在腰里,枪把子上的红绸子,已经不再威风。耿继武后面跟着的是宁义山,那个喜欢孙三娘小脚并且低下头像狗一样闻脚臭的宁义山。看见他,油爷就能想起宁义山跪下去的场面。耿继武旁边还站着一个疤瘌脸。这个人油爷见过,是在当时人丁兴旺的教堂里。

"快去烧壶水。"

油爷愣了一下。

"愣啥？以后老子就把这儿当歇脚的地儿。有事就来，就把你这儿当家了。"耿继武把眼瞪得像切开的熟鸡蛋，眼白和眼黄都瞪了起来。

张家祠堂离敞开的南门很近，离区公所很远。油爷慢慢腾腾地去东屋烧火。

"再去买二斤脸子肉，买点花生米、小炸鱼、豆腐皮。"耿继武吆喝。

"再买二斤孙三娘的包子。"宁义山把脸凑上来，说。

"人家关门了。"油爷回答。

"不会叫开门啊？你王八蛋是不是找头疼？是不是看老子如今失势了？告诉你油爷，这葛石店还是老子的天下。"耿继武把枪往桌上一拍。

"去去去，我马上去，马上去。"

宁义山丢给油爷两块大洋，油爷急急地往外走。

油爷发现有人尾随，并且不是一个人，至少三个人。油爷心惊肉跳。他没敢买猪头肉，买了包子就往回走。

油爷把门闩住，进屋就小声地问耿继武："外面有人跟来。你们是打还是逃？"

"废话。快告诉我们怎么走？"

油爷把耿继武领到西屋："顺着地道跑，去到城外水井里。有梯子，快走。"

耿继武他们刚走，祠堂的大门就被撞开了。

"人呢？交出来吧。"三个枪口对着油爷，油爷正在狼吞虎咽地吃包子。

"什么人？这儿就我自己啊。包子挺香，你们是不是也吃个？"

三杆枪东屋西屋地搜了个遍："奇怪啦，我刚才明明看见有人影啊。"

"民兵长官，我给您说句实话，这祠堂经常闹鬼。尤其是半夜之后，鬼影进进出出是经常的事。"

几个人不再盘问，迅速离开。

因为救了三条人命，耿继武又让疤瘌脸送过来三块大洋。油爷把钱掂来掂去："嘿嘿，一块大洋一条命啊，真值钱。"

送走疤瘌脸的时候，油爷看见王大嘴正在南墙下，四处看看没人，跟上疤瘌脸，出了南墙。出门的时候，王大嘴又转身往回看。再转身，头转过去，只把嘴角落在了耳朵后面。

周道纪趁天黑的时候，给油爷送了点油和面。

油爷问起孔兰芝的身体情况。说该去看看她了。油爷更想知道希音怎么样了。

"我娘也挺好，干爹放心。"周道纪说。

"道纪是个懂事的孩子，我一直都很放心。你二十二岁了吧？也该找个好人家的孩子，结婚生子了。"

"我娘也这么说。看来你们这些上了年纪的人，都是一门子心思。过一阵子吧，刚刚解放，区里的事很多。这才叫百废待兴呢。"周道纪想起什么似的问，"对了干爹，前几天几个民兵说，他们来过祠堂。明明看见有人影，进来后又什么都没发现。是不是土匪过来了？然后你让他们从你的地道逃走了？"

"地道的事，千万不要给任何人说，那是干爹应急用的。道纪，干爹虽然心软，但好人坏人还是能分得清的。你放心就行，只要有土匪，我马上报告。"

"我不知道你老人家是不是听说了茂义庄事件。我们的三个民兵被枪杀。正在调查谁是真正的杀人凶手。通匪分子最后都要被判刑。"周道纪像是在提醒油爷。

油爷沉思一会儿，他想起前几天耿继武和宁义山在祠堂里提过茂义庄，便说："我琢磨着这茂义庄的事，应该是耿继武、宁义山一伙干的。"

"干爹怎么会这么想?"

"这些土匪,贼心不死,什么事做不出来。你给干爹说说,到底咋回事?"

"区税务稽查所的郭宗禄,带着民兵刘恩利、王成铎,到茂义庄孔令仁家里,催缴罚款,被枪杀在茂义庄的荒郊野外。县委成立了专案组,对有重大嫌疑的酿酒店老板进行审讯,牵出了区委干部潘立振,酿酒店老板说他也参与了私自酿酒。恰好又有人举报,那天下午,潘立振背着步枪外出,枪上的刺刀有新鲜的血迹,还滴到了他的褂子上。证据越来越多,合理,又不合理。可惜了,潘立振是农民出身的干部,对党忠诚,怎么会因为一个私酿户犯这样的大错。我想不通,理也讲不通。"

"道纪,你听干爹一句话,这事儿绝对是耿继武和宁义山干的,我敢打保票。干爹曾经跟着耿继武待过几年,知道他的秉性。耿继武最善于做的,就是这嫁祸于人的勾当。你给县里的干部说一说,让他们换一种思路,仔细查,肯定有收获。"

油爷的坚定,是因为他听到了耿继武和宁义山的谈话,但他又不能明说,否则就会以通匪论处。油爷还担心,道纪即使知道了真相,他也不敢说,他会因此背上包庇的罪名。

一切的真相,都藏在暗流之下。

油爷无意于卷入这暗流之中,但又无能为力。

在后来数年的岁月中,油爷多少次回想起这一段的历史。他曾经自问,为什么不跑呢?他便自己回答:你知道,我无处可逃。山上或者山下,葛石店的土枪洋炮,或者锄头铁锨,都让我害怕。我可以躲开一个人,可以从某一个地方离开,但我不能一直跑。我跑不出一段历史,跑不出那些晃来晃去的影子。就连那些影子,都是他们的地盘。

当天夜里,耿继武又来到祠堂,让油爷接近周道纪,打听案件的进展情况。

14

化装成叫花子的武神眼，油爷并没有认出来。等他叫了一声"小少爷"的时候，油爷才发觉眼前这个破衣烂衫的人，正是武功高强、百步穿杨的武神眼。

"你怎么会在这里？怎么会这样？"

油爷让武神眼坐到椅子上，端过一杯茶，递到武神眼手里。

"就要开船了，我又下来啦。我不知道台湾在哪。我只知道葛石店。"武神眼茶杯里的水一滴没剩，油爷便又给他倒上一碗，"让小少爷倒茶，对不住啦。在外坐龙椅吃龙虾，再怎么着也是别人的狗。在自己家，无论咋样都是人。"

"这话对。古话就讲，在家千般好，出门万事难啊。"油爷也坐下，看着武神眼。武神眼老了，老得像一口破败的钟。虽然声音依然洪亮，但那声音像是被挤出来的。曾经的威武，如今只剩下零乱的白发。只有偶尔炯炯的眼神，还透着英雄气。

"对了，小少爷，你知道我下船时碰到谁上船？"

"谁？"

"王宪才。我一直纳闷，他不是一直在凤凰城上做土匪吗？怎么就成了国民党的干部，逃去台湾了呢？"

"他肯定是跟着五路军走的。"油爷回答。

"唉，他才是最该杀的人。"武神眼又喝净一杯茶。这次他没让油爷倒，而是自己拿了茶壶满上，"小少爷，我在路上就想，我陪完了老爷、少爷，再来陪小少爷。这祠堂虽小，毕竟小少爷在。小少爷在的地方，就是敬信堂。能陪着小少爷，我知足。一家三代，都有我武神眼陪着，多大的荣耀。只是少爷太看重兄弟情谊，让我跟了大胡子。大胡子和张家大院的人，根本不是一路。张子明杀人如麻，像是吸大烟，有瘾。跟他这些年，普通老百姓我一个没杀，我只杀那些要杀我的人。"

"咱俩别只顾着说话，我去给你买点吃的。"油爷起身，刚想出门，却碰上耿继武、宁义山和疤瘌脸。

"大白天的，你们怎么敢来？"油爷有些吃惊，说话的声音哆哆嗦嗦。

"越是危险的时候，越安全。"耿继武并未注意到武神眼在正堂里坐着，"我要的情报你搞到手了吗？"

"我搞不到。"

"你狗日的，还敢跟我要心眼。"耿继武的枪顶在了油爷的额头上。

"放开小少爷。"武神眼从正堂里出来，站得依然像一棵山顶的松。

"哟，是武神眼。你不是随着大胡子南下了吗？怎么又回来了？"耿继武把枪放下，向武神眼走来。

疤瘌脸的手摸在腰间的红绳上。

"走有走的道理，回有回的说法。不管以前你们怎么对待小少爷，从现在开始，离他远点。"武神眼的腿站得更像是一座山。

"你是狗拿耗子多管闲事。杀了他。"

因为是白天，不敢用枪，几个人开始围着武神眼打。从正堂打到东屋，从东屋打到西屋，然后又打到院子里。武家拳舒展的招式，致命的攻击，将三个人打得近不了身。耿继武、宁义山常常被踢翻在地，疤瘌脸看样子练过功夫，闪展腾挪与武神眼周旋。

武神眼的体力渐渐不支，而油爷又无能为力，急得不知如何是好。

油爷看见一支红绸飞过，看见武神眼一闪即逝的绝望。然后便又有另一道鲜红，向油爷飞来。武神眼飞起，挡在了油爷的前面。

再一道鲜红，是武神眼的血，喷向院子正中的老槐树。

武神眼的胸前，有两把疤癞脸的飞刀，一把在左胸，一把在右胸。

油爷大声呼喊："来人啊，抓土匪啊。"

耿继武一伙慌忙逃出祠堂。

15

周道纪再来。

油爷并没有问茂义庄事件的进展情况。

闲聊中，油爷问起与自己同去汶口的两个民兵，最后县里是怎么认定的。

"那两个民兵都被打死了。县委追认他们为烈士。"周道纪说，"如果那个情报能送到位，新五军和耿继武都会被消灭。宁阳全境的解放，就能提前三年。"

道纪的话深深刺痛了油爷。三年，该是影响多么深远的苦难岁月。当能够改变历史的某个瞬间悄悄来临时，自己并没有抓住。如果不是那十几步的慌乱和奔跑，或者，自己会成为宁阳的英雄，成为葛石店的骄傲。油爷为自己的无能，找不到任何借口。

"如果我被打死呢？"油爷抬头看着周道纪，问，"我会不会被追认为烈士？"

周道纪摇摇头，像一只懵懂的蛐蛐。

第五章

提笔

天 虫

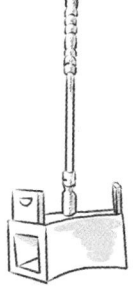

1

假如没有第四场的平局，我完全可以不用着急。

平局，完全出乎我的意料。赛前我以为十拿九稳会赢的。

那只不要命的真红，像是具备了洞晓世事的通灵术。它几次强行穿越到我前世今生的轮回边际线，几乎要翻开我生命的另一纸活页。但它的功力不到。毕竟是一只红虫，功力天注定，没办法。如果是一只青龙，我便无可遁形。

那只真红死去之后，整个斗场再没人知道我的前世。此时，我仅仅是陶十一。

不要小看我陶十一。我的身世曾经无比显赫。靠着宋代京城路边茅庐下的几张茶桌起家，我的祖上经营了无数的家产，豪宅，土地，妻妾成群。如果不是元代的策马扬鞭，陶氏完全可以成为京城里数一数二的显赫家族。这也正应了富不过三代那句话。当然，我并不是对那个朝代有任何的非议。因为，元代的生命，恰好符合了蛐蛐的性格特征。成吉思汗，意思是"拥有海洋四方"，这样的气魄和胸襟，古之少有。虽然是他，灭了宋，灭了蟋蟀兴起的最好朝代，我仍然不能对他有一丝的不恭。

清兵入关，给了陶家机会。凭着祖上的荫护，至光绪时，陶家已经拥有了北京城三分之一的财富。可以说，京城里除了皇家的，剩下的有一半是陶家的。从随处可见的高大的门楼，到那些卖笑卖身的风月场，陶家的经营无孔不入。这才让陶家先后有大大小小几十口子人，捐了四品以上的官员。再通过积累的朝廷人脉，让这些候补的闲职大都外放实职，成了地方诸侯。而姐姐嫁给贵为当朝一品、文官之首的衍圣公孔令贻，是经济与名望的一种交换，陶家人清楚得很。陶氏家族，由此更加兴旺，成了名利兼备、左右逢源的名门望族。

　　这便是当世的我，陶十一，家族的血脉给了我万世万代、至高无上的荣耀，更让我体验到了贵胄之家的尔虞我诈。我，陶十一，生于陶家的第七房姜室。我母亲的花容月貌，让她处处被挤压。更有人说，我长得不像陶家的血脉，与其他几个兄弟相比，简直是陶家的耻辱。所有的一切，激起我巨大的反抗力量，我与那些自命为陶氏三雄的国之栋梁，简直格格不入。除了《促织经》，我不喜欢读任何书，像那些成天与我一起厮混的公子阿哥们一样。但我又比那些贝子、贝勒，更多了玩虫斗虫的本事，所以他们常常唯我马首是瞻。他们也成了我混迹社会的强大力量。

　　自从我出生入世，再到掌管孔府财政大权，大把的银子我可以任意使用，买虫，买罐，买出自宫廷及官窑的稀世珍品，举办各种斗场。我可以为所欲为。所以，任何一个想与我一决雌雄的人，都会成为我的手下败将。独独这个油爷，似乎命中注定就是我的克星。我曾经穿越到他的十代以前，一代一代查。最后的结果，他往上十代竟全是泗店故城的泥腿子，几乎连村子都没有出过。只是到了他这一代，才降生到葛石店，成了一介书生。在油爷的命运罗盘中，他本可以有更大的作为。让人惋惜的是，他的运势被葛石山上的魔头，凭着一壶尿酒，踢得七零八落。

　　无论如何，我陶十一不信命。我绝不相信油爷会赢我一生。我当然喜欢蛐蛐的独唱，更喜欢不同音色与旋律下的合鸣，但在临死之前，打一场世纪之战，洗刷我不敢与油爷过招的旷世罪名，有何不可？

更何况，我的前世，是蛐蛐的万年鼻祖贾似道！

牛绝对不是吹的，泰山不是一天垒成的，宁阳蟋蟀也绝不是闹着玩的。你看，电视机前这一老一小，在读《促织经》："论曰：天下之物，有见爱于人者，君子必不弃焉。何也？天之生物不齐，而人之所好亦异也。好非外铄，吾性之情发也。情发而好物焉，殆有可好之实存于中矣。否则匪好也，岂其性之真哉？况促织之为物也，暖则在郊，寒则附人，若有识其时者。拂其首则尾应之，拂其尾则首应之，似有解人意者。甚至合类额颅，以决胜负，而英猛之态甚可观也。岂常物之微者若是班乎？此君子之所以取而爱之者，不为诬也。愚尝论之：天下有不容尽之物，君子有独好之理。"

几百年前的这些话，我依然记忆犹新。这是我思考了三天三夜才想出来的，并且字斟句酌，体现出我的旷世奇才和绝妙文笔。

可恨的是，自此以后，我遭受了各种非议，说我是蟋蟀宰相，误国宰相。但这些非议与传之万世的《促织经》比起来，简直无足轻重。更何况，我在历史上的功过是非，是需要时间检验的。我曾经指挥鄂州之战，宋蒙两军展开了长达三个月的死亡搏杀，双方"死亡枕藉"，就连忽必烈也不得不发出"吾安得如似道者用之"的感慨。三朝宰相，不该落得个众叛亲离的下场。如果真要分出个功过，那么三七开，应该是最科学的划分。

至于后来兵败丁家洲，群臣请诛，我被会稽县尉郑虎臣残杀，只能怪我识人不当。那些我曾经提拔重用的人，带头反水。他们让我更加清楚了人性的险恶，绝对比不上虫之忠义。况且这些带着各种历史偏见的反转剧情，与我的《促织经》有半毛钱的关系吗？杀了贾似道，就该把我的《促织经》付之一炬？

贾似道是杀不死的。多少年后，就成了陶十一。再过多少年后,还会变成另一个人。蟋蟀在,玩虫的人就在。玩虫,绝不比弄琴作画者卑劣。但一幅画可以欺世盗名,登堂入室,甚至可以作为国礼外送,而一只蟋蟀只能血洒疆场。

特别需要说明的是,此时,我是陶十一,不是贾似道。谁都可以是贾似道,谁都可以不是。此时是,彼时又不是。

现实生活中的陶十一,有硬币的两面,是一对矛盾的综合体。今天,只为一场战斗而来。

奖品区的物品我早已经知晓,上下部的《促织经》。上部在我手里已经几十年,下部在油爷手里几十年。今天应该合在一起了,像太阳与月亮的拥抱。

至于我和油爷的恩怨,不仅仅是因为他拿走了我最喜欢的宣德罐,就像摘走了我的心尖子,更重要的是,他拿走的过笼和水槽,太不值钱。我知道他是在奚落我,用他最轻蔑的方式,把我打入冰层、打入地狱。一个男人,可以被打败,却不可以被轻视。有谁走在大街上,能笑脸面对一口散发着轻蔑气息的黄痰?况且,用此等手段蔑视我的人,竟是一个无根无底的死虮子烂跳蚤。他有什么资格?我可是一个正三品,能与阿哥贝勒们品天地论英雄。

赛前我还听人说,油爷竟然想放弃与我比赛。这个不中用的老东西,一定是大脑朽烂了,才如此胆怯。或者,他还是不屑与我比赛?如果真是这样,我更要好好收拾他。

这样看,我和油爷,是不是硬币的两面呢?

贾似道亲自撰写的文字依然鲜活,奉之为圭臬者仍然如蚁成群。读经必读其精髓。通晓《促织经》之精髓者,世之几人?

半部《论语》可以治天下,半部《促织经》谁敢说就治不了天下?

出战前短暂的休息,让我的虫、我的心,都能稍做放松。不妨先听听电视直播里的老公鸭怎么说:"蟋蟀的斗品有文口武口之分。斗夹的类型也很多,古谱上有双做口、造桥夹、两拔夹、磨盘夹、链条箍、仙人躲影、狮子抱腰等等。如今这些名称有的继续沿用，有的起了变化，最常见的有：喷夹、拖夹、摇夹、摔夹、剪夹、滚夹以及勾、捺夹法……"

废话连篇。什么夹并不重要，关键是要一招置敌于死地。

待我的老罐打开，电视机的镜头紧接着跟上，台下出现一阵叫声，哇哇的，像七月的蛤蟆。这便是我要的效果。那几个戴着胸牌的人，开始指手画脚："紫黄出土具五色，难遇难逢非易得。诸虫一见俱失魂，不必拘泥问品格。"

"再细细说。"旁边的人催促。

胸牌上写着"紫黄"的北京迷虫摇头晃脑，像一只真正的蟋蟀："此虫为紫黄，头红，项蓝，翅金，肉紫，脸黑，足黄而爪赤。天生的身披五色，体具五行，天下绝品，是真正的虫王。这种虫，头至秋分变紫，配红牙或绛紫香牙。而陶十一的这只虫，遍身油滑，小脚铁色，腿带黑斑，腕带血点，更是绝品中的绝品。'万军之中取上将首级，如探囊取物。'"

听了这些夸赞，我心里舒服极了。这只紫黄，我已经调教多日。它就是我的灵魂，我的儿子，我的孙子，就是我自己。贾似道一生对紫黄情有独钟，上朝时落在皇帝胡子上的，便是从他袍袖中偷跑出来的紫黄。我不知道自己是否继承了他的秉性。

"油爷的虫呢？怎么样？"我听见聒噪者又问。

我的眼睛瞥过去，便听见胸牌上写着"正白"的上海迷虫说道："白头白项白丝长，翅如雪银肉如霜。黑脸红牙金抹额，方是三秋蟋蟀王。这种虫最好的应是芦花珠子头，银斗线贯顶，荠菜花项或白腐项、冬瓜项、紫绒项均可，配绛香牙或者大红牙。油爷这虫，差在牙上。"

这小子还真的说到了点子上。

更重要的是，我的紫黄恰恰是牙最强。胜负立判，我不觉心沐春风。

我的紫黄已经开始鸣叫,金属的质感,像一位真正的爷们儿。那只正白呢?叫声如此让人生厌,没有规律地振翅,已经露出所有的胆怯。不同种类的蛐蛐发现的声音具有不同的音质。黄蟋蟀叫声里带有金属声,青翅的叫声如同洪钟,其他品类也不尽相同,需特别用心才能听出差别。主要区别在于蟋蟀的两翅,其形状可分为方翅、尖翅、大翅、梅花翅、琵琶翅等。由于翅形不同,发出的声音也就不同。一般说来,两翅举得越高,发出的声音越清脆、响亮,翅长盖过身子的叫声则沙哑如嘶。蛐蛐的叫声有的像是"唧唧唧",有的像是"嘟嘟嘟",而"叮——嚁——叮嚁——"的叫声,则是蛐蛐间轻声慢语的唱和。噢,这是蟋蟀们在诉说柔情,谈情说爱。

让人不解的是,功力如此深厚的油爷,为什么选了一只正白与我交锋?白与黄,本身就不在一个档次上。所谓"黑白饶他大,青黄不可欺",难道油爷不懂?

但那只正白,竟如此大摇大摆,视死如归地进入斗栅。那叫声,越来越像一个孱弱的妇人。真的不知道,油爷对它施了怎样的魔法,竟能让它傲视整个世界。

这必然是一场兵不血刃的屠戮。而我,会不会又在虫界,留下胜之不武的骂名?

我的紫黄并不急于迎敌。它知道自己遇到了一个软蛋。

正白一次次冲锋过来,紫黄一次次躲过,像在玩老鹰捉小鸡。紫黄侧身的时候,顺便咬下正白的一根须,或者一小块翅膀。此时,会堂外传来欢快通俗、善解人心的流行歌曲:"何不游戏人间,管它风风波波多少年。何不游戏人间,不如展开笑颜,不成眠。"

面对实力悬殊的一边倒的战斗,油爷不动声色。我看到他内心涌动着海洋一般的力量,但都被他气息的平静,抚按到无影无踪。

我的紫黄,似乎非常懂得我的心思。它留下正白的牙,让正白以为它还能战斗。紫黄把正白的翅膀和腿咬成一截一截,把腹部划出无数条口子,肝肠毕现。紫黄正在慢慢地肢解正白。紫黄把正白的意志一点一点地摧毁。正白的叫声已经满带着血丝。

可怜的正白，像可怜的油爷。

油爷一直没有终止战斗。油爷让正白像一个真正的男人，站起又趴下，直至流尽了身体最后一滴血。

虫界的凌迟，也只有我的紫黄能够做到这一点。

紫黄咬下正白牙齿的时候，正白已经倒在地上。紫黄感觉自己在啃一块发软的红萝卜。情不自禁，对，紫黄已经情不自禁地唱起了歌，带着金属的质感。即使此时，正白发出"叮——嚯——叮嚯——"的爱情诱惑，紫黄也会一身凛然，拒绝所有的柔情。

我看到正白的灵魂升天。看到真红的灵魂在不远处向正白招手。我透过生命轮回的暗道，发现真红与正白，是前世的夫妻，今生的兄弟。而正白，就是来赴死的。

再看油爷，他竟像孩子似的，肩膀耷拉下去，哭个不停。

2

当了区委书记的牛耕田，一大早就砸开了张家祠堂的门。牛耕田怀里夹了个包袱，见到油爷直接往前一塞，撂下一句话："这孩子，生下来就不会哭。你也没个孩子。这个小哑巴，你就当个小猫小狗养着，让他给你养老送终。细胳膊细腿，怪可怜的。"

"怪可怜的"，油爷不知道牛耕田在说自己还是孩子。他把包袱推回去："我不会养。我不养。"

"这是政治任务。"牛耕田不再说话，转身走人，"我会派人定期送些粮食油盐过来。"

"啥时候生的？"

"毛主席宣布中国人民从此站起来的时候。"牛耕田头也不回，手抬了抬，学着毛主席在天安门的招手动作。

油爷在接到收养哑巴的政治任务之后，努力猜想他应该是谁的孩子。县委书记、区委书记、村支部书记？一切都有可能。只有书记们的孩子，才会让牛耕田如此上心，并且答应要定期给他送些粮油。定期，粮食油盐，多诱人的条件，慷慨大方。油爷甚至想要为牛耕田吟诗作赋，写一首长长的赞美诗。或者这个孩子就是牛耕田和哪个寡妇的，不得不尽快处理掉，也未可知。油爷转念一想，又不像。牛耕田是党的优秀干部，他与王大嘴之流相比的话，简直就是天堂里的使者和地狱里的魔鬼。

这个孩子究竟是谁的，这个问题困扰了油爷好长时间。接下来便是应该给他取一个什么样的名字。要与他不会哭的哑巴身份相适应，还要与收养人五品同知的历史地位相匹配。油爷暗暗笑话自己的无聊。只是一个孩子，完全可以与某一个日子相关联，比如立秋、霜降、寒露等等。这个孩子的出生日非常好记，就是国庆这一天。如果以国庆取名，谁也说不出什么。但油爷又多了担心：孩子是哑巴，如果以国庆命名，是不是有人会说，油爷是故意诋毁国家形象呢？

油爷用了十几天的时间，在脑中挑来拣去，在诗词歌赋中寻找哑巴的立身之地。一个字就够了，简单的一个字，油爷这样劝自己。

十几天徒劳无功，油爷决定叫他哑儿。

油爷，哑儿，像匹配到完美的生命图谱，就此与所有的时间、岁月、历史，结下了不解之缘。这也让油爷时不时地想：我是哑儿？哑儿是我？

生下来就不会哭，是不会哭还是不敢哭？或者本就没有可哭的事？一生不哭，多好。也正是从那时开始，快五十岁的油爷要求自己，一生不再哭。

取完了名字，油爷还是忍不住地继续往下延伸。油爷觉得，中国人民从此站起来了，哑儿就出生了，世界上还有比这更像是故事的故事吗？在那一时刻，有多少孩子出生并不重要，重要的是哑儿出生在那一时刻，油爷便有了一种至高无上的荣誉感。油爷感觉自己是在培育一个光荣的生命，培育一个能够承担历史的标志物，像上天故意给他的神话般的使命。

无论油爷想得多么复杂，给哑儿吃奶、换尿布、擦屁股等等事情，都让笨手笨脚的油爷忙出一身汗来。

哑儿的成长像一部小人书。

作为与共和国同时诞生的一代，哑儿有着非同寻常的生命力。哑儿快速地成长，并以一双慧眼，机智地洞悉这个世界给予他的所有悲欢。到三岁的时候，他已经长到正常孩子六岁时候的模样。

哑儿经常做一些让人想不通的事。当然，这些事村里人想不通，油爷也想不通。比如，哑儿在眼睛直勾勾地陪着油爷喝了两小杯白酒之后（那酒必定是在代销点用地瓜干以三斤换一斤的比例换来的），便会直直地走到公社大院唯一的电灯下面，站在开关盒旁边，拉一下那条黑乎乎的白色棉线，听见"啪"的一声响，灯亮了，然后又是"啪"的一声，灯黑掉，整个世界也变成漆黑一片。哑儿必定听不到啪啪的声响，但他对黑暗与光明的感知，如他瞬间而落的泪水，让人摸不着头脑。

油爷喝了点小酒，脸上通红，与哑儿说："咱们的世界，我是老大，你是老二，所以你既是哑儿，也是哑二。油爷是天生的老大，老大你知道吗？你是天生的老二。至于那个钱三花，也只能排在老三。她那个儿子，不知是哪个孙子的儿子，排在老四已经是高看他了。这样排你可能觉得委屈，乱了辈分，这我知道。乱了就乱了，爷不在乎，你也就别在乎了。其他人怎么看，都不要管，他们纯粹是吃饱了撑的。哑二，你就是爷的整个世界，如果你叫我大大，我会答应的。"哑儿似乎听懂了油爷的话，两片嘴唇外撇，配合着上下牙颌骨，努力地憋出一上一下的气："大……大……"

油爷用手抹了抹眼角，并没有泪水。没有泪水更好，油爷安慰自己。哑儿此时的可爱，说不定会冲掉他余生的所有泪水。

哑儿有着非同一般的预知能力。他总是在油爷还没有醒来的时候，便已经知晓他全天要做的所有事情。比如要去赶集，比如要挨批斗，比如要去希音的屋后转上几圈。所以，哑儿每天为油爷准备的衣服或鞋帽，总让油爷心情愉悦，几句老腔便随口而出："将酒宴摆置了聚义厅上，我与呀众兄弟一叙衷肠。窦尔敦在绿林谁不尊仰，河间府为寨主除暴安良——"

哑儿喜欢看火，更喜欢玩火。哑儿经常在夜深人静之时，在所有的狗都睡去之后，燃起一棵遍地都是的秫秫秸，在村子里毫无声息地走，像举着一根祭天的高香。油爷不懂他的心思，哑儿比比画画，说是要为那些经常做噩梦的人照路。那些做梦的人会害怕，他们会梦见大海，梦见快要沉底的船，他们或者被鲨鱼吃掉，或者迷失了东西南北，找不到回到葛石店的路，找不到他们的床和他们的儿女。哑儿越比画越乱，那些音节破碎，似乎急出了眼泪。

如此一来，油爷只好跟在哑儿的后面，看着他在前面举着一棵点燃的秫秫秸。默然无语的一颗火苗。孤独的一颗火苗。不是祭天。没有谁找不到家。没有梦跑到街上。没有谁的梦找不到床。

直到有一天，生病的油爷没有跟着哑儿，哑儿点燃了一大堆秫秫秸。哑儿惊恐地跑回牛棚（前身是张家祠堂，后来成了生产队的牛棚），躲进破烂的棉絮中间，上牙与下牙打着寒战。第二天，民兵连长王大嘴带着几个民兵，把油爷拉到批斗场上，让他跪了三天三夜。

哑儿远远地看着，不敢出声。他的泪憋进肚子里，手指头几乎被自己咬断。油爷想，哑儿不会哭，哑儿的牙齿，必定是蛐蛐的牙齿变的，坚硬得像他永远不说话的舌头。但油爷不知道的是，哑儿也会哭。只有在下雨的时候，哑儿才哭。哑儿跑到雨里，或者跪在泥里，对着天哭。泪水被雨水冲掉，就像哑儿的哭声被天空吞噬。哑儿陪着天哭，天陪着哑儿哭。似乎哑儿与天，有着同样大而深刻的悲苦。

哑儿似乎成了油爷的终身伴侣，恰如某种象征。

哑儿总是在油爷身旁，伸开两臂，做出飞翔的姿势。油爷看到哑儿的头上，飘着一块永不消散的雾气。

哑儿喜欢蜷缩着睡觉，就像自己。自从娶了钱三花，油爷就一直侧着身蜷缩着睡觉。他渴望自己是一个缩在母亲子宫中的胎儿，再一次经过母亲产道的时候，不再让母亲难产，几近于死亡。油爷更觉得自己是一个在蛋壳中孵化着的雏鸡，盼望着打破蛋壳的某一个日子。不做毛蛋，油爷心里说。

哑儿的生活，就是自己的生活。油爷也终于认清了两人之间的这层关系。哑儿的一生是最真实的，他不会对任何人说谎，只会自己骗自己。

为把哑儿养育成一个有出息的、对社会有用的人，油爷专门为哑儿开下不少书目，比如四书五经，比如王阳明的心学，当然，更少不了虫课。或者说，虫儿，是哑儿的必修课。油爷对哑儿说，别人看你，就像镜子，平平的一个物件。你只是一个哑儿。有谁会关心你几点起床，几点睡觉？没有。晚上，呃，我说是晚上，你会不会做一个娶媳妇的梦（油爷确定哑儿白天也会想这件事），他们也不关心。但你自己看自己，哪怕透过镜子，也完全不一样了。镜子里会出现两种映像。映像你懂吗？现在不懂不要紧，以后你会懂。你知道哪个是真实的自己，哪儿最痒。我看你又不一样了，我不看镜子里的你，看的是你真实的屁股、脸，看你的天分，以及可能的未来。所以，无论如何，你不要听别人的，有时也不能听你自己的，而是要坚决服从我的命令。我只想给你幸福，给你大喇叭里宣传的"楼上楼下，电灯电话，耕地不用牛，点灯不费油"的共产主义新生活，有牛奶和面包，不只是你刚刚塞进嘴里的被榨过了油的豆饼。你知道，那些豆饼是给耕地的牛吃的，你吃就是占集体便宜，不能对任何人讲。

油爷突然觉得，自己面对哑儿，竟然有那么多话要说，如同打开了泄洪的闸门。憋闷了那么多年的舌头，终于可以给哑儿说话。

与一个哑巴说一辈子话，是油爷的宿命。

让人始料未及的是，王大嘴的儿子王小嘴，也是在国庆那天生的。据说，也是在毛主席宣布"中国人民从此站起来了"那一刻，所以王大嘴给儿子取名叫国庆。王小嘴是王国庆的外号，葛石店的人都这样叫。父子俩一大一小，符合伦理纲常。更符合进化论的是，他们爷俩的嘴唇，竟然一样厚，不差一丝一毫。

只是这孩子，是王大嘴和阿欢的贱种，污辱了"国庆"二字，让油爷充满了愤怒。

油爷突然想起疯婆子天天喊的咒语："天要下雪了，一切都干净了。"

3

周道纪再来，看到了在床上像虫子一样挥舞着手和脚的哑儿，有些惊奇。周道纪问油爷是谁的孩子，油爷反问一句："不是你们区书记牛耕田的吗？他说你知道的。"

油爷使诈，他想让周道纪说出孩子的出处。

"我怎么会知道？"周道纪一边摆弄着细瘦的小手，"刚才我一进门，看见那破布褂子，还以为走错了门，竟是干爹抱养了个孩子。那些褂子挂在祠堂里，挺反叛的。这孩子真好玩，叫什么名字？"

油爷顺着光线看出去，真的看到了那些破布褂子，用自己的长袍裁的，也算是用得其所。反叛？油爷似乎没有听懂周道纪用的这个词。至于在祠堂里挂褂子，是有点不伦不类。

"哑儿。"

周道纪愣在那里："他是个哑巴？"

油爷点头。

周道纪情绪低了下去："哑巴好。少惹是非。"

油爷分析周道纪肯定遇到了不顺的事，关心道："还是茂义庄的事？"

"茂义庄的案子破了。县里有了最后结论，被定性为反革命预谋杀人案。潘立振、孔令仁他们六个人，已经被执行了枪决。区里的几个干部，因为怀疑办案的真实性，被撤了职。茂义庄事件，已经倒下了许多人。可我还是觉得不对劲。所以那天的案情分析会上，我提了一些疑问。我也相信是那帮土匪干的。领导批评我多嘴。也是，咱算老几？凭什么怀疑领导同志的分析能力？我这嘴，快成了周大嘴了。"周道纪继续哄着哑儿，"你看你多幸福，不说话就永远错不了。"

羡慕一个哑巴？油爷心里想。

"对了，道纪，你娘来找过我。她让我劝劝你。两件事，一是听说你想去抗美援朝？有这个念头不好。你年纪轻轻的，在区里、县里都有革命工作，不见得非得去战场。另一件事，抓紧时间找个好女孩，给你娘生个孙子抱，也让她了桩心事。"

"干爹，这两件事，你都别劝。抗美援朝的事，我已经报名了，很快就走。至于找媳妇的事，你想想一个就要去战场的人，人家愿意跟我吗？我能娶吗？今天来，也算是跟干爹道个别。以后一个人，要照顾好自己。现在又多了这么个小东西。你这不是找罪受吗？"

油爷猛地把茶碗蹾在桌子上。声音不大，怕吓着了哑儿似的："道纪，有道是，父母在，不远游。《孝经》上写得明明白白。你娘这辈子吃了多少苦，你知道。她的下半辈子你觉得谁陪她过？"

周道纪怔在那里。"那我先把婚结了，再去朝鲜战场。"

"战场对你，有那么大的吸引力？"

"男人不当兵，不如一根葱。"

自己的爷爷说，"好儿不当兵，好铁不捻钉"。油爷至今记得爷爷那时的神情。时空的变化就像是千层饼，一层有一层的天地。油爷无法让周道纪在葛石店做一根葱。但他，又如此渴望他能留下，留下陪着希音。如今的油爷，能说话聊天的，只有周道纪了。油爷眼看着身边的人，或者死去，或者离开，感觉到越来越强烈的孤独。那孤独总是在不经意间，让他浑身一颤。然后，会有一个声音接着说，为什么死的不是你？

"今天上午，卫国他们兄弟三个来过。他们都是会打枪的人。他们说，上级动员他们去抗美援朝。他们拒绝了。他们的话有些愚蠢，说武神眼曾经说过，武家和敬信堂签过生死协议。只要敬信堂的人还在，他们就要行使保护之责。他们问我相中三兄弟中的哪一个了，要来陪着我过下半辈子。"油爷发觉自己脑海中自私的想法被周道纪发现了，如同真的要收编三兄弟中的哪个一般，脸上现出羞愧的神情，"我不知道他们为什么跟我说这些。武家和敬信堂从来没有过生死协议。即使有，也作废了。我不会让他们中的任何一个人，陪我这个老头子度过余生。但我想说的是，你娘，一个殁了男人的女人，一个浑身是病的女人，需要人陪着。"

油爷没有告诉周道纪，三兄弟今天还给他带来敬信堂的好多收藏。在王大嘴抢占敬信堂、分掉敬信堂的家财之前，三兄弟把敬信堂值钱的东西，把典当行的好多古物，都装进木箱。他们今天悄悄拉过来，还给了油爷。

周道纪似乎没有了聊天的兴趣。油爷看出了他心底的厌倦。周道纪把他当成了一本过时的书。

"你老人家的话，我会考虑清楚，之后再做决定。今天我来，还有一件事，想提前给你老人家说一句。县委发出了关于对反动会道门斗争的指示，已经安排力量，要打击所有的反动会道门。济南有个红万字会，县城的南关设了分会。有人写了检举信，说红万字会是反动会道门，你是红万字会的骨干。一串长长的名单，不像是假的，你的名字放在了比较靠前的位置。"

"什么？"油爷吃惊的语气连他自己都觉得有点刺耳，"红万字会？是个什么？"

"我也不知道。我知道你老人家从来没有参加过反动会道门，才过来说一声。据县里初步的统计，全县共有一贯道、圣贤道、无极道、皈一道、一炷香等大大小小十几个会道门，有大小坛堂接近二百处。我只是不明白，谁要这样陷害你？"

"信是从哪儿寄来的？"油爷突然苦笑，"我倒不是害怕这些罪名，已经有了那么多的名头，多一个又怕啥？谁还管它合不合身？"

"我想起来了，寄信的人叫陶十一。上面还说他可以当书面证人。"

油爷抬头，恰好看见墙角的一张蜘蛛网，很大。蜘蛛并不在网上，倒是有一只无力挣扎的甲壳虫。油爷突然想起陶十一的眼，布满吃人的血丝，竟像这张软软的、黏黏的网。陶十一织了多少张网，等待无辜的猎物，油爷并不知道。油爷觉得自己早就成了陶十一的猎杀对象，被罩在他的网里，任其把玩。

"陶十一就是躲在暗处的蛇。他会在任何觉得合适的时候，对我下口。这个人啊，辱没了玩蛐蛐人的名声。他连一只最卑劣的蟑螂都不如。像男人一样地斗一场，无论输赢，怕啥？用这样的阴谋诡计！我这辈子，除了写一本关于蛐蛐的书，便是与他光明正大地斗一场。让全世界的人都知道才好。我让他给我的一生正名。我既不是强盗，也不是懦夫。而他，完全是地地道道的小人。"

"不过，如果没有其他会员的证明，我觉得也不会对你有太大影响。还有，那个陶十一，怎么会如此卑劣？"

"比他卑劣的人，葛石店还少吗？今天不说了。唉，活一辈子，打一场，把一辈子的名声赢回来，就行了。"

县里的工作组来核查情况的时候，已经是一个多月之后的事了。那天，正好是周道纪结完婚，过完了两个星期的婚期，戴上红花准备去援朝抗美。县里的工作组与周道纪也熟，落实情况确实证明油爷并没有参与任何反动会道门。但来人中有一个特别认真的人，坚持不管有没有这回事，既然有人举报了，就得处理。

"那你说，怎么处理吧？"油爷无所畏惧的神情更加惹恼了对方。

"我们要对你实行专政，让你在葛石店大街上游街。"

"游吧游吧，我支持你们的工作，就算是给葛石店的伟大人民做一次反面典型。"油爷把双手伸出去，"是戴手铐还是挂牌子？"

"挂牌子吧。"来人脸上突然露出笑容，"既然你如此喜欢被游街，那我们就陪你在街上转一圈。"

气愤万分的周道纪使劲拍了一下桌子："还有没有原则！既然要游，我也陪着。"

挂了牌子的油爷，没挂牌子的那个县干部，挂了大红花的周道纪，没有挂红花的疯婆子，组成了游街的队伍，在葛石店的南北大街上穿行。这样的游街像一个失去了规则的游戏，让疯婆子高兴得手舞足蹈："俺也游街了，疯婆子也游街了。"

卖水煎包的刘三拐也跟在游街队伍的后面："水煎包水煎包，刘家庄的水煎包，刘三拐的水煎包。一拐挤好油，两拐磨好面，三拐调出皇宫里的馅。水煎包水煎包，刘家庄的水煎包，刘三拐的水煎包。一拐油满口，两拐咽舌头，三拐香到脚趾头。"刘三拐的叫卖声一高一低，像游街的队伍一样，富有节奏。

"水煎包多少钱一个？"县里游街的干部问。

"不卖给你。你不是好人。"刘三拐说。

"哼，一个卖水煎包的，还能分得清好人坏人？"

"治着别人游街，自己能是好人？"

"坏人坏人坏人。"疯婆子指着那个县里的干部喊。

4

　　油爷总是在睡觉前，把破了边的《促织经》放在枕头底下。油爷觉得这样可以让书中的蛐蛐，自由地跳进他的脑海中，歌唱或者拼杀，他还可以用自己最温柔的情怀，为那些蛐蛐创造一个自由和爱和谐共生的理想国度。时间和空间都是用来穿越的，只要人类给予足够的宽容，谁能阻止一只蛐蛐一唱三千年？

　　油爷发现，哑儿对他枕头下的《促织经》，似乎有着极大的兴趣。刚刚学会在床上爬，哑儿就常常把书翻来翻去，累了，便抱着书睡觉。老话说，从小看大，油爷竟觉得哑儿也会像自己一样，做一名蛐蛐的忠实信徒。

　　哑儿到了上学年龄，油爷把他送到了葛石完小。那里曾经是诗书堂，后来张义峨亲书"诗福堂"，现在是学校，什么堂也不是。那时爷爷张义峨年事已高，"诗福堂"几个字写得温暖而富有亲情。油爷似乎看到了师傅周敦朴领着唱诵《诗经》的几个人，都在长长的条凳上坐着，嫩嫩的嘴唇张开，发出高低错落的声部合奏。

校长周创业起初不愿意收哑儿，说没有老师愿意像一个哑巴张牙舞爪。油爷找了校长，然后又找了牛耕田，牛耕田又找了校长。

哑儿与王大嘴的儿子王小嘴同班。

油爷怕哑儿受欺负，常常一个人跑到学校院子里。油爷愿意看着哑儿百无聊赖地上课、翻书，然后在课间时像一头撒欢的马，满院子跑。不少的孩子齐声喊着"哑巴"，起初喊的人很少，慢慢变多，最后大部分的学生都在喊，绝对比上课时读课文更整齐划一，更嘹亮无比。那声音虽然没有攻击性（哑儿并不能听到，他只在那儿奇怪，为什么所有人面向他时嘴巴都一停不停地一张一合），却刺痛了油爷的心。油爷站在一旁，并不说话。哑儿依然乱跑，像一只不知疲倦的蛐蛐。然后就看见王小嘴伸出脚，把跑得正欢的哑儿绊倒。哑儿一骨碌爬起来，拾起旁边的抬水棍便没命地打。几个大一点的小孩护住了王小嘴，要对哑儿下手。另外几个大一点的孩子站到了哑儿前面，要对另一帮孩子下手。剑拔弩张，准确的词汇，但不如那些带着愤怒的孩子更真实。

后来，油爷打听保护哑儿的那些好孩子是谁。校长周创业的表情复杂，明显带着鄙夷，似乎油爷也是其中的一员，"潘立振的儿子，孔令仁的儿子，还有其他几个落后分子的孩子。"

如果自己把听到的耿继武和宁义山的谈话，像其他积极性高的农民一样，坚决报告呢？或者把那个情报送给汶河北岸，耿继武老早就被消灭了呢？看到那些父亲被枪决的孩子，油爷觉得肯定是那些善良的灵魂，在苦难与艰辛面前，以另外的存在方式，延续善良。哑儿是幸福的。油爷想。

"茂义庄事件不是平反了吗？"油爷问校长。

"平反了。可我不信。"周创业以怀疑一切的语气说，并且觉得自己的怀疑具有极大的权威性，"土匪的话也能信？"

"可是国家已经定性了呢，是冤案。"

"有人操纵。"周创业对油爷的无知和浅薄明显充满敌意,"你和牛耕田是什么关系?"

油爷随口答了一句:"一个战壕里的同志。"

周创业哈哈大笑:"油爷可真会开玩笑。你也下过战壕?油爷的部队什么番号?虫将军250部?"

油爷也哈哈一笑,眼睛仍然在看着潘立振和孔令仁的孩子。此刻,他们躲到了墙角,紧挨着墙坐着。阳光照在他们身上,像上帝的恩赐。

油爷觉得,王大嘴的儿子王小嘴名不副实。他的嘴并不小。王小嘴非常坚决地继承了其父嘴大吃四方的优良品相,然后又在自己的鼻子上大做文章。王小嘴长了一对直视前方的鼻孔,似乎是为细瓜子似的眼睛,配上了对孪生兄弟。更令人惊讶的是,一对鼻孔毫不掩饰自己的野心,让所有看到王小嘴的人,最先看到自己。不过,如果拿嘴和两个鼻孔的尺寸做比较,"小嘴"似乎也能够说得过去。

对于直视前方的两个鼻孔,油爷完全能够看得出来,王小嘴深以为耻。油爷还听说,在学到关于进化论的知识之后,王小嘴拿着课本找到王大嘴:"这白纸黑字的进化论,你咋把我的鼻子进化成嘴的样子?长得这么寒碜?肯定是你们没干什么好事,恶有恶报。"

"进化论算个屁,你又不是进化论生的。别光瞎逮着鼻子不放,你没发现你皮肤比我白?这才是进化论。再说了,你的缺点就全是我的?咋不去找你娘?"

阿欢是心底的痛,油爷不去碰,见面绕着走,不见面连这两个字都不想。油爷甚至把《促织经》上所有的这两个字,都用糨糊贴上了白纸,让他的《促织经》像是长满了疮。

关于王大嘴的嘴大吃四方,在那些大大小小、黑瘦干枯得像一根根秫秸的村民面前,王大嘴曾经拍着厚厚的胸脯肉,炫耀说:"咱这张嘴,生的熟的软的硬的假的真的天上的地下的,啥不能吃?

咱能把钢筋当油条吃，你们信不信？"王大嘴的铁嘴钢牙咬得嘎巴嘎巴响，众人看得目瞪口呆，"其实这不算啥，关键是咱能把生的说成熟的把软的说成硬的把假的说成真的把天上的说成地下的。"

嘴成了王大嘴家族最强势的基因。王小嘴在王大嘴六十八岁上，生下儿子王黑嘴。除了一脉相承的家族特色之外，新出生的王黑嘴嘴唇污黑。里里外外的黑让电灯泡显得刺眼，也让接生婆脸上的肉哆嗦不已，好长时间惊恐不安。

"龙胎，龙胎。"接生婆哆嗦着说。其实她心里一直在想，到底是驴还是猪，会这样不加掩饰地投胎。

王小嘴突然就发现了周创业和一位女老师的奸情。王小嘴把王大嘴从村里叫来。王大嘴是村里的民兵连长，还兼了小队的生产队长。王大嘴在校长室突审当事人，发现女老师还有两个相好。于是，葛石店的四个"右派"产生了，三男一女。王大嘴把这四个人冠以"反党集团"上报各种材料，恶狠狠地说："这才叫再踏上一只脚。"

因为校长被抓，哑儿和王小嘴再次搏杀。哑儿打断了王小嘴的胳膊。王大嘴把哑儿抓到村大院，让民兵把他吊在屋梁上，用鞭子抽。

油爷去找牛耕田。牛耕田的洋车是全区的第一辆。铃铛一响，王大嘴一看是牛书记驾到，吓傻了。一个趔趄，王大嘴就对着牛耕田跪了下去。

让人意想不到的是，几天后，牛耕田也被打成右派，下放到添福庄的五七干校。葛石店流传的说法是，他在茂义庄事件中，负有不可推卸的领导责任。

茂义庄事件，似乎成了一个咒语。油爷不知道，是不是还会有人受到牵连。

听不见，看不懂，还经常被人欺负，哑儿不再去上学。潘立振的儿子潘天笑、孔令仁的儿子孔德福，成了哑儿的好朋友，经常到张家祠堂，做些不需要说话的游戏。但笑声，依然清晰脆亮。

时兴记工分时，那些未成年的孩子，按照家长的要求，割了牛草交来换工分。油爷成了过秤的人，把大大小小的粪箕子的草，仔细地翻拣，把青草压盖着的砖头石头扔出去。然后，再拿一杆大秤，仔细地过秤。油爷教哑儿认秤，然后让他捏住秤砣。哑儿总是秤捏得很准，很稳，秤砣上的绳，必须压在星星的正中间，绝分不出星里星外。

为了秤的头高头低，有人想跟哑儿打架，哑儿拿起秤砣，要砸那孩子的样子，把人吓跑。回来，哑儿还要在厚厚的本子上，工整地记下刚才那孩子交草的斤两。他那低头沉思的样子，似乎在想着，是不是要给他加上二两。

从生下来开始，哑儿的头发就直直地往上长，不带任何弯曲。油爷说，哑儿的头发像高粱茬，不懂人间温情。其实是，那些装模作样丝丝缕缕的头发，更像是烈马坚硬的鬃，努力地向着高高的天空，讨要天理。

没事的时候，哑儿就蹲在草堆旁，画他自己的世界，蓝天、白云和一杆秤，最大的便是秤砣。

某一天，油爷在哑儿的枕头底下，发现了一张纸，歪歪扭扭写了下面的话："能说话的人是幸福的，能听到自己声音的人，也是幸福的。那些有爹娘的人，是幸福人中的幸福人。"

5

从互助组到初级社，从小社到大社，油爷像一个小学生，拧紧眉头苦思冥想。"以粮为纲","以钢为纲",纲举目张。油爷发现自己走不出"纲"的怪圈。

"大炼钢铁的钢,不是纲举目张的纲。"油爷对哑儿说。油爷知道哑儿听不懂,这话就像是给自己说。

油爷按照大队的指示,把门上的门鼻子、串挺、门板上的圆钉,用各种可以用的工具,全部捅了下来。全国都在大炼钢铁。亩产过了万,卫星上了天。油爷知道自己做不了多少事。能做的,就是把这些带着历史气味的铁,贡献出去。

油爷感受了葛石店所有人的冲天干劲,所有人,男男女女,老老少少。下地都像是去拾钱,欢天喜地,手舞足蹈,比自己喜欢蛐蛐更热烈。油爷像一位受到感染的壮士,总是一大早就跑到南北大街上,问有没有自己能够帮忙的事。

哑儿跟在油爷的身后,背着手,像油爷一样气宇轩昂。

有时,疯婆子也跟在后面。三个人在一起,看路边站着的人笑,他们自己也笑。

村里已经有了高音喇叭,震天地响。哑儿听不到。

油爷听到了中央人民广播电台的新闻,播音员的名字叫林田。油爷想,如果希音上了电台,也应该是这种声音。奶娘的声音太甜,耿红霞的声音又太野。油爷想象着自己喜欢的女人,如果都当了电台的播音员,那该是多么壮观。而自己,又会是什么角色呢?

"举国上下,大江南北,全国各地都掀起大办人民公社的热潮。伟大领袖毛主席和刘少奇同志,在谈到几十年后我国的情景时,曾经这样动情地说:到那个时候,我国的乡村将是许多共产主义的公社,每个公社有自己的农业、工业,有大学、中学、小学,有医院,有科学研究机关,有商店和服务业,有交通事业,有托儿所和公共食堂,有俱乐部,也有维持治安的民警等等。若干乡村公社围绕着城市,又成为更大的共产主义公社。前人的乌托邦想法,将被实现，并将被超过——"

油爷咧开嘴，摸着哑儿的头："听到了吗？到那个时候，我死了，你还活着。多美好的一个世界，多好的一件事情。你还活着呢。"

油爷不再为那些破铜烂铁难过了。因为它们将用来铸造共产主义的顶梁柱，支住四个角，永远不让它塌下来。

为了迎接伟大的人民公社，葛石店高级农业社改成生产大队，然后按照区域，划分为十个连，也叫生产小队。

把油爷划到哪个小队，据说颇费了一番周折。按照地域，油爷应划在一队，但一队不想要。王大嘴力主放到二队："生产队大小也占个第一。这样一个人，放在第一确实不合适。就放在二队吧。"

"放在二队可以，不算人数，只能作为添头。"二队生产队长许丕梓同样拒绝。

"添头就添头，没多大事。"王大嘴痛快地答应。

这事传出来，让油爷觉得自己像瘟疫的种子，所有人都害怕。油爷摸着哑儿的头："哑儿，要是你，你会要我吗？那些人啊，不知道老人是块宝，往外推呢。爷啊，成了添头，成了只能坐在路边鼓掌的人。"

坐在路边鼓掌的人。多好。油爷突然觉得自己有了重大发现。如果以此来定位自己的一生，没人觉得过分。但油爷知道，当自己叉开的十指，合不上某种节拍的时候，便要被掌掴。这也是事实。所以，油爷更想把自己，比喻成外面裹了糖衣的药，内里的苦，是天注定的。

关于这个许丕梓，其实应该多说几句。因为他的大度收留，或许油爷更应该多些感激。恰恰相反，油爷面对他时一直像脚下踩了一堆屎，眼不知往哪儿看，手不知往哪儿搁。

生产队长许丕梓胖得像一条毛毛虫。站起来的毛毛虫。头和身子一样粗细,眼睛贼溜溜地乱转,似乎比蛐蛐的眼还多,一眼至少能看八个方向。没人知道许丕梓是从哪天开始只长宽不长高的,以至于有人担心,总有一天他会长成一只球。球样的毛毛虫,毛毛虫样的球。许丕梓自从当上生产队长之后,手里总离不开一把折扇,和手指一样粗细,无论春夏秋冬,总是在风里舞来舞去。"那个那个谁……"开口他总是这样说话,似乎每个音节也都如他的身材一样,短粗。手里的折扇也配合着他的声音,一颤一颤。

春天来的时候,他会变成一只蝴蝶吗?油爷曾想在《促织经》里寻找答案。

这位生产队长许丕梓,长相像虫子,也便长了虫子的鼻子——酒糟鼻子。油爷一直想弄明白,这样的一种怪现象,到底是酒糟长在鼻子上,还是鼻子长在酒糟上。如果让油爷评价他的鼻子,油爷会说更像是茄子,紫色的发暗的软下去的即将烂掉的茄子,发出霉而怪诞的气息,如同预示着他的前途命运。

其实,这位在普通社员同志们看来伟大而亲切的生产队长,还有更多的优点和长处。比如,他常常不离手的物件,便是秫秸篾子。他喜欢从一个牙缝剔到另一个牙缝,每一个牙的间隙都要剔上几百遍,直到流出血。啧啧的声响和被他剔出的腌臜物,总让人充满想象。再比如,他陪一位公社干部,夹起的一块肥肉掉在地上,他接着一句:"这猪,守着领导也敢窜圈。"这也让他有了"窜圈"的美丽名声。然而,说起"窜圈"的丰功伟绩,这些不过只是小儿科。

"窜圈"的生产队长喜欢和村里的每一个寡妇做爱,做得让整个村子的人都能听到那"哼哧、哎哟"的韵声叠句。"哼哧、哎哟"的音符一浪高过一浪,比将熟的麦田里的浪,还迭岩起伏。生产队长还喜欢第一个跑到寡妇们刚刚生下的孩子面前,看看像不像自己毛毛虫似的眼睛和鼻子,然后决定这个孩子是由寡妇养着,还是让接生婆连夜送人。

不光许丕梓这样，王大嘴也是同样的货色。

油爷曾经见过王大嘴枕着垄沟睡觉的姿势，和一只正在交配的蛐蛐像极了。四肢极放松地向四面八方伸出去，没有丝毫忌惮，脸上是享受到极致的一种幸福。蛐蛐从来不关心那些正在与自己交配的三尾长成怎样的容貌，所以才享尽各种美色。王大嘴正是这样的主，对任何一个女性，无论老少美丑，都有着不同程度的迷恋。好在还有一些家族辈分的限制，让他能够稍微规矩一些。否则，他一定会像一只蛐蛐一样，求得多多益善的交配权。

油爷承认，这样编排民兵连长、生产队长有些过分。但王大嘴和许丕梓要把张家祠堂改成牲口院的想法，让油爷对他俩充满了仇恨。

几个民兵站在王大嘴身后，手里拿着绳子，说："如果不听话，立马就来个五花大绑，五花不行就七花，七花不行就十花二十花，按破坏公社罪送进监狱。"

油爷说："改可以，正堂不能动。东屋西屋可以扩建。"

关于哪儿动哪儿不动，油爷一直纠结。西屋有自己的爱物，正堂有自己的祖宗。两相比较，油爷必须保祖宗而弃爱物。况且，那些爱物被掩埋在牛棚底下，或许是更安全的保护呢。

"还有，你和哑儿不能吃白食，要为公社建设做贡献。只要把牲口集中起来，就由你俩养，和其他社员一样记工分。"王大嘴说。

"我可是白搭上的添头。"油爷这话，既是对王大嘴，也是对许丕梓。

"添头不吃饭？"许丕梓问。

油爷看了看那团卷曲着的绳子，像是刚刚绞出来的，还有麻的新鲜气味。

记工分的会计张焱珠，穷苦人出身。他名字中间的"焱"字，按辈分应该是革命圣地延安的"延"。但他家请教了有学问的人，把"延"改成"焱"。老百姓并不认识三个火的"焱"，便山东秀才念半边，成了"火"字。会计的名讳也便理所当然地成了"张火猪"。油爷想，张火猪的长相并不像猪。如果非得要从大田里找个对应的虫子，他绝对像一只螳螂，或者称之为异形虫。脖子虽然没有那么长，头却小小的，警惕地立着，屁股忽然间就扩展开去。就连脾性都像螳螂家族，一副随时准备出击的样子。

油爷看来，大队书记、民兵连长、生产队长、会计，是与生产队相伴而生的贵族阶层，应该给予他们充分的尊重。但油爷没有感受到他们对自己的半点尊重，所以他起的那些雅号有些刻薄，也就可以理解了。

张家祠堂的院墙三天内被拆除，东屋西屋又各自往南延长了六间房。

原来被各家各户散养着的牛马，被统一集中到牲口院里。油爷成了它们新的主人，人民公社成了它们更大的主人。

"哑儿，爹当弼马温了，哈哈。不光是弼马温，还是弼牛温，弼驴温。你跟着沾光，成了小弼马温，小弼牛温，小弼驴温。"油爷拍了拍身边的一匹白马，"也好，等哪天哑儿想骑马的时候，你就做的卢飞雪。"

让油爷稍感欣慰的是，在他走到南北大街上再看时，好多堂号都已经充公或者改造。比如：天主教堂被拆掉，建成了万人大礼堂；自立堂成了公社大院；乐善堂改成了公社广播站；守安堂、退思堂建成了一所新的学校；敬德堂改成联合诊所；慎余堂改成了供销社；双松堂改成了大队办公室；敬宇堂建成百货大楼——

独有敬信堂，还像一面随风招摇的旗帜，睁着两只眼，不言不语。

6

  成了生产队的饲养员,油爷不再吃别人的闲饭,心情好了,也有了更多的时间与蛐蛐们商讨国家大事。如果这个世界有谁像一只蟋蟀一样正直,那他简直比神还伟大。可谁能做得到呢?

  一九六四年发大水,天空给了世人一个怪诞得有些难看的脸色,也让每家每户的日子,穷得像一片瓦砾。水上水下的青蛙,似乎在幸灾乐祸,叫声中明显多了夸张和放肆。地瓜烂在地里,沟畔间到处漂荡着发酵的气息,像不足日子便坏掉的臭蛋。大田里再也听不见一声蛐蛐的叫声。蛐蛐都让青蛙吃了。就连那些刚刚要开始膨胀的卵,也被青蛙们当成了可口的早餐。如果此时疯婆子没有疯,还可以算命,那她会遇到无数的难题。最核心的便是,她该用哪一只癞蛤蟆做她算命的肉签。如果让油爷选的话,这样的年月,最适合用皮上的癞最多的那只。

  此后的十多年甚至是二十年间,油爷都在失魂落魄,听不到一声蛐蛐的鸣叫,身体就像变成了一条僵尸。暗夜中那些无精打采的犬吠、心事重重的脚步声和梦里梦外的惊恐失色,都在油爷的耳膜里,变成了蛐蛐的鸣叫,或者悲戚无度,或者伤感成河。油爷把所有的精力专注于守护他的牛棚,看管他的马厩。他比那马和牛还勤劳,按时作息。油爷把那草料一遍遍地翻来拣去,唯恐里面会有意想不到的杂物。油爷觉得,那些牛和马,像他一样没有了生活的方向，在它们低头沉思的时候，它们会像自己一样，漫无边际地思考生命的价值，不过思考在草原上奔跑和拉一天大粪，就马和牛生存的意义来讲，到底有多少严重而本质的区别？

除了喂那些牛和马，油爷还有几件事可做。比如，油爷会从椿树上刮下臭烘烘的黏黏胶，抹在竹竿的最上端，在树上粘知了。或者直接用粗粗的黑色马鬃，系成一个活动的圈，用竹竿套知了。知了或者被无端设计，或者在惊恐中逃窜，油爷都会拍拍哑儿旋了无数个圈的头顶，朗声而笑。同时还有那些水牛、莽撞子，从金色的幼壳到黑得发亮，都逃脱不了油爷和哑儿的视野，不定哪一天，就会被整建制地收编，放进滋滋响的油锅里，成为绝好的下酒菜。

"头旋顶，无人领。"油爷的话哑儿听不到。

但油爷更愿意做的，是把不能听到蛐蛐的所有愤怒，发泄为惩罚邪恶的青蛙们。

油爷非常清楚青蛙的罪恶，无论它们怎样掩盖，油爷都能从青蛙的叫声里，听出炫耀似的快乐。油爷从牛棚里拿出一个水桶，穿上胶鞋，到每一条水沟旁捉青蛙。青蛙并不清楚油爷的阴谋，蹲在水桶里一动不动。晚上，油爷把水桶架在火炉上，慢慢烘烤。油爷并没有在水桶中放水，他不想让它们体会温水煮青蛙的熨帖，而是在水桶上加了木头盖，并且挑一块最大的石头，压实。油爷听到青蛙们声嘶力竭的叫声，听到那些蹦跳的声音和各种各样的踩踏声。蛐蛐就是被这群青蛙吃掉的。油爷的眼里充满泪水，泪水充满复仇的快乐，快乐让桶里的青蛙的叫声成了骂声。油爷觉得，此刻，自己就是那个丧尽天良的陶十一，用最残忍的手段，折磨与自己意见不一的异端。

青蛙们慢慢被烤熟，空气中弥漫起焦油的味道。油爷拿起充满仇恨的菜刀，把那些焦黑的青蛙剁碎，扔进了牛槽。

牛吃了掺了青蛙肉的草料，突然得了瘟疫，先是嘴头子烂，然后是蹄甲子烂，最后慢慢地烂到了膝盖以下。牛突然出现的无法治愈的病，先是吓坏了牛。所有的牛变得听不懂人的命令，不明白"得、驾、喔、吁"和响亮的鞭子背后，到底是怎样的阴谋，该迈出什么样的步子。无论是经验丰富的老牛，还是两眼懵懂的初生牛犊，都一次次出现互相踩踏事故，造成绊绳的秩序极度混乱。瘟牛病吓坏了油爷，也吓坏了全村人。从一个个发直的眼睛里，油爷发现了那些漂荡着的恐怖，甚至比饥饿更可怕。

而油爷自己的手上，突然就长出了如同第六个手指一样的节，并且越长越大，越长越长。油爷相信这多出来的第六指，不是老天爷的惩罚，就是青蛙精在捣乱。

在第二头牛死去的时候，油爷被当成破坏分子揪了出来。油爷站在批斗场上，以多出来的第六指发誓，自己绝对不是害死牛的罪魁祸首。民兵连长王大嘴说："你发那样的誓顶个屁用？还不如拿你奶奶的三寸金莲起誓好听。想证明自己的清白，简单，剁掉自己的一根手指头。"

油爷伸出手，无所畏惧，倒是六个手指头的影子在地下颤抖。

王大嘴的衣服穿得邋遢，裤腿上一定是他站着撒尿溅起的泥点子，一直到膝盖位置。黄色的褂子上到处是污点，和他的为人处世差不多。王大嘴恶狠狠地抓过油爷的手，突然发现自己竟然弄不清楚，哪根手指应该算作油爷的第六指。有些人的第六指长在拇指上，有些人的长在小拇指上，但油爷的第六指，长在无名指和小拇指之间。所以哪一根才是真正的第六指，突然间就成了摆在王大嘴面前最大的难题。王大嘴来来回回地翻弄着油爷的手掌，烦了，把油爷的手放在冰冷的铁砧上，手起刀落。刀卷了刃，铁砧砍出了一道沟，一根手指在地上来回蹦蹦跳跳，像被打了个满口，却找不到对手的蛐蛐。"大拇指，"油爷冷冷地说，"大拇指是最无辜的。"

民兵连长王大嘴的喉咙突然咯咯了几下，"无辜"一词让他突然就有了罪恶感："不——不——不就一根手指嘛。"

"我的大拇指，会诅咒你。它会在半夜敲你家的门。"油爷弯腰捡起自己的手指，放在嘴边，吹了吹上面的尘土，转身离去。

从此以后，油爷的左手一直是笼在袖子里的。笼在袖子里的左手似乎成了油爷的代名词。不可思议的是油爷笼在袖子里的左手确实有某种神性。比如油爷只要露出左手，他的蛐蛐就像打了兴奋剂一样。左手大拇指位置的那块疤，似乎比天底下最漂亮的三尾都有诱惑力，可以让蛐蛐死拼到底，哪怕咬掉一侧的牙，像中风的鳏夫。

油爷的大拇指一夜之间就成了传奇。北风把王大嘴家里的门刮掉，连同腐朽的门楣。村里的人都知道了油爷大拇指的邪性。于是有人站出来证明，他确实见到了油爷的那根断指，血淋淋地敲了好长时间的门，最后才把那扇门连根拔起，不留丝毫痕迹。

油爷的大拇指被连根拔起，突然就成了王大嘴十分忌惮的事。拇指曾经的住所长出了圆圆的疤，像一个袁大头的模样。这也成了王大嘴被诅咒、被嘲笑的明证。油爷时不时地抚摸着那块不断变换颜色的疤，不知自己应该燃起复仇的烈火，还是宽恕王大嘴的恶毒与凶残。

王大嘴的老爹死了，是从床上掉下来摔死的。有人说，他头上的包，和油爷手上的疤大小差不多。

油爷笑了。他突然意识到，自己对着那块疤念叨的东西，竟真的应验了。

而之后的一连串的自然灾害，成了地地道道的瘟疫，让所有人在每一棵树面前变成疯子。树叶全部被捋下来，那些细细的树枝，也被折断，然后被磨成面粉。村里村外的树，都被扒光了皮，像一个个全身赤裸的男女，或者畜生。

牛马驴骡瘦得皮包骨头。饲料里早就没有了豆饼之类的添头，只剩下干硬的草。牛马驴骡没力气干活。有人把罪责推到油爷身上，说他和哑儿偷吃了饲料，要让他们替牲口干活。民兵连长带了十几个民兵，把油爷、哑儿和一头杂种的驴套在同一个辕子里，让他们一起往最远的山地里拉粪。油爷相信,那头杂种的驴,一定不愿意与自己为伍,它乱蹶的蹄子,极其强烈地暴露出它的情绪。民兵们的枪指着油爷、哑儿和那头杂种的驴。油爷抚摸着手上的疤,不敢轻易下咒语。油爷害怕那枪。不知谁的枪突然走火,没有打到人,也没有打到驴。那头驴却惊了起来,沉重的粪车像飞一样。油爷和哑儿使劲地往后扯,但无论如何也拉不住一头发疯的驴。在一棵古老的枣树前,驴一头撞了过去,脑浆迸裂。

油爷和哑儿瘫在地上。一头有骨气的驴,不愿意忍受屈辱的驴,不愿意与自己为伍的驴,就死在面前。油爷看着它瞪大的眼睛,目光被流过的血慢慢浸过。这头杂种的驴,似乎在以最高傲的姿态,宣告某种灾难的来临。

接下来的几日,更多的人得了浮肿病。然后就有三三两两的人,像睡着一样死去。那些平静的死亡,比那头杂种的驴,要肤浅很多。

然后就有人说,那是油爷在报复,是他的疤让葛石店无法安宁。油爷知道,那块模样越来越怪诞的疤,根本不是什么咒语,而是阴雨天钻心的痒。油爷相信,关于他左手的故事,随着时间的流逝,世人终会忘记的,如同忘记民兵连长王大嘴举起刀时的残忍。

那么长的时间,十年或者二十年,油爷像被抽干了血一样。他知道那些需要休养生息的蛐蛐,像自己的灵魂一样需要安慰、抚平。油爷像被踢到墙角后面的一个暗影,失去了所有重量,被随便一扔,就过了好多年。

但不管怎样,有些东西油爷是忘不掉的。就像那些一页页翻过的《中庸》和《礼记》,总有些痕迹,尘土的痕迹,风雨的痕迹,或者哪个人喜怒哀乐的痕迹。这些痕迹,会时不时地胡拼乱凑,成为一个日子,或者演绎成一个故事,最后成为一段历史,一帧帧地呈现在油爷的脑海里。

油爷摸着哑儿的头顶,他如此喜欢哑儿的头顶,连他自己都觉得，这喜欢就是一种病。他边摸边读着最新的指示："我们需要公开地、全面地、由下而上地发动群众来揭发我们的黑暗面，实现并长期保持一个公正、平等、纯洁的社会。"

蛐蛐的灭绝，似乎是一个预言，预示着一场新的革命的到来。

7

学校里的"红袖章"像天兵天将，以闪电般的速度，将葛石店所有能称之为"四旧"的东西一扫而光。油爷觉得自己应该为张家祠堂做点什么。

油爷手里掂量着从供销社漂亮女孩手中买过来的两根铁钉，掂了又掂。直到觉得再不动手，就会有人闯进来，这才把两根铁钉，仔细地砸在笼龛上沿的两侧。固定好两头，用一根铁丝串起一块黑色的布帘。然后，他把马恩列斯毛的大幅画像，遮在布帘的外面，把祖宗的牌位，放进了布帘里面。再往里，是他的官服。是的，官服。宣统年五品同知的官服。

在拉上黑色布帘之后，油爷似乎仍然在想着那个卖铁钉的小姑娘，又尖又凉的小手指，触到他的手心，如同刺到了心脏部位，或者隐私部位，让他全身颤如一阵电流。卖铁丝的小姑娘长得并不漂亮，黑且壮，手指头像发霉的胡萝卜，也像其他。

伟大领袖们的目光似乎看透了油爷的卑劣，祖宗们则噤若寒蝉，不言不语。一条布帘，似乎成了阴阳分界线。布帘外面和里面的世界。光明与黑暗的世界。没有正义与邪恶。

油爷毕恭毕敬地向伟人们鞠躬。油爷忽然发觉自己真的有点不要脸，比王大嘴、许丕梓更不要脸。油爷把面前的凳子踢到一边，对着祖宗的牌位说："你们怎么生了这样一个后代？"

怎样的后代？油爷似乎戳到了祖宗的鼻尖。

怎样的后代——油爷，用一块黑色的布帘，连接起伟大与平凡、现世与历史的经纬关系。油爷为自己的聪明暗暗高兴。说来也怪，也正是从那天开始，他不再做噩梦了，那个在梦中像黑色的母狗一样来咬他的老婆钱三花，再也没有出现过一次。反而，经常有一个天使模样的小女孩，在草地里拈着三五朵黄色的小花，远远地看着他笑。

是那位卖铁钉的女孩吗？像，又不像。

油爷突然就想起了妹妹，三岁的妹妹，一生只会唱一首《硕鼠》。

红袖章们闯进来的时候，油爷正把一匹发情的马往正堂里牵。油爷在正堂的西半部，架了一根木桩，摆上了马槽，并且盛好了草料。

领头的是王大嘴的儿子——王小嘴。

王小嘴戴着红袖章进屋，四处查看。王小嘴用手里的木头枪，一戳一戳地指着油爷的鼻子，问道："你们家祠堂里的那些东西呢？"

"哪些东西？"

"那些牌位。"

"那些牌位上都附着了一个鬼，我趁夜里鸡不叫、狗不咬的时候，悄悄把他们扔了。如果你们想要，好像西屋里还有一个，上面的鬼厉害，我撵不出去。正想着叫观音庵的师父们帮忙，请他们离开祠堂。那个牌位，你们要不？"

王小嘴和学生模样的红袖章互相看了一眼："那就算了。"

"你怎么把那匹马牵到这正堂里来？墙上挂着领袖像，你不怕领袖们会生气？"王小嘴以万分崇敬的心情，向领袖像致敬。

"这匹马，说实话，是千里马。对领袖们充满敬意。"油爷悄悄附到王小嘴的耳朵旁边，"一匹绝好的种马。哎，你看那家伙什儿，一看就是优良品种。最近要配种，怕它累着，给它提个席，来个特殊照顾。"

王小嘴哈哈大笑。一个女生问笑什么，王小嘴指了指那匹马。女生不懂，王小嘴笑得更厉害："让那个哑巴告诉你。"

"你他妈的嘴太烂了，几句话就能把人捅出血。非得这样吗？"哑儿连比带画的诅咒让人摸不着头脑。他跳起来发疯的劲头，也只有在油爷的手搭上了他的额头之后，才能慢慢回复正常。油爷清楚哑儿心底所有的愤怒和委屈，比被人偷吃一块刚刚烤熟的地瓜严重且强烈得多。但那次地瓜被偷，哑儿竟把一个乞丐的腿打折了，并且只是一根细细的棍子。为此油爷罚了哑儿的跪，并把乞丐接到自己的牛棚为他养伤，直到乞丐伤愈离开。

哑儿看出了王小嘴的不怀好意。油爷怕哑儿再惹出什么事端，赶紧打岔："这可不是四旧，这是新文化。你说是也——不是？"油爷故意夹紧了嗓子，像真正的娘娘腔。

"新文化，新文化。"王小嘴和红袖章们从正堂里出来，又在东屋西屋里转了两圈，"都说你是老古董，我看还不像嘛。你这几间破房子，都让牛马占了，确实也没什么四旧。如果真说有的话，就是这棵老槐树了。要不，咱砍了它？"

"好，砍。"

红袖章们抡起斧子就砍。

"流血了流血了。"油爷大喊。

"哪里哪里？"女红袖章问。

所有人都把眼瞪着老槐树，斧子砍下去的地方，的确有红色液体流出。

所有人吓得一哄而散。尾随的油爷的目光，被拦在了门槛之内。

哑儿嘿嘿笑着,像一张快乐的贴画。

油爷一屁股坐在台阶上,看着夕阳隐到黑暗中去。油爷庆幸自己的那些爱物,祖宗的那些牌位,仍然完好无损地保存下来。但他又对自己的下作不屑,为了转移王小嘴们的视线,他竟利用一匹发情的马作为幌子。隐在黑暗里的祖宗,笑容可掬的领袖像,似乎都不再重要。

王小嘴,莫名地就让油爷想起了钱三花。想起入了张家林的钱三花。自从被埋进去以后,再也没有一个人去祭奠。张家祠堂,更没有她可以立足的一丝空间。她只能在这祠堂之外,触摸这祠堂的外墙,冰冷而遥远。

拆了那些围墙,钱三花就能进到祠堂来了吗?油爷不敢确定。自从王小嘴来过之后,油爷便常常独自徘徊在破落的祠堂之外,暗夜的影,缓缓漫步的风,中间夹杂着钱三花。她的脸变得瘦削,身体如雪梅的枝条,脸上是幽怨的神情。在她的有生之年,油爷多想能看到钱三花是这副样子,像林黛玉惹人怜惜的憔悴。她的大嗓门再也听不到,开始有了蛐蛐霜降以后的鸣叫,三声两声,断断续续,掩在枯草之下,怡然自得而深情缱绻。油爷甚至弄不清楚,眼前这幅景象,到底是蛐蛐的诱惑,还是对钱三花的怀念。不管怎样,油爷会在夜色中喊几声三花,然后眼里就有了泪。反正哑儿听不到,能听见的,只有孤苦的自己和那些不远不近的游魂。

油爷记起,在自己搬离敬信堂之后,钱三花脱胎换骨。她几乎天天泡在教堂,用大把的时间向上帝忏悔,然后帮着修女们照顾那些落难的人。在日本鬼子打到葛石店之后,几百人挤进教堂,钱三花几乎是天天不合眼,为他们缝衣、做饭,告诉他们上帝就在教堂里守护着他们。钱三花来来回回不停穿梭的身影,俨然是上帝的天使。等征服了整个葛石店之后,日本鬼子迁到县城驻守。钱三花因为在教堂里的作为,改变了葛石店人对她的印象。

所有这些，让油爷开始检视自己对钱三花的态度，并因此心事重重。如果钱三花不是自己的童养媳，如果自己可以给钱三花一些快乐和安慰，钱三花会怎样呢？如果钱家店不是钱家店，不让钱三花来到葛石店，钱三花的命运又会如何？

油爷更加坚信世界的不可预知。历史不会重复，人生更不可能，谁都不能活第二次。

蛐蛐有千年万年的轮回，人，只有瞬间的花开。

逢年过节，油爷都会给几位领袖像摆供。领袖们的身后，是自己的祖宗。

油爷还会向院子外的空地洒几杯清酒。进不了祠堂的钱三花，或许就在不远处。

而母亲和妹妹，一定在自己的床头，吟唱着《诗经》。

8

油爷喜欢给那些他看不惯的人，起几个不好听或者更加不好听的名字。比如，他把驻村干部叫作瘸腿青，把村会计叫作大头黑，而与民兵连长相好的寡妇，更像一只花皮。油爷会在梦里梦外，把这些角色放在自己的杂罐里混养，让它们争风吃醋，或者咬斗而死。

油爷知道，这些家伙根本不是自己的臣民，毛都沾不上。充其量，也只能算一些适合在茅厕里偷吃偷喝的下三烂而已。

大队书记鳖头问："最好的蛐蛐是什么颜色？"

"青色。"油爷头也没抬。

"不是红色吗?"大队书记故意加重了语气,问。

"不是。"油爷仍然看着罐里的虫,想象着它如果遇上强敌,会以怎样的牙口和姿态,来一个漂亮的抱摔。

"真的不是?"

"绝对不是。"

就在蛐蛐长须一动的瞬间,油爷就被身后的几个彪形大汉摁在地上,麻利地来了一个五花大绑。

民兵连长的长枪——一条从日本鬼子手里缴获的三八大盖,顶在油爷的胸口。

已经年迈的王大嘴依然壮得像头牛,他说自己能和阿欢保证每夜一次的战斗演练。他更感兴趣的,当然还是批斗那些揪之即来的反动分子,并且始终保持了昂扬向上的战斗力。

对油爷的批判,和对村里其他与反动有关的落后分子的批判是在同一时间展开的。只不过油爷的罪名更多,比如污蔑领导干部、地主、反动派、土匪、通匪、封建残渣、剥削者、压迫者、封建遗老、落后分子——大大的木牌子上,几乎写不开那些成排成队的罪名,打上叉则更像一张破破烂烂的渔网。批斗的第一天,组织批斗的民兵连长王大嘴批得上瘾,一直从早上斗到晚上。批斗会结束,王大嘴让黑五类滚下台:"还有那条狗,谁家养的?咋这么不知道好歹,怎么能和他们同台?"那条狗似乎听懂了民兵连长的话,慢条斯理地走过去,对着他汪汪汪叫了三声。晕倒在台上的油爷,被两个民兵架下台,油爷一双眼瞥过去,左眼球里装了民兵连长,右眼球装了那只充满正义感的黄毛狗。

"老公狗。"王大嘴骂了油爷一句。王大嘴看这个世界上的男人,也大抵如此,而自己恰恰是把这些狗引向正路的人。王大嘴要求所有被批斗的人,除了胸前的牌子之外,还要自己把罪名写到帽子上。字体五花八门,风姿也便各不相同。其中最扎眼的,莫过于油爷的了。所有的罪名，让油爷的高帽谈不上高。

批斗会开到第十天的时候，被批的、批人的，都开始倦怠。王大嘴看到场院里浪在一起的两条狗，突然起了兴致，对油爷说："你不是斗虫很神吗？你拿一只三尾，我拿一只公鸡。只要你的三尾能斗得过我的公鸡，你们，所有人，所有的地富反坏右，都可以不再挨斗。斗不过，咱就再斗上一年半载。是不是还要挨斗，都在你手里攥着。"王大嘴笑得像一只呱呱叫着的青蛙。

让小鸡吃掉老鹰的游戏，也只有王大嘴能想得出来，油爷想。油爷就近挖出一只三尾，王大嘴跑遍全村，找了最大个的公鸡。油爷和三尾同时看见了主席台中间的公鸡。油爷猛地用指甲掐断了三尾中间的尾翅，三尾猛地飞起，只一口，公鸡便扑棱着翅膀跑开。王大嘴露出最后边的黑牙，两个眼珠子似乎瞬间就要掉下来的样子，摆着手："不算不算，我这嘴从来都是说了不算。咱们之间是阶级仇恨，只能由两个阶级来解决。我一个人说了不算。"民兵连长王大嘴抹了抹嘴巴，又想出另一个绝妙的主意，"这样吧，咱从明天开始，比赛谁做的帽子高。谁做的最高，就可以不再挨批了。"

油爷心里的高兴和沮丧来回翻腾。蟋蟀和三尾是同一科同一目同一品类，只是性别不同。它们不是两个阶级，改变不了世间的一丝一毫。

油爷回来后，就和哑儿商量："咱应该做一个多高的帽子呢？"

哑儿找来秫秸，比比画画。油爷接过秫秸，仔细地扒皮，去结，然后扎了个圆桶，用黏稠得扯不开丝的糨糊，在外面糊上了厚厚的一层白纸。哑儿戴上，满屋子跑，兴奋得像一个婴儿第一次看到盛开的花。

但到第二天的批斗现场，油爷的帽子直接被王大嘴否决了："你这个不行，没有高度。高帽高帽，啥叫高帽？你这又低又小的，谁能看得见你？你以为你罪行小？罚你在台上跪八个小时。"

这一天，几乎所有的人都因为高度不够，被罚跪。

接下来的第二次做高帽，油爷让哑儿去供销社买来竹竿，先用铅笔画上线，然后再用薄薄的刀片，沿着线一劈为四。竹子的上端不劈开，只在三分之二处劈分。这样的高度，已经不能在祠堂里转来转去。哑儿便来到院子里戴上，发现这顶高帽，快达到槐树的最高处了。

再到批斗现场，油爷的帽子又被王大嘴否决了："你这个更不行。高度上去了，可没有重量啊。你能戴得住？凡是没有重量的，一律在脖子上挂上五块砖，在台上跪八个小时。"

这一天，几乎所有的人都因为重量不够，被罚跪。

接下来的第三次做高帽，油爷又让哑儿去供销社买了一大把钢筋。哑儿噘着嘴不想去，舌头在嘴里乱跑，也没有说清楚他心里的想法。等到哑儿回来，油爷便用细细的钢筋做内架，一圈圈地把竹竿撑起来，既有了高度，又有了重量。这顶高帽，哑儿根本戴不起来。

第三天的批斗现场，王大嘴围着油爷的高帽转来转去："这帽子有创意，又高，又重，还很结实。这样吧，你戴上一个小时，就可以解放你。"

油爷根本没有办法让帽子戴得住。头重脚轻，高度又高，知了的叫声就能把帽子吹倒。油爷瘫坐在地上，无计可施。

"这样，我给你再开个口子。明天，只要这顶帽子高度不降，重量不减，你能戴半个小时，我就代表政府解放你。"王大嘴说。

油爷回去后，开始仔细研究能让帽子站得住的各种办法。研究来研究去，最后作了三个大胆的尝试：一是把竹竿二分之一以上的钢筋，一律挪到下部的三分之一，增加下部的稳定性；二是在最下部的十个钢筋圈上，每个圈垂下四个挂钩，挂钩再全部系到腰部的一条专用皮带上，皮带要宽，能禁得住力；三是在帽子的两侧，再分别加上保险挂钩。挂钩用三指宽的松紧带穿起来，上端挂在从下往上数的第六根钢筋圆圈上，下端挂在下巴上。如此几个部分的平衡用力，绝对能保证帽子的稳定性。

油爷仔细地量着尺寸，力争做到毫厘不差。三分之一就是三分之一，挂钩少一个也不成，绝不含糊。做完后，油爷专门试了一次，仅试戴的时间，就超过了半个小时。

第四天，油爷把帽子拿到现场，立即引来全场的欢呼声。王大嘴让油爷现场表演，像马戏团长一样，让所有参加批斗会的人给油爷鼓掌。油爷也不负众望，戴着帽子绕着整个会场转了三周，虽然汗流了不少，但心情还是比较愉悦的。

批斗会结束的时候，王大嘴对油爷说："你的高帽子制作技术，县里听说了，非得要开全县的观摩会。明天你还是不能解放。你要为全县来学习的人，进行现场表演。"

"现场表演完，我是不是就可以解放了？"油爷一脸哭相。

"我王大嘴从来都是说一不二。明天表演完，你就彻底解放了。我代表政府向你打包票。"

但油爷万万没有想到，第二天现场会的效果如此之好，县委书记当场拍板："葛石店伟大的群众运动，为全县带了个好头，也积累了经验。县委要求，要把这样的好经验推广到全县的每个村子。要让所有的落后分子，都深刻领会、全面掌握这种帽子的制作方法，并坚决运用到各种批斗会中去。就让这个——啊——这个反动地主油爷，到全县各个乡镇传授制作经验，进行现场表演。我也希望，这个，啊，油爷，能够带着强烈的荣誉感、自豪感、政治责任感、历史使命感，做好到各个乡镇的巡回表演。要把制作的各个环节讲清楚，细节要讲到位。材料、规格、高度，钢筋的粗细、长度，都要讲仔细，讲准确，既要符合黄金分割定律，又要符合社会主义的本质要求。要把帽子制作这件事，当成比天还大的大事，上要符合党的路线方针政策，下要符合人民的意愿。要把这顶帽子，作为这场轰轰烈烈的群众运动的符号和标志，永远地载入宁阳的历史史册。"

掌声。还是掌声。第三次掌声。

油爷一屁股蹲在地上。他分不清自己脸上是汗还是泪。

王大嘴蹲到油爷身边:"油爷,这是多大的荣誉啊。对一个落后分子来讲,这荣誉来得多么不容易?如果不是咱村里严格要求,你能想出这样高精尖的制作技术吗?到各个乡镇现场表演也不是坏事。我给你记工分,按整劳力记,再适当算上几个加班。这样总可以了吧?不能给咱葛石店丢人,更不能给你油爷自己丢人,啊?整个宁阳县,谁不知道敬信堂?谁不知道油爷?如果在这种小事上坏了名誉,真是得不偿失啊。"

"县委书记回去路上会出车祸。"油爷低声对王大嘴说。

"小心县委书记把你关进监狱。"王大嘴咬牙切齿。

"立秋遇上三伏天。不信你等着瞧。"

刚刚还是烈日当空,瞬间黑风四起。油爷抱起帽子往回跑,县委书记也急急地钻进他的吉普车。

吉普车刚出葛石店,就有一棵树被狂风刮断,整个树身砸到吉普车上。县委书记被砸断三根肋骨。

王大嘴第二天来找油爷:"巡回表演的事,你别去了。县里害怕了。"

"你也别再惹我,否则我也说你的事。"

"别别别,我走,马上走。"

油爷摸着左手拇指处的疤,期望自己真的能够具备一点点神力。那么,他就会像毛主席希望的那样,"实现并长期保持一个公正、平等、纯洁的社会"。

9

参与高帽子大赛的几十个地富反坏右,希音算是其中的一位。

油爷远远地看希音,见她无论做一项什么样的帽子,都会被帽子压倒在地上。即使一块并不重的木牌,都能把她的头,拽到与腰平齐的位置。

油爷知道,那不是希音对罪恶认识的深重,而是她禁不动风的腰害了她。

在油爷的帽子要参加全县巡回表演的那天晚上,在狂风暴雨突然发作的那个晚上,希音来到了紫金重诰坊的废墟。

这块牌坊,前一天被充满正义与激情的红卫兵,连根拔起。那震天的轰响,呼唤油爷来到那片飞扬的尘土间。油爷看见弯下身子去的红卫兵,仔细地挑拣那些牌坊完好的饰物,把没有摔坏的凤凰,高高举起又狠狠地砸下去。石做的凤凰被摔碎,凤凰脑浆迸裂,眼睛里流出泪水。油爷为每一块痛苦的石头感到伤心,为那些不能涅槃的渴望,泪流满面。

"鸾褒双锡,松操同清"的字呢?油爷看到了那些字,还有太多的碎片,相互挤压,互相拥抱:道光皇帝、孔氏、挑檐联拱、偕事翁姑、张元顺、道光二十一年、曹氏、张懋锦之妻、张庆峨、武新铭、齐鲁第一坊——

在那些碎片中间,还埋藏了无数个祭拜的场景:葛石店每个姓氏的各位族长，都带着成群结队的女人，花花绿绿地排满了街道，向牌坊摆供上香。当鞭炮齐鸣的时候，天空所有的云彩都是红色的，耀眼的红，像待嫁少女的红肚兜。而牌坊之下参拜的花白胡子，一片一片，像失魂落魄的风，努力让自己行走的每一步，都符合祖上传下来的规制。红与白的对比如此强烈，恰如跪下去的女人脸是白的，嘴唇是红的；穿着的绸缎领口袖口的边缘是白的，衣服正中盛开的花是红的；攥在手里的绢巾底子是白的，精心绣在上面的梅花是红的；插在头上的簪子是白的，上面飘着的穗是红的；跪下去的胡须是白的，感化妇女们贞洁的心是红的……

暴雨，让牌坊的废墟更有废墟的味道，留下了苍天哭过的痕迹。渐次明亮的月光，又让这场暴雨显得莫名其妙。

油爷不敢靠近希音。自从周知常死后，油爷那次自打嘴巴的鲁莽之后，他再也不敢靠近希音。希音像一个令他心悸的神，使他不敢有任何的造次。即使道纪去抗美援朝，即使道纪的女人又生下个儿子，油爷都躲在远处，悄悄伴随着希音的快乐和悲伤，喜其悦，泣其悲。

希音带来祭品，荤素各三件，摆在以前祭祀的地方。三炷香，火点像她的眼神一样哀凄，闪着泪，在风中飘着。一堆火纸，一打一打，整齐地从她的包袱里取出。一壶酒，三个圆圆的酒盅。一壶茶，三个洁净的茶碗。

把祭品摆在倒下的牌坊正中的位置，点上香，然后是一打火纸，斟上酒和茶。

"老天爷啊，俺第一杯酒，祭天祭地祭郎君。"希音长长地跪下去，站起，清了清嗓子，开始唱，"秋风萧瑟天将冷，黄叶飘飘刮寒风。风吹落叶叶归根，郎君何时回家门？喜良离家三月整，三月犹如过三冬。望穿秋水郎不归，愁煞闺中断肠人。长空鸿雁且慢飞，为我今日到长城。见郎君先问寒来后问暖，问罢吉来莫问凶。在北国风吹沙石遍地滚，郎君无衣怎能行。红烛燃尽千行泪，孟姜女我灯下飞针绣五更。情长线短恩爱重,针针缝进夫妻情。针线短恩爱重,相会只能在梦中——"

周围又有三三两两的人,来到牌坊前,听希音唱。黑暗中的烟头,像明明灭灭的鬼火。

"老天爷呀,俺第二杯酒,叩天叩地叩儿孙。"希音再次跪下去。她的哭压在嗓子里,"道纪啊,娘盼着你回来,盼着你活着回来,早一点回来。清明的时候给娘烧张纸,让娘有钱花。娘穷了一辈子,到阴间不想再受穷啦。孙子啊,心头肉一样的宝贝孙子,奶奶盼着你能有出息,能像你爹一样。再过几年,找一个好媳妇,找天底下最好最好的媳妇。无论你跟到哪里,都要记住,你姓周,你爹叫周道纪,你爷爷叫周知常,你老爷爷叫周敦朴,是个举人哪。哎哟哟,俺的娘啊——呜——呜——听说万郎丧了命,冷水浇头怀抱冰。万郎夫哇啊夫哇啊,孟姜女寻夫奔走行万里,长城上只看到衰草秋风,万喜良我的夫魂归何所?是不是化作了这满天愁云——我要哭来我要哭,我要哭得天地惊,我要哭得长城倒,我要哭得海枯河干,地塌山崩,神鬼皆知,孟姜女万里寻夫一片真情哪啊——"

油爷背对着希音,他觉得这样可以让自己平静。油爷又不忍希音如此悲痛,不知自己是不是该劝说几句。油爷想起前一日的梦,希音被一座倾倒的山砸得鲜血横流。油爷知道这是不祥之兆。油爷明白希音心里的苦,几十年,不断地积累,泛滥,成了倒不出的苦水,也成了一座冰冷的山。周知常的早早离世,她用自己的骨血换取周道纪的成长。周道纪的抗美援朝,几乎把她逼上绝路。周道纪只参加了一场战斗,便被美军俘虏。而周道纪,又在交换战俘的时候,被塞进了远赴台湾的舰船。是错误,还是故意?油爷弄不明白。油爷觉得,周道纪自愿不回的可能性更大。周道纪从小就是一个爱面子的孩子,心气很高,"俘虏"一词会让他的一生打上耻辱的标签,他会受不了。那么,周道纪的远赴台湾,是幸还是不幸?

周道纪会是什么样的境遇？他是否想到体弱多病的母亲，会因他的远离承受多少内心与外在的鞭笞与折磨？反动派的罪名，希音背着。通敌的罪名，希音也背着。油爷一直想问，重不重？让我替你背一会儿吧？重不重啊？就连那顶风一吹就倒的帽子，都可以给我。十六年了，十六年，希音的血和肉，都化成泪水流了出来。十六年了，空空的房子，空空的院子，空空的心，空空的娘。十六年了，当周道纪可爱的儿子一天天长大，几乎可以平复希音心灵苦难的时候，周道纪的媳妇说不能一辈子守活寡，她要带着孩子改嫁。希音以死相逼，想留下那个孩子，然后她跪下求儿媳，磕了三个响头，说："让我下辈子给你当牛做马，让我做你的儿子孙女，都行。"但孩子的母亲就是不肯，说人家想要的就是这个孩子。油爷记得那孩子的名字，叫盼儿。

希音再次跪拜下去："老天爷啊，俺，俺这第三杯酒，也学着孟姜女哭长城，哭天哭地哭这该死的牌坊。还有这说是要保佑我一辈子的玉鱼莲，也一起还给老天爷了。"希音已经站不起身，便坐在地上，把那堆火烧得更旺，她连哭带唱，像哭又像唱，"只说是千里来相聚，妻来迟夫赴黄泉无会期。生死茫茫分两地，从此夫妻永分离。哭倒长城谁共语，痛断柔肠君可知。不如一死随夫去，泉台下与夫诉委屈。"

更多的烟头，抖着，又抖，像哭泣的鬼火。

几乎就在那炷香燃尽、那壶酒倒净、那些茶洒完、那堆火熄灭的瞬间，希音猛地站了起来，就像倒下的牌坊在黑暗中倔强地重新站立。希音把头放低、把身子躬下、把腿死命地向后蹬，她努力地把自己拉成满弓，然后把自己的脑心，射向牌坊废墟中的一块石头。

尖利的石头，像月亮的尖叫。

月亮的尖叫，像崩堤的泪水。

崩堤的泪水，像倒下去的牌坊。

"希音——"油爷喊着，跪着，爬向牌坊的废墟，扑向希音。

玉鱼莲被摔成珍珠大小，在月夜里，闪着光。

"何时杖尔看南雪，我与梅花两白头。"油爷想起这句没有来头的诗，像碎了的玉鱼莲。

10

牛鬼蛇神像一张幽灵的脸，或者甩不掉的咒语，跟在油爷的衣服后面。油爷心里清楚，自己不可能与王大嘴形成真正的和解。和解就是投降，就是背叛。而自己到底背叛了谁呢？既然社会变革了，难道自己不也应该是新社会的人吗？油爷弄不懂。但油爷清楚地知道，王大嘴勾引了自己的老婆，或者说自己的老婆不正经，都无所谓。但王大嘴确实抢到了敬信堂，将里面的东西据为己有，并且分得了敬信堂的好地好田。想至此，油爷突然痛恨起自己来，他觉得自己骨子里的软弱，定是因为自己的前世是被谁踩过的面条。自己是在为前世还债，为祖上还债。而此时，油爷多么希望自己是一只具有强烈是非观念和荣辱精神的青翅，在直面王大嘴的时候，将他击倒在地，一剑封喉，让王大嘴一命呜呼。唉，还有什么词能表达自己的痛苦呢？油爷把一堆草料推到一头牛的嘴巴旁边："不是牛鬼蛇神吗？我就是你的鬼。吃，统统给我吃掉。"

油爷想喝酒，能让他腹肠翻滚的那种，像雷电交加，冲破他身体所有的束缚，绝不能像眼泪一样坚强。油爷想不起自己多久没掉泪了，他觉得眼泪早已经变得麻木不仁。油爷让哑儿去代销点打来一壶酒，斟上一盅。酒像白水。油爷拿过新碾的辣椒面，倒进酒壶，架起手臂把壶嘴对着喉咙。此刻，就在此刻，油爷的泪水变得不再矜持，他像一个怨妇。

哑儿不知从何处带回来一条流浪狗，油爷给取名"民兵连长"。王大嘴气冲冲地杀过来，手里拉着一把铁锹，指着油爷的鼻子，"你，老王八，脑子长蛆了还是心尖子流脓了？这狗，叫啥名？"

"民兵连长。"油爷一脸严肃。

"谁是民兵连长？"

"民兵连长。"油爷指了指那条狗。

油爷的处乱不惊让王大嘴不知应该再问些什么，白眼球转来转去，咽下一口唾沫："那你告诉我，几队的？"

哑儿哇哇大笑。他跳起来，转着圈，使劲拍着屁股。那条流浪狗跟着凑起热闹，摇着尾巴在王大嘴脚下嗅来嗅去，似乎一下子找到了他失散多年的兄弟。

前来兴师问罪的王大嘴悻悻而去。他"呸"地往地下吐了一口痰："一群废物，你们都是民兵连长，你们全家都是民兵连长。"

哑儿的笑声更大，像发情而不得的青蛙。

对疤癞脸的无情消灭，据说是民兵连长最后的也是最伟大的杰作。

疤癞脸是小柴家庄人，离葛石店只一墙之隔。

王大嘴和柴家庄的荣书记，一起参加县里反对林彪反革命集团的宣传动员会，听荣书记说起："这个疤癞脸十分反动。应该是与林彪反革命集团一伙的。他经常说，自己手里有重要内幕，谁要是不对他好点，他就要掀翻几个干部。还说，要在临死之前，把事情的所有真相，都给政府坦白清楚。"

"要不，我替你会会他？"王大嘴擦了擦脸上的汗，透着无比深厚的阶级感情，关切地问。

"好啊。这种刺头，确实需要教育。我一直想着用什么法子，送他去劳改，又害怕他出来后报复我。"

"那你把这事交给我吧。"

按照两人商定的细节，王大嘴在大队办公室留了灯。疤癞脸被荣书记安排去给王大嘴送材料，并且特别交代，涉及阶级斗争的内幕，材料只能晚上送。王大嘴这边呢，则在大队院以外，安排了会武功的武卫党兄弟仨和拿着棍棒刀叉的几个年轻民兵，任务是，要一举擒获夜闯办公场所的反革命分子。

王大嘴在院子里，连夜突审疤癞脸。

王大嘴知道疤癞脸会些武功，他让两个民兵在疤癞脸的两个腿弯上，压上两根木棍，木棍上压上两个小磨盘，然后再绑起两根胳膊。

疤癞脸明白王大嘴的底细，死活不开口。尽管嘴里被王大嘴塞上了他的臭袜子，疤癞脸的愤怒仍然从眼里射出来的，像一把把尖利的刀子。

木棍，鞭子，轮番抽打疤癞脸。几个民兵打得累了，王大嘴让武卫党兄弟三个打。武家兄弟不打，还歇着一条腿抽烟。其他几个轮流上阵，打得自己浑身冒汗。无论怎么打，疤癞脸的头仍然一直抬着。疤癞脸嘴里发出呜呜的声响，眼睛朝王大嘴喷着火。王大嘴知道疤癞脸想说什么，他接过一个民兵的棍子，自上而下地劈下去。

只这一棍，疤癞脸就倒了下去，再没有了任何声息。

这一棍，比疤癞脸手起刀落劁猪阉狗的手法更加精准。

几个民兵吓傻眼了，王大嘴丢掉手里的棍子，说："怕啥？去，把村会计叫过来，让他写一份报给县里的公函，就说疤癞脸是一个长期反党的土匪潜藏分子，到大队盗取阶级情报，被民兵发现。敌特分子顽强抵抗，被我民兵击毙。"

"咱没枪啊。"

"什么有枪没枪的，就这意思。会计懂这意思，让他来了好好琢磨就行。你们几个回去睡觉吧。"

"那这尸体呢？"

"让他村里来人，拉回去埋了。"

当武卫民给油爷说起王大嘴如何残忍的时候，油爷后背冰凉。油爷知道疤瘌脸和王大嘴同时都是耿继武的信息员，在不同的村落，做着相同的事情。这么多年，当所有人几乎都对这段历史渐渐忘记的时候，他们，却把自己的罪恶，再次昭示于世人。

"卫民，疤瘌脸一直啥都没说？"

"王大嘴把他的嘴堵上了，能臭死人的三双袜子。不是疤瘌脸不想说，王大嘴什么也没让他说啊。"

"这事，以后再也不要提起。否则会有杀身之祸。"

"没那么严重吧。"武卫民笑笑，"不过王大嘴现在有些怕你，总说你会魔法。"

"我的魔法确实很准。只对坏人准。"

"可那柴家庄的荣书记，怎么也因为这个事，成了县里的阶级斗争先进个人？"武卫民不解。

"我给你张纸条，你要像命一样拿着。只要王大嘴不对你下狠手，你不要拿出来。如果他对你们兄弟三个不利，让他看看这个，就能救你们的命。"油爷把一张发黄的纸条递到武卫民手里。

"这是王大嘴的字？王大嘴不识字啊。"武卫民疑惑。

"不见得。"油爷说。

11

油爷在广播中听到，我国成功发射第一颗人造卫星，并以

20.009兆周的频率，播放《东方红》乐曲。这让油爷激动不已。但在极短的时间内，油爷又发现了新标语，不禁心生疑惑。那个频率，瞬间便被油爷忘得一干二净。

社会的变化，有时真的比人心变得还快。

"批林批孔"的标语贴了一层又一层，却总是被勤俭节约的妇人在半夜揭下来做纴褙。刚开始的时候，还有在街上到处流浪的猪，也趁着夜色，跟这些妇女抢标语。标语上的白面糨糊，是这些勤劳的猪们的绝好饭食。那些标语因此变得残疾，诸如"（坑坑洼洼的土墙）复礼的理论（麦秸草墙皮）天才论""把（厚砖和白灰）进行到底"此类，像费脑筋的谜语，每个字都努力地与历史撇清关系。贴在墙上的红纸总是坚持不到纸张泛白，便被无情抛弃。陈旧的老墙开始用石灰刷，持久，醒目，节约纸张。每次有新的标语出现，油爷都能预感到一场新的运动，轰轰烈烈，激荡人心。

大队里的喇叭吱吱咯啦响的时候，油爷还在做梦。油爷梦到自己把自己的心和肝都吃了，血流一地。油爷在一点点撕掰自己心肝喂到嘴里的时候，并没有感到疼痛。油爷还在梦里，找到疯婆子为他解梦。梦中的疯婆子戴着王冠，弹着古筝，两个儿子跪在一旁。疯婆子也在睡觉，她在梦里对油爷说："这事你还问我？你比谁都懂。我早就说过，我就是你，你就是我。"

醒来，油爷有些害怕。油爷想起那个夜晚，雪落进门口喂狗的碗里，像一碗白面。疯婆子溜进屋里，躺在油爷的床上，把手伸进油爷的两腿之间。手的冰凉，让油爷激灵着醒来，手来回搓擦，却让他闭上眼睛。那夜之后，油爷一次次对着天空跪下去，念叨着，老天爷，我啥也没干，请饶恕我。疯婆子啥也没干，请为她一辈子的好名声立下贞节牌坊。

梦里的古筝，像青翅的鸣叫，只是多一些委屈。

大喇叭让所有的社员都到南场院集合。

南场院是批斗的代名词。

主席台上的会标是"批林批孔现场会"。

最先到批斗会场的是疯婆子。她在宽大的台子上跳来跳去,"小小竹排江中游——游那个游,游那个游,一直游到床那头。哈哈哈哈哈哈——"

"下去!"王大嘴上台,呵斥疯婆子。

"我认得你,王大嘴。不对,是王小嘴。不对,是王大嘴。你得死。一会儿就得死。"疯婆子围着王大嘴来回转,来回看,看得王大嘴心里发毛。

王大嘴的鼻子来回吸:"臭烘烘的。来几个民兵,把她拉走。扔到汉马河的臭水沟里去。"

几个民兵把疯婆子拉下主席台。疯婆子远远地指着王大嘴:"你得死。一会儿就得死。"

南场院里的人来得差不多了,然后会议开始。照例是王大嘴念一段上级的政策:"林彪及其一小撮(他习惯念成'捏')死党,是一个'语录不离手,万岁不离口,当面说好话,背后下毒手'的反革命阴谋集团。林彪反党集团的垮台,并不是党内两条路线斗争的结束。"然后便是王大嘴的自由发挥,"林彪叛逃,毛主席说得好,天要下雨,娘要嫁人。最后就是一个死亡的结局嘛。林彪反党集团与我们葛石店有没有关系?有,绝对有。林立果的秘书程洪珍,是咱们县伏山公社程海子村人。我们大队有一个家族,与他们家有关联,和林彪的贴身谋士是表亲。上级已经命令我们,要严查细查,挖祖坟,查族谱。不漏过一个细节,不放过一个坏人。这个家族是谁呢?就是武家三兄弟。武卫国,武卫民,武卫党。大家可以想想这三个人的名字,不就是保卫国民党吗?这样的家族,还用得着查吗?"王大嘴的手猛地指向台下,"把这几个人给我带上来。"

三兄弟的手都被绑着。

武卫民上台,轻声对王大嘴说:"连长,我口袋里有张纸条,你看一看。"

王大嘴一脸疑惑，犹豫着把手伸进武卫民的口袋，王大嘴打开纸条看了两眼，便迅速地把纸条团起来，扔进嘴里，准备吞下去。然而王大嘴没有想到，那个时候的纸是如何粗劣，根本无法下咽。纸团卡在喉咙里。王大嘴似乎被憋住了，满脸由青发紫。他紧捂着自己的胸口，慢慢地倒下去。

王小嘴一步跨上主席台，喊了一声爹，然后使劲抠出王大嘴喉咙里的纸条。

一切来得太突然。台下一片寂静，然后便是三三两两的人，各自散去。

偌大的场院，只有王小嘴的孤单背影，紧紧地摇晃着王大嘴，喊着"爹——"

油爷最后一个离开南场院。油爷把颤抖的手，努力地藏在裤子口袋的深处，仍然无法让手指停下来。油爷觉得，王大嘴，就是自己身上的一块暗痛，时不时地跳出来折磨自己。

阳光之下，王大嘴以这种方式结束旅程，污了这片阳光。油爷想。

"下大雪，大雪下，所有人都无罪啦。"疯婆子不知从何处跑出来，对着高高的乌云喊。乌云越喊越厚，似乎真要下雪的样子。只几秒甚至更短的时间，乌云散去，似乎给疯婆子开了天大的玩笑。

12

哑儿不知从什么时候，停止了生长，像吃了矮壮素。

哑儿的身高停留在一米五七。

不长也有不长的好处。孩子的身高，孩子的心智，孩子般的快乐，于哑儿和油爷，都是幸福的事。

油爷知道，哑儿的心里是苦的。一次哑儿在梦里哭醒，嘴里喊着娘。娘那个字如此清晰，如同哑儿能够像正常人说话一样。油爷看见哑儿坐在黑暗里，他听到了哑儿的眼泪落在被子上的声音，听到了他的目光在黑暗中寻找的声音。油爷的身子没动，他不知道该对哑儿说什么。那个时刻，油爷也想到了自己的娘。那个声音小到连蚊子的声音都比不过的娘，手指像绣出的花一样美，不到五十岁就死去。该给娘去上坟了，油爷想。还有妹妹。虽然她们的牌位还在自己的床头，但油爷似乎冷落她们太多了。

哑儿又是不安分的。哑儿像所有正常的男孩子一样，常常在夜里抱着被子翻来覆去。在油爷熟睡的时候，哑儿还悄悄地溜出去，听那些他从来都不可能听到的声音。哑儿希望自己的眼睛可以洞穿所有的黑暗，让他看到骚动背后的真相。

哑儿害怕生人。每次见到陌生的来者，他都眼睛直盯着那人的脸，两只手一刻不停地拧着衣角，一只脚死死地蹬着地，一副随时准备逃跑的样子。哑儿似乎对每一个女人都充满恐惧。只要有女人的身影出现，哑儿便两手捂住眼睛，偷偷张开的一条缝，恰恰又暴露了他的心思。

一个炎热的午后，哑儿跑到了王大嘴的家里，偷看阿欢洗澡。王大嘴发现了哑儿，把他捆在电线杆子底下，用鞭子抽。油爷赶过去，王大嘴指着油爷的鼻子："你真不要脸，竟然让这个哑巴去看你娘的光腚。那是你娘，你小娘。你是不是也想喝喝那个奶？你去啊。像喝你奶娘的奶一样。你们敬信堂，表面上是人模狗样，背地里都是一窝子男盗女娼。你说句明白话，是不是要你那个小娘，扒光了衣服让全村人都来看看？愿意摸的再摸一摸，愿意摸哪儿就摸哪儿。啊？"

王大嘴的鞭子一次次抽下去，油爷的后背挡住了哑儿。

也正是从那天开始，每天夜里，油爷都要领着他的哑儿，是的，他和哑儿，借着巷子里的黑暗和天上出现或隐去的月色，穿过整个村子。经过那些高大冰冷的门楼的注视和一条不知什么颜色的狗没有同情心的吠叫，经过低矮的泥垛墙上歪歪斜斜挂着的木栅门和墙头上迎风窸窣的烂草发出的孤独的呻吟，油爷和哑儿，既像夜游神，也像守护神，穿村而过。在某一个低矮的窗下，油爷会稍做停顿，盯着黑黑的看不出模样的窗棂，一些声音蜂拥而来，一些声音又悄然退去，像油爷蹒跚而行的步履，更像他脸上的颜色。没人能看得到他脸上的颜色，油爷自己能感觉到，忽冷忽热。哑儿什么都听不到，也弄不明白油爷天天如此走的动机和目的。这个世界如此安静，安静得像哑儿的声音世界。

这种故意消耗哑儿的游走，反而激起了油爷更多的情怀。油爷让哑儿陪自己喝酒。喝完酒，油爷就哭，哑儿就拿了一根枝条，对着身边的一头老牛抽。一下，又一下。

深夜，油爷从白天的酒醉中醒来，仍然和哑儿喝酒，和天上的星星喝酒，也和那头发情的驴喝酒。然后油爷，摇摇晃晃地来到了村头寡妇香雪的家里，是跳墙而入。油爷闻到了铺天盖地的香，比奶娘和红霞的身体还香。油爷觉得香雪的身体轻轻的，飘在他的上面，让他如痴如醉。她的头发飘下来，撩起他更大的欲望。她的乳头小而精致，与结实浑圆的乳房搭配，简直和耿红霞的一模一样。她的森林，茂密而柔软的那种，像吴侬软语。而她孕育生命的河床，又时时被浪花激荡着，掀起更大的浪，让油爷想起凤凰城的月光，像《诗经》一样美好。

油爷并不确定自己是否真的拥有过香雪的躯体。当他和哑儿被全村人在村头的树下找到的时候，他全身仍然散发着酒气，衣服上挂着的乱草，在风里像卖弄风骚的荡妇。当然，脚下还有沉沉醉去的老狗，因为吃了油爷的呕吐物，不省人事。油爷只记得喝酒后浑身燥热,他似乎与香雪有了鱼水之欢,似乎又是被香雪赶出了家门。头疼欲裂。香雪在哪?油爷弄不清一丁点儿的真相。唯一清楚的是,油爷是被全村人找来批斗的。至于罪名嘛,完全可以一箩筐一箩筐地搬出来,像晴天被搬出来晾晒的长了毛的地瓜干。三斤地瓜干换一斤散酒,价格公道着呢。头一天的声音,在酒后发了霉。

终于有一天,油爷不再喝酒。他把藏在黑布后面的祖宗牌位全部搬出来,擦干净,如同给先人们做了一次灵魂的沐浴。油爷跪在祠堂的正中,先人们的眼都在瞪着他。油爷为自己的堕落请求饶恕,为自己对女人和酒的沉醉与幻想,悔不欲生。

哑儿也在旁边跪下去。而他,并不知道因何而跪。哑儿的头丰满而坚硬,似乎装满了让人无法理解的东西。油爷曾经试图发现哑儿头脑中的所思所想,像世界上所有的人力图看清自己一样,看明白哑儿的一切。一切都是徒劳。就像那头即将被杀掉的骡子的坠物。

生产队有了深耕四十公分的拖拉机。那些靠笨力吃饭的牛或马,越来越多地清闲下来,像油爷。再过一些时日,它们要么被卖掉,要么被杀掉。还有那匹自以为是的种马,闲下了它所有的器具,还死不认命,在那儿咴咴乱叫,并不知羞耻地露出它长长的下体。

骡子的坠物与种马的下体,长得并不相同。

13

油爷在看着他的墙皮出神的时候,听到有人叫他。

"油爷，干吗呢?"一位油爷并不认识的年轻后生，从牛棚前经过。

对于这句随口而来的问话，也便随口答了一句："看看这墙的皮。"

关于油爷，总有人探讨像什么或者是什么，却始终得不到答案。油爷像一个谜，无解的谜。油爷在白天和黑夜，在晴天和雨天，竟然是两个完全不同样貌的油爷。阳光下他两眼可以眯成一条线，阴天他的眼比鸡蛋黄的颜色更吓人。

油爷的一切似乎都充满了神奇。比如油爷一生都在居住的祠堂，外面垒砌的砖一块块脱落，最后只剩下慢慢衰败的土坯，印证着风雨与时间的力量，阴晴雨雪似乎成了它的表情，循环往复。那些土坯间生出的乱草，顺心时是飞扬着的，不高兴的时候双目低垂，恰像油爷的心事。那些依然刻薄地分割阳光和月色的窗棂，像羞涩中半推半就的新娘，一夜之后便成了妇人……油爷想着是否还有更恰当的词汇，给窗棂一个名分。但想了几天，确实想不出。油爷身边的所有物件，在油爷眼里，似乎都有了生命，就连土坯裂出的长长的缝隙，也像哪个小姑娘笑眯眯的双眼，弯弯曲曲地描摹着幸福的指向和快乐的源泉。

几十年来，油爷一直守着它的土坯房，不想让它有任何改变。如一个痴情的女人，为了贞洁守寡，便像那些节孝坊事件的主人们。油爷把从青春到年老的所有光阴，都交付给祠堂里的每一片砖瓦。那些大小不同、身材各异的祖宗牌位，像一个个停止摆动的钟，将所有的时间定格，任人缅怀。油爷向每一个牌位致敬，如同对时间有着与生俱来的崇敬，或者它们早就成了自己的理想和图腾。但油爷深知，这些与历史无关的钟表，淹没了自己所有的灵性，让他所有的抗拒，都付之东流。那么，自己渴望拥有的优雅呢?也在无数钟表的停滞中，湮化为灰尘。优雅，多么高尚的词汇，离自己竟然越来越远。油爷想到了死。死是不是可以解决所有问题？自己是不是也可以像所有的祖宗一样，有一个真实或者虚拟的祠堂空间？油爷突然意识到，自己没有给这个世界留下任何东西，除了空洞和寂静。空空洞洞的寂静，如电影里无限延长的空镜头。只有寂静，死一般的寂静。

"我该和谁争？我该争什么？"油爷想起这话。这是一个重大的问题，或许什么都不是。

那轰然倒下的牌坊，和希音死去的惨烈与安详，铺展成一片青色与红色的瓦砖，也变成团团的白花，把油爷的心弄得陈杂荒芜起来。牌坊因何倒塌，何时倒塌，在油爷心里和明镜似的。但油爷强迫自己不去想。那些倒下的事物，便是人人可以践踏的历史。至于是谁放了炸药，是谁撒下一泡狗尿，追究起来还有什么意义？

从今生到来世，何处是生命的界碑？油爷想知道答案。

油爷只能眼睁睁看着希音，在那一刻，倒下，倒下得像一尊真正的牌坊。油爷常常在夜深人静的时候，幻想着能捡拾起她落下的细砖碎瓦。但每次，都是无功而返。只有在梦里，油爷才能再次看到希音，仰视到那尊高傲的牌坊。

油爷总是以这样迷离的眼神，像蛐蛐永不闭合的复眼，远观世界。油爷弄不明白，蛐蛐长了五只眼睛，为何总是看不透世间的一切。它还需要长长的须，摸索着前行。油爷常常因自己感觉曾经有过的两根长长的须，突然在一夜之间消失得无影无踪而苦恼万分。究竟是谁偷走了自己的须呢？荒芜的上唇应该找一个罪魁祸首。油爷想了又想，终于弄明白，那两根须，本就是在梦里生长，梦里消失的。他感觉自己与这个世界的距离，比蛐蛐还远。这个世界上的所有事物、人情，也因此迷离、模糊，像天空旋转着的阴云，会在你不留意的每一个当口，带来风雨交加。

油爷觉得，时间，会让所有的人，好人、坏人、男人、女人、仇家或者恩人，统统归于小小的墓穴。这些墓穴连成长长的时空隧道，从前世到来生，所有的灵魂都一字排开。隔上一段时间，再重新移植到人世间来。所谓的循环与轮回，即是如此。油爷一次次在历史的长巷中，寻找自己曾经驻足的痕迹。他会是谁，又绝对不会是谁，油爷冥思苦想，想从一个个的别人中找出自己，又从痛苦与快乐的自己中，分离出别人。如同眼前的哑儿，他长得越来越像自己，沉默寡言，并不断在黑暗中寻找远方。

在经历过无数次的沉思默想之后，油爷慢慢说："哑儿，你知道，葛石店是一个不平凡的地方，比世界上的任何地方都不平凡。葛石店有各种各样的人：把活生生的黄毛狗赶上正堂的八仙桌，不知那条狗是他们的祖宗还是献给哪个祖宗的祭品；把自己的拇指竖起来，挡住世界上所有的人和事，然后装作是自己小小的手指，就能让这个世界消失得无影无踪，只有他们才是世界的主宰；那些嘴皮子上的清修士，不管白天还是黑夜，总是把散发着女人气息的破肚兜，紧紧贴在自己的肚皮上，再套上宽大丑陋的麻布片子，连他们自己都弄不清楚，自己到底是男人还是女人；还有那个天天抱着老榆树哭命的人，只要听见老母鸡咯嗒咯嗒的叫声，便狠命地跑过去，把刚刚滚出屁股的鸡蛋，当作女人一样亲了又亲——这些人，我不告诉你他们是谁。他们谁都是，谁都不是。我们谁都是，谁都不是。我们才是这个世界的主宰，没有人能看清我们。当然，我们也看不清他们。"

这样想过之后，油爷脑海里的东西更加混乱，他感觉自己是在黑暗之中行走，眼前一片混沌。

那颗刚刚上天的卫星，或者能照亮我们的路。油爷想。

14

王殿雄来得奇怪而突然，带着他的儿子王爵民。

"自从六四年发大水之后，已经十五年没有好蛐蛐了。"王殿雄说，"今年，我终于发现一只。它叫虬龙，无一败绩。油爷，您也过过眼。"

油爷打开罐，只一条缝隙间的光亮，就让蛐蛐叫了起来。这叫声如此响亮，似乎能传到远远的凤凰城。

王殿雄和油爷都不说话，只听蛐蛐的鸣叫。从早上到晚上，三天三夜。油爷和王殿雄不喝酒，只一杯清茶。茶香浓了又淡，淡了又浓。

终于，王殿雄要走了。王殿雄告诉油爷，他可能没多少活头了，以后他就不来了。再来，就是他的儿子王爵民。

油爷摸了摸王爵民的头，笑过。

油爷知道，王殿雄到了霜降。王殿雄的心劲支撑着他这次来，只为了能让一位知己，最后一次听世界上最好的虫鸣。

油爷打开王殿雄留下的蛐蛐罐。油爷看见蛐蛐在草叶间逃走，缓慢地逃走。然后又在离油爷不远处，特意转过身子，表情复杂地看着油爷。油爷蓦然心动，如同被一句唱腔，或者某个漂亮女人的目光击中，让他的魂魄飘飞起来。而蛐蛐远去的背影，连同它擦身而过的每一片草尖，似乎都让油爷泛起泪水和忧愁。油爷知道，在蛐蛐嘹亮的歌声下，那一条断腿只是它征战疆场的标志罢了，爱恨情仇都会在它的一声嘶鸣里，显露出王者的气息，帝王的风范。

　　以后的几天，那只蛐蛐每天都会来油爷的窗前，鸣叫三两个时辰。然后像一位征伐的武士，再去开拓自己的疆土。

　　七天后，蛐蛐再也没有来。

　　七天后，就到了霜降。

　　那叫声，永远悲壮地留在了过往，如王殿雄的含泪离开。

　　油爷知道，他今晚不用再起床，不用再想着该用五言或者七言，去写一首赞美诗。那只叫虬龙的蛐蛐已经死亡，死得很惨，它被成千上万只蛐蛐轮番攻击。先是掉了腿，然后被咬掉了翅膀，最后才是它的牙。它用一个英雄的姿势，完成了向上天的复仇和祷告。虬龙的心脏、躯体，会在草丛间一点点地腐烂。它像一个赌徒一样被人类诅咒，又像一位圣人一样被顶礼膜拜。油爷清楚地知道，虬龙是绝代的王者，绝代的吟唱，绝代的诗书，绝代的圣贤，一切都是绝代的。它孤独地死去，拒绝所有的朋友、情人，它只想拥有沉默和孤独。油爷更加清楚，它就是要昂首挺胸地站立在这片坚硬而深厚的土地之上，比所有的王者都伟岸，睁着它的眼睛伟岸地死去。不会有人埋藏它的躯体，不会有后代延续，只有不屈的灵魂，倔强地行走于所有的时空，无所畏惧，征服整个宇宙，以及所有的生灵。

15

　　牛耕田从监狱回来的时候，油爷刚刚泡好一壶茶。

没有一句多余的问候，只在老槐树下一坐。西下的阳光也围坐过来，还有哑儿。

"我们是最后一批摘帽的，呵呵。"牛耕田说。

油爷突然就想到了自己那顶用来全县巡回表演的帽子，嘴角掠过一丝笑容。

"可惜。"油爷说。

"什么?"牛耕田没有听懂。

"你没见到王大嘴的死。"油爷说，"他多像一个狡猾的渔夫。躲开了所有的暗流和漩涡，还捞起了那么多的鱼。"

"还有哑儿——"油爷看到一只极力飞往远处的鸟。

"噢。"牛耕田应了一声。

16

大雪日，疯婆子死去。

前一天，疯婆子专门到油爷的牛棚，摸了摸油爷左手上的疤。

直到此时，油爷才觉得自己的疤变得异样，变得像一面透视镜。在某些非常特殊的日子，油爷可以把那些贫瘠的日子当作入口，看到很远很远的过去，可以远到唐朝以前，并与后面的某些朝代，贯通成一只色彩斑斓的时空隧道。油爷可以看见很多人，比如由婢女陪着玩蟋蟀的唐太宗，他会把手轻轻地搭在婢女微微翘起的屁股之上；比如宋朝的文武百官兴致盎然地把头抵在一起，看神宗如何让一只蟋蟀和公鸡决斗；比如被后世册封为奸相的贾似道，一边逃跑，一边还为他喜欢的蛐蛐贴蛉（在这一点上，油爷觉得陶十一亦是如此）；比如明史上为数不多的贤德君王朱瞻基，一次次让大臣们禁止街头成群的顽童，齐声大喊"促织喓喓叫，宣德皇帝要"……油爷觉得自己站在一棵孱弱的无关年代的枯树下面，没有阳光，也没有风声雨声，只有安静的沉默不语的人流，捧着一只只蛐蛐穿流而过，齐刷刷地走向一个出口。而那个出口，在油爷看来，就是一个无望的出口，让所有的时间，所有的蛐蛐，灭绝了希望和踪迹。

漫天的雪，把死去的疯婆子打扮得干干净净。

第六章

芨草

天 虫

1

世纪之交,一切都是新的。

到底哪一年是旧世纪的最后一年,哪一年是新世纪的最初一年,竟然被当作课题进行研究,这事多少有些荒诞。它比不上凡·高的画,浓妆艳抹,层次混沌,像搅碎了的鸡蛋,千人看,万人学,总是猜不透的。

在油爷看来,1999 年,只是一个平常的年份。除了这一年的宁阳中华蟋蟀友谊大赛之外,似乎并没有多少激动人心的大事。宁阳县连续举办了十几届中华蟋蟀友谊大赛,从来没有像今年这样火爆。

系列赛像一针兴奋剂,激活了宁阳县城的各个细胞。一大早,卖豆腐的刚刚敲响木蠡,便有穿着睡衣的女人,端着盘子,手里攥紧了不多的零钱,从吴家巷子、钱家店、北大街的各个角落走出来,称上一些豆腐回去。不远不近站着的卖豆腐脑的手推车,必定是与油条摊子连着的。宁阳人的早餐简单、随意,恰如宁阳人的性格。居于县城中心的文庙前,不到上班时间就有了等着开门的人。来来往往的更多的是外地人。他们并不是要向孔子请教什么问题,而是借着文气浩荡的儒家场所，消磨一下时间罢了。只可怜端坐于庙堂之上的四大贤人十二哲人，眼巴巴地看着人来人去，并没有多少香火进账。下午的宁阳显得慵懒而随意。沿公园两侧坐满了老老少少，下棋、打牌。人工湖的开挖，让宁阳人一直感激着一位刘姓的书记。他克服万千困难建设的金阳公园与争取的财政直管县政策，至今仍让宁阳的普通群众受益。夜色下的宁阳，更现出其花枝招展的一面。那些裸露的皮肤，像发情的三尾没有目标物似的四处飞奔。马路两旁喝着啤酒吃着羊肉串的人不断发出碰杯声、呼喊声，除了印证着宁阳人舌尖上的幸福之外，还用实际行动诠释民以食为天的真谛与含义。宁阳的羊肉串已经在周边县市区成了品牌，就像东庄的豆腐皮。夜里到宁阳吃羊肉串是时尚，也是习惯。据旅游部门的人讲，泰安的旅行社已经把到宁阳吃串当作推荐项目，到泰安旅游，不到宁阳吃羊肉串，等于没来泰安。

油爷曾经无数次地跟哑儿说，这蛐蛐，也是人间烟火。油爷不知道他听懂没有。

宁阳是一座安静、祥和、包容的小城。

宁阳的蟋蟀却与宁阳人的性格相悖，似乎宁阳把所有的好斗品格与搏杀激情，都交给了精灵般的小虫。

已经是第六场比赛了。更多的人来到宁阳，来到现场。四面八方的看客、好事者、暗赌者、嫖客、妓女、记者、诗人、纪实作家，像一支鱼龙混杂的队伍，说着不同的方言，从事着不同的行业。就连省里、市里的官员，也悄悄坐上了嘉宾席。

陶十一的白虫风波仅仅是一个插曲。油爷阻止了事态的进一步恶化。

第五场陶十一胜出，也让比赛重新回到了起点。二比二平，没有输赢。最后的两场较量，究竟会出现怎么惨烈的场面，只有天知道。

晴空万里的天气，似乎不是什么暗示，只是天气的心情。云与风，借此互相调戏。油爷与陶十一，似乎也沉浸在明朗的心境之中。他们都对自己手里的虫，有着十足的把握。

电视机前的爷孙俩，似乎是一个寓言。爷爷手里紧握着《促织经》，孙子手里拿着《天下第一虫》，嫩嫩的手指夹在彩色的图案上面，眼睛直盯着电视屏幕。

电视镜头切换到了现场。

迷虫一，"葡萄青"，天津人："这比赛越来越有看头了。这第四场，平局，组委会的计划全乱了。大家都在想，今天比赛是嘛结果，都倍儿哏儿。这场不管哪个大爷赢，如果第七场对方赢，再次平局，比赛肯定要加赛一场。当然啦，今天赢了，明天再赢，比赛就撂挑子了。"

迷虫二，"蟹黄头"，河北沧州人："看热闹的还嫌事多？咱盼着他们打平，多看一场比赛不说，还能见识一下两个人的宝贝。他们手头的东西，如果不是这系列赛，咱到死都看不到。听别人说，他们那些宝贝疙瘩，宁阳专门调用运钞车接送，派了六个武警，一级保卫。你说他们自己是怎么保管的？陶十一咱不好说，油爷就那几间破房子，哪里能盛下那么多的宝贝？"

迷虫三，"熟藕紫"，济南人："别光说他们那些东西啦。你俩是高人，猜猜他们今天会用什么虫子斗。这几天我一直在琢磨，我们这些半吊子蟋蟀爱好者，在宁阳就是找不到好虫。为什么他俩拿出任何一条，都可斗遍天下？那些真红正白，我们多少年见都见不到。他们哪里来的如此功法，想啥有啥呢？"

迷虫一，"葡萄青"，天津人："到了他们这个年龄，人知天命，心与天通。这虫子玩久了，人就成了精。你像他一样老的时候，也备不住。"

迷虫三，"熟藕紫"，济南人："你别弄这些玄的了，我不信。就连传说中蛐蛐是太上老君的六条小龙变的，我都不信。他们能成什么精？蛐蛐精？扯吧。除了蒲松龄的鬼怪小说里有，这世界上的第二个地方,我找不到。这蛐蛐,就是人间烟火。"

"熟藕紫"的话被收拢进电视镜头,"这蛐蛐,就是人间烟火。"

年轻的男中音突然对这句话起了兴致:"各位观众,各位来宾,这位胸牌为熟藕紫的朋友说的话,和刚才油爷告诉我的话完全一样。我觉得这句话太有哲理了。这蛐蛐,就是人间烟火。大家能不能一起喊一下,烘烘场子,为蛐蛐们加油助威。我看这样,左边的人喊宁阳蛐蛐,右边的人喊人间烟火。来,我起个头。预备,开始——"

"宁阳蛐蛐——"

"人间烟火——"

"宁阳蛐蛐——"

"人间烟火——"

斗场里,油爷听到了这句话。陶十一似乎没有听到。

他们各自将蛐蛐罐上的盖子拿开,摄像机的镜头迅速拉近。

台下接着是一阵尖叫。

几乎没有人认识这两只虫。

迷虫四,"射弓红",苏州人:"天啊,这是什么虫?简直是天外来物。这是蛐蛐吗?"

迷虫五,"蟥壳白",扬州人:"这样的场子,不是蛐蛐能来斗?"

迷虫六,"黑麻头",上海人:"听听解说怎么介绍吧。"

年轻的解说把球踢给了老公鸭。

老公鸭并不介绍罐里的蛐蛐,却扯起了出斗大忌。老公鸭的声音掩在老花镜下面,显出混沌模糊:"虫之出斗,需慎之又慎。老夫一生经验,总结了出斗十四忌:长鸣不斗、红蛉不斗、无砂不斗、牙损不斗、色淡不斗、头昏不斗、翅松不斗、尾垂不斗、腿撼不斗、卷须不斗、并翎不斗、沾油不斗、饶大不斗。老夫提醒大家,养虫者,都是良善之人,对每一只虫都有疼爱之心,绝对不能强虫所难。要观察蛐蛐的生理状态，宜出则出，不能出坚决不出。"

"不听他胡啰啰，让他下去。大家想知道他们用的什么虫子。"有人在台下喊。

老公鸭的声音再次响起："至于油爷和陶先生用的是什么虫子，我可以告诉大家，这叫异形虫。刚才台下有位先生让本人下去，少安毋躁，等老夫解说完。拿了人家的粮饷，就得听人家的吆喝。这是规矩。我再向大家说说十二不可配斗。这套理论不是老夫专有，是历代的经验总结，《促织经》上就有：长不斗阔、黑不斗黄、薄不斗厚、嫩不斗老、好不斗异、弱不斗强、小不斗大、病不斗常、大不斗色、短不斗长、貌不斗实、扁不斗方。记住这些，对各位虫家，没有坏处。"

"告诉我们那是什么虫子？"台下有人扯着嗓子喊。

站在油爷旁边的王爵民，被油爷叫到跟前，耳语几句。王爵民便从斗场里出来，走到会堂的主席台下："各位虫友，师傅让我给大家介绍一下这两只虫。这两只虫都是极少见的异形虫，此话不假。陶先生的虫子叫八脚，有人这样夸奖它：八脚生来最可怕，一时觅得真无价。横行三秋无敌手，勿论远近丢铠甲。油爷的虫子叫独尾单枪，有人这样评价这类虫子：不是圆来不是方，中间只生一根芒。场中变化无穷尽，冲打全凭一杆枪。"

没有人再关心奖品区的两样物件——宋宣和罐和内宫镶嵌八宝盆。观众无视的目光甚至把它们当作极普通的物件，而忘记了那个会稽县令郑虎臣，正是为了这两件宝贝，手刃贾似道。

所有摄像机的镜头再也不敢离开斗栅一丝一毫。

日本 NHK 电视台的记者，激动得嘴里发出嗷嗷声。工作人员不得不上前制止。

美国 DISCOVERY 频道的记者，眼睛几乎伸进了摄像机里。

是啊，谁都不愿意错过这样的绝命厮杀：

先是互相试探，谁都没有贸然进攻。八脚迅速出击，突然一个仙人躲影，将独尾单枪架在身上，用强有力的四条后腿，蹬撕了它的蛉门。独尾单枪一个斜捺，将后尾刺进八脚的心脏。

牙是蟋蟀天生而最尖利的武器。只在最后，两只虫的牙才紧紧钳在一起，谁都不再松口。

所有的腿都在蹬地。两只虫在旋转，一会儿像两个技术高超的舞者，将一条条的腿舒展到极致；一会儿又像两个相扑高手，让力量聚成一座山。最后，两只虫再也没有一丝力气。

两只虫同时死去，身子拱起，像一座桥。

牙紧紧钳着，不愿分开。

像一母同胞的孪生兄弟。

没有最后的吟唱。

没有唯一的胜者。

2

油爷越来越像油爷。油爷能感知时间像风撩过指尖，疼却无能为力。油爷看着一些人离开，像戏子演完自己的角色，再没有出场的机会。然后又有一批人，盛装登场，化上伪善的妆，却不小心露出了尾巴。油爷在始称家族祠堂后被永远称作牛棚的几间房舍里，偷偷摸摸地看人来人往。村子里的所有人都要经过这所房子，他们经过的时候，也把所有的情感留在了房子里，愤怒、快乐，甚至偷情的欢歌。油爷深陷其中，并为那些主人公暗自垂泪。油爷的房子似乎成了告解室，只要经过，路人便有意无意地留下心迹。

油爷的小马扎越发老旧低矮，绳子随时可能在任何一个结上破开。

油爷的茶碗也留下更多心事，盛了越来越厚的污垢。

油爷呢？噢，还像油爷一样生活，与时间和村子无关。

油爷并不在乎时间。时间在油爷的皱纹里渐渐老去。那些每天都不间断更换的日历，超出了岁月的把控和掌握。倒是在油爷抬手的瞬间，嘶啦——薄薄的低劣的纸张，像揭掉的嘴上的一块干皮，或者打碎了某一只表盘，猛地就跳出了油爷的生活。

但油爷衷心希望，所有人都能把他的牛棚当作时间的宫殿。所有人。油爷能在这所宫殿里，触摸到所有的身体和情绪。油爷也深知，他并不是这所宫殿的主人，只有蛐蛐是。蛐蛐有千年万年的轮回，人，只有瞬间的花开。

黑泉信了油爷这话，他说要在这瞬间的花开季节，活得像自己。

黑泉是葛石店唯一一个不愿意回城的知青。

黑泉留了长长的头发，梳成女人的发髻。黑泉天天背一个大大的画夹，把路走得漫不经心，像是葛石店的土路专门与他过不去。黑泉先是到土匪耿继武待过的山上写生，然后再回到大队给知青们专门腾出来的海棠院，把那些画弄得五颜六色，装到木框里，卖给城里人。

黑泉突然对海棠院感了兴趣，更对海棠院的主人感了兴趣。黑泉问过大队里的干部，知道了油爷的存在。

油爷正在看天上的流云，黑泉高高的发髻把黑泉牵了过来，像牵一只听话的宠物狗。

起初，两个人都没有说话，互相打量。还是黑泉先沉不住气："我听说过你。"

"我没听说过你。"

黑泉笑笑："我是黑泉。你不用自我介绍了，你叫油爷。"

油爷指了指旁边的哑儿："那是哑儿。"

"我想给你们画张画。"黑泉说。

"我见过你的画。"油爷想起，在某一个下午，油爷在村里看到了一幅画，正是黑泉画的。油爷看到了他和耿红霞住过的茅草小屋。灰色的蜘蛛网，在黑泉的画里像一段段盘结的绳索。油爷觉得，正是那些不知羞耻的绳索，捆住了他的回忆，让他无法再次走进耿红霞的甜蜜梦乡。油爷早已经过了知天命的年纪，完全可以以自己的天分，并且有这种资格，在梦中的任何一条路径，寻找到耿红霞的归依之所。而油爷没有。油爷知道自己的弱点，就像知时节的蛐蛐。油爷再次仔细打量黑泉："北京来的？"

"济南。比北京——还远。"

"那就到内蒙了。"油爷笑了。油爷一向对爱开玩笑的人有一种喜欢。油爷觉得自己的一辈子太死板，了然无趣，像一条没有表情的鱼。

"我想给你俩画张画。"黑泉又说。

"你多大了？"油爷并不搭话。脑海里浮出那些蜘蛛网，灰灰的，像日子留下的痕迹。油爷并不喜欢。

"我是中华人民共和国成立那天生的。我妈被推进产房，听见广播里播'中国人民从此站起来了'，我妈一使劲儿，我就出来了。"

油爷突然就滋生出强烈的亲近感。油爷扭过头看了看哑儿，转过身往后一指："哑儿和你一个时辰。"

"真的吗？"黑泉脸上露出兴奋，"王小嘴说，他也是那个时辰出生的。"

"瞎说，他是白无常出生的时候出生的。"油爷顿了顿，"大嘴小嘴，全凭一张嘴。"

黑泉哈哈大笑："油爷真是幽默。问您老一件事，为什么偏偏喜欢蟋蟀呢？"

"知道黄庭坚不？他说这虫儿，鸣不失时，信也；遇敌必斗，勇也；伤重不降，忠也；败则不鸣，知耻也；寒则归宁，识时务也。可你、我，恰恰都是不识时务的人。"

黑泉一愣，没有说话。

夕阳的光洒下谷子般的金黄，透过老槐树的叶子，一粒粒滴下来。油爷的脸上便有光在皱纹里流淌。油爷听到了阳光流动的声音："你能听见阳光唱歌吗？"

"唱我是公社的好儿郎？我听不见。嘿嘿，我对音乐一窍不通。我能把牛撒尿驴撒尿马撒尿猪撒尿当成同一种声音，然后和音乐联系起来。我觉得所有的牲口撒尿，才是最自然的音乐之声。"黑泉又说，"我还想给你们画张画。"

"你在这村里有喜欢的女人？"油爷又问。

黑泉站起来，转了一圈，脸也往下拧着看："油爷，让画不让画，给个明白。人老了是不是都像你这样费劲，这样唠叨？这你一句我一句的，根本不在一个点上，搭不上茬儿。"

"好吧。要画我和哑儿是吗？让我们站着还坐着，趴着还是躺着，笑着还是哭着，嘴巴是张着还是闭着，衣服是穿着还是脱了？"

"油爷，您真是爷，您是真爷，您是好爷。我知道你成天对着个哑巴没话说。得，我服您了。您说，这一连串的问题，让我怎么回答？好好好，您就听我的摆布。"黑泉一边摇头，一边把椅子放在槐树底下，让油爷坐下，然后让哑儿站在他身后。

为了这张被黑泉命名为《夕阳老屋》的画，油爷和哑儿一动不动地坐在那，接近一个小时。油爷不知道自己脸上是什么表情，也不知道黑泉画中自己的嘴，是张着还是合着。油爷在看天上的那片云。红得像耿红霞娇羞的脸。这老了老了，不知咋就突然想起耿红霞来了。唉，这世间的一切，似乎都是倒影，水里的，时光里的，爱情更是。难道人的一生，都是为一片虚幻的倒影活着？

油爷一直否认自己想着耿红霞，甚至否认自己爱她。在山上的几年光阴，在能不能爱、敢不敢爱的纠缠中，油爷痛苦得像高山压着的岩浆。虽是一夜夫妻，却是油爷一辈子唯一的一次缠绵。男欢女爱，是一种至高无上的仪式，比自己的婚礼崇高、圣洁、干净不知多少倍。应该是心上的最后一滴血，是的，最后一滴，也是最初的一滴。油爷想起了红霞身子里疼出的血，想起了被子上的那片血，鲜红。对这份挚爱，油爷不敢作太多的回忆。他害怕回忆像是罐子里的蜜，用一点少一点。爱是越回忆越少的，油爷坚信这一点。油爷不敢打听耿红霞的下落，想知道，却又害怕知道。油爷一次次对着自己拿出刀子，告诫自己不要去打搅她的生活。然后，油爷会把刀子，插在自己的几个手指之间。刀的寒光，照在大拇指的疤上，疤流了泪。

"这块疤，一定要画上。"油爷指了指自己的手，对黑泉说。

"真的有法力？"黑泉问。

"法力无边，像佛的手。"油爷答。油爷心里非常清楚，那些所谓的法力，只不过是一场骗局而已。如果真的有法力，油爷希望自己的一生可以重新来过，所有的爱恨情仇都能像婉转的《九歌》。更多的，油爷想给予这个世界温暖和平静，以及数不清的蟋蟀鸣叫。

在后来的各项评奖中，油爷手上的这块疤竟然成了点睛之笔，被很多人解读出无数种寓意。但在油爷指点那块疤的一个瞬间，黑泉愣在那里，他似乎是看见了观音现身。

油爷第一次见到这张画，是黑泉拿到《中国画报》之后，跑到油爷的牛棚时。黑泉上气不接下气，平时光鲜亮丽的发髻散乱开来，活像聊斋中刚刚吃过人或者交欢过的女狐。

"油爷，油爷，发表了。中国最具权威的书画杂志《中国画报》。《夕阳老屋》，真他妈带劲。"

油爷抢过刊物，先找那块疤。油爷看到所有的岁月都在那块疤中凝固成纹理，沉默寡言。而他和哑儿，都成了树和疤的陪衬。这正是油爷想要的效果。油爷说我活不过这棵树。

"这才叫画。你看我，多像慈禧老佛爷像，真他妈带劲！"油爷学着黑泉的腔调，眼里几乎要涌出泪来。而哑儿，三下两下爬上大槐树，对着葛石店整个村子，大声地叫喊起来："啊——啊啊——啊啊啊——"

"你看这儿，油爷，杂志主编怎么推荐的：这是新时期、新形势、新语境下，中国人物画中最具有先驱意识、创新意识的探索之作、扛鼎之作，也必将成为传世之作。"黑泉突然把杂志一扔，抱着油爷放声大哭，"你，我，也跟这狗日的画，传世了。呜呜——"

油爷知道黑泉应该激动，但不该如此哭得不成样子。油爷让哑儿买了几个菜，三个人坐下喝酒。黑泉告诉油爷："你老人家上次的猜测是对的。我确实喜欢葛石店的一个女孩。她叫鹿小曼。可她太小，比我小十二岁。她家里人不同意，我们家也不同意。女孩拗不过家里，只说再等等。我十八岁进的葛石店，那时她像一个小跟屁虫，天天让我抱着，领着，让我亲她，疼她。我觉得那个时候的她，像个精灵，像个天使。随着年龄越来越大，她懂得了害羞，又具有了圣女般的光辉。一个人，从亲情到爱情，就像树发芽，扎根，会越来越难以割舍。唉，人活一世，真他妈难哪。"

黑泉的一声长叹，让油爷的心里酸酸的。黑泉言语中的精灵和天使，又让油爷想起了妹妹，惹人疼爱的妹妹，闪耀着绝世的爱与美。油爷能够体会黑泉的心情，他知道这份真挚的情感，与自己对希音的爱无异，与对耿红霞的依恋无异。

情不知所起，一往而深。世人大抵如此。

"你这样拖着不回城，也不是个办法啊。你父母同意？他们越来越老，越来越需要你。"

黑泉摇摇头："我父母——我父母虽然是高级知识分子，可他们并不开通。他们都是高校里的老师。他们让我考大学，通过考试回城。真不行，他们就找关系，让我到市里找一份闲差先干着。可我下不了这个决心。已经十好几年了，我对葛石店有感情，对小曼，更是不舍。算了，不说了。说几样高兴的事。哪怕是谁家的小狗生了个小猪。"

"你倒是会想。谁家的小狗能生小猪？这人啊，还比不上小狗小猪的快活。命定的事，谁也改变不了。就让命说话。"油爷停了停，"我一直想托你办件事，不知你愿不愿意。"

"只要我能办到的，绝对没有问题。"黑泉拍了拍胸脯，"对了，油爷，你说，在你那海棠院住的人，是不是所有人的爱情，年龄都得差十二岁啊？"

油爷一愣，好久没有说话，更没有回答黑泉的问话，再张口直接说道："你在济南给我找一个人。"

"谁？"

"陶十一。"

"这个人是你的朋友？"

油爷沉默许久："噢，是我的敌人。"油爷的声音暗下去。

"油爷开玩笑。什么年代了，哪还有什么敌人啊？"

"能够算得上宿敌了。陶十一这一辈子，欠我一个名声。我们在曲阜曾经交过手，三局比赛他全部输掉。我拿走了该拿走的战利品。可在陶十一嘴里，我成了窃贼。对这种舌头不在嘴里的人，只有打趴下，他才服气。我要和他在大庭广众之下，要在宁阳全县人民面前，打一场只关乎声誉的比赛。"

"陶十一？好的，油爷。我让那些老济南留意一下。只要他还活着，我绝对能给你找得到。"

"陶十一肯定还在济南。他曾经在孔府做管家，孔府的陶氏夫人是他姐姐。四八年孔府大撤退，孔德成在南京商议善后事宜，并电请蒋介石调拨军车,运送祀圣文物。陶十一趁机盗走孔府大量资财,回到济南就玩起了失踪。据别人讲,济南的红万字会总部,便是陶氏家族的资产,并由陶十一经营管理。他曾经借此之便,举报我为反动会道门成员。这些都是历史。如果他还活着,年龄和我差不多。"油爷端起酒杯,抿了抿,"如果他死了,我也就此不再有斗虫之心。唉,我这一生,并没有斗过几次。"

"斗来斗去,也没他妈的多少意思。我尽量找,了你一辈子心事。找不到,就算留下一个美丽的遗憾。也不错。"黑泉劝油爷,"这一段时间我一直琢磨,油爷,你说,你像哪个朝代中的哪个人物呢?贾似道?陶渊明?"

油爷沉默下去,最后是一声叹息:"如果你非得让我从历史书上找个像我的人,真是难为我了。随便一棵草、一片叶子,都不可能重复第二次。我怎么可能像那些青史留名的大人物呢?我担不起称之为历史的东西。我还不如一只虫子的须,每次鸣叫的时候,都高高翘起数不清的自由和高贵。"

"我再问你一句油爷,虫子在你眼中,真的就那么好吗?"

油爷并没有直接回答黑泉的问题:"你知道,这些小虫的可爱之处、伟大之处,便是死亡的勇气。它们的每一次搏杀,都是一次心甘情愿地奔向死亡。心甘情愿的意思你懂吗?从灵魂深处的一种选择,没有谁强迫,也没有任何讨价还价的可能。它们,能和谁争辩呢?小虫,多可怜的小虫。"

油爷的手指画来画去,像是把芡草轻轻撩在一只将死的小虫身上。芡草,不再是三军的战鼓,而是油爷的泪,满腔温柔。

3

油爷住了几十年的房顶塌了下来。房顶怎么就会塌下来呢？祖宗的祠堂，应该是最坚不可摧的，可它偏偏塌了下来。油爷以为，房顶塌下来的唯一原因就是，它不再是祠堂了，而只是他的住所，只是一个喂牲口的人的看护房。斜挂在门鼻上的长锁，长得还像过去一样修长。只是锁梃子锈得像长了疤，也像油爷的灵魂，变得有点不伦不类。这让油爷心里更加不甘。祖上是谁，到底是怎么建造这栋房子的？这不是对祖上的祖上之大不敬吗？偷工减料，偷梁换柱，这可是现代人的本事呢。油爷抬头，看见房顶上磨盘大小的天空。油爷感觉那片流动的云离他如此之近，如同他正躺在那片翻滚的云浪上，伸手便是星星，诱惑着他也能像星星们一样，闪露一下狐媚的眼。一只蛐蛐罐里的天空也许恰是如此宽大，有星星，也有云朵。油爷感觉自己突然体会到蛐蛐的快乐了，要风有风，要雨有雨，要绿色便是一望无际的绿色，绿得让人窒息。油爷闭上眼，有些陶醉，再睁开眼，他突然心生恐惧。油爷感觉房顶的缺口，突然变成了祖上偷窥的眼睛，星星的光也变成了一把把刺向灵魂的刀，露出浓浓的杀意。

房子塌了，就要修补。自己手头没钱，油爷找到村里，希望能给点补助。潘立振的儿子潘天笑在村里是包村干部，他一口应承："油爷，这事，村里一定要管，并且要管好。但您还要抽个时间，再给我讲讲茂义庄事件。我想弄清楚，我的父亲被打死，到底应该怨谁。还有王大嘴，在你出生那天，到底做了什么？让你们结怨如此深。"

"孩子啊，过去那么多年的事，我也想不起来了。六条人命，按说不该忘记。可我的脑子里，塞不了那么多的事。至于那个王大嘴，死就死了，让他早点投胎，别折腾他了。"油爷推托。

"他要是投个狗了狼了，说不定还来祸害你。"

"那都是命，躲不开的。"油爷笑笑。

潘天笑的话，让油爷不得不回到那些时光，无论他多么刻意地去遗忘，他都不能。在那往事面前，油爷觉得自己的心脏裂开了一道道的口子，又再次被填满。这些往事贴着苦难的标签，让那些口子不断地被撕裂、愈合、结痂，最后成了颜色深浅不一的疤，一到阴天下雨时候，就出来提醒一下。油爷觉得自己活得太长了，比二十四史还长。他确实需要一个斗栅，展翅鸣叫一番，不见得多么威武，却可以让那些比书还长的霉味消散，让他在空气的弥散中当一回英雄。

手中的蛐蛐罐才是英雄。油爷劝告自己，不能像蛐蛐一样成为战争的枪手，然后毁誉参半。自己能做的，只能是不厌其烦地盛装下大小不一的各色蛐蛐，也把那些让人厌弃的故事和是非，一声不吭地收入囊中。如果这个世界有谁像一只蟋蟀一样正直，那他简直比神还伟大。可谁能做得到呢？如果所有的人都能像蛐蛐一样正直，那这个世界就不再需要上帝和佛祖。油爷坚信这一点。

总有人想知道芡草的真相，比如它是哪种草长成的，为何对蛐蛐有着神力般的挑逗性。但这完全是多此一举的徒劳。芡草只是芡草，是在大路边上、坪坝上最常见的分成三叉的鸡爪草上长成的。还有人称之为牛筋草、扁草、水牯草、油葫芦草、老驴草、百夜草等等，就像蛐蛐也叫促织、趣织、纺绩、赚绩、吟蛋、泣露、吟秋、旺孙、斯螽、络纬、莎鸡、天鸡、樗鸡、酸鸡、灶马、梭马等等一样。李白诗《长相思》"络纬秋啼金井阑,微霜凄凄簟色寒"的"络纬",袁瓘《秋日》诗中"芳草不复绿,王孙今又归"中的"王孙",都是文人雅士对蟋蟀的爱称。如果认真考证,蟋蟀的每一个别称似乎都有一首绝诗,一段佳话。油爷不想再考证蛐蛐的名号,他只认准了"天虫"二字,并且相信这个名字也必将得到广泛认可,能恒久流传。无论它叫什么,字面有多少诗情画意或者野火炊烟的味道,它都从来不具备魔力,更不是历史的指挥棒。

油爷就这样拿着一根没有表情的芡草,在空空的蛐蛐罐里来回搅着,如同里边装着怯战的将军。油爷不知道自己搅动的是岁月、历史或者其他什么,又会搅出一种什么样的结局。但油爷的心事却在芡草的干须之下,越搅越黏稠。耿继武的影子是油爷眼中最后的影像,像失魂落魄的芡草一样,斜倚在蛐蛐罐里。

那么,在茂义庄事件中,耿继武是真正的凶手吗?在经历了岁月的绞磨之后,油爷似乎更加弄不清楚了。

房顶修完的那天,油爷请黑泉、潘天笑一起到家里来喝酒。哑儿炒了几个菜,然后嘿嘿着坐下,给自己倒了满满一杯。

"感谢你们两个,忙前忙后。这感谢,不光是我油爷,还有哑儿。更重要的,还有我的列祖列宗。"

"油爷,你可别吓唬我们啊。你祖宗们的感谢我们就不要了,那可是要折阳寿的。至于你的嘛,几杯小酒,足矣。"黑泉端起酒杯,与油爷碰了碰。

"照顾好你们这些孤寡老人,无论政府,还是村里,都是分内的事。"潘天笑也端起酒杯,干了。

"油爷,我们一直听说你手上的疤有神力。这事真不真啊?"黑泉三杯酒下肚,好奇心开始上来了。

"对坏人准。对好人不准。"

"那你这疤,说白了,就是测谁是好人谁是坏人啊。哈哈,有意思。"

"你那获奖的画,我也是对疤发誓、用了魔法的。你说,你是好人还是坏人?"油爷开起玩笑。

"油爷不愧是油爷。唉,自叹不如啊。"黑泉自顾端起酒杯,与潘天笑碰了碰,干掉。

"今天咱不光喝酒,我还有件大事要托付给两位,麻烦你们操操心。"

"什么事?说吧。只要咱能办的。你说的那事,我已经给济南的兄弟们打上招呼了。"

油爷指了指哑儿说道:"这几年,我一直托人,想给哑儿找个老婆。他也老大不小了,如果成不上个家,年纪再大点,更没戏了。你们两个都是有本事、有能耐的人,帮帮他,也了了我一件心事。七十三、八十四,阎王不叫自己去。我已经听到奈河桥下的水声了。将死之人,不能眼睁睁看哑儿打光棍吧。来,这杯酒,我敬你们俩。"

"油爷,你说这酒。我们喝吧,事有难度;不喝吧,又对不起你老人家这份苦心。唉,愁人。要我说呢,哑儿的事,说难就难,说不难也不难。找媳妇呢,说白了弄明白两件事,就一切都结了,一是房子,二是工作。这房子的事,就目前这破破烂烂的张家祠堂,肯定不合适。十里八村的都知道这是牲口院。一说住在牲口院里,谁家的闺女都不会同意。我倒有个想法,我现在住着的海棠院,腾出来给哑儿,算是他的房产。我呢,就和油爷住一块。我还想再画《夕阳老屋2》,再弄个国际大奖之类的。这混个媳妇的任务呢,我看是不是天笑兄想想办法,让哑儿去学校当个临时工,打个点敲个钟,看个大门,收拾收拾卫生都可以,或者伙夫更好。遇到老天爷开恩,哪天给他转了正,吃上国库粮,他就一辈子不愁吃喝,也不愁媳妇了。这办法,两位是不是觉得靠谱?"黑泉的眼睛从油爷脸上转到潘天笑脸上,然后又看看哑儿。

"海棠院你说了算。反正其他的知青都走了,就你一个人,给哑儿就给哑儿。大队里的干部们，我做做工作，不会有什么大问题。只是这临时工的事，我也得和学校商量，自己做不了主。"

"有你这表态，成了。我跟你碰一杯，这才是哥们儿。"黑泉带头干了。

此后的一切事情，顺利得让人无法想象。哑儿成了学校里的打点工。他像一位忠实的信徒，每时每刻都拿着学校配给他的马蹄子表，看着时针、分针、秒针指向某一个上课下课的时间，便毫不犹豫地敲响那块庄严的大钟。大约一个星期之后，哑儿甚至不需要再看那块马蹄子表一眼，就能准确地感知时间，一秒不差。老师们说，哑儿就是天生的机械师，他对时间的把握，就像他就是钟表。可哑儿听不到钟声，他看过钟摆的摇摆，从左到右，再从右到左。每每见此，哑儿就有一种莫名的兴奋，如同有哪位妙龄且漂亮的女人，不经意间碰到了他从未使用过的生殖器，让他情不自禁。

哑儿搬进了海棠院，接着便迎娶了沙卜村的春妮。这个患有小儿麻痹症的女人，性格、笑容，都像她的名字一样温暖。结婚那天，哑儿紧紧地抱着春妮，从马车上抱下来，就再也不松手。哑儿一会儿笑，一会儿哭。无论让他做什么，他都嘿嘿笑着做，但就是不放开春妮的手。

"哑儿，你要拜堂。"司仪的声音哑儿听不到。春妮抓紧哑儿的手，拜完天地，便向油爷跪下去。

哑儿再抬起头，眼里含了泪，嘴唇像即将出壳的鸡，顶了又顶："大——大——大——大——"

油爷转过身，流泪。

油爷想起自己和三花拜堂，和希言拜堂。每次，似乎都不是给自己拜的。

4

　　油爷极力想弄清楚集中打狗是哪一年。可油爷思维的水沟老了，里面的东西都流到了记忆外面，遍地都是，又捡不起来。油爷记得自己的那条狗，黄色的毛从年轻气盛到年老色衰，然后分出枯草似的叉。至于打狗的原因，有人说是因为野狗太多，咬了许多人，人又得了狂犬病，最后人像狗一样被锁进笼子里，哀号着死去。疯了的狗怕水怕光，疯了的人同样怕水怕光。但油爷觉得，真正的原因应该是大街上浪秧子的狗太多，有碍颜面。正是基于这样的考虑，油爷让那个走街串巷的贼狗人，把狗给贼了。这个人不是疤癞脸。疤癞脸的功夫要比他高。一刀，又准又狠又稳的一刀，所有该出来的，一点不剩，包括流着的血。油爷背过身去，狗一声不吭。一声不吭的狗让油爷流泪了。如果以人的年龄推算，这条曾经叫民兵连长的狗，已经八十岁了。八十岁的狗已经不会像一代又一代年轻的狗一样到处野合，可它还是被贼了。以两个睾丸的代价换一条命，八十岁的阿黄能够理解。阿黄深谙所有世事，它八十岁，所以才一声不吭。

　　一声不吭的阿黄，让油爷吃不下饭。油爷和它一起，躺在麦秸垛下，一个头朝东，一个头朝西。四只眼互相望着，目光缠成一团，像是依依惜别。

　　然后就听见哑儿哇哇乱叫着跑来。哑儿身后是兵强马壮的打狗队，领头的手里拿着套狗圈。

八十岁的油爷还能站起来，然后趔趄着被推到了一边。八十岁的阿黄已经站不起身，它的眼里流出浑黄的液体。阿黄一声不吭。一声不吭的阿黄被套上坚硬的牛皮做成的索命绳，慢慢拉紧。绳套上有成千上万个同类的灵魂在舞蹈，阿黄嗅出了那些气息。阿黄的眼睛闭上。阿黄的嘴巴张开，舌头耷拉出来。八十岁的阿黄一动不动。一动不动的阿黄学着油爷的样子，身体躬成一个半圆，像那条刚刚松下来的套狗圈。

油爷正在伤心的时候，武家三兄弟来了。他们凑了三百八十块钱，给油爷买了一台十四英寸黑白电视机。兄弟仨想让油爷的祠堂多一些人间的气息，便在油爷的八十岁生日这天，把电视机买了回来。

村子里好多人家都有了电视。此起彼伏的声音曾经让油爷羡慕。当兄弟三个在祠堂外把一根长长的天线扯上屋顶的时候，油爷就看见，电视机里穿泳衣的女人，从高台上跳到水坑里，一次又一次。

立秋日。

油爷突然比电视机里的人还精神抖擞。

"你说那水凉不？"油爷问卫民，"到另一个热水坑里再泡泡，肯定是因为冷。"

武卫民告诉油爷，那叫跳水比赛，是奥运会的比赛项目。

油爷不懂什么是奥运会，更不懂跳水。油爷看见黑泉从很远的地方走过来，头一直低着。看见武家三兄弟，黑泉脸上挤出一点笑容，便没了话，坐在凳子上吸烟。烟圈升上去，像套在黑泉身上的绳索。

"今天他们兄弟仨，要给我过八十大寿。你来得正好。喝杯酒，助助兴。我这酒啊，可是喝一回少一回啦。"油爷说。

黑泉不再坐着，站起身问："需要我做菜吗？"

"哑儿他们两口子在做。你替他们看着孩子吧。"油爷向墙上的镜子走近一步,"你看我这脸,像鬼的脸吗?小孩子见到快见阎王的人,都会哭。唉——"

黑泉扳过油爷的脸,扭过来扳过去地看:"瓜子脸,或者叫枣核更确切。脸是枣核的形状,尖尖的。瓜子脸更符合中国人传统的审美,也是仕女人物画中常画的脸型。枣核脸就很少能入画,除非画妖怪。"

"我承认自己是枣核脸。但我不是妖怪。十几岁开始就有了皱纹。每一条皱纹争先恐后,闹着要看透人生。呵呵。"油爷把脸贴近黑泉,"再仔细看,我这眼叫丹凤眼,细长细长的。像不像女孩子?这就是相书上说的男人女相。"

"男人女相是富贵相。"黑泉接着说,"你看看,这眉宇之间,还是透着清秀气。"

油爷想,如果自己的脸还有从童年时期带来的一丁点儿清秀之气,这清秀的出处一定是那些飘满花香、树影和琴瑟之声的花园。那些被一摞摞的线装书拧成某种固定框架的思维和目光,也定然是因为那把戒尺和爷爷板着的脸,当然,那身五品同知的官服应该居功至伟,让油爷一直把所有的好奇心和探究的目光,蜷缩在尽可能短的距离内,不让自己的呼吸惊扰这个世界的一丝一毫。

"我富贵?瞎扯。不是相书错了,就是我活错了。我是男人女心,还差不多。"不管什么错了,油爷更想把自己,比喻成外面裹了糖衣的药,内里的苦,是天注定的。

武氏三兄弟摆好桌子碗筷,哑儿满头大汗地跑进跑出。春妮最后一个坐到桌子前,怀里的孩子在她进屋的时候一高一低。

两岁多的孩子怕生,闹。春妮很自然地掀开花格半袖,把白生生的奶,塞进孩子嘴里。

潘天笑也来了,提来了最好的宁阳彩山酒。"新出了一款铁盒,给老爷子尝尝。"

油爷突然抽泣起来,活了八十年,第一次有人给自己过生日。

小时候，按礼法不能过；成了家，上有老人不能过；如今，只剩下一个人了，没人给过。油爷端起一杯酒，倒进了脖子，头却不敢低下来。油爷看见屋顶上那些木椽，朽了，长了毛，就像自己身上的每一个器官，只是硬撑着罢了。

油爷低下头，泪顺着枣核脸上那些歪歪斜斜的皱纹流下，黏稠，像三十年的陈酿老酒。

"祝油爷万寿无疆！"黑泉端起一杯酒，喊了一声，学着油爷的样子，昂起头。一口酒像是倒进了眼里。

"有这两通泪水，今年秋后的收成有保证了。"潘天笑开起玩笑，"哎，黑泉兄弟，今天油爷生日，高兴的事。咱都把快乐贴到脸上。不但自己要快乐，还要看看别人脸上贴着的那些事，逗不逗，美不美，让快乐加快乐。如何？"

"好。黑泉明白。"又是一杯酒，倒进去，"我这眼，就他妈的不争气。"

"黑泉兄弟，你这是咋了？"春妮把折叠整齐的手绢掏出来，递到黑泉手里，"你和哑儿是同年同月同日生。这缘分，是天底下难找的。共和国的同龄人，多高尚的名字。你和哑儿比比，哪一点不比他幸福？是吧？"

"我今天去电影院里看了部电影，《人生》，被感动了。那个高加林，就他妈的欠揍，进了城就抛弃了巧珍。高加林嫌巧珍唠叨，嫌她一个劲儿地说，家里的黑猪又生了。当时我就想，这是谁他妈瞎编，说黑猪生了，不是说我生了吗？"黑泉笑起来，所有人都笑起来，"再说了，谁家的黑猪能天天生、月月生、年年生？"

油爷明白了。油爷摸着左手上的疤，就像它真的有魔力一样。他希望黑泉能经得起所有变故，他希望他还能有更加旺盛的精力和才华，创造他的《夕阳老屋2》。

"天笑，你还想知道茂义庄事件的真相吗？"

"当然想知道。你老人家快说说。"

"卫党你们兄弟三个都在,正好。其实你们的父亲,都是因耿继武而死。我是当时的旁观者,后来我又专门到县里查一些资料。我想解开那些疑惑,证实我猜得不错。"油爷把一杯酒洒在地上,"我们先祭奠一下那些冤死的人吧。"

其他几个人也把酒洒在地上。

油爷像掌控时间的老人,把历史的镜头慢慢向前推:"1950年下半年,鲁中南和泰安两个军分区,对九山一带的土匪实行军事清剿。1951年4月,耿继武被击毙,宁义山被击伤后活捉。办案人员教育宁义山,要配合政府,特别强调政府不会冤枉一个好人,也不会放过一个坏人。宁义山反驳说:'哼哼,谁信?茂义庄事件你们还记得吗?潘立振、孔令仁他们六个,根本就没杀人。人是我们杀的。他们六个却被你们枪毙了。能说政府不冤枉一个好人吗?'审讯人员上报的话让县里震惊,县委重新启动案件审查。结合宁义山的口供,揭开了事情的真相:1950年1月18日下午,郭宗禄带领民兵刘恩利、王成铎前去茂义庄,途经黑山头村村口时,发现一名妇女慌慌张张往村里跑。郭宗禄以为是有人给私酿酒户通风报信,便紧追不舍,被耿继武、宁义山俘获。耿、宁二人了解到郭宗禄此行的目的后,决定利用这个机会杀人嫁祸。他们用民兵的枪将三人打死后,将枪支扔到茂义庄西的枯井,制造了被人谋杀的假象。同时,他们又安排茂义庄的通匪分子,做了大量伪证。他们还实施美人计,通过侦察人员刺探案件进展情况。案件的侦破工作,一开始就被耿继武牵着鼻子走,完全中了土匪的借刀杀人之计。办案人员需要什么证据,便会有证人出现、证物出现,这才让办案人员认为'铁证如山',定性为反革命分子的报复杀人。潘天笑的父亲潘立振,就被认定为其中的涉案人员。对案子的定性,当时有人提出过不同意见,七区区委书记许希亮、区长赵圭卿,坚决反对专案组草率结案。但办案人员认为他们是在包庇杀人犯,替反革命分子辩护。县委在不明真相的情况下,又撤销了许、赵二人的一切职务,停职反省。当时,我对其中的一名工作人员说过,此事肯定是耿继武干的。但他们怎么会相信我呢?道纪也曾经推算郭宗禄的作案时间,排除了杀人的可能性,却被办案人员臭骂一顿,说他少不更事。当时,我这儿——唉!"

油爷后面的话没再继续说。油爷仍然后悔当时自己顾虑太多。但那个时候,油爷即使站出来,又能怎样呢?"至于耿继武、宁义山和被王大嘴打死的疤瘌脸,合伙杀死了武神眼,你们都是听说过的。这件事,虽然被定性为土匪帮派之间的仇杀,但我几天几夜没睡,我忘不掉武神眼替我挡下的飞刀,忘不掉他临死前叫的一声主子。我与他的死脱不了干系。可谁又能和历史分得清是非曲直呢?"

这些历史上的细节,堆成一帧一帧的画,真实得让人窒息。油爷讨厌那些真实。那些真实虽然让油爷成了不假掩饰的好人,却也让他的内心背负上巨大的心理负担,比如那些书上称之为饿殍的人,都是真实的兄弟姐妹的遗体,颜色变浅,骨节变硬,然后腐烂。油爷总是努力忘掉那些面容。而他越是努力忘却,记忆却愈发清晰和牢固。

沉默好久,潘天笑回过神来:"所以,我们还是要相信党。我父亲后来被追认为烈士,也算是一个交代吧。油爷,不说了,天笑今天听到这些事,解开了一个心结。敬你老人家,万寿无疆。"

"油爷,今天我除了给您祝寿,还想给你老人家说几句话。我要走了。去深圳。那儿有一帮朋友,开工厂,挣大钱。我也想去凑凑热闹。"黑泉从怀里掏出玉制的斗栅,"我托一个朋友做的。新玩意儿。玉是老坑的。"

"这么贵重的东西,你哪来这么多钱?这东西我不能要。"油爷拒绝。

"你要是不要,我就让在座的兄弟听响。你信不信?"黑泉把斗栅高高举起。

"好好好,我要,我要。"油爷连忙把斗栅拿在手里,左看右看。笑容落进斗栅，有点不伦不类。

"如果我们能活到油爷这岁数，还能如此耳不聋眼不花，过去的事就像掖在袖子里，就烧了高香喽。来，油爷，万寿无疆。"黑泉端起酒杯，又与油爷碰。

"油爷别喝了。俺兄弟仨陪黑老弟喝。"武卫党按住油爷的手。

"你们兄弟仨到底谁大啊？"

兄弟仨都抢着说："我大。哈哈——"

大人们近乎放荡的笑声，吓坏了春妮怀里的孩子。一声长长的啼哭，在祠堂里制造了最具有温情的矛盾冲突。

哑儿的嘴啊啊着，哄笑了孩子。

"黑泉昨天给我背一首诗，挺好。时间的风沙，会将沿途经历的记忆，遗落在岁月的旅途上，遍地都是。最刺眼的三五瓣，一定是疼了再疼，却无论如何捡不起来，就像暮年的花。"油爷说，"说实话，我读不懂这样的诗。无韵，也无典。还是觉得古人的东西好。你们谁会背《硕鼠》？"

"油爷还能读新诗？不可思议。"

然后，祠堂里涌起了男人们的唱腔，故意拉得很长。高低音混杂，唱词也模糊含混："硕鼠硕鼠，无食我黍！三岁贯女，莫我肯顾。逝将去女，适彼乐土。乐土乐土，爰得我所——"

5

在阅历过世事沧桑之后，人，有些感觉会变得迟钝，如同消隐一般。其实这只是表象，真实的状态是，它会在某一个瞬间，突然来临。油爷对一切感觉的苏醒，是在县里要举办中华蟋蟀友谊大赛的1984年。这一年，有许多大事发生，比如人类的第一次不系安全索太空行走实验，比如邓小平视察深圳特区，中国人民解放军收复老山。油爷对电视里挤到眼前的这些新闻，并不关心，甚至是11月2日《人民日报》报道：据从公安部获悉，全国给最后一批共计约7.9万名"地、富、反、坏分子"摘帽子的工作已经顺利结束。至此，中国自建国以来对2000多万名"四类分子"进行教育改造的历史任务已经完成。作为曾是其中一员的油爷，仍然没有太多的兴奋。帽子戴着时没有感觉到太沉，摘掉也没有感觉到太轻。油爷像一个荣辱不惊的人，把报纸折起来，放到那块黑色的帘布后面。

自从村里有了报纸，油爷每天都要到村里去看报。他感觉自己就像一只虫子，在报纸的字间缝隙里，贪婪地爬行，觅食，或者寻找世界上某种与自己心思暗合的故事或者同类。油爷把自己当虫子的羞愧感并不强烈，与那些大队干部对他从里到外、从上到下的嘲讽相比，这根本算不了什么事。况且，油爷又从报纸间，找到了那么多让他兴奋的事，看到了方方正正的字体后面隐藏着的那么多的蛛丝马迹。此时，外面的阳光恰好。可阳光与这个世界，又能有什么关系呢？明天和今天，会有什么不同？油爷常常看着天边的流云，绞尽脑汁地想弄明白这个问题。还有日子为什么叫日子，诸如此类无关别人痛痒的问题。

曾经有那么一年，油爷已经忘记是哪一年，油爷还曾经动过入党的念头。即使被王大嘴当着老老少少三五十个党员的面，骂作是地主余孽之后，油爷依然想以自己入党的实际行动，洗刷过往的罪恶。那些罪恶，油爷明明知道，或许并不能称之为罪恶。钱三花嘴里的上帝说，人人生而有罪。油爷自己虽然不信上帝，但他明白生而有罪是每个人不争的事实。被王大嘴骂过之后，油爷仍然十分小心地用蝇头小楷，写了厚厚的一摞入党申请书，然后再用一张洁白的纸包好,像真正的个人宣言。在大队办公室,王大嘴把油爷的入党申请书抛向天空。阳光之下,油爷发现那些纸像灿烂的祥云,落地后就被王大嘴踩在脚下。那天夜里,油爷梦见一条龇牙咧嘴的黄狗,像叼一块骨头一样叼走了自己的入党申请书。油爷追着梦里的那条狗。那条狗突然就在一个朱漆大门前,变成了王大嘴,像法官似的问:"你告诉我,你什么成分?你历史清白吗?"油爷知道,无论梦里梦外,他都无法回答王大嘴的问题,便彻底打消了入党的念头。

在刚刚过完生日之后,油爷就听到了这一辈子最感兴趣的事——县里要举办蟋蟀友谊大赛,并且是全国的。王殿雄的儿子王爵民带来了比赛即将举行的消息。这消息打破了油爷七十三八十四岁的宿命悲伤,让他感觉自己还有八十四年的好时光。而他左手上的疤,痒痒到蠢蠢欲动,像沾上了春天露水的禾苗般,茁壮成长起来。

而在上一年,在举国欢庆分田到户的时候,油爷却躲在低矮破落的门后,对着慢慢落下去的太阳出神。分田到户,并不能刺激油爷的生产积极性。除了会斗蛐蛐,会养牲口,油爷不会种一分地。即使野地里的花花草草,油爷也并不热爱,只有尊敬。油爷和黑泉便成了村里最违背自然规律的另类,别人撒完了种子,他们才东施效颦般地下地。别人种春茬,他们只能等夏埫。如此,他们经常两个人一前一后地蠤在地里,孤独得像两棵移动的秫秸,慢腾腾地变成了这田垄间的异类。没人知道,他们是在耕种土地,还是在寻找灵魂。

如今,黑泉走了,去别处寻找他的灵魂。黑泉一再说,他一定会找到陶十一。并且一定会再回到葛石店,住到油爷的老屋。如果把守住这片祠堂能看作事业的话,他愿意继续油爷没有完成的事业。黑泉笑着这样说。但油爷知道他心里的苦,像黄连的汁,都化成血液,流向全身的每个毛孔,让他浑身上下,都散发出苦的气息。

县大赛组委会的人说，希望油爷能带一支队伍参赛，奖金上万呢。

油爷摇摇头。除了陶十一，油爷对任何的比赛都没有兴趣。更何况，自己老了，就要像知时节、懂荣辱的蛐蛐一样，在孤独的土地上，仁慈地歌唱。

"油爷，你是全县人民都知道的油爷。大家都知道你的传奇。哪怕你参加这一届，也算是支持县里的工作。"来人继续劝油爷。

"你们能找到陶十一吗？"

"陶十一是谁？"

油爷不再说话。

组委会的人有些失望："这样好不好，油老，您老做顾问，比赛顾问。我们也好借了您的名望，吸引全国各地的人都过来参赛。"

油爷愣住了。他被人称为油老。还有名望？

油爷把手中的蒲扇摇了摇："小伙子，你不要再打我的主意了。我本命不顾，比赛，已经没了心劲儿。"

"就做个顾问。参加个开幕式，看看比赛。没有其他事。"

油爷不知道自己为什么拒绝。从他被人称作油爷开始，他就与蛐蛐们成了最好的兄弟。油爷并没有斗的欲望。偶尔的几次战斗，都是无奈之举，比如杀日本龟增田，比如与陶十一的绝杀，都不是自己主动出手。油爷把蛐蛐当作一条生命，就像自己不值钱的生命一样。如今老了，自己更不能像那些乱了方寸、规矩、礼仪的人一样，把阿堵物当作目标，让蛐蛐成为格杀的工具。可如果再想，人又何尝不是工具呢？只是在不同的人手里。

油爷的生命的复苏与枯竭，似乎与蛐蛐有关。每年，每一个蛐蛐生长的季节，他都会和蛐蛐们一起活起来。无论有多少苦难，油爷都会把那片没有尽头的土地，当成自己放歌的温床。油爷会为每一株植物高唱赞歌，为每一块富含营养的泥块兴奋不已，会沿着那嘹亮的声线跳舞。立秋后的每个日子，油爷把自己当成唯一的王者，和所有的蛐蛐来往，诉说所有的喜怒悲欢。他能听懂蛐蛐的语言，并且把这种语言当成通向自然的唯一通道，与世界上的所有生灵交流心声。爱恨情仇，都会化为风，化为雨，化为尘土，化为流逝的时间。如此的热爱，却让油爷找不到释放的出口。

油爷渴望一个人与虫和谐共生的世界。油爷在祠堂的空闲地块，种上了玉米高粱，栽上了葡萄苹果等蛐蛐爱吃的东西。油爷把王爵民每年给他送来的好虫，都放在自己的庄稼地里，让他们自由地生长、歌唱。而油爷，便在每一个立秋日过后，提一只马扎，泡一壶淡茶，听虫鸣。哑儿趴在他的膝盖上，像油爷一样支起耳朵倾听，却什么也听不到，只能用瞌睡表达他对这个无声世界的抗议。

月光清凉如水，蛐蛐的鸣叫时高时低。油爷知道那些青翅、黄牙、紫云、红衣、黑足、白羽，就在自己的三五米处，嬉戏，撒娇，与三尾调情，并努力地创造自己的生命王国。它们也在草尖的夹隙间，偷偷地瞄着主人，然后窃窃私语，指指点点。这帮不谙世事的家伙。油爷笑了笑，在心里骂。

古刹出名虫。油爷知道，自己的家族祠堂里，有了无数个卓越超凡的生命。它们比油爷还油爷，比卓越还卓越。他们，才是这个世界的王者。

如今，大赛即将举办，他为何又要错过呢？

言不由衷。油爷知道自己，是真正的言不由衷。

县里又来了一位领导，随行的人介绍说是一位副县长的时候，油爷答应下来。油爷知道，或许正如副县长说的，他要为宁阳蟋蟀代言，做最有权威、最有影响力、最具代表性的代言。油爷把那本老得像百年前的树叶一样的《促织经》拿出来："看看，看看，这是宝啊。"

说着，油爷就流了泪。

此后的许多年，油爷都是县里的顾问。油爷会和全国各地的虫友们喝茶、聊天，说着何时何地，该出什么样的将军，什么品种会是当年的王。

油爷，突然就成了有预知能力的神。那些蜂拥而至的南北客，都聚在油爷身边，说着这样那样的逸事趣闻，只为从油爷嘴里，探知好蛐蛐的出生地。

王爵民再来的时候，油爷告诉他，在故城的破庙里，有一只青虫可捉。

王爵民翌日再来，让油爷看。油爷摆摆手说："青翅，七厘，红牙，恶口，长衣。"

王爵民张大了嘴。

"县里的比赛不要斗，太早。到后秋，会天下无敌。可到小雪。"油爷说。

王爵民听从油爷的劝告，后秋才让小虫上场。二十八个上峰，无一败绩。

没有蛐蛐的时候，油爷突然就进入了另一种暗淡无光的情绪。油爷眼看着自己的皮肤松弛，眼角也耷拉下去，心里如空下去的罐，没有一丝生气。虫至寒露，至大雪，已然老去，老到看不动夕阳，无力发出多一点的鸣叫，更无法去擂台之上挥动一只拳头，牙齿更是松得像朽木制成的钝器。那些褪下的又被自我吞食的皮，阻挡不了钙化然后衰老的过程。油爷以为，那一层层的皮，在蛐蛐是最好的壮骨剂，而于人，则像生活中一层层的记忆，被时间一次次摧残之后，尘封进拥挤、潮湿、带有伤感气息的黑色罐子，随着一生所有的悲叹，被埋进土地。

年复一年，日复一日，时间到底还有什么用？时针和秒针丝毫不差地指在同一个方向，像血管里流淌着的血，波澜不惊。清汤寡水的生活，被时间无数次稀释，与缺了盐无异。油爷想，时间这东西，真是一头怪物。它让世界上的任何东西都贬值，甚至变得一钱不值。只有它自己，变得越来越金贵。

　　时间还会改变一些词，比如爱，比如苦难。时间会让所有的刻骨铭心变成风，变成没有颜色的回忆。而那些哭泣着的过往，也会在时间的冲刷下，变得手足无措。是的，手足无措，恰像油爷现在的状态。油爷想弄明白，对一位土埋脖子的人来讲，抓住一个早晨是不是比吃一顿好饭要实在而美好得多。油爷一直低着头想，时间对自己而言，到底是幸运，还是痛苦。

　　油爷常常一个人，从早上到晚上，从床上到床上。油爷蜷缩着，自从娶了钱三花，油爷就一直这样蜷缩着，侧着身子睡觉，像是有了一辈子的长度。油爷在床上左右翻滚，膝盖窝在自己的胸口。油爷更加渴望自己是一个缩在母亲子宫中的胎儿，渴望自己成为蛋壳中孵化着的雏鸡，并坚信蛋壳终究有一天会被打破。但这样的日子，似乎越来越遥远。油爷担心自己不死，会变成一头怪物，像吊死鬼一样的怪物。眼看着太多年轻的人死去，他更加担心和害怕。为了给自己壮胆，油爷大声地唱，唱希音唱过的每一出戏。油爷想着某一句唱词，不停地唱，一天唱十万遍都不嫌烦。下一句叫什么来着？油爷问自己，然后就有泪水，挤在眼眶里，浑浊，如同把岁月酿成了只能独享的酒。

　　某一天，油爷突然觉得，自己不能如此没有边界地恐惧和荒废下去，应该抓住点东西。想来想去，油爷始终没有发现任何能够让手指感觉一点重量的物件。那件官衣，祠堂里的牌位，对希音的遥远回忆，日子一刻不停缓缓消逝的脚步，甚至是哑儿的沉默无语，都让他越发感到人生荒废。油爷一脚踢翻了墙角下的尿罐子，黄色的液体像老鼠的窃窃私语，更像是自己不清不白的过往。油爷猛地抽了自己一巴掌，然后便看见愣在一旁的一只麻雀，瞪大了惊恐的眼睛。

6

  此时的油爷,头发凌乱,如同前一晚的辗转难眠。枕头里似乎藏满了发霉的梦,梦里住满了永远都无法靠近的人,熟悉的和陌生的。油爷鬓角的每一根白发,似乎都变得狐疑和愤懑。油爷听到了那些在深夜打着喷嚏醒来的人,如何回味梦境的意味深长。那些炊烟下引燃的柴草,发出绝情的噼啪声。圈养着的猪狗牛羊,以深浅不一的步子,表达着深深的焦躁不安。

  清晨,会以怎样的方式让葛石店醒来,油爷心里并没有底。

  葛石店的东乡和西国,当年如同颠倒的世界。当被赶到东乡的西国人,再次盖起砖房瓦房的时候,迁到西国的东乡人,开始把那些散发着阶级气息的老旧堂号拆除,改建自己的砖瓦房。南北大街还在,街两旁的房子渐趋统一的风格,五间锁皮厅,再有几间配房。还有三五家盖起两层的小洋楼,却再也不是张家大院的样子。房子,似乎成了弥合东乡和西国的道具,掩盖了所有贫富与阶级的界限。

  对于这样的变化,油爷说不上喜欢,也说不上不喜欢。油爷回味起那些发霉的梦。

  再次踏入敬信堂的几个大院,油爷说不出心里是什么滋味。如果非得用一个词形容油爷对敬信堂的感觉,千疮百孔。对,油爷相信这个词。倒下的倒下了,没倒下的破旧不堪。那些飞鸟像蛀虫一样,随意在房子的任何角落里坐窝。那些蛀虫,倒像是家里的主人,随意把哪一根写满故事的立桩或者横梁,拆掉或者销毁。

油爷看不下去,转身往回走。听到大街上的嚷嚷声,顺着声音看过去,几个外乡人在打听着什么。

油爷站着没动,几个外乡人竟向他走来。三男一女,最大的约莫在八十岁上,小的也有六十上下。

谁也不认识谁。

再看。

女人突然放声大哭,"油爷——"她的手伸过来,紧紧地抓住油爷的胳膊,"我是希言哪。"

油爷几乎站不住,他一只胳膊搂住希言,生怕她逃走一般,另一只胳膊伸出去,挨个摸着他们的脸:"书祥,你是书祥?道纪,你是道纪?你——你——你是?"

油爷的手指哆嗦着,指尖几乎触到了那张脸,眼中闪过一只胆怯的涩黄青,"你——你——你是卫青。"

"爹——"张卫青跪在油爷的面前,抱紧了他的两条腿。

"我没想到能活那么久,还能活着见到你们。"油爷拉起卫青,然后又抱紧了书祥。

县里、镇里都有陪同来的干部,他们叫来了支部书记,让他领着这些"外乡人"回家。

书祥、希言家的忠恕堂还在。只是里面住着的,已经是李姓族人。他们从原来的住户手里买来了房子。李姓人拿出买房的合同,说:"你们看,我们有合同。"

道纪家的房子已经完全塌了下去。那个曾经的柴门,低矮的院墙,已经看不出任何的痕迹。正房的土墙,只剩下了半截。卫青,本就没有房子。书祥说,他本不愿意回来,只是还不死心。

"不死心",多好的理由。对书祥、希言,对道纪和卫青,哪个不是不死心呢?还有油爷。油爷也在盼着,盼一场轰轰烈烈的团聚，盼一场比死亡更长久的记忆。

几个人都在油爷的祠堂里住了下来。自从上次修补之后，房子依然破旧，却能够遮风挡雨。东屋西屋也重新修好，油爷养了几只绵羊，当个伴，天天咩咩地叫，像有什么不死心的事。

镇里的干部见油爷的房子实在住不开这么多人，就要到县里安排住宿，被书祥拒绝。

"张家大院，曾经有过一千八百间房子，总会有我们住的。"

陪同人识趣地离开，便只剩下油爷和几个"外乡人"。

油爷像一部复录机，叙述着葛石店的陈年往事。油爷说着忠恕堂的两位老人，如何得到善终，街坊们如何把他们送进了张家林。说着其他的几个支系，如何从西国到东乡，然后重新活了过来。说着道纪走之后，他的妻子给他生了一个男孩。一家人的生活，要靠希音操持，希音如何艰难。而好强的希音，不接受任何人一分钱的帮助。油爷不敢讲希音的死，他自己受不了，更怕道纪也受不了。油爷没有告诉道纪，他的女人，是先于希音离开葛石店的。油爷只说，女人不易，给孩子找了一条生路。

"你们呢？你们在台湾怎么样？"油爷问。

"我们在台湾，是地地道道的外乡人。回家的路，走了四十年。难啊！"

书祥说着台湾老兵如何像一株迁植的草，寻找着自己的天空和养分。书祥说，上百万的"荣民弟兄"，在蒋经国先生的推动下，可以返乡探亲。这一悲剧的制造者，恰恰是他的父亲。没有怨恨，真的，对谁都没有。书祥说。忠恕堂，忠恕二字，是人生的财富，他把这两个字带到了台湾，就像把堂号里的所有东西，房舍、桌椅、吃饭的碗筷，甚至堂屋里的尘土，都带到梦里。

书祥每每说到台湾的某个人名，必然带上"先生"二字。

"那——还走吗？"

书祥捂着脸，哭声一顿一顿，几乎把肠子顿成一截一截："留不下啊。可——回去了，又是外乡人。"

油爷想起，刚才自己在大街上，竟也把他们当成了外乡人。

一直在旁边流泪的道纪问："干爹，他们娘儿俩，最后去了哪里？"

"只知道嫁到了城西的耿庄，嫁给了一户姓靳的人家。"

"那我去找他们。"

油爷没有阻拦。不管道纪能不能找到他们，油爷都希望能有一个结局。对道纪、对希音，都是一个交代。

书祥慢慢说起，道纪随着国民党的战俘回到台湾后，日子过得并不开心。道纪被押解到煤矿做工，身体受不了，从矿上逃了出来。拉过黄包车，当过农民，贩卖过水果，最后才在一所学校，做了一名老师。道纪一直隐瞒着战俘的身份，又是共产党部队的战俘。他活得就像一只钻地鼠。道纪记挂着在大陆的妻子，一直没有再找。卫青稍好点，没受过太多的罪，有了老婆孩子，已经在一家工厂退休。

卫青把凳子往油爷的身边挪了挪，想说什么，又低下了头。

油爷记得，那个被朱姓奶娘养大的孩子，一直是这样的，不言不语，生怕搅扰了别人。油爷想起自己为什么给他起了这个名字，便喃喃着："对不起——"话一出口，便是泪雨成河。卫青身上继承了钱三花太多的基因，脸盘、眉眼、身板。反倒是没有留下王大嘴的任何特征，或者被他作为耻辱的标识。

道纪终于没有见到他的妻儿。女人找到了，但不见他。道纪把给她买的衣服留下。道纪听说，女人来到耿庄后，过得并不幸福。男人靳恩雄犯强奸罪，被判了十年。出狱后改姓金，秉性并未改，盗掘古墓，又被抓了起来。道纪也打听到了儿子的下落，在福建的一个小城，已经娶妻生子。道纪还听邻居们说，那孩子知道自己的身世，他说福建离台湾近些。他奔向梦中的父亲，也奔向了父亲的梦境。好心人递给道纪一张信封，是偶然捡到的，上面留下了他儿子的地址。道纪哭着听完这些话，然后便笑，笑声带着哭腔出来。道纪一次次把信封放在嘴上，亲着："福建，多近啊。呵呵，呜——可怜的孩子，你到底是怎么长大的呢？"

春妮有心，把大家都请去海棠院吃饭。那些古旧的家具，和带着霉味的气息，把所有人都带回到像古书的梦境里。油爷吟唱："身体发肤，受之父母，不敢毁伤，孝之始也——"书祥、希言和道："立身行道，扬名于后世，以显父母，孝之终也。"

王小嘴也来了，拿来两瓶最好的彩山酒。他给每人碰了两杯酒，离开。

油爷看卫青，正好与卫青的目光相撞。卫青端起酒杯："爹，我敬您杯酒。祝您老人家万寿无疆。"

油爷把酒，和泪一起咽下。

"抽时间去你娘坟上，多烧几刀纸。"油爷说。

7

清明日，油爷像往常一样，先在祠堂给祖宗们烧香磕头，然后又去家林。油爷喊着爷爷奶奶、父亲和母亲，让他们出来拾钱。油爷刚想叫声妹妹，突然意识到，妹妹并没有被埋在家林，而是埋在了专门留给夭折孩子的乱坟岗。

"净儿，你——"

油爷的心被一口气堵着，喘不上来。

油爷在村南的路口处，点上一沓纸，给南来北往的游鬼，撒一些零花钱。

油爷专门画了一个圈,把纸烧给周知常,烧给希音。油爷对着天,喊了一声知常,又叫了一声希音,便再也说不出话。那口气几乎占据了油爷的整个胸腔。

到了乱坟岗,油爷似乎随处都能看得见被狗嚼剩下的骨头。那些头骨上的鼻子、眼、嘴巴,发不出任何哭声,只是静静地看着天。没有抱怨。油爷听不见他们抱怨。老天爷也听不见。

油爷找不到当年埋妹妹的那个小小的土坑。知常没有告诉他,那个浅浅的土坑具体在什么位置。知常说,那是一个低矮的向阳处,稍微偏些,少有人到。书净小姐年纪太小,不能让她受欺负。

这些夭折的孩子,有的像妹妹一样,死于日本鬼子的屠杀,有的死于饥饿和疾病。"就这么简单"。油爷相信这些以各种方式死去的孩子,一定有很多喜欢玩蛐蛐。他们愿意听蛐蛐的叫声,看蛐蛐躲在过笼里,偷偷地唱着情歌。或者像欣赏山水画一样,吟诗作赋。说不定还会有谁,能帮他完成新的《促织经》。这样想着的时候,油爷便感觉有人杀死了自己的孩子,或者杀死了他心爱的蛐蛐,让他心里的那口气堵得更结实。

"净儿——"

油爷想把那口气吐出来,可越喊堵得越狠,几乎喘不过气。

"妹妹啊,你告诉我,我死了,谁给我送葬?谁——能——给我——送——葬?"

天完全黑下来,那些弥漫于全世界的纸香,已经暗淡无光。油爷不知道自己是如何回的祠堂。还没进门,油爷就听到了震耳欲聋的喧嚣,从正堂传出来。油爷被门槛拦了一个趔趄,他看见爷爷端坐在祠堂里,吴天眼坐在爷爷的一侧,父亲在一旁站着,脸上都写满仇恨,对跪在地上的王大嘴,指责,羞辱,武神眼还时不时地过来打他几巴掌。看到油爷进来,他们又一致把矛头对准了他,骂他瞎了一身皮囊,废了一身学问,辜负了所有人的期望。油爷觉得,死人对活人的审讯不是真实的，或许是自己在做梦？油爷掐了掐自己的脸，一样疼。那么，自己这是死了？不可能啊，刚刚还在给他们一一烧纸上香，怎么这会儿就成了鬼呢？油爷想着自己已经到了大限，八十四，伟人和领袖也不过如此，那么自己活到这个年数，按理说应该知足了。可他还有事没做啊，那个该死的陶十一，败坏了他一辈子，他不能这样不明不白地走。还有那本新的《促织经》，他还没有写。油爷想哭，可堵在胸口的那口气，让他无论如何哭不出声来。

妹妹走过来，摸着他的脸说："哥，你老了。你看我，一直没变。我最喜欢《诗经》了，我背《硕鼠》给你听？"

油爷摇头，他只想知道自己是不是真的死了。他悄悄问妹妹："我死了吗？"

"谁都得死。"

"那我，现在死了吗？"

"你试试能飞起来不？"

油爷摆动胳膊，发现自己真的能飞起来。他哭了："我死了啊。我怎么就死了呢？"

"那你再试试脸上热不？"

"热啊。"油爷说。

"死了的人没温度。你看，这整个阴间哪有温度计啊。"妹妹的声音像菩萨的声音。

"那我就是没死？"

"我也说不准。那你看看天堂里，还能看到什么？"

油爷看到孙悟空正在大闹天宫。他挥起金箍棒，把天庭砸得七零八落。太上老君的百宝箱被砸坏，青黄紫红黑白的六条龙被他用三昧真火烧死，变成六个小球掉在地上，弹跳着掉下云端，落进泥土，迅速长成六种颜色的蛐蛐。蛐蛐从泥土中钻出来后，六只蟋蟀一边打，一边喊，"我是王——"青翅举起翅膀，"只有宁阳蟋蟀的蛐蛐才可以称王。""遵命。"

突然，花白胡须的贾似道出现，他的脖子上戴着重重的木枷。会稽县尉郑虎臣是他的监押使臣。眼见天色已晚，郑虎臣让兵士把贾似道押至木棉庵歇息。半夜风起，突然就有一黑衣人，追杀贾似道。贾似道把怀里的《促织经》拿出来，喊了一声接着，书便到了油爷的手中。一道寒光闪过，贾似道死在泥塑的李逵身下。电闪雷鸣。

"终于醒了。"油爷听见春妮的声音，"真把人烧糊涂了。"

8

王小嘴的到来，让油爷心里分不清是什么滋味。

王小嘴带来个大箱子，里面堆满了破破烂烂的东西。

"油爷，这些东西我猜着是你的，所以给你送来了。盆盆罐罐，还有些古董。放在我那里一点用处都没有。我跟娘商量，还是物归原主。"王小嘴没听见油爷让座，便问，"油爷这会儿不出去吧？要不咱爷俩啦啦呱？"

"坐吧，坐吧。"油爷缓缓地起身，泡茶，把茶碗推过去。

"油爷，其实我娘也想过来。可她——唉，怎么说呢？"王小嘴把茶水喝出细细的响声，"有难处啊。"

对于那个阿欢，油爷记得的印象，只有墙头上的手指一勾。年轻貌美的阿欢，油爷对她的印象，仅限于此。还有耿继武说过的话："那小娘子，骚，让人起心。"

"其实是历史糊弄人。我父亲,他吧,有毛病。但不算真坏。耿继武杀人如麻,也没他赚的骂名多。其实呢,就因为他是村里的干部。"

油爷不知道该怎么顺应眼前的这个王小嘴说,便随口问:"你现在也是村里的干部?"

"这年头,没有几个愿意当那玩意儿。我自己做了点小生意。在观音庵附近开了一家采石厂。"王小嘴回答,"这几年建筑形势好,整座山也不够开的。"

"观音庵不就开没了?"

"早已经破得不像样子了。前几天有个师父来,她自己说是止语师太的徒弟。还说准备化缘,重建。可这事,镇里村里的,没有几个人支持。如今的世道,只认钱,不认事,更不认理。谁还把宗教当回事。老话讲,宁拆十座庙,不毁一桩婚。现在这年头,是婚也敢毁了,庙也敢拆了。"

油爷突然无语。油爷想起了止语师太。她还说希音与佛有缘,送她一件玉鱼莲。破"四旧"的时候,观音庵被砸坏,师父们也全部被赶下山,有些人被逼着还俗,嫁给了葛石店的老光棍。油爷记得那个止语师太还到村子里来过,就在希音撞碎牌坊的第二天。(此处油爷记忆有误,那时止语师太已经被造反派打死。油爷把止语师太在周知常去世后的到来,记成了在希音死后。周知常死后,止语师太专门来劝希音皈依佛门,并且答应她,可以带着道纪。但希音拒绝了,因为那时孔兰芝还没去世,希言也跟着生活。)葛石店几乎所有的人,都知道牌坊是被希音撞碎的。

"油爷,我今天来,有一件重要的事,想跟你老人家商量。这敬信堂呢,大大小小还有几十间房子,我想全部还给你。沿街的那八间,我留下,我要盖一栋商业楼。"王小嘴起身,给油爷倒了一杯茶,"你老人家试试凉了不?这人哪,老了老了,啥事都能想通了。人心都是肉长的,都有向善之心。我也一直琢磨,以前老父亲做事欠妥，都是穷逼的。现在日子好过了，父债子还。该谁家的欠谁家的，只要我能记起的，都会一并还了。"

油爷沉默许久，嘴唇抖了又抖。油爷用袖子抹了抹眼泪，说道："有些东西，你还不了。"

王小嘴一愣："嗯？那你说说，有哪些俺还不了？"

"你爹，王大嘴，两次被赶出敬信堂。第一次是他撞翻了祭祀的罗盘。那是给我祈福转运的天祭。第二次是他霸占了我的老婆钱三花，并且生了一个孩子。这两次，你觉得能还哪一次？"油爷停了停，"还有一次，不是被赶出敬信堂，而是直接抢走了房子，还笑纳了我父亲的遗孀。你听听，他用的是笑纳一词。这一次你能还吗？"

王小嘴不知如何回答是好。王小嘴一下子跪在油爷跟前："有些事，我知道还不了。可我还是想做一些力所能及的事情。我母亲，天天心绞痛。她说是父亲罪孽太深，所有罪恶都找上门来了，所有的债都要她还。我心里，也像是天天被鬼追着。"

油爷摆摆手，让王小嘴起来："回去给你娘说吧，谁的罪恶谁还，谁都替不了谁。王大嘴欠敬信堂的，轮不到她还。"

王小嘴起身离开。

"对了，油爷，我昨天在电视里看到黑泉了。他和学生们一起。电视台还采访了他。昨天下午两点二十八分采访的。"

"你怎么记得这么清楚？"

"我是天生的计时器。不用看表，立马就能说出准确的北京时间，一秒不差。"

王小嘴站在门口的几句话，让油爷似乎听见了哑儿的钟声，远远传来。

油爷拿了一个马扎，坐下，仔细翻看箱子里的破烂物件。油爷浑身哆嗦。油爷知道这是爷爷奶奶、父亲母亲用过的东西。每一丝破旧，每一粒尘土后面，都是他们平常、琐碎、真实的日子，有温度，有笑声，有争吵，也有以后会怎样怎样的细语粗言。还有那些宋代的瓷器、元代的字画，都曾是他们手中眼里的精品，像心情一样晴朗地抚摸，把爱和体温，留成了一段记忆。那幅"日涉园中树，诗福堂下人"呢？各自的悲喜，沿着一条条时间的河，缓缓流去。人生多像一条河啊，每个人都是撑船的渔夫，都想着要创造自己的河道，留下自己的精彩。殊不知，那些繁复曲折、深浅不同的河道，也把一条条小船，引向不同的风景，有细水流沙，也有苦难的暗流和漩涡。没有谁能主导河的流向，左右水的快慢，任何一个人，都是河道上的漂浮物。时间的寓言，被无情地分割，随意地组合。没有谁能够知道，自己会在哪一个流里，或悲或喜？或者无意间，就成了别人河道中的偷渡者。

夕阳的光照下来，缓慢得像一位老人。这样的光，已经没有温暖，只有形式的存在。就像自己。当油爷把自己比作夕阳时，他的心微微一颤。油爷看到了王小嘴临走前小心倒掉的茶，自己去刷干净的茶碗，突然意识到自己刚才的言语，一定刺痛了王小嘴。时间，不光是给人希望的，还是让人遗忘的。而自己如此大的年龄，竟然还不能遗忘，竟然还把曾经的人和事，像经书一样地记录下来，并且不停地翻读，怎么能和夕阳比呢？书祥说得真好，忠恕二字，是人生的财富。到了如此年纪，还有什么不能宽恕？像宽恕自己一辈子的一事无成一样，宽恕世上所有的罪恶。油爷这样劝自己。

9

"水煎包水煎包，刘家庄的水煎包，刘三拐的水煎包。一拐挤好油,两拐磨好面,三拐调出皇宫里的馅。水煎包水煎包,刘家庄的水煎包,刘三拐的水煎包。一拐油满口,两拐咽舌头,三拐香到脚趾头。"刘三拐的孙子叫卖水煎包的声音恰到好处,不知是不是故意模仿刘三拐的招牌叫卖声,声音竟也一拐一拐地传来,一高一低,像那些忽大忽小、或真或假的抽泣声。

油爷刚要出门买几个水煎包,潘天笑进门了。

潘天笑来看油爷,仍然是带了两瓶彩山酒。潘天笑一边说着宁阳酒又出新品了,一边把嘴里的酒气没有遮拦地喷出来。然后又拿出两瓶黄色的东西,问油爷:"你老人家知道是啥不?"

油爷摇摇头:"你净弄些新鲜玩意儿,考我这个老古董。"

"蜂王浆。让你老人家尝尝。下午我去凤凰山下边的润清园,旁边有一放蜂的。我忘记他是姓张还是姓王。他告诉我了,喝了酒不记事。还说是祖辈传下来的。瞎扯一阵子,才知道那些养蜂人,真不容易。他腰的大梁骨像一把弯刀,挑蜂箱、蜂蜜压的,扁担都挑断了几根。我今天得出一个结论,蜜不是蜂酿的,是人酿的。蜂跟着花跑,人跟着蜂跑。蜂没有累的时候,人有。北方的天气冷,蜂在南方过春节,养蜂人也几十年熬在南方,没在家过一个春节。这上有老下有小的,不易。养蜂人给我说这些的时候,眼里含了泪,就像那些蜜,也是用泪酿成的。至于那些蜂子,只能活四十五天,一茬接一茬。四十五天,顶得上油爷的九十年。怎么算怎么不成比例。这蜂蜜也好,蜂王浆也好,都是小蜜蜂们拿命换的。要好好喝。"

油爷知道,潘天笑喝了酒就话稠,别人想插一个字都难,这不是一天的毛病了。

"还有那个润清园,姓靳的朋友开的。贞胜,贞洁的贞,胜利的胜。好名字。道纪的老婆就嫁给了他的本家。这家族,好人一大堆。老老少少的,都乐意帮助穷人。润清园的对联有意思,茶会知心友,酒醉实在人。就像我,常醉。咱实在。今天遇到了不实在的,一个姓张的老板。自己说不会喝酒,让一帮子下属,把我灌了个七开加一开。你知道他要干啥吧?要开发凤凰城。那荒山秃岭的,非要开发。他说他老母亲就相中了那块地儿,没办法。"

油爷的耳朵竖了起来:"等等,等等,谁要开发凤凰城?"

"一姓张的老板。怎么了?你认识?"

"你说他母亲相中了那地儿?他母亲是谁?"

"他母亲是谁咱咋知道?你老人家不会有那心思吧?哈哈——"潘天笑挤眉弄眼,跟油爷开着玩笑。

"你这个臭东西,没大没小。我这把年纪,还能有什么心思?"油爷怕潘天笑看出什么,没再往下问。油爷给潘天笑倒了杯茶水,"那,这个老板是哪个村的?"

"张家崖。你老人家这么上心,肯定有事。说吧,想让我打听啥?我现在分管镇里的招商引资,海内海外,上下五服八辈,全交给我,一个字,稳准狠。"

油爷终于憋不住:"你那是三个字。喝多酒就不识数了?好吧,你打听一下,这个张老板的母亲,是不是叫耿红霞。"

"这事你放心,三天。不过,上次我给你老人家说的那事,你再琢磨琢磨。咱就让书祥老叔费费神,咱就是走个程序。镇里把钱打过去,书祥叔把钱打回来,没有任何风险。镇里就是为了完成上级下达的外资任务。唉,前几年谁有海外关系,都藏着掖着,露馅就要挨批斗,露出尾巴命根子都要被掐断。现在谁要有海外关系,不但可以当这级那级的政协委员,还是县里镇里的香饽饽,当祖宗供着。不就是为了弄点海外的投资吗?唉,并不是所有的台湾人都是有钱人。其实这些,当领导的比咱都明白,海外这些打仗打出去的老兵,能有多少存款?又不是什么企业家,能有投资吗?这虚假之风,就像他们的祖宗是造气球的。下任务,压担子,数字虚得乘以二还能再加个零。早晚有一天得吹崩。看崩到哪个乌龟王八蛋。"

"既然知道是造假,又何苦呢?劳神费力,自己也不得安生。

唉——"

"油爷，说实话，要不是分管这块工作，我给你老人家费这么多口舌干吗？还不如咱爷俩品茶说天地，煮酒论英雄。再不就弄两个小虫斗斗，多舒服的事。油爷，我知道您老是最爱帮助人的。就像上次那个庄园让您题写的对联，'箪食陋巷一壶酒，四季水侧半部书'，多么有内涵的联子。简直绝了，就是绝对儿。十几个字，《春秋》《诗经》《礼记》《论语》，无所不包。这联儿，还被人抄到了县城的复圣公园做成门联。多好的事，多风光的事。油爷学问大呀，这样的联儿也只有油爷您能写得出。帮助人也是积德行善吧？您老一辈子都这样做，让人敬佩。油爷，您老给小侄个面子，你只要一个电话打过去，就 OK 了。"

"等你把我那个事弄清楚，咱再议。"

油爷无法推脱，只能用缓兵之计。

十年前，油爷曾经被连夜接到省城。镇里派了专车，有组织室姓李的干部跟着，到了齐鲁医院，先是验血，然后让第二天等结果。一大早，油爷就坐在走廊里，一个劲儿地问镇里的李干部，让自己验血到底为什么。镇里的李干部只说，上级安排的政治任务，不让打听，全程保密。油爷不再说话。油爷看李干部的嘴，噘得像从没下过蛋的鸡屁股，又紧又高（下过蛋的鸡屁股是松的。那些怕母鸡落落蛋的农村妇女，常常在鸡出窝之前，提了翅膀，然后把手指伸进它松松垮垮的屁股里，试探一下鸡蛋壳的软硬程度。只要是硬的，便要放在专门下蛋的窝里，不再让母鸡四处乱跑），脸比鸡的脸宽不了多少，戴一副近视镜，全程没一丝笑容。"让你来救领导的命，领导的血非常特殊。"鸡屁股快速地往油爷耳边一靠，便迅速离开，如同国民党特务的做派。"都在等另一个人来。半个小时来不到，就抽你的血。"鸡屁股仍然像做贼一样，快速地嘀咕几句，电一样闪开，在椅子上坐得像一个正人君子。半个小时后，鸡屁股接到准确通知，用不着油爷了，可以拉他回来了。临下车，鸡屁股给了油爷二百块钱,说领导家里给的,算是补偿。油爷没收,刚想说你拿去买鸡蛋吧,又把话咽了回去。油爷觉得,鸡屁股终究是要开瓢的,完全可以下蛋,不用买。

全程保密的政治任务,如同一阵风,刮过,便没了踪影。那次的经历,让油爷怀疑,耿红霞是不是为自己生下了儿子。这种念头刚一冒出,油爷便对自己说,你是真的疯了。

对这个鸡屁股嘴的李姓干部,油爷记忆深刻。觉得他无论接受的是谁的命令和安排,对事情的所有底细,鸡屁股都是清楚的。油爷在路上几次三番地打听事情的原委,鸡屁股都一脸鄙夷地一言不发。油爷想,如果自己有农村妇人一样灵巧的手指,是不是可以在又高又紧的鸡屁股里,探摸到某些被刻意隐藏的秘密。这样想着的时候,油爷看见鸡屁股似乎夹得更高更紧,并且散发出阵阵恶臭。除了断断续续的昂昂声,还能证明他是个活人之外,脸板得真的像一个没有是非观念的死人。对这一点,油爷颇有微词。潘天笑再来的时候,油爷曾经专门打听鸡屁股的为人,潘天笑只两个字,"小人",正符合了油爷的判断。而至于更后来,鸡屁股凭着关键时候告黑状、背后捅别人一刀等等伎俩,或者与哪个领导的亲戚关系、师生情谊,在县上做了更大的官,油爷都不能原谅他的知而不言。

世上如同鸡屁股的小人太多,才让潘天笑生存的官场,臭不可闻。有一次油爷想起这事,还专门上前,闻了闻潘天笑的衣服,笑着说:"我闻闻你是不是也变成了鸡屁股。"

如果这个世界有谁像一只蟋蟀一样正直,那他简直比神还伟大。如果所有人都能像蛐蛐一样正直,那么这个世界,就不再需要什么上帝和佛祖。

再回到这次对凤凰城如此感兴趣的张老板,油爷还是像上次一样,努力地想探听事情的真相。这不会是又冒出来一个儿子吧?油爷满心疑惑,越发感觉自己的滑稽可笑。

一夜的痴缠,是否能真的铸就乾坤?油爷想起,在耿继武告诉他耿红霞出嫁的前几日，他曾经做过一个梦，耿红霞挺着个大肚子，哭着说："我要嫁人了。孩子可怜，没有亲爹。"再后来，油爷还做过类似的梦，都是耿红霞领着孩子，背对着他。这些隐隐约约的梦，亦真亦幻，让油爷觉得真假难辨。

"命里，我就是追着风跑的蒲公英，你是旋在风里的一片叶子。"油爷似乎又听见耿红霞在什么地方说。那声音充满青春的忧郁，又像遥远的琴声，在油爷的心底，泛起无尽的花。"以后，如果有人问起，你就说忘了，忘得一干二净。要是哪天你还能想起我，就当我死了。要在三世之后，才能再见面。如果你愿意等，就要用三世的光阴。你可要想好。"

三世之后？油爷把目光望到最远处。三世，到底有多远？

第三天，潘天笑就把打听的情况告诉了油爷："张老板母亲叫红霞不错，但人家是葛红霞，不是耿红霞。并且，人家小名叫红霞，大名叫葛慧慈。人家老家是泰安南关的，不是本地人氏。油爷，您老死心了吧？"潘天笑挤眉弄眼，"那事，麻烦您老给操作一下吧？"

油爷仍然摇头："不对。泰安的葛红霞，为什么会对凤凰城感兴趣？这么简单的道理，你还想不明白？肯定和凤凰城有过关联。不瞒你说，如果是耿红霞，她就是我找了几十年的——人。"

"这样，油爷，我帮人帮到底。我带你老人家去。如果你们接上头，认了，你帮我给书祥叔打电话。不认，算我倒霉，再也不来麻烦你老人家。怎么样？"

油爷开始犹豫。认与不认，都是一个问题。五十年前，他执意下山，已是最后的结局。如今，即使再次见面，又能如何？

"算了吧。不见反而更好。"

但从那时开始，油爷知道了耿红霞的存在。即使她已经改了名字，即使她已经儿女成群，油爷也隐隐感觉到了一丝牵挂。也正是从那天开始，油爷天天把他的小马扎，对着张家崖的方向，品一口茶,叫一声红霞,喝一口酒,说一句我想你了。说着说着,眼里就有了泪。

王小嘴又来,说是张家崖的张老板想买敬信堂,问卖不卖。

油爷没有答话,把一杯凉茶缓缓倒在老槐树的根部:"明天就要立秋了。唉,窄窄的两岸,咋就站成了两座山。"

10

黑泉回来得有些突然。

黑泉进门后的第一句便是:"油爷,我找到陶十一了。"

油爷手中的茶碗掉在地上。碎片四散出去,划出叮叮当当的尖厉叫声。

油爷此时眼中的黑泉,已经是披肩长发,灰白的披肩长发。脸上的皱纹像他的头发一样垂下来,松弛得没有任何道理。

"油爷,我找到陶十一了。他孙子刚刚开始玩蛐蛐,济南的朋友圈聚会,聊到了你。其实,陶十一知道你一直在找他。"

"那他怎么总是当缩头乌龟?"

"朋友私底下告诉我,他在谋划一盘大棋。他说要让你在全天下人面前,对他称臣。"

油爷笑笑:"这才是陶十一。不服输。他的眼光能杀人。"

"我竟然不知道陶家的背景。济南红万字会总部,还真是他家出钱盖的。直到现在还是济南最坚固、最有特色的建筑之一。不过,我也听人讲,陶十一变了,不再是年轻时的凌霸阴恶。大大小小的各类比赛，他都是隐在幕后，挑挑虫子，指导些技术，怡养性情成了他最大心事。听人说，他还捐建过希望小学、孤儿院，做过一些慈善。有人说是他是完成父辈的心愿，也有人说他是在替自己赎罪。我曾经让一个朋友带我去拜见他，家里人说他去了五台山，说他快成了云游的和尚，一走就要大半年。每个人眼里的陶十一，是不一样的。让人费解。"

在黑泉说找到陶十一的时候，油爷的心里五味杂陈，欣喜，庆幸，随之而来的又是失望。"我该和谁争，我该争什么？"这个困扰了油爷一辈子的命题，此时更像一口老钟，让他一次次地问：找到陶十一又能怎么样呢？难道真的要展开一场生死的搏杀吗？几十年前的所有景象，都已经蒙上了一层层时光的灰尘。油爷觉得，自己已经无力打扫。油爷记起，黑泉曾经问过他关于这场比赛的意义。其实，意义本就没有意义。没有谁是为意义活着，为一粒米、一滴水的理由似乎更加恰当。陶十一，只是自己几十年来活着的某个理由罢了，让单调无趣的生活，变得有了希望。当陶十一的消息真正来临的时候，油爷预想过的兴奋与激动，荡然无存。油爷突然意识到，或许，回忆中的人是不能去见的。如果见了，回忆就没了。

"比赛的事，放放吧。"油爷看见夕阳的光立在门框上，只一个瞬间的工夫，便消失得无影无踪。

"好。比不比的，无所谓。"黑泉端起一杯茶，"油爷，我还没吃饭。咱爷俩去下馆子？"

"哟，听这口气，有钱了？你走了这十多年，都干了些啥？"

"一言难尽。油爷，走，我的车在外面，德国产的奔驰。我请你去县城最好的酒店。"

"叫上哑儿吧。这孩子最近身体不太好。拉上他去散散心。"

进了海棠院，春妮坚决不让出门，非要黑泉在家吃。黑泉坐下，看着恩爱的一对夫妻，说道："唉，你们的这桩婚姻，有我的一半功劳。有油爷的一半，有潘天笑的一半。"

春妮把黑泉的话比画给哑儿听,哑儿咧开嘴,向黑泉伸出大拇指。

"黑泉,你数学再不好,也不能这样一半一半地送个没完。还有人家他两口子的事吗?"油爷开着玩笑。

王小嘴听到动静,开了门进来。王小嘴使劲地握着黑泉的手,并且故意加大了力气上下晃,像真正的朋友。

席间的话,围绕着黑泉转来转去。黑泉说着他在深圳如何像一个学徒工一样,在别人的画室打工;如何临摹那些马和虾,像模像样地走进拍卖会;如何让那些一夜暴富的人大把大把地掏着腰包,然后像有钱人一样,洗澡泡脚与大学里的女生谈恋爱。说着说着,黑泉哭了。黑泉说无论如何,油爷要把那几间祠堂留给他,只有在那儿,他才有用心创作的冲动。黑泉说那棵老槐树的根,其实就是他的根。黑泉说,他和油爷其实是一类人,只适合在祠堂里待着,供奉别人,或者被别人供奉。那些不知道时令的耕种,虽然是一道风景,却浪费了种子。

世道变了。变得如此陌生。如果一日三餐可以当作信仰的话,油爷宁愿相信这个世界还是有信仰的。至于那些奸淫、劫掠、出卖等等行为,绝对不能与信仰一词相关联,那些人相信世界上只有一种真理,向钱看。

油爷似乎从天空中看到了落下的一只手,如虫的须,时不时地站出来,扮演救世主的角色。这根奇怪的须,一边导人向富,一边对所有的道德沦丧,采取了纵容和默许的姿态。丧尽廉耻之后,你再富不起来,不就是最不中用的虫吗?

黑泉又说着有钱人的种种罪恶,权钱交易,权色交易。黑泉仍然对社会的不公有太多的感触,似乎他花白的头发,便是对社会现实的有力抗争。

王小嘴还想与黑泉争论,说了几句他的生意全是靠勤劳致富得来的。黑泉只问了一句:"你的矿产资源开发许可证,花了多少钱?

花给了谁?"王小嘴便紧紧地闭上了他几十年坚韧不屈的厚嘴唇。

酒搅乱了所有的舌头,像钱冲垮了所有的道德底线。油爷看着天色已晚,问:"几点了?"

"九点零五。"黑泉和王小嘴几乎同时说出这个时间。

"21秒。"两个人又同时说出秒。

油爷和春妮瞪大了眼。春妮说:"哑儿也行。"

于是,油爷让三个人背对着钟表坐下,他一拍桌子,三个人同时写出时间,竟然丝毫不差。

"中国人民从此站起来了。"油爷想起三个人出生的时辰,惊骇不已。这个时辰,竟然也像自己手上的疤一样,充满了无数的深不可测。

所有人,都是时间的囚徒,在历史的流里,无所适从。

最懵懂的自己,全然不知时间的流向。

11

油爷有自己的纪元方式。每年,是从立秋开始的。以百天为限,至霜降、小雪或者大雪。这是阳界。其他时间则是阴曹地府。

油爷在立秋日出生,立秋日封爵。那么死亡的日期呢?油爷推算,会是在霜降之后,第一场雪来临之前。

早已经过了知天命、耳顺等一切人生大坎,油爷开始迈向更高的时间台阶。圣人七十三,伟人八十四,油爷九十五。油爷相信一切时间的寓言,对哑儿、黑泉和王小嘴的预知能力,佩服得五体投地。

油爷相信自己，具有荣华富贵的前世。如果不是那么多的时局混乱，他或许会有飞黄腾达的前程。但不管怎么样，油爷是知足的。他还是清朝的官员，有圣旨在的，上面清清楚楚地写着张书禄的名字，写着"奉天承运，皇帝诏曰"的堂皇之词。没有人罢免，也便成了终身的称谓。所以油爷除了曾经有过的大大小小的绰号之外，当面或者私下称他为同知老爷、府尹大人、从五品官等等称谓，语调间少不了的当然是荣耀，无上的荣耀。油爷坚信这一点。村里的人谁家有了大事小情，尤其是重大的婚丧嫁娶事件，好面子的堂号或者家庭，都还要请油爷到堂屋里的上首位置坐上片刻，闪闪宾客的眼球，听听那些啧啧声、惊叹声之类，对油爷而言，自然是一种身份的高贵。也正是在这些乱七八糟的舌头中间，油爷看到了人心的各个侧面。转过身就吐出去的一口痰或者溅着唾沫星子的呸呸声，砸到厚厚的尘土里，一个坑接着一个坑，像王大嘴脸上的麻子。

油爷无数次地想，如果清王朝不灭亡呢？按照这样的假设，油爷会不会在某个时间，候补成真的县令或州官呢？油爷曾经一门心思地认为，自己就是广储司的人，掌管整个清王朝的财富。特别是在孔府看到溥仪的圣旨后，他觉得那道圣旨，其实是颁给他的。那么他会心安理得地享用那一片黑压压的顶礼膜拜吗？他会像土皇帝一样，或者像后来的土匪耿继武、宁义山一样妻妾成群吗？或者，最起码，他会像任何一个有着昆虫偏爱的废人一样，前呼后拥地去大田里，捉几只自己喜欢的歌声嘹亮的蛐蛐吧。

因为喜欢蛐蛐，背后被不少人称为废人，油爷对此并不生气，也从不避讳。因为爱而被称为废人，是多么值得尊敬的事，应该像珍惜自己手上的疤一样，像珍惜自己一钱不值的名声一样。每一个有良知的人，都应该珍惜一切，珍惜上苍给他的身外之物，尤其是那些一直不变的外号。油爷这样想。

油爷手上的疤，在被疯婆子抚摸之后，就开始有了灵性，那些被远处的狼嚎或者父母的吵闹吓着的孩子，只要让油爷对着脸比画几圈，左三圈然后右三圈，一准能好起来。再到后来，油爷似乎拥有了某种神力，能预知阴天下雨，给丢失家畜家禽的人家，指一个方向，一准能在三天之内找回来。油爷开始像疯婆子一样受人爱戴。后来，油爷手指疤的神力被进一步夸大，说是能保佑人平安发财，油爷的三间茅草房似乎成了灵山净土，车来车往，人来人往，天南地北的都来。面对汹涌而来的求财求官的人，油爷开始变得手足无措。油爷跑到山顶，看着山脚下那些乘兴而来败兴而归的信徒，愧疚之情像井绳一下把他缠得紧紧的。油爷看着那些人那些车，变得模糊，变成蚂蚁一般大小，最后变成自己的一滴泪，砸在山岩之上，砸出了磨盘大的坑。

有那么几次，长相龌龊，行事更龌龊的人非要当个书记镇长，油爷便说了几句咒语。也就那么几句，油爷的咒语竟然灵验了。那几个人很快被依法惩办。油爷发现，自己的诅咒比祝福更加灵验，便有些兴奋。油爷看到了那些肮脏的内心。油爷愿意像疯婆子一样，用自己的方式，让世界干净起来。可也恰恰因为那么几次，再也没有人，来向他占问吉凶。油爷似乎又成了没有魔力的人。

某一个深夜，油爷掉在床下。色彩灰暗的梦中油爷看到了娘、妹妹，还有奶娘。油爷想追上她们，无论跑多快，他都无法让她们回头。掉在床下的油爷发现自己无法动弹，胳膊疼得让他忘掉了梦中的所有细节。油爷一只手抓住床腿、床沿，甚至手脚并用，都无法站起身。数次折腾和努力之后，油爷放弃了所有的抵抗，如同向时间和命运彻底投降。油爷把头放在冷漠的砖地上，发现随他一起掉在床下的，还有妹妹的牌位。油爷想把牌位放到桌上。但油爷的身体真的像掉在地上的一块和稀的面团。油爷终于明白，自己已经老到连妹妹的灵魂都无法擎举了，只有泪水似乎还有重量，能从眼角一直流进耳朵里。

妹妹的魂灵会不会取笑自己的老而无用，或者她会伸出同样无力牵扶的手,或者这会儿,正陪着自己一起流泪。油爷想。

还有,祠堂里他守了那么多年的祖宗灵魂,为何也成为旁观者?竟然,还有舞蹈着的暗影,窃窃私语。

等等吧,天总会亮的。只是油爷不知道,黎明和死亡,到底谁会先到?

你是不是怕死?油爷问自己。

不怕,真的不怕。死亡会害怕我,我会像蟋蟀一样与它拼命,不计后果。

12

如果我是一位出色到卓越的作家,会把《天虫》取名为《最后的油爷》。可惜我不是。"最后的"三个字是多有冲击力的字眼啊,是可以激发出强烈好奇心的词汇。并且一定会在市场上大卖。如今的世道,还有比市场更能成为标准的市场标准吗?可惜,真的可惜,我既不卓越,也不出色,所以我不说。甚至是有关油爷的一生,我本可以写得悬念重重、跌宕起伏,像畅销小说一样让人过瘾。但我没有。我不会编造油爷整个生命过程的一丝一毫。我只是在还原油爷的生命和历史,写一位百无一用的书生如何百无一用,像一位絮絮叨叨的祥林嫂,说着该说和不该说的,总有些不合时宜的话。在比赛的头一天,我听见黄牙说:"油爷是宁阳最后的县令(应是同知,但油爷已经不在乎)。"这句话让在场的所有人惊愕,连同油爷自己。油爷似乎又回到了六岁的时候,敬信堂的老老少少跪听皇帝的诏告，并将圣旨放进张家祠堂。更可怕的是，黄牙的这句话，似乎打破了时间运行的轨道和顺序，让油爷近百年的生命历程，瞬间归结于一个点上。这也让油爷产生了强烈的错觉，竟然弄不清楚是在肃穆庄严的张家祠堂，还是在人声鼎沸的赛场。

有人把油爷是宁阳最后县令的说辞告诉给了比赛主办方。主办方似乎被打了兴奋剂，大肆宣传，并让所有的媒体跟进，另外加上看座好卖的噱头，"最后的县令PK最后的乡贤"。对油爷明显降了品级和称谓暂且不说，把陶十一称之为"最后的乡贤"，明显让人质疑。陶十一算老几？他能被称为"乡贤"吗？那么，他又会是什么呢？油爷听到了另外的声音，比如把油爷称之为封建遗老、残渣余孽。油爷对如此恶毒的贬损，有着强烈的抗拒。这容易让他想起挂在胸前的木牌，就像自己所有的尊严和五品同知的荣耀，都被扒光了衣服，在阳光下暴晒。

为了把宣传做足，主办方还请了日本NHK、美国的DISCOVERY，还有韩国的一个什么频道。而恰恰是韩国人的一句话，让油爷愤懑。不知是记者的口误还是翻译的口无遮拦，他竟然说在中国的传统观念里，是蟋蟀将大宋逼进了绝路。

油爷暗暗笑了。如果一个无知顽童，或者没有多少历史知识的人这样讲，油爷还能理解。作为电视台的一名记者，也要把亡国之耻，记录到一只蟋蟀身上，那也太没有水准了。油爷知道，那位最后的宰相叫陆秀夫（南宋的最后一位，是真的最后），背了少主投海自尽的陆秀夫，连同凿船而亡的百万将士，都曾经听过故乡的蟋蟀鸣叫。那叫声，在他们临死之前，定然不曾在他们的脑海中出现，他们想的只有家国幻灭的悲怆，像天塌下来。油爷觉得，这个从来不玩蟋蟀的少主，和那个以身殉国的宰相，他们与前几代贪纵于七情六欲的皇帝们，有着如此大的不同，却仍然要承受亡国之耻。但他们定然不会把所有的罪责，记录到蟋蟀身上。一只蟋蟀，载不动国破之责，却在不经意间，成了那些大嘴破嘴的说辞，着实不该。

贾似道家住哪儿？我怎么知道？贾似道到底死在哪儿？我又怎么知道。那座破庙不是他生命的最后祭场。贾似道到底是谁？油爷自问自答，贾似道谁也不是，或者他只是一只从别的房间跳到壁炉前取暖的蛐蛐罢了。该死的肯定会死，不该死的永远死不了。油爷眼睛看着远处。

那个陶十一，几十年都没有出现过。油爷曾经以为，他们约好的生命赌局，最终会变成一桩历史悬案，无奈消失在春去秋来的空洞循环之中。如今，陶十一来了，从暗处到了明处，那么他就要以自己老迈而坚定的心，面向今生唯一的生命邀约。

我只要公平。油爷对自己说。油爷不能容忍陶十一把自己说成贼。而真正的贼，即使成了大盗，谁又承认自己是贼呢？

至于自己与陶十一一生的恩怨，在外人看来，似乎有些牵强。其实，人就是这样奇怪的动物，总是要给自己制造一个假想敌，并且作为一生的目标，让自己有奔头。到了如此年龄，早该放下所有恩怨，更不应该再用几条虫子的命，博取胜利之后的心安理得。但蛐蛐就是蛐蛐，油爷就是油爷。在完成由卵到虫的自然演化之后，上苍便已决定了它的命运和归宿。

仅此而已。

13

这一年的时间过了大半，油爷才知道，迎接新世纪的方式很多，好的坏的都有。比如上半年，强烈抗议北约轰炸我驻南斯拉夫使馆，我国政府发表严正声明，要求以美国为首的北约必须对此承担全部责任，中国政府保留采取进一步措施的权利。比如下半年，全国人民还要迎接澳门的回归，将侵占中国领土的最后的外国侵略者，赶出中国的疆界。

如果与这些震惊中外的大事比起来，宁阳县的蟋蟀友谊大赛，算不上多么惊天动地。

油爷最后一次提出放弃比赛，或者让王爵民替自己打，并且写了书面的材料，递给组委会。油爷的信引起主办方的高度重视，他们请了分管县长，专门来做油爷的工作。副县长的劝说词生动感人，让油爷觉得自己身上，仍然穿着那身又小又旧的破落官服。小小的虫子，在副县长的嘴里，具有了社会主义新时代的人生观、价值观、世界观和荣辱观，而举世闻名的中华蟋蟀友谊大赛，是一场兼具世界性、民族性的文化盛典。

油爷面前端坐着的女副县长，并没有引起油爷的任何兴趣。但油爷最想问她一句话："你知道一个男人坐着撒尿，会是什么心境？"老了，或者是老了，或者是在缅怀某一种岁月。但油爷不能告诉这位女副县长，他就是一个坐着撒尿超过三十年的男人。体外悬挂的物件，不知被谁偷偷探过来的木刀片，一点一点地阉割。

油爷的泪没人看见。油爷的泪隐藏在时不时游走的目光里。油爷突然想起广储司，自己本该是在那里完成为国尽忠的职责，不曾想，竟然是在这样的赛场上。

油爷对着女副县长点头的时候，仍然想着广储司，想着里面应该有多少人，自己最擅长做什么。

为了强化宣传效果，主办方策划了七局四胜制的系列赛，并且起了一个非常响亮的名字：中华蟋蟀友谊大赛暨天下第一虫总决赛。油爷觉得，"天下第一虫"倒不如"天虫"来得简洁。

每一场比赛的奖品分别是罐、过笼、芡草和《促织经》的原本。经过组委会与油爷和陶十一的分头协商,两个人的奖品全都是陶十一和油爷自己的收藏,对赌。县里还特别仿制了全套的蟋蟀用具,依宋代形制,仅仅一套,只奖给最后的冠军。

比赛的头一天,主办方请裁判们、油爷和陶十一吃饭,名之为开场宴。

主办方介绍,裁判组是一个非常强大的阵容。柏良先生任总裁判长,白峰、李金圣、杨维涛任分场裁判。这几个人名震业内,并且都是宁阳县蟋蟀文化协会的顾问或者副会长。柏良先生,济南人,圈中大佬,资历与名望可抵高山,与江苏的肖舟先生,并称南北二老。(肖舟先生在虫界被称为道德高峰。在《天虫》完成二稿进入征求意见阶段之后,突闻肖舟老先生病逝的消息。是日为2016年的10月20日,距霜降只有两天时间。为何命运如此巧合?)白峰,济南人,虫界理论高手,评注过十九种虫谱,出过数种专业书籍。读书不问白峰事,枉为蟋蟀圈中人,便是对白峰最好的评价。李金圣,济南人,虫界的收藏大咖,绝世珍品的拥有量在全国圈内无人可比。杨维涛,北京人,玩虫高手,除虫之外还玩赛鸽,并且拥有自己的足球队。他似乎把自己所有的爱好,都用在了比赛和拼搏上面。据说,后来他又迷上了摩托车旅行,并且走了十几个国家。杨维涛说,人这一辈子,总要活得比一只虫子潇洒。这几个人作为大赛的裁判,执法油爷和陶十一的世纪之战,正可谓名副其实。

油爷由黑泉、王爵民、哑儿、王小嘴陪着。陶十一的身边,则是两个纹龙刺凤的壮汉,如同电影中黑手党的影印版。

陶十一是被轮椅推着来的。陶十一仍然是低着头看人,目光从眼球的下半部射出来,像剑影刀光。油爷曾经给人说过他对陶十一的感觉,上眼皮能杀人,下眼皮能吃人。

直到餐厅,陶十一才从轮椅上站起来,与所有人握手。到油爷时,他犹豫着,但油爷已经伸出手,在等。

油爷等的,还有一声道歉。如果此时,陶十一说一声对不起,油爷会原谅他所有的诋毁与罪恶。但陶十一什么也没说,他缓缓地握了握油爷等在空中的手。油爷感觉到陶十一的手冰凉,手指上却有无比的力量,像刀。

14

在主办方的开场宴后,在比赛前夜的午夜时分,哑儿喊了一声娘,就倒在床上。

哑儿躺下后,再也没有起来。

哑儿死得无声无息,就像活着一样。

哑儿的出生是一个谜,从来没有人解开过。哑儿的死亡更像一谜,无法追究。

哑儿,只为油爷的孤单而来。油爷想起,多少孤苦难挨的岁月,和说不出一个字的哑儿,常常在老槐树下,摆上一副斗栅,随便在地里捉几对蛐蛐,做一些并不匹配的厮杀。最后的结果,必然是哑儿战败。第一次,哑儿生气地把蛐蛐摔死在地上,油爷生气,用木根敲打哑儿的手掌:"这个世界,从来没有想战败的蛐蛐。但有比斗就有失败。战败也是活着的方式,要学会尊重所有的屈辱和失败。蛐蛐也是一条生命,像我们一样生活在牛棚马圈里,如同我们的亲人。"每次赢了比赛之后,哑儿都要学学蛐蛐的样子,将两条胳膊弯曲。油爷的眼里便有了水光:"哑儿,你这是想往哪个山头上飞?"

油爷变老的泪水，流得也像一位风烛残年的老人。

油爷抱着哑儿冰冷的头，没有任何动静，就像他自己也死了半截。"哑儿，你这是想往哪个山头上飞？"油爷觉得，每个人的死亡，都是有颜色的。每个死去的人，都会带走这个世界的一点颜色。就像每一只蟋蟀的死亡，都会让青黄紫红黑白变轻一分。如果自己死亡，一定选择蓝色的，不是虫儿的颜色，像淡淡的烟，也像希音的绢帕，被慢慢洗白。

爱着的人，一个个死去。哑儿，能不能等等我，捎我一程，让我们一起走。

哑儿的床头，放着一只空空的蛐蛐罐。罐子下面，压了一本铅字印刷的《促织经》。

15

不到霜降，便下了第一场雪。

那些苦命的蛐蛐，要在寒冷中向正义出发。

油爷知道，这个时节的所有蛐蛐，都已经斗过数道关口。他们身上背负的，都是胜利者的光环。到了自己和陶十一手里，都已经是垂暮之年。此刻，他们最需要的是淡茶流香、黄花绕篱、煦风缓送、夕阳慢行的优雅和从容，闲叙游鱼趣事，静赏流云卷舒。如今，他们将要面对的，仍然是斗栅，仍然是更加惨烈的搏杀。油爷捂住胸口，拍了又拍。

一花一世界，一叶一菩提。那么虫呢？一只虫意味着什么？还有那些像虫一样的人呢?

再过一段时间,新世纪的钟声将要敲响。新世纪,还需要精灵般的虫儿吗?还会有另一个油爷,另一个陶十一吗?

还有哑儿,他会不会像蒲松龄笔下的成名之子,在赛场的哪个角落,化作另一只蛐蛐,掀起赛场的巨波骇浪?

第七章

网罩

天 虫

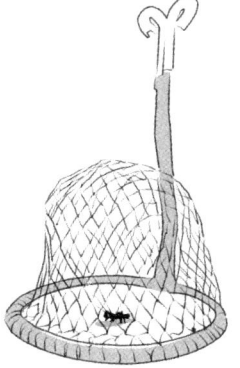

1

宁阳县中华蟋蟀友谊大赛暨天下第一虫总决赛迎来第七场。

似乎全天下的人都挤到了人民会堂。即使不是全天下,全宁阳的人总是有的。

不到早晨六点,人民会堂前的广场上就挤满了人。小商贩四处游走,冰糖葫芦是新串的,烤地瓜是山上刚刚刨下来的红瓤,各种颜色的丝巾是从南方刚刚进来的,气球是新款式并且是充氦气的,可以飞得更高——

交通警察提前了上班时间,在会堂旁边的十字路口指挥交通。城市执法大队的执法车,开着高音喇叭,维持秩序。

考虑到观众的急切心情,电视台的老公鸭、浑厚的男中音,甚至出场一次就隐身的美女主持,都可以退隐到赛场之外。

但组委会并不会这么考虑。他们做足了宣传的文章。等所有的摄像到了指定地点,等所有的座位都挤满了人,等把所有的广告赞助商,比如彩山特曲、不老枣业、探海石文化传媒、一恩传播公司等等全部介绍之后,比赛的两位主角才慢慢登台。

奖品区一如既往的华丽,时时射出炫目的光。一个是玛瑙金丝罩，玛瑙的柄，如发丝的黄金丝做成的罩体。另一件则是霸王金钟罩。这个罩并不是用来捕捉蟋蟀的，而是一件摆件，从形式上借鉴了蛐蛐网罩的样态。

毫无疑问，两件都是皇宫内的用品。

电视直播的舞台前多了一位琴师。蓝与绿的清淡长衣，纤指轻弹，便把琴弦弄得缠绵无边。

一切都变得神秘兮兮。空气中似乎飘荡着神性的光辉，也游荡着人性的复杂。

油爷和陶十一的脸上，没有一丝笑容。

油爷手里托着的，是正宗的宣德龙罐。白底，祥云是蓝色的釉，龙身是纯正的黄。

陶十一手里，同样托着正宗的宣德龙罐。白底，祥云是红色的釉，龙身是纯正的黄。

这便是天下绝配的红蓝宣德罐，是宣德皇帝的殡葬之物。文物部门曾经悬赏十万，捉拿盗墓贼。

裁判把油爷的罐打开，摄像机的镜头显示，罐内空无一物。

裁判刚问了一句，"这——"便见陶十一迅速地把自己的罐打开，将罐内的蛐蛐扔进嘴里。

陶十一的罐，同样成为空罐。

"你们这是——"裁判正在纳闷，便听见琴师的一声弹拨，像春雷乍起。再看眼前的斗栅中，兀自旋起两股风，一黑一白，从一侧到另一侧，互相厮打，纠缠。

"无影虫，看，无影虫。"

会堂里的观众全部惊呆。他们在电视屏幕上，看不见任何一只蟋蟀，只有风的旋转、碰撞。

弦越拨越快，斗栅中的风也越旋越快，形成一个气团，将斗栅震得粉碎。

裁判不得不拿出一个大点的斗栅，放在油爷和陶十一面前。

弦音是从一滴水的声音开始的,像叶子上滑落的露珠。接着是海浪的声音,然后来杂着乌云翻卷。而斗栅以内,突然出现了闪电,风在消失,闪电带着寒光,散发出刺骨的冷气,像北极的天光,直逼每一个人的神经。冷,刺骨的冷,把心脏的每一滴血都冻得发抖。海水在斗栅内先是试探,冲击,堆积成冲天的浪。电视画面中的播音员突然传出声音,福岛再次爆发十级以上地震,将所有的房屋、牲畜、人烟吞噬,也席卷了所有罪恶。

弦突然间就放得缓慢而柔和。有人看到油爷脸上慈祥的光,他低头闭目的模样,竟像大日如来祈佑苍生的羞涩。

恰在此时,斗栅内的山石突然迸发,像德令哈的黑风,将巨石毫不留情地卷起,直刺白风的中心地带。推、拉、绕、冲,石块化为尘土,高山连根拔起。金线罩的丝突然像一张网,被漫天遍野甩出去,像太阳一样张开,耀眼的光将一侧的石头化为水流,将整座山淹没。风平浪静,似乎一切都已终结,像花岗岩一样的石头又突然从水底直刺天空,将太阳的光一分为二,天空也随即裂开了深深的口子。

一个阴阳罗盘出现,无所畏惧,卷起更多的日月星辰,在乾坤宇宙间旋转,越转越快,形成巨大的阴阳隧道。一束光,像钟表的秒针,精确到微秒的秒针,快速地飞进黑白交界的中心地带。

所有的弦,全部崩断。

时间的剑落地,依然锋利无比。

一条金丝,箍住了阴阳界。

一声怪叫,像狼的绝望。

2

油爷的对面,坐着年轻英俊的后生。他告诉油爷,他叫张延奇,是省报的记者。他要给油爷做一个整版专访。

油爷手里,把着一件龙龟。

"为了答谢你,我要送你一件东西,龙龟。我的先生周敦朴曾经说过一句话,龙有龙运,龟有龟程。送你一件小东西,我衷心祝福你的前程。"油爷把龙龟递到张延奇手中,"有没有人给你说过,你长得特别像女孩子?我像是闻到了你眉目之间的胭脂气。"油爷的嘴角轻撇,问。

"油爷的礼物,我受之有愧,却之又不恭。"张延奇把龙龟拿在手里,仔细看了看,便放在面前的采访提纲上,"不错。上大学时我曾经留过一段时间的长发,竟然有很多男生追求我,把我当成他们的女王。奶奶说,我是家族遗传,男人女人相。我也不知道遗传的到底是哪位先人的基因。"张延奇整理好录音笔,"油爷,咱先别讨论我了,其实您也差不多。刚才我在台下看您比赛,让我再次想起,观音菩萨起初就是男儿身。我们不谈宗教了,宗教离蟋蟀太远。当然,这话你可能不太以为然。因为您这一辈子,说白了,蟋蟀就是您的宗教。这句话我想用来做您专访的题目。您老能不能再把您的一生,简短地总结一下。"

"我的一生太长了。长得不让人喜。连我自己都不喜。七十三的圣人，八十四的伟人，九十五的油爷。我就是一个奇怪的人，像老去的寓言，更像时间的囚徒。别人曾经让我好好总结一下自己，可我确实没有什么好总结的。我愿意把自己的过往，串成一条时间的线。提住这一头，那一头就有许许多多鸡零狗碎的事，乱了一地，像我弄坏的《礼记》《论语》等等的线装书，一天接着一天地发黄、发霉，毫无办法阻止。毫无办法。或者，一开始，它就是霉过的。我记得有人曾经说过一句话，坐在路边鼓掌的人，这话其实说的就是我。如果以此来定位我的一生，没人会觉得过分。当我叉开的十指，合不上某种节拍的时候，便要被掌掴。这也是事实。所以，我更想把自己，比喻成外面裹了糖衣的药，内里的苦，是天注定的。如果非得要我说说蛐蛐，那她就是普通的人间烟火，和世间所有的爱情都一样。蟋蟀就像是地里的一棵庄稼，有人种植，也必定有人收割。可这世间，还有什么比蟋蟀的天籁之声更能让人销魂呢？如果非得让说说我的一生，我愿意这样开场：如果与传统小说的叙述标准相比照，一开始就称'油爷'为'油爷'，绝对是一个败笔……"

"谢谢您油爷，谢谢您接受我们的专访。如果你点头，我愿意成为你最后的门徒。还有，我知道您一直未能完成您自己的《促织经》。如果上帝再给您九十五年，您会怎么写这部书？"

"我不相信上帝。我信什么呢？呵呵，我信阴阳轮回。"此刻的油爷，眼前突然现出王大嘴的样子。油爷看见王大嘴的口袋里装满朱砂，手帕上抹了狗血，故意踩了驴粪，露着脚趾头的鞋，极其精准地踢到吴天眼阴阳沙盘上的金星位，那儿正是油爷的本命位。油爷长出一口气，"你知道，一只蟋蟀从土里的卵到成为真正的虫，要面对青蛙、毒蛇、黄鼠狼、鸟和各种各样的天敌，甚至是到野外偷食的狗。成虫很是不易，走进斗栅就可以称之为英雄，值得赢取任何人的尊重。如果真的有来生，我一定会写成这部书，为每一只走进战场的蟋蟀，无论输赢。这部书我会这样开头：起闸——各自领正!"

2016.5.17 – 6.7 初稿于凤凰山润清园

2016.9.28 – 10.10 二稿于凤凰山润清园

2018.1 终稿于宁阳